A RAINHA
DO SUBMUNDO

A
RAINHA
DO SUBMUNDO

BEA FITZGERALD

A RAINHA
DO SUBMUNDO

Tradução
Raquel Zampil

1ª edição

— Galera —
RIO DE JANEIRO
2024

PREPARAÇÃO
Isabel Rodrigues

REVISÃO
Vitória Galindo
Beatriz Ramalho

DESIGN DE CAPA
Leticia Quintilhano

TÍTULO ORIGINAL
Girl, Goddess, Queen

CIP-BRASIL. CATALOGAÇÃO NA PUBLICAÇÃO
SINDICATO NACIONAL DOS EDITORES DE LIVROS, RJ

F581r

Fitzgerald, Bea
    A rainha do submundo / Bea Fitzgerald; tradução Raquel Zampil. - 1. ed. - Rio de Janeiro: Galera Record, 2024.

    Tradução de: Girl, Goddess, Queen
    ISBN 978-65-5981-490-9

    1. Ficção inglesa. I. Zampil, Raquel. II. Título.

24-92472

CDD: 823
CDU: 82-3(410.1)

Gabriela Faray Ferreira Lopes - Bibliotecária - CRB-7/6643

Copyright © Bea Fitzgerald, 2023

Publicado originalmente como Girl, Goddess, Queen em 2023 pela Penguin, um selo da Penguin Random House Children's. Penguin Random House Children's faz parte da Penguin Random House Grupo Editorial.

Todos os direitos reservados.
Proibida a reprodução, no todo ou em parte, através de quaisquer meios.
Os direitos morais da autora foram assegurados.

Texto revisado segundo o Acordo Ortográfico da Língua Portuguesa de 1990.

Direitos exclusivos de publicação em língua portuguesa somente para o Brasil adquiridos pela
EDITORA GALERA RECORD LTDA.
Rua Argentina, 120 – Rio de Janeiro, RJ - 20921-380 - Tel.: (21) 2585-2000, que se reserva a propriedade literária desta tradução.

Impresso no Brasil

ISBN 978-65-5981-490-9

Seja um leitor preferencial Record.
Cadastre-se no site www.record.com.br e receba informações sobre nossos lançamentos e nossas promoções.

Atendimento e venda direta ao leitor:
sac@record.com.br

Para o S1,
sem o qual não haveria luz, nem livro, nem eu.

Uma nota da autora

Embora este livro seja uma obra de ficção de fantasia, ele se baseia em muitos aspectos de nosso mundo e trata de questões que dizem respeito à nossa realidade. E, apesar de abordar alguns temas sérios, minha esperança é de que, no fim, sua leitura seja divertida e prazerosa. Para isso, quero fazer um breve resumo de assuntos aqui incluídos que podem ser emocionalmente exaustivos ou difíceis de lidar, dependendo da experiência do leitor. Certamente há alguns temas que me afetam, alguns dos quais foram expostos na escrita deste livro; portanto, se você se identifica com algum deles, ofereço minha solidariedade e empatia. Seja gentil consigo mesmo e, por favor, cuide-se — seja conversando com alguém que você ama, um adulto em quem você confia, um médico, ou ainda por meio de outro recurso — e saiba que você não está sozinho.

- Este livro contém discussões sobre cultura do estupro e violência sexual, e menções a esses dois temas. Não há cenas gráficas desse conteúdo.

- Um personagem vivencia um trauma relacionado à guerra e sofre de estresse pós-traumático não diagnosticado.

- Um personagem vive relacionamentos parentais abusivos, coercivos e manipuladores. Não há abuso físico.

- Há menções a danos e ofensas físicas. Não há cenas gráficas nem explícitas desse conteúdo.

Capítulo um

Q uando me perguntaram o que eu queria, respondi:
— O mundo.
— E o que você faria com o mundo? — Quis saber meu pai. Ele falava num tom ríspido, mas não percebi a ameaça contida naquelas palavras até mamãe pressionar meu ombro. Seus dedos eram rígidos demais para servir de conforto... funcionavam mais como uma advertência, talvez? Ou uma ameaça da parte dela, também?

Observei cada um dos deuses, sem conseguir nenhuma indicação do que eu havia feito de errado. Tinham me feito uma pergunta simples. E eu dera uma resposta simples. Agora todos me encaravam dos pórticos sombreados do mégaro, os rostos distorcidos nos reflexos nos pilares de bronze que circundavam o salão do trono. Eu não fazia a menor ideia do que eles queriam, nem por que de repente todo mundo parecia tenso. Algumas pessoas lançaram um olhar furtivo ao meu pai, cujo olhar era tão feroz que ele mesmo poderia ser confundido com uma de suas estátuas.

Refleti sobre a pergunta. Enquanto isso, a cada segundo que passava sem que eu respondesse, minha mãe cravava as unhas ainda mais fundo na minha pele.

— Eu o encheria de flores — decidi.

Levou um instante até as palavras assentarem.

Então meu pai gargalhou. Era uma risada longa. Alta. Daquelas que me faziam encolher na cadeira. Um segundo tarde demais, os deuses reunidos se juntaram a ele.

Eu queria me virar em direção à minha mãe para ver se tinha respondido corretamente, mas suas mãos me mantinham grudada no lugar, embora agora fizesse menos força com as unhas.

Ela passara a noite toda de olho em mim.

— É bom ficar de olhos abertos quando estiver cercada por estranhos, minha criança — alertara. Mas as pessoas que estavam ali não eram estranhas... pelo menos não para minha mãe. Eram suas irmãs e irmãos, se não de sangue, de armas. Eram deuses que ela conhecia a vida toda.

Eu queria saber mais, porém "sem perguntas, minha criança" era a frase preferida da minha mãe.

Pelo menos toda essa bobagem de "minha criança" logo, logo acabaria. Eu estava com oito anos — ou mais ou menos isso. É difícil acompanhar a própria idade quando se é imortal, e, até aquele momento, todos os outros deuses estavam envolvidos numa guerra contra o deus do tempo, que o modificava a seu bel-prazer.

No entanto, independente da minha idade, essa era a minha anfidromia: o dia em que uma criança recebe seu nome. E como eu era uma deusa, também receberia meu domínio — o aspecto do mundo pelo qual eu seria responsável.

— Muito bem — disse meu pai, levantando-se do trono. Os estranhos que gargalhavam ficaram imediatamente em silêncio. — Que seja, então. — Ele fez uma pausa, o canto dos lábios se repuxando enquanto ele prestava atenção nas expressões preocupadas dos outros deuses, particularmente dos outros membros do conselho ao seu lado. Eram seus assessores, que cutucavam um ao outro e cochichavam, ansiosos para ouvir seu parecer.

Até que papai abriu um sorriso, embora o gesto não aliviasse em nada a tensão no ar.

— Que seja a deusa das flores.

Fiquei de queixo caído. Enquanto isso, minha mãe voltou a cravar as unhas em mim, me contendo: ela me conhecia bem o suficiente para perceber que, na verdade, eu estava a um passo de dar um grito, minha fúria intensificada pela confusão de ter pedido algo tão enorme e, em troca, recebido algo tão pequeno. Todas as minhas esperanças, todas as minhas nobres ambições se desfizeram num piscar de olhos. Mesmo assim, me mantive calada e cerrei os punhos, escondendo-os entre as dobras do vestido. Não valia a pena desafiar o rei dos deuses só por causa da raiva que eu estava sentindo.

— E te dou o nome de... Coré.

Meus olhos foram se arregalando à medida que os significados do nome passavam pela minha cabeça: *pura, linda donzela, moça, garotinha*. Pelo visto, isso era tudo que eu seria para ele.

— Deusa das flores e da beleza... — Afrodite deixou escapar um quase imperceptível ruído de descontentamento antes que meu pai prosseguisse: — ...na natureza.

Enquanto o fogo cerimonial era aceso, eu me esforçava para conter as lágrimas.

Aquilo parecia um castigo.

E eu não tinha a menor ideia do que havia feito de errado.

Fico pensando na minha ânfidromia agora, tentando não me esquivar enquanto mamãe ajeita meu cabelo. Estou sempre me lembrando daquele dia. Havia muita coisa em jogo — e ao longo dos anos tive tempo o suficiente para analisar uma a uma. No entanto, agora meus pensamentos vagueiam onde raramente estiveram antes: naquele mar de rostos perdidos nas sombras.

Na ocasião, mamãe me contou algumas coisas sobre essas pessoas — coisas para me manter segura, mas ao mesmo tempo ignorante. Agora que ela me deu mais informações, minha memória está encharcada de medo.

Muitas pessoas me observando. Duas das três cortes reunidas, deuses do Olimpo e do Oceano à minha volta. Nenhum de Hades, naturalmente. Nunca estive cercada de tanta gente antes, e, desde então, isso nunca mais aconteceu. Agora, em questão de dias, estarei casada com um deles — e nem consigo me lembrar o bastante para imaginar qual deles estará esperando por mim no fim do corredor.

De acordo com todas as pessoas que conheço, é normal ficar nervosa antes do casamento, mas ninguém me disse se é normal se sentir apavorada, só de pensar nisso sou tomada por um pânico tão repulsivo que mal consigo respirar.

— Por favor, mantenha a cabeça parada, Coré. — Mamãe suspira, os dedos desembaraçando a bagunça que está o meu cabelo.

Minha cabeça está conectada ao cabelo, mãe. Se você puxar, a cabeça vai junto.

— Pode esquecer qualquer comentário sarcástico em que estiver pensando.

Consigo ouvir, em meio a suas palavras maçantes, o eco do alerta que ela já me deu mais de dez vezes: *Os homens não lidam bem com sarcasmo, Coré. Eles o veem como um desafio à autoridade deles.*

Me pergunto se algum dia vou conseguir absorver seus conselhos ou se passarão o resto da vida ecoando em sua voz na minha mente, como uma substância oleosa na água, julgando minhas atitudes sem me ajudar a parar de fazer as coisas que a irritam tanto. As coisas que aparentemente me tornam indesejável.

Eu tentei. As Moiras sabem que tentei.

— Deméter, tem certeza de que quer tantos cachos assim? A moda agora é o cabelo mais ondulado — diz Ciané do batente da porta, o único espaço que resta com mamãe e eu enfiadas em meu quarto minúsculo. Normalmente Ciané é a ninfa responsável pela importante e árdua tarefa de pentear meu cabelo, e, pela maneira nervosa como mexe nas pontas de seus próprios cachos, imagino que, por dentro, ela esteja furiosa que mamãe tenha decidido interferir em um dia tão importante.

Deuses nos livrem de meu cabelo ficar bagunçado — é capaz até do universo ser exterminado. Ou, no mínimo, acabar envergonhando minha família.

Cerro os dentes quando os dedos de mamãe ficam presos em mais um nó.

— Ondulado? — rebate mamãe, sarcástica, como já era de se esperar.

— O que as pessoas poderiam pensar? Não, é melhor um visual mais tradicional. Ela vai estar bonita, mas ainda virginal, exatamente o que é preciso.

— Sim, porque se eu não parecer virginal, como os bons partidos vão saber que a garota cujo nome literalmente significa castidade e que passou a vida inteira sozinha numa ilha é pura?

— Sem *isso* hoje, Coré. — Mamãe suspira outra vez. Esse som se tornou tão comum que meu nome parece até estranho quando não vem acompanhado por ele.

Ainda assim, ouvi-la suspirar em um dia como hoje me deixa com o coração apertado. Sou uma decepção para ela, mesmo quando concordo em fazer a coisa mais importante que ela já me pediu.

Ela coloca o último grampo no lugar.

— Pronto. Você está tão linda quanto dizem por aí.

Ela ergue um espelho e observo bem seu trabalho: meu cabelo grosso e indomável preso em um penteado apertado que puxa meu couro cabeludo, alguns fios crespos já tentando escapar. Cabelo à parte, tento me ver como um estranho veria, como meu futuro marido veria — pele macia, marrom-clara, um nariz longo e reto, sobrancelhas grossas e maçãs do rosto salientes. Olhos meio grandes demais, muito escuros, que sempre parecem inquisitivos e ingênuos, como se esperaria de uma pessoa chamada "garotinha".

Ela tem razão. Estou bonita. Lógico que estou. Somos deusas. Todas nós somos bonitas.

Mas o que percebo não é minha beleza, é minha cara de derrotada. Como se estivesse conformada com o meu destino.

Em outras palavras, pareço perfeita.

— Vamos conseguir rapidinho um marido para você — cantarola mamãe, feliz, pousando na mesa o espelho, que chocalha no tampo com uma certa violência. Quando ela tira a mão, percebo que está tremendo. Não gosto de ver evidências de que ela tem medo de que eu não consiga um bom partido. Especialmente quando a ideia de conseguir qualquer partido me deixa apavorada.

Puxo o vestido ridículo que mamãe me forçou a usar: uma monstruosidade de seda lilás, enrolada e torcida várias vezes para chamar atenção ao meu corpo, que está sendo oferecido, enquanto esconde o suficiente para manter meu recato intacto. É mais um embrulho para presente do que uma peça de roupa. Também é longo demais para ser prático, arrastando-se atrás de mim. Levando em consideração a dificuldade que tenho para respirar usando-o, suspeito que foi desenhado para me impedir de fugir.

Quase tropeço ao descer a escada, seguindo mamãe até a cozinha. Ciané fica para trás para organizar as coisas, mas devia estar cozinhando antes de ir ao quarto, porque a cozinha está cheia de vapor — o que é preocupante numa casa feita quase inteiramente de madeira e várias árvores retorcidas — e o cheiro de pão é sufocante naquele cômodo tão pequeno. Em geral sou impaciente demais para esperar que o pão esfrie e acabo queimando os dedos ao parti-lo com as mãos, mas o vestido aperta tanto minha barriga que só de pensar em comer fico enjoada. Eu me atrapalho tentando afrouxar as tiras do vestido.

Mamãe dá um tapa em meus dedos e ajeita o laço.

— Você deve sempre estar linda para o seu marido.

E o que você sabe disso? Você não é casada, sinto vontade de gritar.

— Ele vai sempre estar lindo para mim? — pergunto.

Mamãe dá um pulo, olhando ao redor como se um Olimpiano pudesse estar num canto à espreita, como se ela não tivesse passado os últimos dez anos desenvolvendo uma magia complexa para barrar aqueles que não fossem convidados à nossa ilha.

— Não diga esse tipo de coisa, Coré! — censura ela. — Ninguém vai acreditar na virgindade de uma mulher que fala sobre atração. Quer que achem que você é uma prostituta?

— Bem. — Finjo refletir, assumindo o papel de *garotinha ingênua* para poder me proteger. — Se achassem, ninguém iria querer casar comigo. Talvez eu *gostasse* dessa liberdade.

O semblante de mamãe murcha e ela segura minhas mãos.

— Isso não é liberdade — diz, com carinho. — Os homens veem uma má reputação como um convite.

— Mas eu não entendo — digo, piscando como se fosse uma idiota, embora esteja entendendo tudo direitinho. — Pensei que você me mantivesse nesta ilha para me afastar dos homens. Agora eu tenho que me casar com um? Então tudo bem com o sexo, contanto que seja com o marido?

— Sim, mas só depois do casamento.

— Mas você não era casada quando me teve. — Franzo a testa para realmente comunicar minha confusão. *Lembre-me de como fui concebida, mãe.*

— Isso foi antes de a deusa do casamento se tornar rainha dos deuses. Rios do Inferno, posso até não gostar de Hera, mas pelo menos de alguma forma ela conquistou o poder. Ela fez o casamento ter algum significado o suficiente para conseguir prender o próprio marido.

Deuses, Hera de novo como exemplo, não. Como minha madrasta pode ser essa brilhante esperança sobre o casamento? Meu pai a forçou a se casar com ele, e os dois são infelizes.

— Mal e porcamente — digo sem pensar, bufando.

— O casamento é uma *proteção*, Coré. Uma aliança no dedo une você a um homem, e isso é tudo que os deuses respeitam.

— A propriedade de outro homem? — pergunto, debochada. Agora que comecei, não consigo me controlar.

— Sim — rebate ela, espelhando a acidez no meu tom de voz. — Pelo amor das Moiras, Coré, não fui eu quem criou esse sistema, então pare de ficar me culpando por ele. Se preciso arranjar um casamento para te manter segura, é isso o que farei.

— Eu estou segura *aqui*. Por que não posso simplesmente continuar na Sicília?

— Ah, *agora* você quer ficar aqui... Engraçado, Coré. Você passou os últimos dez anos me implorando para eu te deixar visitar outras terras. — Ela balança a cabeça, mas, quando volta a falar, não parece mais irritada. — Você só está segura aqui porque demos sorte. As defesas não vão durar para sempre, com certeza não agora que você é maior de idade. Acha mesmo que, se eu tivesse o poder de te manter em segurança, não escolheria ter você ao meu lado para sempre?

— Não, na verdade não acho.

Isso não é verdade. Sei que não é. Mas quero magoá-la.

E dá certo. Vejo o momento em que ela absorve minhas palavras, o instante em que franze a testa, em que sua mão estendida vacila. Não me sinto culpada nem mesmo quando seus olhos enchem de lágrimas. Quero que ela chore. Quero que sinta uma fração da angústia que a ideia do casamento me causa. Quero que ela entenda o quanto eu não quero isso.

Em questão de segundos sua dor se transforma em raiva. Ótimo. Quero que ela grite, assim eu posso berrar.

— Sua vida inteira, tudo que fiz foi para te proteger. Fiquei presa nesta ilha, implorando feitiços e proteções às outras deusas, mal indo ao Olimpo, raramente me afastando daqui, tudo para te manter segura.

— Nunca pedi para você fazer isso!

— E fiz mesmo assim! Qualquer pessoa ficaria grata, Coré. Todo deus acha que tem direito de tomar o que quiser para si mesmo, e isso inclui você. A única coisa que os deuses respeitam são os outros deuses. Você não percebe que o casamento é a única forma de te proteger? Tenho certeza de que não preciso te contar como foi o destino de outras garotas que pensaram que poderiam sobreviver por conta própria.

Não dou a mínima, quero rosnar, mas as palavras começam a tropeçar na minha língua à medida que me controlo. Não adianta discutir e, pior, isso poderia pôr tudo a perder. Todo esse tempo fingi que estava tudo bem com esse acordo só para ela baixar a guarda e me dar a oportunidade de escapar; e aqui estou eu, no último momento, erguendo novamente as barreiras da minha mãe pelo simples prazer de uma discussão que nunca vou vencer.

Sei que ela jamais vai entender, porque a questão é a seguinte: segurança não é o suficiente para mim. Prefiro morrer, prefiro virar outra tragédia para uma mãe usar como advertência a me tornar um suspiro longo e dolorido em um hino, uma vida imortal passada no sofrimento.

No entanto, minha segurança — e minha reputação — sempre foram e sempre serão a prioridade da minha mãe.

— Sei que está com medo — diz ela, a raiva esfriando diante da oportunidade de me dar uma lição de moral. — Sei que, se pudesse, você exploraria o mundo, plantaria flores, provavelmente vestida com uma roupa inapropriada e descalça. Mas você não pode fazer isso. O mundo é perigoso demais.

— Você pode — digo baixinho, a derrota pesando em minha voz.

— Coré. Só vou dizer isso uma vez e você precisa me ouvir. — Ela dá um passo em minha direção novamente e faz carinho no meu rosto. — Eu te amo, meu amor, mas você não é poderosa. Há deuses lá fora com poderes imensuráveis, e Zeus te deu flores. Como você pretende se proteger com pétalas? Não temos a mesma vida. Sou um dos primeiros deuses, a deusa da Lei Sagrada, da natureza, da colheita... todos esses domínios poderosos. E nem assim tenho poder suficiente para te proteger, porque Zeus deu tudo de mais poderoso aos homens. Só as Moiras sabem! Quando a guerra chegou ao fim, ele concedeu reinos inteiros aos garotos, um deles com dez anos de idade na época.

— Vamos ser justas, você jamais ia querer o Mundo Inferior. — Frio demais, escuro demais, completamente cheio de horrores.

— Isso não vem ao caso — diz ela. — A única maneira de você obter mais poder e conquistar algum espaço neste mundo é se unindo a um homem poderoso por meio do casamento. Dando aos outros algo... ou melhor, alguém... para temer. Entende o que estou dizendo?

Engulo em seco e minhas mãos estão tremendo, mas consigo manter a expressão neutra. Quero gritar que ela está errada, mas, sendo bem honesta, não sei se está, e acho que, se tentar dizer alguma coisa, vou acabar chorando.

— Entendo — sussurro.

— Você não pode continuar sendo uma garota que vive numa ilha para sempre. — Pelo menos há algo em que concordamos. — Sei que está assustada, mas sou a deusa da vegetação. Não existe nenhum lugar na Terra aonde você possa ir que eu não consiga te achar. — Disso eu também sei. — Você não vai nos deixar para sempre.

Engulo a mágoa, empurrando-a para um lugar onde todo meu medo e minha raiva se fundem em um vazio impossivelmente pesado.

— Você é uma mulher agora. — Que palavra mais arbitrária. Não me lembro de ter acontecido nenhuma grande transformação no meu aniversário, mas pelo visto o mundo inteiro percebeu. — Está velha demais para essas birras. Me prometa que não vai agir assim quando seu pai chegar.

É isso. A decepção dela suga meu último resquício de raiva.

Encaro o chão. Até isso me machuca. Fito os azulejos de cor laranja que talvez nunca mais volte a ver, o lar que, de um jeito ou de outro, estou deixando para trás.

— Sim, mãe.

— Você é linda, Coré. É maravilhosa, tão talentosa, tão obediente e dócil *na maior parte do tempo*, tão fácil de amar — diz ela, enfática. — Continue assim e qualquer homem vai ter sorte de ter você.

Seria mesmo uma puta sorte.

— Você só está considerando Olimpianos? — pergunto.

— É lógico. Vou conseguir um bom partido para você. Com um Olimpiano você ainda será parte desta corte. Além do mais, não acho que ninguém sob o domínio de Poseidon seja o tipo de homem com quem você possa se casar.

Lógico, afinal o domínio de Zeus é muito melhor.

— E a corte de Hades?

Mamãe solta uma risada estridente.

— Muito engraçado, Coré. Sei que acha que estou te mandando para um destino pior do que a morte, mas eu não te enviaria para o próprio reino dela.

— Ok — digo, sem vontade de estender a conversa e me xingando por dentro por ter sequer tocado no assunto. — Posso ir ver minhas amigas agora? Antes do meu pai chegar?

— Ah — diz ela, meio preocupada. — Não queria que você sujasse o vestido.

— Poxa, por favor, foi papai quem me tornou a deusa das flores. Ele não vai se espantar com um pouco de lama, né?

— Sou a deusa da colheita e você nunca me viu com palha no cabelo, viu?

Na verdade, já vi, sim. Uma vez. Ela estava na segunda garrafa de vinho numa "noite de mães" com Selene e Leto. Mamãe adora chamar outras deusas para vir a nossa casa e me presentearem com histórias horripilantes sobre os homens dos quais ela está me protegendo. Elas se juntavam, me contavam as piores coisas que já ouvi na vida e depois me davam dicas para me manter em segúrança. *"Não use vestido se for viajar"*, conselho de Afrodite. *"Use um disfarce de homem se puder e, no mínimo, viaje em grupo."* Ou Atena, dando tapinhas em minha cabeça enquanto me explicava em que lugares atingir um homem para que ele me soltasse, se — que os deuses me livrem — um deles conseguisse chegar à ilha e me levar embora. Héstia não é muito mais velha que eu, mas não parava de falar sobre como era sempre mais seguro ficar em casa — embora eu com certeza já esperasse isso da deusa do lar. Ela dizia que, se algum dia eu estivesse sozinha, deveria ir direto ao palácio ou à propriedade mais próxima e solicitar xênia, uma garantia de hospitalidade que ela mesma havia criado que impedia qualquer um que estivesse no local de me machucar sem precisar enfrentar consequências. Ainda poderiam me machucar, lógico, mas haveria consequências. Antes da xênia, os homens podiam fazer o que bem entendessem com as mulheres tolas e despreparadas o bastante para resistirem aos seus avanços.

— Vou embora em alguns dias — implorei. — Só os deuses sabem quando voltarei a ver minhas amigas.

— Você sabe que não gosto que passe muito tempo com aquelas garotas — diz ela, mordendo o lábio. — Ah, tudo bem, não consigo te dizer não. Não com... todo o restante.

Imagino que isso signifique que, se ela está me forçando a me prender a um homem que não conheço, me impedir de falar com minhas amigas é uma linha moral que ela não está disposta a ultrapassar.

— Ciané! — chama mamãe, e a ninfa aparece ao pé da escada. — Acompanhe-a até o rio, mas se as garotas começarem a corrompê-la, conto com você para impedi-las.

Ah, mãe, elas já me corromperam há muito tempo. O que é ótimo, caso contrário eu estaria a um passo da minha noite de núpcias sem a menor ideia do que entra onde.

— Volte logo — diz ela quando já estou saindo porta afora. — Seu pai chega em uma hora.

Uma hora. Quase consigo ouvir a areia caindo numa ampulheta enquanto se esvaem os últimos momentos da única vida que já conheci.

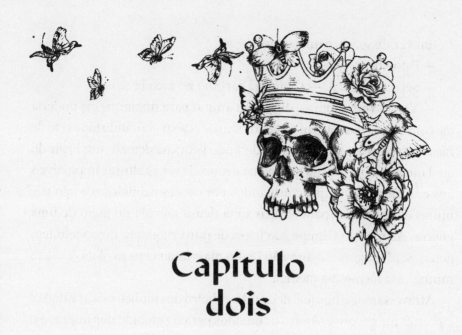

Capítulo dois

É só estar ao ar livre que já me sinto melhor. A coceira que estou sempre sentindo alivia, acalmada pelo suave zumbido das flores ao meu redor: cravos, bocas-de-leão, crócus, calêndulas, fúcsias, botões-de-ouro e margaridas, todas aninhadas na grama. E isso apenas na clareira em que fica nossa casa. Quando começo a me aventurar pelo campo, essa sensação vai aumentando até me deixar tonta.

Ciané aparece na minha frente antes que eu consiga dar mais um passo em direção à natureza que me chama. Seus olhos dourados buscam em mim alguma pista do meu desconforto, linhas finas marcando a pele avermelhada ao redor deles, o que é impossível, porque as ninfas não envelhecem visivelmente. Mas, pelo que parece, lhe causei tanta preocupação que a deixei com rugas.

Fico com vontade de desabar em seus braços. Quero que ela me abrace e diga que vai ficar tudo bem. Só os deuses sabem quando terei isso novamente. O que quer que aconteça hoje, seja qual for minha decisão, nenhuma alternativa me trará conforto.

Em vez disso, abro um sorriso.

— Estou bem.

— Sei que é difícil. — Ciané faz carinho no meu braço.

— Vamos sair daqui — digo, sem ânimo para fingir que ela poderia me consolar e relutante em correr o risco de acabar chorando tão perto de casa. Passei a vida inteira a considerando pequena demais, um lugar do qual queria fugir — principalmente depois de ver as alturas impossíveis dos edifícios do Olimpo, construídos por deuses habilidosos e não por ninfas desesperadas para abrigar uma deusa grávida no meio de uma guerra. As ruas do Olimpo são feitas de ouro enquanto nosso teto tem goteiras. Mas agora... agora não tenho mais tanta certeza. Amo e odeio minha casa na mesma medida.

Atravessamos o bosque, deixando o cheiro dos pinheiros, carvalhos e ciprestes me envolver. Apuro os ouvidos para o zumbido dos insetos e o assovio dos pássaros. Olho ao redor como se, ao olhar com intensidade suficiente, eu pudesse absorver e levar tudo comigo aonde quer que eu vá.

— Sua mãe discutiu com ele, sabe — diz Ciané. — Ela implorou, pediu mais alguns anos. Ele recusou. Pelo visto, há algum tipo de competição por você.

— Que maravilha — murmuro.

— A mítica Coré? Que não é vista desde que era uma menina, criada numa ilha mística para manter sua pureza intacta? Você é uma lenda entre os outros deuses, e um prêmio acima de todos os outros.

Acho que vou vomitar.

— Isso é *bom*, Coré — insiste ela, os olhos preocupados me examinando. — Com todo mundo te disputando, seus pais vão poder escolher o melhor dos melhores. Você vai ter um excelente partido.

Isso é tudo que interessa aqui, certo? Todos os talentos, os penteados, o fato de eu ter que ficar prendendo a respiração e me mantendo calada. Seja perfeita, tenha um leque maior de opções, aumente suas chances de conseguir um marido bom e decente.

Depois continue sendo perfeita para mantê-lo bom e decente quando estiver presa a ele.

— Por que mamãe não me disse que ela também não queria isso? — finalmente consigo dizer, a culpa se contorcendo na minha barriga. — Eu não teria brigado com ela.

— Teria, sim — diz Ciané, lançando um olhar à casa. — Porque você não pode brigar com Zeus, pode?

Não, não posso.

Só de pensar em desobedecer a um comando direto do rei dos deuses já me deixa com mais dor na barriga, formando um abismo dentro de mim no qual eu adoraria desaparecer.

— Acho que Deméter pensou que, se você acreditasse que era ideia dela, talvez fosse mais fácil para você.

— Nada poderia... — Paro no meio da frase. Se continuarmos falando sobre isso, vou acabar deixando escapar alguma coisa que pode estragar tudo. Felizmente, nesse momento deixamos para trás as árvores e alcançamos o rio, onde as ninfas começam a gritar e vir correndo em nossa direção.

Ciané também é uma ninfa do rio, uma náiade, mas uma a quem mamãe protege. Como regra geral, mamãe não é muito fã de ninfas. A ética delas não se alinha à dela e isso a assusta.

Mas foram elas que a ajudaram assim que chegou aqui, procuraram madeira e auxiliaram na construção de um abrigo. Fizeram desta ilha um lar. Duvido que mamãe tenha imaginado que continuaria aqui mesmo depois que a guerra da qual fugiu tivesse terminado, mas também duvido que imaginou tudo que os deuses fariam após ganharem, as coisas das quais me protegeu me mantendo aqui.

Suponho que ela veja minha amizade com as ninfas como um sacrifício, algo que ela tolera em troca de me manter nesta ilha sem nenhuma outra companhia.

Eudóxia e Mirra me alcançam primeiro, me apertando e dando gritinhos de alegria.

— Coré — diz Eudóxia, afoita. — Dá para acreditar que finalmente isso está acontecendo?

— Ai, não vejo a hora de conhecer o seu homem — diz Mirra. — Aposto que vai ser lindo, todo musculoso, a pele reluzente e o cabelo ondulado.

— Só espero que ele seja gentil — respondo. O que mais posso dizer? Se concordar com elas, isso vai acabar chegando aos ouvidos da minha mãe e vou ter que ouvir mais uma lição de moral sobre desejo.

— Por favor, espere mais do que isso! – exclama Eudóxia, sonhadora, enrolando o cabelo loiro ao redor do dedo. — Acho que ele vai ter os olhos mais deslumbrantes... Vão ser da cor do mar, e o cabelo, da cor do sol.

— Então o que você quer é que eu me case com Apolo? — pergunto secamente. Eudóxia fala dele desde que éramos crianças.

Ela franze o nariz rosado, queimado de sol.

— Quem dera, mas você não pode se casar com outro filho de Zeus.

Isso não deteve outros deuses antes. Há até rumores de que meus pais são irmãos, embora não passem de boatos infundados. Cronos, meu avô, derrotou o próprio pai para se tornar rei dos Titãs e tinha tanto medo de que mais alguém crescesse e roubasse sua coroa que sequestrou os filhos dos outros Titãs e os engoliu inteiros. Depois teve o próprio filho e também resolveu comê-lo. Mas Rhea, sua esposa, o enganou e conseguiu levar o filho deles, Zeus, para um lugar seguro, longe dali. Quando cresceu, Zeus enganou Cronos e o fez vomitar os outros deuses. Cronos usou todos os seus poderes para congelar as crianças no tempo antes de as engolir, então elas saíram perfeitamente conservadas.

Quem acordou primeiro foi a bebê Hera, aquela que viria a se tornar a rainha dos deuses. Meses mais tarde, minha mãe e Poseidon, rei da corte do Oceano, respiraram em seus berços. Acho que todos já tinham quase desistido de Hades e Héstia quando anos depois finalmente acordaram, aos gritos. A essa altura, os outros deuses já haviam crescido e estavam exaustos por causa da batalha. Hades e Héstia ainda eram crianças quando a guerra terminou e Hades foi nomeado rei do Inferno, e Héstia, deusa do lar.

Eu gosto de Héstia, de verdade. Mas, ao mesmo tempo, meio que a odeio.

Acho que meu pai gostaria que ela fosse a filha dele, não eu. Deusa do lar e feliz com esse papel — prefere estar em casa do que em qualquer outro lugar. Héstia pediu a meu pai permissão para não se casar, e ele concordou tão rapidamente que, quando descobri, queimei uma campina inteira de tanta raiva. Eu havia lhe pedido a mesma coisa, implorado, e tudo que ganhei como resposta foi uma gargalhada e ele dizendo que já havia perdido duas filhas para a virgindade eterna; mais uma e os deuses da corte acabariam se enfurecendo. Precisei recorrer a todos os meus talentos com flores para ressuscitar os restos queimados e mortos da campina. Héstia é quem eu poderia ser se pelo menos aceitasse meu papel neste mundo e nunca me revoltasse contra ele. Se eu fosse simplesmente perfeita.

Mas ela também não é burra — sabe do poder que existe no lar. É apenas um poder que Zeus deixou passar despercebido. A xênia é uma das garantias mais poderosas do mundo, perde apenas para um juramento feito pelo rio Estige.

Héstia queria poder e o encontrou exatamente no que meu pai lhe deu — ao contrário de mim, cabeça-dura demais até para pensar em ser discreta.

— Bem, pelo menos isso significa que você pode deixar Apolo para mim — prossegue Eudóxia, sem reparar no quanto minha cabeça está a mil.

— Por quê? Para você acabar virando outra Dafne? — pergunto. Pobre Dafne, transformada em árvore para escapar das perseguições predatórias de Apolo.

Posso reclamar o quanto quiser da minha mãe, mas as ameaças das quais ela me protegeu durante todos estes anos são bem reais. Me contaram a história de Dafne como se fosse um conto de fadas — é melhor ser uma árvore do que acabar sendo violada. Na corte do Olimpo, isso é considerado um final feliz.

Eudóxia fica de cara feia.

— Ah, por favor. Até parece que você dispensaria Apolo.

— Além do mais, o que Dafne estava fazendo na margem do rio se não quisesse que Apolo se interessasse por ela? — pergunta Mirra. Sinto um embrulho no estômago.

— Vamos, a gente tem tanta coisa para conversar! Você deve estar muito empolgada — diz Amalteia. — Senta um pouco aqui com a gente.

O dia está lindo, tão quente que o ar chega a ondular, a água e o céu de um azul que nunca consegui reproduzir nas flores. A brisa exala o aroma do oceano e, para onde quer que eu olhe, há vida. A deusa da colheita e a deusa das flores presas numa ilha tendo como companhia apenas os espíritos da natureza? É o paraíso.

Já sinto falta disso tudo.

Não quero olhar para trás jamais.

— Você sabe com que deuses sua mãe está se encontrando? — pergunta Amalteia.

Balanço a cabeça.

— Não, não cabe a mim saber disso. — Uma frase literalmente saída da boca da minha mãe, embora soe como algo que meu pai tenha lhe dito. — Além disso, tenho certeza de que o discernimento de mamãe nessa questão é mais bem fundamentado do que o meu. A escolha dela vai ser muito mais sensata. — Essa frase aqui é mamãe inteirinha.

— Uma escolha sensata — zomba Eudóxia. — Para com isso. Quero saber quais as opções mais gostosas.

Deuses, eu costumava ser tão íntima dessas garotas. Mas tudo isso acabou quando comecei a falar que nunca queria me casar e elas disseram: *"Ah, você só está preocupada que Deméter te arranje um daqueles deuses velhos como marido. Nem pensa nisso! Pense nos bons partidos que você pode conseguir, isso sim, como Eros."* Como se fosse mais tolerável estar presa num casamento se o homem me controlando tivesse um rostinho bonito.

E: *"Mas você vai ser uma esposa e uma mãe tão boa!"* Como se o motivo de eu não querer me casar fosse pensar que não tenho habilidade para ser bem-sucedida em tudo que se espera de mim. Ver tudo apresentado, todos os passos da minha vida planejados é horrível. Soa mais como uma armadilha escancarada.

E: *"Lógico que você quer se casar!"* Essa é uma das favoritas, como se com o simples ato de refutar o que digo, elas pudessem me fazer mudar de ideia.

Nenhuma alternativa. Nenhuma compreensão. Nada.

E, se mamãe me deixa apavorada, elas me deixam confusa. São tão agressivamente positivas em relação a sexo que pensam que não o querer faz de você uma aberração, ou, no mínimo, uma puritana reprimida. Elas não conseguem imaginar um mundo em que você diga não e realmente queira dizer isso.

— Ela só está procurando na corte do Olimpo? — pergunta Mirra.

— Não — responde Eudóxia, sarcástica, estalando a língua. — Deméter vai descer até o Hades para buscar um monstro de lava do próprio rio de fogo. Coré, não deixa de levar uma ninfa da aloe vera para o casamento.

— *Obviamente* eu não me referi ao Hades. Apesar de que, sendo bem honesta, alguns dos deuses lá de baixo são...

— Apavorantes? Deprimentes? É mais provável eles te enfiarem uma espada do que o...

— Só no Olimpo. — Interrompo o bate-boca delas.

— Por quê?

Ciané se intromete.

— Deméter disse que tinha tanta gente interessada que era mais fácil tirar o Oceano da disputa de uma vez. E... bem, acho que Zeus quer ficar de olho nela. Ele a quer em sua corte.

Eu poderia até achar divertida essa mesquinharia de Zeus se isso não significasse a ruína da minha vida. Sou uma eterna suspeita, porque, quando criança, pedi demais, ameacei sua autoridade e, assim, marquei a mim mesma como um alvo a ser vigiado.

Saber que apenas Olimpianos estão disputando a minha mão não melhora as coisas. Oceano sempre foi a maior ameaça à nossa ilha, já que a cerca, as ondas quebrando na costa como se fosse apenas uma questão de tempo até a corte engolir tudo. Eu sempre imaginei que, se uma das histórias de terror de mamãe se tornasse mesmo realidade, seria um deus oceânico me sequestrando. Mas os Olimpianos são tão ruins quanto.

A própria rainha do Olimpo, Hera, foi obrigada a se casar com o homem que se impôs a ela: meu pai. Não é uma união exatamente feliz, mas Hera é a deusa do casamento, então ele não pode se divorciar dela

— embora possa traí-la, bater nela, prendê-la com correntes quando ela se rebela contra ele e fazê-la jurar por Estige que nunca mais vai enfrentá-lo novamente.

Quando menciono isso a minha mãe — que talvez a segurança do casamento não compense, que ser protegida de muitos homens por causa de um é um risco da mesma forma —, ela diz apenas que um é melhor do que muitos e que, além disso, ela vai me casar com alguém muito melhor do que meu pai. Diz que é por isso que está escolhendo e não eu — porque quando era jovem cometeu erros e meu pai foi um deles, e devo aprender com sua experiência.

Mas, ainda por cima, apesar de tudo ela tem ciúmes de Hera por ter ganhado uma coroa ao se casar. Quando os deuses derrotaram os Titãs, as Moiras decretaram que apenas um dos sequestrados por Cronos teria o direito de governar. Papai considerou apenas as ameaças representadas pelos meninos, e tentou apaziguar Poseidon e Hades dividindo o mundo em três e tornando-os reis de suas próprias cortes para que nunca viessem atrás de sua coroa. Ignore o fato de que Cronos escolheu seis filhos, três deles meninas.

Sendo uma dessas garotas, mamãe nunca perdoou a afronta. Tecnicamente, ela também é Olimpiana. Até faz parte do conselho dos doze, o grupo que supervisiona as cortes. No entanto, passa a maior parte do tempo aqui comigo. Diz que é para minha segurança, mas também é porque, como mãe solteira, foi socialmente excluída no segundo em que Hera se casou com Zeus, e, com isso, a deusa do casamento converteu-se em rainha dos deuses. As amizades da minha mãe tornaram-se algo a ser escondido em sussurros apressados e reconciliações silenciosas longe do Olimpo.

A Sicília é linda, mas é uma prisão. Para nós duas.

Enquanto as ninfas ainda estão especulando sobre potenciais pretendentes, me desligo, fitando a luz do sol dançando no rio, as flores preenchendo cada centímetro do solo. Se papai quer que eu me case com um Olimpiano, quer dizer que ele me quer no Olimpo? A corte é linda — imensos portões em arco se abrindo para uma cidade de palácios em meio a ruas douradas, o aroma da ambrosia tão forte no ar que dá para sentir o gosto. Musas cantam nas ruas, o mármore branco brilha mais que as nuvens e os prédios assentam-se sobre pedestais de bronze. Tudo é cintilante, reluzente e perfeito.

E ainda tem a acrópole! A corte inteira fica numa montanha íngreme, porém quanto mais você sobe, mais percebe que já não está andando sobre pedra. Sob seus pés estão as próprias estrelas e mais adiante, onde a ponta do céu arqueia, fica o palácio de Zeus. Fui praticamente saltitando até lá para minha anfidromia, boquiaberta com toda a beleza que a corte oferecia.

Não pensei muito no Olimpo desde então; minhas lembranças sempre recaem na cerimônia de atribuição do meu nome.

Mas agora fico tentando imaginar como é morar na corte, com deuses em cada esquina, e meu coração anseia por outra coisa. Presa nesta ilha, eu sempre quis ver o mundo. Pensava que talvez essa fosse a única coisa que pudesse tornar o casamento suportável, se eu me casasse com um marido que morasse perto de montanhas com cumes nevados ou florestas tão densas que é impossível ver entre as árvores, talvez perto de um deserto ou de uma selva — algo diferente, algo novo, algo típico deste reino que eu amo.

O Olimpo fica longe deste mundo.

E não me lembro de ter visto uma única flor por lá.

— Olha! — arqueja Mirra, apontando em direção ao céu, e sei que é tarde demais. Sei que ela só pode estar falando de uma coisa, antes mesmo de eu erguer o olhar e ver acima de nós a carruagem em alta velocidade com quatro cavalos batendo os cascos no ar.

Meu pai chegou.

Capítulo três

Quase desmorono ao chegar em casa. Minha suspeita de que é impossível correr com esse vestido estava correta.

— Coré — repreende mamãe quando entro correndo, apressando-se até mim e arrumando os fios soltos do meu cabelo. — O que você está fazendo correndo por aí igual um touro com raiva?

— Meu pai... — digo.

— Ah, Moiras do céu. — Minha mãe leva a mão à boca, a expressão preocupada. — Ele chegou cedo. Dê um passo para trás. Me deixa dar uma olhada em você.

Obedeço, vendo a comida que ela preparou para a chegada do meu pai: alcachofras recheadas com queijo feta brilhando sob o azeite, grão-de-bico desidratado polvilhado com flocos de sal tão grandes que refletem a luz, tortas com queijo cremoso e legumes em conserva, massa folhada com geleia de framboesa e uma dúzia de pães com flores assadas no topo — flores comestíveis e decorativas que criei porque achei que fariam minha mãe feliz: flores e domesticidade num único elemento.

Mas isso tudo é só para fazer bonito — papai não vai ficar tempo o suficiente para comer nada disso. Ele vai fazer alguns comentários mordazes, me colocar no meu devido lugar e então sair correndo para dar atenção aos seus filhos favoritos ou suas futuras mães.

— Tudo bem, você está ótima — diz mamãe para se acalmar. — Mas, Coré, você precisa se comportar quando ele chegar aqui. Não o irrite. Eu preciso... Olha, ele vai querer te casar com o deus que oferecer mais rebanhos a ele, ou que lhe fizer as maiores reverências, ou só os deuses sabem o quê. Eu já vou ter que pressioná-lo para que ele escolha alguém que te trate bem. Não o deixe com raiva a ponto de acabar se vingando com uma escolha diferente.

— Sim, mãe. Vou me comportar.

Não sou nenhuma idiota.

— Boa menina — diz ela, dando um beijo na minha têmpora quando a porta se abre com tudo.

Estremeço com o barulho. Papai gosta de falar alto; tudo nele é tempestuoso. Ele adora quando sua voz é tão alta que as pessoas se encolhem. Quando entra em nossa casa, até o ar pesa, crepitando com a estática de algo que não é o raio do meu pai. Assim que ele entra, fico de joelhos e abaixo a cabeça.

— Meu rei — murmuro, minha voz ecoada pela da minha mãe de joelhos ao meu lado.

— Levantem-se — ordena ele.

Ao me erguer, mantenho os olhos fixos no chão, desejando poder afundar no piso. Mamãe dá um passo à frente, seu ombro encostando no meu enquanto ela se posiciona na minha frente do jeito mais discreto que consegue.

Ele bufa.

— Você fez um trabalho decente, Deméter. Ela parece razoavelmente dócil.

Minhas bochechas coram de raiva, mas espero que ele confunda isso com um rubor de timidez.

— De fato. Agora, vamos? — pergunta minha mãe.

Ele a ignora e começa a andar ao meu redor num movimento lânguido e amplo.

— Sim — diz ele, por fim. — Imagino que receberemos muitas ofertas por ela. Eu já tive várias, mas estou tentando me precaver. Coré. — Ele grita meu nome como se eu não o estivesse ouvindo, e ergo abruptamente os olhos.

— Pai — respondo com um delicado aceno de cabeça.

— Está ansiosa para o seu casamento?

O que posso responder? Se disser que sim, ele vai me ver como uma mulher *ansiosa*, que mal pode esperar. Se disser que não, pronto, estarei sendo estúpida, recusando-o.

— Estou animada para o casamento, meu rei.

— Da última vez que estive aqui, você me implorou para não precisar se casar.

Já fiz isso tantas vezes que não consigo nem lembrar a qual situação específica ele está se referindo.

— Meu maior desejo continua a ser, como sempre, seguir seus comandos. Se o senhor quer que eu me case, então estou animada para isso.

Ele cantarola, como se estivesse se divertindo.

— E o que mais você quer?

Sempre voltamos a essa questão. Não tenho certeza se ele continua bravo ou se apenas fica satisfeito em transformar uma garota teimosa numa mulher submissa. Como se, ao me esmagar, ele fosse capaz de esmagar todos que algum dia neste planeta o desafiaram.

— O que o senhor gostaria que eu quisesse?

Seus olhos começam a palpitar, relâmpagos atravessando-os, e ele dá um passo à frente que me faz pular para trás. Ele ri tão alto que deve dar para ouvir lá no Olimpo.

— Isso, Coré. É isso que eu quero: que você nunca se esqueça quem manda aqui. Quando você estiver no Olimpo, fazendo da casa de seu marido um lar, que é o dever de uma boa mulher, quero que se lembre de que quem a colocou lá fui eu.

Cerro os dentes.

— Sim, meu rei. O que desejar.

— E você não ficará triste em deixar este lugar? Talvez até deixar este mundo?

— Não passo da deusa das flores, pai — digo, aliviada por estar num terreno familiar. Ele gosta disso, que eu não deixe dúvidas de que estou conformada em não ter o poder que um dia tanto desejei. — O que mais eu poderia oferecer a este mundo?

— Excelente — responde ele, feliz, recuando e voltando-se para minha mãe. — Venha, vamos acabar logo com isso. Está acontecendo um torneio em Ítaca que eu odiaria perder.

Minha mãe se vira para mim.

— Volto logo, Coré — diz ela, os braços hesitantes ao lado do corpo, como se quisesse me abraçar, mas não soubesse se tem permissão para isso. — Termine sua colcha nupcial enquanto estou fora e quando retornarmos...

— Agora, Deméter. — Meu pai a interrompe, ríspido.

Mamãe me olha nos olhos.

— Vai ficar tudo bem, Coré. Só seja uma boa menina enquanto eu estiver fora.

Então ela se vai. Não ganho nem um último abraço nem uma palavra gentil final — ou pelo menos uma que não tenha sido pensada exatamente para agradar meu pai. Não tenho a oportunidade de me despedir do jeito certo.

E nem sei quando — ou mesmo se — voltarei a vê-la.

Espero até não conseguir mais ouvir o ruído de cascos no chão enquanto eles seguem para o Olimpo, depois aguardo mais alguns instantes só para garantir. Só então respiro, trêmula, e saio de casa.

Ciané está me esperando do lado de fora. Ela corre até mim e afasta o cabelo do meu rosto, procurando um sinal de que tem alguma coisa errada.

— Querida? — pergunta.

Abro um sorriso, mais como um reflexo do que como uma reação verdadeira.

— Pensei em colher algumas flores para meu noivo.

Eu ia até as praias e aos bosques para dizer adeus a todas as ninfas desta ilha: as nereidas, alseídes, dríades, aurai, leimoníades e ninfas tão específicas que nem sequer têm nomes. Só de pensar em não abraçar Siringe uma última vez, em nunca mais voltar a ver Egéria...

Mas me conheço. E se não fizer alguma coisa agora mesmo com essa onda de emoções que estou sentindo, vou acabar me reprimindo, jogando tudo para debaixo do tapete, e, quando der por mim, serei uma mulher casada. Se estou disposta a fazer isso, se estou mesmo disposta a desobedecer a todos eles, preciso fazer isso agora.

— Quais flores está pensando em colher? — pergunta Ciané.

— Anêmona e lavanda-marítima — digo sem pensar duas vezes. Dei significado às flores em uma vã tentativa de torná-las mais interessantes, e essas duas significam *desespero* e *empatia*.

Ciané franze a testa, e não quero que essa expressão seja minha última lembrança dela.

— Acredito que sua mãe não fosse ficar muito feliz com isso.

— É brincadeira. Pensei em margaridas, frésias e gardênias. — *Pureza, pureza e mais pureza*. O que seria mais apropriado? — Tem algumas na campina perto da enseada que forma a piscina natural.

— Fica longe demais do meu rio para eu poder me afastar — diz Ciané. — Você vai ficar bem indo sozinha?

Faço que sim com a cabeça e a abraço sem nem pensar.

— Já volto. Eu te amo.

Se ela acha minha demonstração de afeto esquisita, não diz nada. Talvez atribua apenas ao fato de que em breve vou partir.

Embora alguns de nós saibam que a partida vai ser bem mais cedo.

— Também te amo, querida — diz ela, me soltando.

Então me viro e me despeço da única vida que conheço. Assim que estiver fora do campo de visão de Ciané, vou fugir.

Sinto a presença das flores, embora não sejam as que eu disse a Ciané que buscaria.

Penso no dia em que recebi meu nome e em como eu queria mais. Eu ainda quero mais.

Eu amo as flores; é verdade. Amo tanto que só de pensar em deixá-las para trás me faz ter vontade de reconsiderar todo o plano. Amo o perfume delas, sua aparência, o jeito como se modificam. Acima de tudo, amo como elas me fazem sentir, como se estivesse conectada a algo muito maior do que eu.

Fiz o melhor que pude com o pouco que tive. Criei flores para agradar aos olhos e ajudar a natureza. Criei flores em formatos intrincados, construções mais complexas do que os arquitetos do Monte Olimpo ousariam pensar em criar. Lhes dei significados, moldei-as em linguagem para torná-las mais do que qualquer um jamais poderia imaginar que seriam.

Dei espinhos às rosas e criei flores que picam, mordem, flores capazes de matar um homem em questão de segundos.

Mas também criei ferramentas, pás, forcados e tesouras que agora uso em meu vestido, cortando os laços, removendo centímetros na barra, essa bainha enlameada que o tempo todo me ameaça tropeçar. As bordas rasgadas fazem cócegas em meus tornozelos — um comprimento muito melhor. Se isso der errado, pelo menos vou deixar minha mãe furiosa. Já é alguma coisa. Pelo menos meu marido vai saber que está se casando com um espírito selvagem e não com uma garotinha obediente.

Ah, e fiz foices, pequenas lâminas curvas para cortar flores. Mas imagino que possam ser usadas de outras maneiras. Amarro uma na coxa junto com um pedaço de tecido. É sempre bom estar preparada.

Nem acredito que estou fazendo isso.

Venho pensando nessa ideia há anos, desde que ouvi pela primeira vez as histórias de um menino que acabou com uma revolta de Titãs sem precisar nem tocar numa espada. Desde que mamãe me contou histórias de terror sobre rios de aflição e lamento, um poço tão profundo que era o único lugar que poderia conter os Titãs aniquilados. Tudo o que eu conseguia pensar era que queria ver esse lugar por mim mesma.

Nunca tirei isso da cabeça: um mundo onde até os deuses temem pisar. Uma parte disso sempre brincou na minha mente, como se me desafiasse a ir até lá. Como se me desafiasse a correr o risco. Mamãe chegou a dizer que minha segurança dependia do pavor deles. Então se preciso dar aos deuses algo a temer, pois bem.

Vou dar a eles o próprio Inferno.

"Não existe nenhum lugar na Terra aonde você possa ir que eu não consiga te achar."

Mamãe possui a terra. Papai, o céu. Não acredito que eu tenha chances no oceano com uma corte repleta de deuses gananciosos, Poseidon é o pior de todos.

Mas existe alguém a quem posso recorrer, um lugar aonde posso ir sem que nenhum deles consiga me achar.

Mil histórias de morte e escuridão, e nem mesmo uma única história de uma mulher roubada.

Estou arriscando tudo por causa de uma fábula. Mas continuar aqui parece um risco ainda maior.

Enquanto atravesso a campina, dou graças às Moiras por suas ninfas estarem em outro lugar. Bem no meio da vegetação há um espacinho de terra descoberta. Me abaixo, enfio os dedos na terra seca e me concentro. Deixo todo o medo e desespero saírem de mim e fluírem para as flores que estou criando. Hastes curvas e brancas saltam do solo enquanto as raízes penetram a terra, mais profundas do que qualquer outra coisa que já fiz, algo que liga nossos domínios.

— Dou a vocês o nome de asfódelos — digo às flores. — Vocês serão colocadas em sepulturas, honrarão os mortos e sua memória. Eu as batizo em homenagem ao deus Hades, rei do Submundo e de tudo o que existe embaixo desta Terra.

Procuro a maior e mais bela flor. É deslumbrante; as pétalas marfim são perfeitamente imperfeitas, assimétricas e ainda assim equilibradas. Essa flor é como o caos na natureza. É uma de minhas melhores criações.

Eu a arranco da terra e a despedaço.

— E, Hades — chamo —, nós realmente precisamos ter uma conversa.

Então espero, de dedos cruzados, sem sentir nada além da brisa suave soprando minha pele.

Jogo a flor destruída no chão e, assim que ela atinge o solo, a terra se abre ao redor.

Abro um sorriso e salto para a escuridão.

Capítulo quatro

Tem uma coisa que você precisa entender.
Eu sou boa. Sou boa mesmo. É praticamente a característica que me define.

Que menina boa. Que menina bonita. Ela não é linda? Um anjo de criança.

Tenho outras características, lógico. Sou muito talentosa. Consigo tecer quase tão bem quanto Atena (eu diria que faço até melhor, mas não é à toa que Aracne vive tecendo teias). Minha voz pode fazer exércitos inteiros se curvarem — quando estou cantando, lógico, não quando falo. Afinal, boas garotas devem ser vistas e não ouvidas. Meu bordado é detalhado e gracioso como nenhum outro, e você tinha que me ver fazendo um pote de cerâmica.

Já percebeu o que estou tentando dizer?

Quando mamãe recebia seus amigos, eu ficava sentada quieta, toda bonitinha, comendo delicadamente. Recusava repetir o prato mesmo quando meu estômago ainda estava roncando, e os adultos sorriam, elogiavam minha mãe e diziam o quanto eu era perfeita — e como esperariam menos que isso de Coré?

Eu passava mel no cabelo para deixá-lo brilhante, mesmo que isso atraísse insetos, e misturava areia com azeite para esfoliar o corpo, mesmo que acabasse sangrando. Sangrei muito: enquanto tecia, usava a agulha, cuidava do jardim e entre as pernas — foi então que minha mãe sorriu, disse que eu estava me tornando mulher e depois chorou, acrescentando mais uma camada de proteção à ilha e fazendo as ninfas jurarem segredo. *Por via das dúvidas*, disse ela. *Por via das dúvidas*.

Eu era bonita, sempre fui. É o que viviam dizendo, até que essa palavra passou a significar dor. E mesmo assim continuei, arrancando e puxando e sentindo dor até conseguir ficar ainda mais bonita.

Quando mamãe me dizia para enrolar o cabelo, eu o enrolava com tanta força em volta do tecido retorcido que os fios arrebentavam. Quando as amigas dela me diziam para sentar com a postura ereta, eu dava um pulo, sobressaltada. Quando diziam que eu já era uma "garota crescida" naquele tom, eu afastava o prato. Quando diziam que eu ficaria mais bonita se sorrisse, eu abria um sorriso radiante.

Eu era boa. Era obediente. Era perfeita *para caralho*.

Então quando finalmente perdi a paciência, não teve volta.

Quando finalmente disse não, gritei lá do alto das montanhas.

Ou, melhor dizendo, do Submundo.

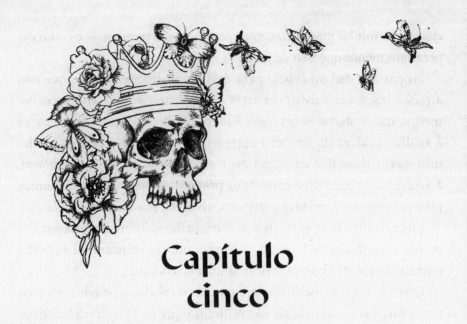

Capítulo cinco

Estou caindo há milênios e ao mesmo tempo há segundos.

Quando desabo no chão, sei — sem que haja nenhuma razão lógica para isso — que estou em *outro* lugar. Consigo sentir na pele. Não consigo respirar. Estou sufocando com o choque provocado pela perda da natureza que sempre esteve ao meu redor. As flores arrancadas. Até que alguma outra coisa toma conta de mim, me fazendo arquejar na tentativa de levar o ar aos meus pulmões. É alguma coisa mais pesada. Sinto um solo que não me é familiar, como se uma nova conexão estivesse se estabelecendo.

Pela primeira vez na vida estou longe de casa. E não tenho como voltar, pelo menos não por vontade própria.

Respiro fundo novamente, trêmula, e me levanto o mais graciosamente que consigo depois de cair de uma altura tão grande.

— Se eu fosse você, trataria de ir logo me explicando — ordena alguém, com uma voz profunda o suficiente para ecoar nas paredes. — Antes que eu chegue às minhas próprias conclusões sobre o seu... insulto.

Sinto arrepios na espinha e me obrigo a seguir em frente. Lembro a mim mesma que posso lidar com o medo.

Afasto o cabelo do rosto, aliso o vestido e ergo o olhar.

É ofuscante: o fogo arde em tochas numa dúzia de pilares, a luz refletida nas paredes brancas cintilantes e no piso dourado reluzente. As colunas de bronze são longas e sinuosas, os afrescos tão cheios de detalhes que parecem ter sido esculpidos com uma agulha. O entorno é cercado de pórticos e atrás de mim, bem no meio do salão, há uma lareira crepitando. É de tirar o fôlego e incomparável — exceto, lógico, que é completamente comparável. É o mégaro. É a acrópole. É o Olimpo.

O que significa que no centro do Submundo existe uma réplica do palácio de Zeus. E isso quer dizer que Hades está sentado numa réplica do trono do meu pai.

Eu não estava esperando por isso, que precisaria implorar na mesma sede do poder que me amaldiçoou tantos anos atrás.

Só que não é o mesmo Olimpo, porque tudo *parece* diferente de um jeito que eu jamais teria como confundir com a corte do meu pai.

Me obrigo a virar — e minha garganta aperta.

Não sei bem o que estava esperando. Poder, provavelmente, mas feito de espadas, coroas e cetros. E Hades tem tudo isso — uma lâmina rústica ao seu lado, que obviamente não é um item de decoração; um cetro cuja ponta é um pássaro com um bico tão afiado que poderia degolar alguém; uma coroa com pontas irregulares. Mas o poder dele é mais primitivo, é o tipo de terror que te paralisa. O tipo de poder que faz você se ajoelhar e implorar por misericórdia.

Uma fumaça escura como breu emana dele em espirais, como se tudo o que ele é não pudesse ser contido. Recuo para que essa fumaça não encoste em mim, e me odeio por isso. Ele percebe o movimento e abre um sorriso sarcástico, mas quem sabe o que toda aquela escuridão poderia fazer comigo?

Então reparo que o trono não é de jeito nenhum parecido com o do meu pai — não se trata de mármore forrado com tecido sobre um pedestal. O trono de Hades é uma pedra lisa gigantesca, de um preto tão profundo que mal consigo distinguir o formato.

Tento olhar além do trono, tentando me concentrar no deus sentado ali. Ele é tudo o que as ninfas adorariam: um rosto bem definido, a pele de um marrom profundo salpicada pelo ouro que emana da luz das tochas, os ombros largos e rígidos no trono. Impressionante — é a única palavra que me vem à mente.

Como permaneço em silêncio, ele estreita os olhos, cheio de suspeita.

— Então? — Ele pressiona.

Hesito, tentando descobrir qual seria a melhor abordagem. A essa altura meu pai estaria gritando, disso eu não tenho a menor dúvida. Não estaria sentado tranquilo no trono, mas, sim, de pé, na minha frente, gesticulando um raio na minha cara ou exigindo que me curvasse diante do meu rei. Mas Hades não parece zangado — há um quê de irritação em sua atitude, mas, além disso, consigo enxergar uma ponta de curiosidade.

— Hades. — Aceno com a cabeça, entrando em seu jogo misterioso, como se isso pudesse fazê-lo esquecer quão rude foi meu pedido para esta reunião. — Obrigada por me trazer até aqui.

Ele arqueia uma sobrancelha.

— Não é sempre que uma divindade cria algo em minha homenagem — responde ele, cauteloso. — E é menos frequente ainda que o destrua um segundo depois.

— Eu solicitei uma audiência.

— Existem outras maneiras de fazer isso.

— Funcionou, não foi? — pergunto. — Eu não podia correr o risco de você me ignorar. Estava desesperada.

— É evidente, já que está aqui — diz ele. — Então se apresse e me diga o porquê.

Reflito sobre as minhas opções. Eu poderia implorar, ficar de joelhos e suplicar. Será que isso seria afago suficiente para o seu ego? Ou ele acabaria vendo nisso uma oportunidade para me explorar? Eu poderia exigir que ele concordasse, mas será que ele reagiria com uma fúria que poderia me colocar em perigo? Centenas de caminhos se abrem diante de mim. Eu me achava boa de lábia, capaz de manipular Ciané, as ninfas e minha mãe, pois sempre soube o que elas queriam ouvir, ainda que eu nem sempre dissesse. Especialmente quando nem sempre dizia. Saber o que esperam de você faz com que dizer o contrário seja ainda mais tentador. Mas não agora, não quando estou pondo minha vida em risco.

Honestidade, então. Até ele revelar mais de si mesmo.

— Você conhece a minha mãe. Sabe das proteções que delimitam a ilha.

Ao dizer isso, os cantos de seus lábios se contraem.

— Sim, ninguém pode pisar nas terras da Sicília sem ser convidado.

— Ele presta atenção no cetro em suas mãos. A afiada ponta metálica reflete a luz e fico me perguntando se isso sugere uma ameaça, com toda a sutileza de que ele é capaz. — Imagino que ela achasse que alguém tentaria encontrar brechas, embora duvide que ela tenha pensado que a própria filha seria uma dessas pessoas.

Encaro-o com o que espero que seja um olhar fulminante.

— Ela achava muitas coisas.

Hades ri. É uma risada curta e rápida, mas que me faz ter certeza de que, na pior das hipóteses, não estou longe do jeito certo de levar esta conversa. A escuridão ao redor dele diminui ligeiramente.

— Então você é a filha de Deméter? A infame Coré das flores?

— Nunca gostei muito desse nome — digo secamente e Hades abre outro sorriso.

— Sim, me contaram todos os detalhes daquele pequeno encontro no dia da sua anfidromia.

Desacelero. Então hesito, sem saber como formular a pergunta, mas me dando conta de que qualquer resposta vai ser útil.

— Te contaram? Você não estava lá? — pergunto.

— Lógico que não — respondeu Hades. — Estava ocupado, aprendendo a decapitar Titãs.

— Mas a guerra já tinha acabado. Era por isso que estávamos repartindo os domínios deles.

— Claro — diz ele num tom condescendente, como se eu estivesse errada, mas ele não estivesse com disposição suficiente para me corrigir. — Preciso dizer que Hermes não conseguia parar de rir quando me contou... como o querido Zeus ficou tenso e preocupado só de pensar na possibilidade de a filha de oito anos ofuscá-lo na cerimônia. Como ficou satisfeito ao colocá-la em seu devido lugar.

— Meu pai é assim. — Sorrio amargamente, mas Hades parece espelhar minha expressão. Então é isso; é assim que vou apresentar a situação a ele.

— Definitivamente. Bem, suponho que diante das circunstâncias atenuantes da sua situação posso perdoar seu insulto.

— É muito gentil da sua parte. — Ele não vai me matar, pelo menos não agora. Respiro aliviada, ainda que seja um alívio bem frágil. Todo esse encontro não passou de uma aposta: apostei que enfurecer esse homem não seria meu fim, que ele me traria aqui, que me ouviria, que concordaria comigo. — E, falando nisso, tenho uma oportunidade para você.

— Uma oportunidade? — repete ele, cético.

— Sim.

— Estou bem satisfeito no meu mundo. Não quero mais nada. O que você poderia oferecer?

Dou a risada mais debochada que consigo.

— Satisfeito? Quando isso foi suficiente para alguém?

— Não presuma que me conhece — alerta ele, a raiva retornando ao seu tom de voz. A fumaça se agarra ao seu corpo, traçando espirais em sua pele como se fosse uma fera viva. Qualquer que tenha sido a falsa sensação de conforto que sua tranquilidade me deu, desaparece imediatamente. Sério, que estupidez não me manter de olhos abertos com um deus... Não vou cometer esse erro novamente.

— Hades, você sabe onde minha mãe está agora?

— Eu deveria saber disso?

— Está no Olimpo, por ordem do meu pai, arranjando meu casamento — digo, tentando arrancar a emoção das palavras. Venho injetando sentimentos falsos em minhas frases há anos, então acho que faço um trabalho razoável.

— Devo te dar os parabéns? — pergunta Hades. Sua voz é ríspida e sarcástica, mas por baixo de tudo isso sinto que ele está genuinamente confuso. Acredito que não tenha a menor ideia do que vim fazer aqui.

— Eu não quero me casar.

Hades pisca.

— Entendo.

— Entende mesmo? Vou ser bem honesta: não quero me casar *de jeito nenhum*, com certeza não com um homem que nunca vi e que vai me tratar como uma propriedade — digo. *Vamos lá*, penso. *Não permita que todas as histórias que ouvi sobre você sejam mentira*. Pelo que dizem, ele é bem diferente dos Olimpianos.

Ainda me lembro de quando as histórias que minha mãe contava deixaram de ser sobre a inutilidade de Hades — ela não conseguia acreditar que Zeus tivesse dado o Inferno de presente para uma criança que não sabia nem empunhar uma espada — e passaram a ser sobre sua arrogância. *"Ele se acha melhor do que a gente, recusa um cargo no conselho, ignora quando o chamamos... para quê? Para se esconder naquele reinozinho miserável? É um insulto ele achar que os mortos possam ser uma companhia melhor que os Olimpianos."* Experimento agora o eco do que senti naquela ocasião: a primeira centelha de esperança que tive em anos. Porque, sim, aquilo não seria melhor? O Submundo não seria melhor que viver entre os Olimpianos? Acho que acabei ficando com essa ideia na cabeça.

Lentamente, Hades começa a assentir.

— Entendo, mas, se você acha que tenho como pôr bom senso na cabeça de Zeus...

— Ah, pelo amor das Moiras, não, seria impossível — digo. — Eu sei que ele está decidido. Sei que minha mãe jamais o desafiará. E sei que não existe nenhum lugar na Terra onde eu possa me esconder dela.

— De fato.

— E meu pai tem o céu, o que acaba descartando vários outros lugares.

Hades faz que sim de novo.

Ele ainda não entendeu. Pelos Céus, será que ainda não consegui explicar? Eu estava esperando que o faria pensar que era uma ideia dele, mas talvez não tenha conseguido.

— Eu quero ficar aqui — digo sem rodeios.

— Aqui? — pergunta ele, correndo os olhos pelo palácio. — Isto não é lugar para uma mortal.

Eu reviraria os olhos se não achasse que isso poderia prejudicar todos os meus argumentos.

— Não sou nenhuma mortal.

— Isto aqui não é lugar para a deusa das flores — corrige ele, embora seu tom de voz me diga que ele não vê nenhuma diferença.

Ótimo.

— Você não estava na cerimônia em que recebi meu nome — digo

— Não estava na cerimônia de ninguém.

— Não vejo o que isso tem a ver.

— Você não é convidado para cerimônias, festivais ou celebrações.

Hades me lança um olhar furioso.

— Se está querendo chegar em algum lugar com isso, sugiro que diga de uma vez.

— É exatamente isso— retruco. — Eu fico aqui, onde ninguém pode me encontrar. Em troca, você fica sabendo que a minha presença no Inferno está enfurecendo todos os Olimpianos que já foram injustos com você.

Hades sorri, condescendente.

— Você acha que eu quero vingança?

Dou de ombros, como se toda a minha existência não dependesse de sua resposta.

— Talvez sim, talvez não. Mas você não precisa de vingança para que o rancor seja uma opção viável.

— Quer dizer então que devo renunciar à minha solidão, abrigando uma deusa, no intuito de irritar os Olimpianos?

— Exatamente.

— Não.

Sinto a boca seca.

— Por que não?

Ele dá uma risada jogando a cabeça para trás, como se fosse muito engraçado.

— Não preciso explicar minhas decisões para você. — Então se levanta. Hades é alto e, no pedestal do trono, ele paira sobre mim. Suas vestes pretas ajustam-se ao corpo de um jeito que não acontecia quando estava sentado e meus olhos pousam novamente na espada em seu quadril. — Agora, se isso é tudo...

— Não, não é tudo — rosno, minha raiva explodindo antes mesmo de eu tentar controlá-la. — Você sabe exatamente aos horrores que está me condenando. Me deve pelo menos uma explicação.

— Não estou te condenando a nada — rebate ele, a escuridão tomando conta de seus olhos até o branco desaparecer completamente. A fumaça chega bem perto de sua pele, depois se contrai como se fosse dar um bote, numa explosão de poder mortal. Suas tentativas de me intimidar só me tiram ainda mais do sério, e talvez ele perceba, porque pisca e a escuridão desaparece, assim como aquela força plena de sua raiva. — É seu pai quem está fazendo isso. Só estou me recusando a interferir na vontade do rei dos deuses. É bastante simples: não vale a pena enfurecer os Olimpianos por sua causa.

— Você não quer enfurecer os Olimpianos?

— E fazer com que comecem uma retaliação interminável? — Há um tom condescendente em sua voz ao mesmo tempo em que sua expressão se torna desdenhosa. Se ele está prestando alguma atenção aos meus punhos cerrados e meus olhos ardendo de raiva, é só para fazer com que minha mágoa estimule sua indiferença cruel. — Não, não quero enfurecer os Olimpianos. Quero que me deixem em paz.

— Pelo visto eles já estão fazendo isso — digo, sem conseguir esconder toda a amargura da voz, e, sinceramente, não tenho certeza se estou tentando.

Prefiro sua raiva ao seu desinteresse, a ele tratar essa recusa como uma questão insignificante e não como o fim do meu mundo.

47

Mas agora ele parece entediado. E volta a prestar atenção no cetro em suas mãos. *Pelo menos me olhe nos olhos, seu covarde.*

— De fato, e, como eu disse, estou perfeitamente satisfeito.

— Bem, que forma emocionante de aproveitar sua vida imortal.

— Você não vai me fazer mudar de ideia com uma discussão.

— Talvez não — admito. — Mas não preciso fazer você mudar de ideia.

Hades franze a testa.

— Por favor, lembre-se de que pedi com educação.

— Na verdade, você não pediu...

— Eu invoco xênia em nome de Héstia — anuncio. Parece impossível que exista brisa aqui embaixo, mas mesmo assim consigo senti-la. A lareira atrás de mim crepita com ainda mais força enquanto o poder de Héstia toma conta do salão. Meu cabelo voa, meu vestido flutua atrás de mim e as palavras alcançam a minha língua antes que eu possa pensar duas vezes, como se a própria Héstia tivesse oferecido o encantamento.

— Estou longe de casa e sob seu teto, e peço segurança. Solicito hospitalidade e um lugar para ficar em seu lar.

Antes que eu possa terminar a frase, Hades está diante de mim, a trinta centímetros do meu rosto, com aquela nuvem escura nos envolvendo. Seu rosto está tomado por uma expressão furiosa que nunca vi antes, como se eu tivesse sido injusta com ele da pior maneira possível.

— É assim mesmo que você quer fazer isso, deusa das flores? — pergunta ele, a voz baixa, e não tenho certeza se tem a intenção de soar ameaçador, mas é o que parece. Está com o maxilar cerrado. A mão tremendo ao redor do cetro. O fogo das tochas bruxuleia até que a fumaça bloqueia minha visão e o chão range sob nossos pés. Dou um passo à frente, aproximando-me de Hades e olhando-o nos olhos da forma mais desafiadora que consigo, contraindo minhas feições delicadas num sorrisinho debochado. É uma sensação incrível. Poder. Deuses, passei tantos anos me arrependendo de ter pedido isso, e eu estava certa o tempo todo. É exatamente o que eu quero.

— Eu tentei de outra maneira — respondo. — Então, você vai me levar até meu quarto agora?

Cada vez que ele respira fundo, suas narinas se dilatam. Eu armei uma emboscada e ele sabe disso: negar xênia provocaria uma maldição que nenhum imortal arriscaria, mesmo que a alternativa seja a ira dos deuses do Olimpo. Mas agora receio que ele acabe me frustrando com sua resposta, assim como Zeus.

— Anote o que digo: você vai se arrepender disso — diz ele.

Penso nos puxa-sacos implorando minha mão em casamento à mamãe. Penso no arrependimento e abro um sorriso.

— Não vejo como.

— Flores não duram muito no Mundo Inferior; duvido que você dure.

Hades estala os dedos e o vento rodopia, me empurrando para trás.

— Você pode até ter segurança — diz Hades. — Você terá abrigo e vou até mesmo dispensar a corte. Não vou contar a ninguém sobre seu paradeiro. Mas não pedirei nada aos espíritos deste reino, então se segurança significa tanto assim para você, sugiro que mantenha a cabeça baixa. Se sair deste palácio, estará por sua conta e risco. E sugiro que me evite pelo tempo que ficar aqui. Não gosto de ser forçado a nada.

Então ele se vira. O vento me deixa presa no lugar até Hades sumir de vista.

E mamãe ainda diz que *eu* sou dramática.

Capítulo seis

Assim que as portas se fecham com violência atrás de Hades, aqueles ventos estranhos deixam de me manter presa no lugar e começam a me empurrar em direção às portas que acabaram de se fechar, enormes arcos de madeira que lembro de ver se abrindo diante de mim na minha anfidromia, revelando uma sala cheia de deuses. Elas se abrem, e ouço vozes vindas do corredor de mármore. *A corte*. Que Hades está dispensando. Pelo amor das Moiras, nem cheguei a pensar nisso! Venho elaborando esse plano há tanto tempo e nem uma vez os outros habitantes do Submundo passaram pela minha cabeça. Fiquei tão concentrada em descobrir se Hades é ou não uma ameaça que nem pensei no restante de seu reino.

Sou arrastada na direção oposta. Sigo aos tropeços por corredores sinuosos, e o vento só cessa quando estou diante de outra porta — essa bem menor. Ela não se abre, mas, no instante em que tento me afastar, o vento me empurra com força de volta.

— O que você é? — pergunto ao corredor vazio. — Uma aurae?

Não consigo imaginar que existam ninfas do vento no Submundo, mas o que quer que seja não responde, então acabo me rendendo e abrindo a porta. É um quarto — suponho que seja o meu. Me pergunto se também é uma réplica de um dos cômodos do Olimpo. Não é grande, mas, comparado ao quarto minúsculo que ocupo na minha antiga casinha, parece enorme. Há uma cama com espaço para três pessoas, dois guarda-roupas de portas abertas, revelando interiores vazios, além de uma pequena mesa com duas cadeiras no canto. É tudo branco: madeira clara, lençóis frios, paredes de mármore e cortinas nebulosas. O ambiente cheira a poeira e inércia. Imagino que o Inferno não receba muitos convidados.

Flagro meu reflexo no espelho da penteadeira sob a janela com cortinas. Só algumas mechas de cabelo permanecem nos grampos apertados que mamãe colocou, e as mechas que escaparam já estão todas emaranhadas ao redor.

Corro os dedos pela porta, procurando uma trava, e deixo escapar um suspiro de alívio quando encontro um ferrolho deslizante. Não vai segurar Hades em seu próprio reino, mas mesmo assim é reconfortante.

Quando a porta está trancada, desabo diante dela e me permito sentir, só por um momento, o peso do que acabei de fazer. Quando esse peso ameaça me derrotar, volto a reprimi-lo e caminho até a janela.

Abro a cortina, mas não vejo nada além de escuridão. É noite, então. Eu devia ir dormir para acordar renovada pela manhã, deixar a noite levar minha mágoa embora. Mas não posso. Se quero sobreviver neste lugar, tenho trabalho a fazer.

Pela manhã, minhas mãos estão feridas pelas espetadas da agulha. Como não pude trazer uma mala, costurei roupas feitas de lençóis, cuja falta espero que Hades não perceba. Infelizmente são todos brancos. Quaisquer planos que eu tivesse para me distanciar da maldição virginal do meu nome caem por terra pelo fato de eu precisar me vestir como a própria personificação da pureza. Mas costurei bolsos no vestido, para guardar comida caso eu precise fugir depressa — e grandes fendas para que eu consiga alcançar minha foice se necessário. Espero que não seja. Existem deusas habilidosas com armas, mas eu mesma nunca fiz nada além de brandir um bastão contra um inimigo imaginário — não sou nem de longe uma Atena nascida num campo de batalha armada da cabeça aos pés.

O vento abre a porta, trazendo consigo uma tigela de água quente com sabão, que uso para lavar o rosto e as mãos. A porta é deixada entreaberta, o que entendo como um convite.

Quando saio, percebo uma sombra no corredor e levo um momento para reconhecê-la como a minha própria; sob a luz das tochas, ela é mais escura, mais longa e mais grotesca do que jamais a tinha visto. Olho para a altura impressionante das paredes, seus padrões intrincados. É como morar num mausoléu.

Sigo pelos corredores labirínticos, passando por fileiras de portas fechadas. Sempre que chego a uma bifurcação, há apenas um caminho aceso. Estou sendo conduzida a algum lugar. Me sinto imediatamente tentada a ir na direção oposta, para ver o que não devo, mas também preciso descobrir para onde estou sendo levada. As tochas pairam numa escada, em cuja base encontro um arco. Tem íris e gardênias nas laterais e sigo seus traços com os dedos, tentando descobrir se foram escolha de Hades ou se fazem parte de uma decoração Olimpiana. Parece estranho meu pai decorar seu palácio justamente com aquilo que usa para me ofender, o domínio que ele me concedeu, mas talvez não seja. Flores servem para decoração, não passam de coisas bonitas aos olhos e nada mais. Me pergunto se é desse jeito que ele está oferecendo minha mão em casamento.

— Bem, não fique parada aí no corredor. — A voz de Hades me faz sentir um arrepio na espinha e afasto com pressa a mão da parede. Meus olhos correm pela sala enquanto essa mesma mão segura a foice, e me forço a me acalmar. Estou segura. Pelo menos de um ataque direto.

Em vez disso, engulo o medo, deixando-o que me inspire a agir corretamente. Penso em todas as vezes que as palavras da minha mãe me paralisaram e todas as vezes que mordi a língua, sorrindo para ela em vez de mostrar os dentes. O que eu sou senão uma especialista em manter as aparências?

Me viro em direção à sala. É comprida e estreita, iluminada pelas velas em um candelabro e pelas chamas crepitantes da lareira, uma luz mais quente que as tochas do resto do palácio. Há uma mesa de mogno preenchendo o espaço, longa o suficiente para quarenta pessoas, e posta para dois. Hades se senta numa das extremidades, e é difícil conseguir olhar para qualquer coisa que não seja ele. Da última vez que o vi, ele estava esbravejando na minha cara. Agora não se digna nem a erguer os olhos do pergaminho que está lendo, nem mesmo quando estende a mão para pegar uma uva. A aura ao seu redor continua ali, apesar de agora estar mais fraca, agarrando-se à sua pele como um manto de escuridão.

Continuo parada na porta, observando-o pegar a comida. Hesitante, dou um passo à frente e entro na sala. Não estou fingindo estar insegura, mas com certeza estou exagerando, e, com meu movimento, Hades tira a mão do prato vazio e aponta para a lareira.

— Acolhimento. Lar. Eu diria para ficar à vontade, mas não é exatamente isso o que você já está fazendo?

Fico com a resposta na ponta da minha língua, mas me limito a assentir.

— Obrigada — digo, e não é mentira. Estou grata. Mas poderia estar ainda mais se ele realmente estivesse disposto a fazer tudo isso de boa vontade.

No entanto, sinto que essa é a coisa certa a dizer, porque Hades finalmente ergue os olhos. Sem o peso da fumaça e da luz ameaçadora das tochas, aparenta ser mais jovem. Às vezes me esqueço que Hades e Héstia ficaram congelados por tanto tempo que nasci poucos meses depois que os dois finalmente se libertaram.

Tudo o que sei sobre a maioria dos deuses são histórias — e Hades tem poucas. Nasceu no meio de uma guerra, assim como eu. Depois disso nada até o fim da guerra, quando, ainda criança, foi agraciado com o Inferno e coroado rei do Submundo. Ressurgiu alguns anos depois, um pouco mais velho, quando se viu em um campo de batalha nas Termópilas, as mãos estendidas e abertas, sem nem uma espada por perto enquanto ondas de mortos-vivos vinham do alto da colina atrás dele, que precisou enfrentar as forças dos Titãs. Então não houve mais insurreições. Depois ele desapareceu no reino nomeado em sua homenagem, tornando-se apenas um sussurro que vinha ocasionalmente à tona — histórias de escuridão e sombras, monstros e rios violentos. Mas nada que pudesse aterrorizar tanto uma garota, não como as histórias dos deuses do Olimpo e do Oceano.

Eu me sento e observo a comida à minha frente, meu estômago implorando que eu pegue logo o que estiver mais próximo. Não comi ontem antes de me recolher e passei metade da noite costurando. Pelo canto do olho, noto Hades me examinando. Me pergunto se o que ele está vendo são olheiras profundas e meu cabelo bagunçado.

Cada célula do meu corpo está em alerta, mas o pensamento que me ocorre, de que minha mãe está falando por aí sobre minha beleza enquanto estou na verdade com a pior aparência de todos os tempos, me agrada.

Não levanto a cabeça, só mantenho o olhar fixo nas frutas, torcendo para Hades preencher o silêncio. Quanto menos falar, menos terei que fingir. Uma lição que aprendi com minha mãe: *"Não há nada que um homem ame tanto quanto sua própria voz, Coré. Faça-o pensar que você não passa de uma página em branco a ser preenchida com as ideias dele."*

Ao contrário de sobreviver a um casamento, sobreviver a Hades é uma situação temporária, mas ainda assim o conselho de minha mãe me deixa inquieta. E se tudo der errado, o que vai acontecer?

— Pelo amor do Estige — rosna Hades. — Não me obrigue a te acolher para depois recusar minha hospitalidade.

Levo um susto. Eu esperava que estivesse com raiva, não que fosse tão direto ao ponto.

Olho para a comida e logo depois para ele.

— Li que a comida consumida no Mundo Inferior te mantém presa a ele.

— E onde foi que você leu isso? Estão fazendo guias de viagem para o meu reino agora? — Ele me encara tão intensamente que tenho medo de piscar e ele interpretar de forma equivocada. Ele não está esperando uma resposta, o que é bom, pois eu não planejava mesmo responder. — Isso só se aplica à comida cultivada no Submundo. Esta aqui veio da superfície. De Pédaso, acredito.

Mesmo assim ainda não faço menção de pegar nada. Não tenho certeza se mentir é proibido pela xênia, mas eu seria idiota se simplesmente confiasse no que ele diz.

Ele me olha furioso.

— Pelas Moiras, a última coisa que eu quero é você aqui pelo resto da eternidade. E não infringiria a xênia de uma forma tão mundana.

Então como você a infringiria, Hades?

Mas suponho que seu argumento seja válido. Ele não me quer aqui de jeito nenhum, muito menos para sempre. Parece um teste, como se quisesse ver se vou acreditar nele ou não. Pego a tigela mais próxima e vejo que contém sementes de romã. Não sou muito fã de romã, mas tenho a sensação de que este é um momento importante demais para ser exigente, então enfio uma colher na boca.

Parece que ele não está nem aí.

— Então, quanto tempo você está *pensando* em ficar aqui? — pergunta Hades. — Qual é o seu plano?

Quase dou uma gargalhada. O meu plano era *esse* — simplesmente chegar aqui. Tudo além disso é improviso. Mas se Hades quiser me ver como um gênio com um plano de mestre para evitar o Olimpo, que seja.

Ele me olha com expectativa, como se eu estivesse prestes a dizer a ele o dia exato em que vou embora daqui.

Em vez disso, estendo a mão para as maçãs e prefiro ficar em silêncio.

— Muito bem. Tenho certeza que você terá necessidades. Um tear, uma lira, algo para preencher seu dia. As aurai estão quase sempre por perto. — Então elas são mesmo ninfas do vento, disparando pelos corredores e se comportando quase como criadas. — Elas poderão conseguir tintas, linha ou o que você precisar.

Fico muito feliz que morar com mamãe tenha me tornado uma especialista em morder a língua. A ideia de eu ter fugido para o Inferno atrás de um lugar sossegado para costurar é engraçada demais, embora ele não vá captar isso pelo meu rosto cuidadosamente neutro.

— Qualquer coisa que te mantenha ocupada e longe de mim. — Ele sorri, mas o gesto está mais para um trejeito cruel com os lábios. — Naturalmente, já que a xênia não deixa dúvidas de que eu lhe dê um lugar à *minha* mesa, verei você na hora das refeições. Mas, fora isso, agradeceria muito se você ficasse o mais longe possível de mim. Preferiria um reino inteiro de distância; porém, mais uma vez, minhas preferências não têm muita importância, não é mesmo?

— Tenho certeza de que você vai aguentar — murmuro. E logo depois fico furiosa comigo mesma. É como se ele estivesse me pressionando, como se quisesse que eu explodisse, e me recuso a dar esse gostinho a ele.

— Como disse?

Então abro um sorriso ingênuo.

— Sinto muitíssimo pela inconveniência, meu senhor. Espero não sobrecarregá-lo. Talvez com o tempo o senhor considere minha companhia tolerável, talvez até mesmo agradável.

Ele cerra os dentes e a fumaça ondula sobre sua pele.

Tenho a sensação de que ele não interpretou minhas palavras como um pedido de desculpas genuíno, o que é bastante satisfatório, mesmo que fosse muito melhor para mim se ele engolisse essa mentira.

— Tenho dúvidas.

Tomo um gole de água. Seria tão fácil brigar, discutir ou irritá-lo ainda mais, mas não tenho certeza de quais são as brechas na xênia e não preciso dar a ele motivos para correr atrás disso. Talvez em um ou dois dias ele esteja mais calmo. Se eu for o mais discreta possível, talvez Hades acabe esquecendo que o obriguei a aceitar essa situação. Mas nesse momento ele enrola o pergaminho, irritado.

— Ontem você estava bem feliz rosnando para mim. E hoje não tem nada a dizer?

Se ele quer uma reação, eu lhe dou...

— Eu estava apavorada ontem. — É o que acabo dizendo. — Como você apontou corretamente, eu teria que estar desesperada para vir até aqui. Ninguém foge para o Inferno se tiver outras opções. Sinto muito por tê-lo colocado nesta posição, de verdade.

Hades fica me encarando e me esforço para parecer o mais sincera possível. Digamos que eu lamente *ligeiramente* a inconveniência que estou causando a ele.

Não, na verdade acho que não lamento coisa nenhuma.

Se ele não se dispõe a ajudar alguém na minha posição, então merece algo bem pior do que ter de acolher um hóspede indesejado sob seu teto. Me vem à mente o famoso rio de fogo do Mundo Inferior.

Mas não quero provocá-lo. Tenho certeza de que posso odiá-lo em silêncio.

— Não sei qual o real motivo de você estar aqui — diz ele. — Mas, qualquer que seja a razão, suspeito que ficará extremamente decepcionada.

Seguro a mesa para me impedir de soltar um palavrão. O que ele acha que estou fazendo aqui, se não fugindo de um casamento indesejado? Será que se sentir apavorada e desesperada é tão inacreditável assim?

— Você é livre para andar pelos corredores, mas não encontrará nada interessante — diz ele. — Então, por favor, fique neste palácio, aproveite minha hospitalidade. Mas me deixe em paz.

Não sei o que faz ele pensar que estou tão desesperada assim por sua companhia. Será que conhece a si mesmo? Não é possível que pense que essa seja a primeira escolha de alguém.

Mas faço que sim com a cabeça.

— Se é o que deseja.

Ele me olha feio pela última vez e deixa o cômodo. Quando seus passos pesados soam distantes, suspiro e olho fixamente para a comida sobre a mesa. Percebo que não há ninguém aqui para me impedir de repetir o prato.

Não tenho certeza se isso é o suficiente para fazer tudo valer a pena, mas é um começo.

Capítulo sete

É mais fácil pensar com a barriga cheia, mas não o suficiente para desfazer a confusão em que me meti. O Inferno não é uma solução permanente. Tenho poucos dias antes de meus pais voltarem para a Sicília e perceberem que fugi. Eles podem até levar mais tempo para se darem conta de onde estou, só que, mais cedo ou mais tarde, eles *vão* saber. Se eu descobri que o Submundo era o único reino onde eu poderia me esconder, eles também vão acabar chegando a essa conclusão. E Hades pode ter jurado não contar a ninguém, mas isso não significa que ele vá impedir que me arrastem de volta à superfície quando inevitavelmente chegarem até mim.

Eu esperava que, quando deixasse a ilha, as coisas fossem ficar mais tranquilas, que talvez, ao pisar neste palácio, eu pensasse numa saída. Que eu acabasse descobrindo um caminho para viver a vida que desejo. Ou, pelo menos, descobrisse o que é essa vida, em vez do que ela não é.

Mas o que tenho é um rei mal-humorado tentando provocar uma briga no café da manhã e a promessa de ninfas do vento me fornecendo suprimentos de arte.

O que eu mais queria agora era voltar para a cama e ficar pensando nas muitas maneiras pelas quais estou ferrada, até porque quase não dormi essa noite e estou exausta, mas não tenho tempo a perder.

Tenho no máximo uma semana. O que, de certa forma, é tudo que estou buscando — um tempinho extra. Mas aqui está meu tempinho extra, e não tenho ideia do que fazer com ele. Imagino que eu tenha duas opções: usar esta semana para descobrir o que fazer para ser livre para sempre — improvável, considerando que ter passado a vida inteira ruminando sobre o assunto não me ofereceu nenhuma solução; ou desfrutar de uma última semana de liberdade — liberdade de verdade, sem mamãe censurando meu comportamento rude, sem ninfas contando tudo a ela — antes de me arrastarem de volta à superfície, de volta ao Olimpo e ao longo de um corredor.

Uma semana de liberdade. Eu poderia ver qualquer coisa, ir a qualquer lugar. Só que não posso, lógico, porque meus pais me encontrariam, ou talvez alguém muito pior. A menos que eu explorasse o Submundo. Será que tem lugares para se ver aqui? Sei que existem pelo menos rios — o Submundo é famoso por eles. Um rio de ódio, um de dor, de fogo, de esquecimento, de gritos... A última coisa que uma garota boazinha gostaria de ver, mas ainda assim desejo vê-los, desejo ver qualquer coisa nova.

Bem lá no fundo, desejo alguma outra coisa. Levo um momento para perceber o que tanto desejo, porque, em toda a minha vida, nunca estive longe delas: flores.

Sinto vontade de dar uma gargalhada. É lógico que é isso que eu quero. No entanto, graças a meu pai ter vinculado minha vida a elas, é mais uma necessidade do que um simples desejo... é uma fome.

Me levanto da mesa e saio à procura da porta de entrada do palácio. Não consigo me lembrar da estrutura do Olimpo no dia da minha anfidromia. Me recordo das grandes portas do palácio e dos portões arqueados que levavam ao mégaro com sua lareira em chamas e o trono imponente, mas não consigo me lembrar do caminho entre os dois. Apesar disso, não há tantos lugares assim onde uma porta da frente possa estar.

Hades me disse para não sair, mas estou disposta a correr o risco. Ele deve ter barrado sua corte apenas no palácio, não no reino, portanto existe a chance de alguém me ver e acabar me dedurando aos meus pais — mas prefiro um dia explorando essa nova terra a uma semana trancada nesse palácio.

Enquanto caminho, faço anotações mentais da estrutura do palácio. Eu costumava correr pela minha ilha fazendo mapas de tudo que encontrava. Queria tanto ser uma exploradora, encontrar novas terras, conhecer novas pessoas, ver novas flores, que forçava as ninfas a ficarem batendo gravetos contra os meus, fingindo que eram espadas, a me ensinarem palavras de idiomas que ouviram das ninfas do vento e do oceano que deram um pulo em nossas praias antes de partir novamente, tão rápido quanto vieram.

Talvez nessa semana eu possa viver como se esse sonho fosse possível, mesmo que o Mundo Inferior seja apenas uma lasquinha de tudo o que quero ver.

Até que finalmente encontro o que devem ser as portas da frente: têm uma altura que corresponde a três andares, com argolas douradas enormes servindo como aldravas. Tenho de apoiar todo meu peso contra uma das folhas da porta para conseguir abri-la. À medida que ela desliza, mais escuridão se revela.

Saio do palácio e sinto um cheiro ácido e amargo que queima minhas narinas enquanto o solo range alto sob meus pés. Não há sol, nenhum lugar de onde a luz possa vir — mas, apesar disso, consigo ver a grama se estendendo por quilômetros, queimada, marrom e toda torcida, como se fosse um fio. Me agacho para tocá-la e ela vira pó sob meus dedos.

Interessante.

Trata-se de uma terra desolada, com nada além de uma grama monótona que vai de encontro ao céu escuro. Não... isso não está certo. Vejo um daqueles famigerados rios no horizonte, tão escuro que a princípio achei que fosse parte do céu, mas agora noto que está se movendo rápido demais, chocando-se contra si mesmo de uma maneira que produz um barulho tão alto que daqui consigo escutar sua fúria. Me dou conta de que é o Estige: o rio do ódio.

Quando estou no meio do caminho uma ave passa de raspão na minha pele, depois faz um som tão agudo que meus tímpanos doem e fico tremendo. Ergo rapidamente o queixo e dessa vez minha mão não está apenas atrás da foice — antes mesmo de pensar em recorrer a ela, já a estou segurando.

Aqui vai um fato que minha mãe desconhece: não é por acaso que a foice funciona como uma arma. Eu a criei assim.

Mamãe é a deusa da agricultura, então você poderia pensar que ela descobriria, mas, sendo bem honesta, acho que a ideia de eu ter alguma atitude violenta nunca nem passou pela cabeça dela. Não porque eu não tenha tido nenhuma, obviamente. Mamãe pode até ter me criado para ser um pequeno exemplo de mansidão, mas ainda sou filha de Zeus. Há tanto raio quanto terra no meu sangue.

E um dia cansei das histórias sobre os seguidores do meu irmão Ares ferindo inocentes e jogando a culpa de tudo nas exigências da guerra. Eu queria dar às pessoas que estavam apenas tentando cultivar coisas algo com que pudessem se defender.

Mas, embora tenha sido eu quem afiou a ferramenta para as pessoas usarem, ainda fico surpresa ao me ver empunhando uma lâmina. Mais assustada do que com a criatura alada que voa alto, crocitando sem parar. Um dos demônios do Inferno. Uma Fúria, talvez. Não parece ser uma ameaça, mas, como a pessoa que acrescentou pétalas à venenosa beladona, sei que é melhor não confiar nas aparências.

A criatura sai voando, então baixo a arma devagar. Meu braço está tremendo.

Dou meia-volta porque, apesar de ser muito irritante, Hades estava certo: não posso ficar aqui fora. É muito perigoso. Então tenho meu primeiro vislumbre da parte externa do palácio — e cambaleio para trás.

Esta parte do reino não é nada parecida com o Olimpo. Ela se ergue cheia de cumes e picos, a obsidiana negra brilhando em contraste com o céu, as torres se retorcendo como fumaça, espirais irregulares transformadas em pontas afiadas. E então, dispostas em camadas, uma sobre a outra, como uma espécie de trama grotesca, vejo lâminas e mais lâminas. Lâminas originárias, para ser mais precisa. Lâminas dos Titãs.

São mais do que as armas caídas de um levante fracassado — são troféus de uma guerra que nunca presenciei. Uma guerra que supostamente terminou antes mesmo que Hades tivesse idade para lutar nela...

O que foi que eu fiz?

Mais urgente do que a minha confusão é o medo que estou sentindo. Será que cada lâmina simboliza uma vida? Estou presa aqui com o homem que criou essa exposição. Fui atrás de refúgio em um reino que pensei que poderia ser seguro baseada em quê? Histórias? E aqui está a evidência de que não estou nada segura, de jeito nenhum.

Dou um passo para trás, apavorada — e flores desabrocham por onde piso, como geralmente acontece quando estou ansiosa. A corda que me conecta a este mundo balança e as flores se espalham, ondulando ao longo da grama frágil. Me dou conta de que consigo sentir o vínculo aumentando, se solidificando, ainda mais forte do que era na Terra, como se este solo implorasse por vida, como se a ausência de coisas vivas o paralisasse e uma única flor bastasse para fazê-lo arquejar, gritar por mais.

Não sei como vou explicar isso para Hades — sua terra exigiu vida e a está tomando para si. Não tenho certeza se ele vai interpretar isso como algo além de eu estar deixando minha marca em um mundo que é inteiramente dele. Eu sei o que é desafiar o poder de um rei. Ele verá isso como um ataque. Mas, apesar de tudo, apesar dessas lâminas aterrorizantes à minha frente, a ideia de ele ver algo tão inofensivo como um ato de agressão me agrada.

Penso em hoje cedo, em todas as suas provocações e todos os seus comentários sarcásticos. É sério que estou com medo de alguém assim? E, mais importante, será que sou mesmo tão mesquinha?

Sim. Aparentemente sou.

Hades pode alegar estar acima da vontade de enfurecer outros deuses, mas eu, não.

Então me viro para aquela terra vazia, e, a distância, o rio parece me chamar para perto. Bem, se vou fazer isso, é melhor fazer direito.

Quando chego perto, o movimento da água desacelera, passando a ondular suavemente, e fico hipnotizada pelos padrões que ela cria. Nunca pensei que toda essa escuridão pudesse ser bonita, mas me pego querendo traduzi-la, criar pétalas cuja superfície ondule, cujas cores sejam escuras como breu. Quero uma flor que serpenteie como a superfície do rio e que, em vez de subir, desça, ficando rente à água. Suas raízes seriam profundas, pensadas para sugar do rio tudo o que precisa para sobreviver aqui, nesta terra sem sol.

Minha irritação é acalmada pela paz da criação. O conforto de encontrar inspiração em um lugar como este, com uma lâmina presa na coxa e outras mil revestindo o palácio às minhas costas. Quando observo o rio, penso que talvez haja vida para mim aqui. Pelo menos *alguma* vida neste lugar, algo vivo nesta terra dos mortos.

Enfio os dedos no solo e estou prestes a trazer minha flor à existência quando penso melhor. Por que criar mais escuridão quando pode haver cor? Todo o preto não pareceria ainda mais escuro ao lado de algo brilhante?

Penso em pétalas fofas cor-de-rosa, o tipo de coisa que Hades odiaria, dobrando-se como papel de seda. Quase como uma peônia, mas não exatamente. Flores grandes, redondas, que contrastem com as águas cor de vinho.

Sinto raízes brotarem de meus dedos e, quando termino, sussurro seu nome como um carinho. *Estige*, como o próprio rio. Suponho que isso signifique ódio, mas o que é ódio senão paixão? Uma promessa? Os deuses fazem juras irrevogáveis por este rio desde que me entendo por gente.

E, lógico, há o ódio que Hades sentirá por eu extrair qualquer forma de alegria desta terra. Espero que isso o irrite e o faça perceber o quanto ele é ridículo — se enfurecer por causa de uma garota procurando refúgio? Por algo tão simples quanto flores em seu reino?

Talvez ele deva mesmo se irritar.

Com os dedos ainda fincados no solo, sinto cada flor emergir nesta nova campina. Fecho os olhos e digo a elas que floresçam, semeiem e se espalhem. Cobrirei o reino dele com mil flores.

Vou garantir que Hades não consiga nem olhar para seu domínio sem ver o meu.

Capítulo oito

V olto correndo para o palácio, deixando que minhas flores se multipliquem. Amanhã saio para explorar mais o reino, quando puder ver até onde minhas criações chegaram. É surpreendente — nunca experimentei um poder assim. Criar um campo inteiro de flores é um trabalho que requer energia. Normalmente isso me cansa. Mas desta vez me sinto revigorada. Foi tão fácil. Talvez a fome de vida que o reino estava sentindo tenha ajudado, como se eu não estivesse usando apenas o meu poder.

Passo o resto do dia explorando o palácio. A princípio, parece que estou espionando meu pai, caso esses cômodos sejam mesmo uma réplica exata dos dele. Mas logo me dou conta de que não têm como ser iguais. A estrutura, sim, mas a disposição deve ser diferente porque este lugar exala praticidade — cheio de bibliotecas e espaços de reunião, câmaras de conselho vazias e escritórios organizados. Posso ainda não ter visto tudo, mas sei que o palácio do meu pai foi projetado para atividades bem mais leves. Provavelmente tem muito mais móveis em que se possa ficar na horizontal.

Acabo percebendo algo inicialmente por acaso. Estou tentando descobrir até onde uma lareira leva no andar superior, até me dar conta de que o cômodo que procuro está faltando. Depois percebo que outros também estão faltando. É algo sutil e inteligente e, se eu não tivesse passado tanto tempo fazendo mapas da minha ilha, provavelmente não teria noção de espaço suficiente para chegar a essa conclusão — acontece que salas enormes em um andar não passam de pequenos armários no de cima.

Isso significa que Hades tem esconderijos, provavelmente cheios de *coisas* que ele anda escondendo. E, como passo o dia inteiro sem vê-lo, suponho que seja lá onde ele passa o tempo.

É possível, imagino, que seus poderes sejam tão grandiosos que ele consiga criar uma sala em segundos, mas me parece improvável. Ele é o rei das sombras, receptor dos mortos, senhor do Mundo Inferior... manipulações arquitetônicas não devem constar no seu currículo. O palácio deve ter sido projetado dessa maneira. O que significa que ele não escondeu esses cômodos quando cheguei, na verdade eles já estão escondidos há algum tempo — um segredo que Hades mantém oculto de sua própria corte.

Em minhas andanças, dou de cara com um escritório bem empoeirado e me pergunto qual deus da corte normalmente o ocupa. As prateleiras estão praticamente vazias — alguns documentos remanescentes detalham o número de almas que chegam todos os dias ao Submundo Tem o teto baixo e as velas alinhadas ao longo das paredes fazem o espaço parecer apertado. Em uma gaveta da escrivaninha encontro um tabuleiro antigo de *petteia* e me sento para jogar, girando o tabuleiro para fazer as vezes do meu oponente.

Já deve estar perto da hora do jantar — é melhor voltar para o quarto e tentar pentear esse cabelo, embora tenha certeza de que vai continuar parecendo bagunçado. Ciané sempre insiste em pentear meu cabelo, segurando a raiz para poder desembaraçar sem me machucar. A essa altura ela já deve ter notado minha ausência. Talvez tenha até dado um jeito de enviar uma mensagem para o Olimpo. Minha mãe pode...

A porta atrás de mim abre com tanta força que bate na parede. Me viro e vejo o ar tremeluzindo e se solidificando, como geralmente acontece com as ninfas do vento, mas ainda estou esperando que ela apareça completamente quando me dou conta de que o processo já está completo. As ninfas incorporam formas humanas quando adentram a natureza com a qual seu espírito se conecta — mas essa mulher é translúcida, cinzenta, com cabelo crespo e selvagem e um vestido que se agarra a ela como uma névoa.

— Hades solicita a sua... como foi que ele disse mesmo... "companhia desagradável" no jantar — anuncia ela, a voz tensa, como se tomar fôlego para conseguir falar fosse um esforço.

— Vou descer — digo. — Desculpa, não entendi seu nome.

A mulher me fuzila com o olhar, parecendo extremamente irritada por precisar conversar comigo.

— Tempestade.

Eu lhe diria o meu nome, mas ele parece especialmente inadequado aqui — um nome para uma criança ingênua, não para uma mulher tão sintonizada com os horrores do mundo que percorreu reinos inteiros para escapar deles.

— E você é o quê? Criada de Hades?

— Se desejar.

— E é uma ninfa do vento?

Ela cruza os braços.

— Sim. Tem mais alguma pergunta idiota? Talvez esteja curiosa para saber se Hades é um rei ou se você é uma intrusa indesejada nesta terra?

Eu deveria me sentir magoada, mas não consigo evitar uma gargalhada. Até então nunca havia conhecido uma ninfa hostil — são espíritos da natureza, e a maioria é tão velha que leva várias estações para mudarem de humor. Tempestade ergue o queixo e fica me observando com o olhar cauteloso.

— Desculpa — digo. — Mas você é uma ninfa do vento no Mundo Inferior? Como foi que isso aconteceu? As ninfas não têm alma imortal. Elas se esvanecem e se refazem num ciclo constante.

— Sou uma ninfa do temporal.

— Ah... e temporais se extinguem? — deduzo.

— É morrendo que a maior parte de nós acaba indo parar no Submundo — diz ela, direta ao ponto. — Em alguns anos voltarei a ser uma brisa. Levaria mais tempo, mas Hades fez um acordo conosco: servimos a ele durante nosso tempo aqui e, em troca, ele encurta esse período consideravelmente.

Uma onda de repulsa me atinge em cheio.

— Servem a ele fazendo...

— Dizendo a deusas mimadas que se preparem para o jantar.

Não sei se ela está se fazendo de sonsa ou se realmente não entendeu. Nunca pensei que fosse precisar explicar uma insinuação para uma ninfa.

Frustrada com o meu silêncio, ela joga a cabeça para trás e responde o que estou de fato perguntando.

— Argh, não. Servimos a ele apenas em tarefas domésticas. Não sei se ele não tem interesse, se não somos o gênero de sua preferência ou se espíritos semicorpóreos da natureza simplesmente não são sua praia, mas, até onde eu sei, isso nunca fez parte do acordo.

Faço que sim com a cabeça, mas minha mente volta a pipocar de ideias e preciso lembrar a mim mesma que, se Hades quisesse se aproveitar de mim nesse sentido, já o teria feito.

— Já acabou o interrogatório? — pergunta Tempestade.

— A maioria dos criados não fala assim com os hóspedes — observo, embora fique óbvio que não estou chateada.

— Hades não faz nenhuma exigência em relação a nosso corpo nem mesmo a decoro.

— Sério? — pergunto, sem conseguir esconder a surpresa em minha voz.

Ela dá de ombros.

— Ele diz que não liga para falsos chavões ou que alguém se humilhe em seu benefício.

Isso é definitivamente estranho. Nada agrada mais aos outros reis — Poseidon e meu pai — do que ter pessoas se humilhando para eles. Se erguem ao empurrar os outros ladeira abaixo. Por que Hades não faria isso?

— Bem, isso é interessante — digo, percebendo que estou sorrindo.

— Fico feliz que esteja satisfeita.

Mas não deveria estar. Ver Hades sob qualquer tipo de positividade pode ser desastroso, portanto me apego àquilo por que posso demonstrar desdém.

— Então quer dizer que você só trabalha para ele em troca de passar menos tempo aqui embaixo?

Não é só o olhar de Tempestade que irradia fúria, mas ela inteira assume um tom mais escuro de cinza.

— Um ano neste lugar parece uma eternidade. Pode levar anos até completar o ciclo para se tornar novamente um vendaval. Concordei em trabalhar para ele quando já não aguentava mais.

— E Hades é tão generoso assim que lhe concede a honra de trabalhar para ele em troca de diminuir esse sofrimento?

— Não é bem assim — protesta ela. — A magia dele é uma troca. É preciso um sacrifício da minha parte para funcionar.

— Quem lhe disse isso pode estar mentindo — rebato. — Foi ele?

Os lábios de Tempestade se abrem, mas ela continua em silêncio, como se o pensamento nunca tivesse passado pela sua cabeça.

— Foi, de fato — diz Hades, surgindo à porta. Parece incrivelmente à vontade, as sobrancelhas arqueadas numa expressão desafiadora.

Eu o olho de cima a baixo em busca de sinais daquela mesma fúria rara e gélida da minha mãe. Então me preparo para qualquer que seja o inferno que ele possa ter planejado para alguém que diz coisas traiçoeiras sobre ele em seu próprio palácio. Há quanto tempo está ali? Quanto deve ter escutado?

— Achei melhor vir ver por que estava demorando tanto — continua ele, espirais daquela fumaça escura se arrastando pelos ombros e descendo pelos braços. — E encontro você interrogando minha criada. Me diga: descobriu algo interessante?

Ele não parece zangado, mas satisfeito em ter me pego em flagrante, pronto para me arrancar um pedido de desculpas; não porque esteja ofendido, mas porque isso o diverte.

— Só estava curiosa sobre a existência de aurai no Submundo — digo, tentando não deixar transparecer meu desconforto. — Não quis ofender.

— É mesmo? Então o que você quer saber?

— Posso me retirar? — interrompe Tempestade, olhando de mim para ele.

Hades assente.

— Claro. — Quando se dirige a ela, fala suavemente, sem a rispidez que parece sempre presente quando a interlocutora sou eu.

A ninfa vai embora, desvanecendo-se no ar, e Hades volta a se virar para mim.

— Você tem razão... se eu estivesse mentindo, seria uma invenção brilhante. Mas é a verdade. Não se pode criar algo do nada.

Penso em cada flor que já criei. É lógico que se pode criar algo do nada. Eu diria que essa é a principal característica dos deuses.

Mas ele parece estar se divertindo ao corrigir minhas suposições, ou talvez pense que me convenceu de que não está manipulando as ninfas com suas mentiras.

— Naturalmente, Hades. — Faço que sim, um gesto que torço para que pareça respeitoso. — Peço desculpas pelo mal-entendido.

— Entendo. Suponho que perdoar mal-entendidos se enquadre na xênia, mas fico me perguntando qual a relação da hospitalidade com acusar seu anfitrião de algo tão grosseiro. — Ele me desafia.

— Tenho certeza de que a xênia foi criada justamente por causa dessas acusações — digo. — Não consigo pensar em ninguém que precise de mais proteção do que um anfitrião ouvindo provocações tão cruéis.

Por um momento ele parece sem palavras, então me levanto antes que ele encontre algo a dizer.

— Tempestade disse que o jantar estava pronto? Vou só me lavar e encontro você lá.

Hades hesita antes de dar um passo para o lado e me deixar passar.

— Sim, mas se apresse. Já é péssimo ser obrigado a comer com você. Eu odiaria piorar ainda mais a situação deixando a comida esfriar.

— Pode deixar — digo a ele, me permitindo fazer uma careta agora que estou de costas para ele e em segurança. — Quer sufoco maior do que ter que comer legumes mornos?

Se eu não o conhecesse, diria que seu muxoxo de aborrecimento soa quase como uma risada.

Capítulo nove

Hades já está sentado à mesa quando finalmente chego. Quase espero que retome nossa discussão anterior, mas ele mal ergue os olhos quando entro. Mais uma vez está concentrado em um maço de papéis e seu prato já está vazio.

Se eu começasse a comer antes que mamãe se sentasse, ela ficaria furiosa. *Não acredito nisso, Coré. Que esfomeada, que gulosa! Uma mulher educada deve garantir que todos se alimentem antes dela. Você vai entender quando for mãe — só então colocará as necessidades de todos os outros antes das suas. Assim como eu faço com você.*

Seguro com força o batente da porta. Há vários lugares postos na mesa e não sei onde me sentar. Durante a maior parte da vida fomos apenas mamãe e eu. Faz sentido que eu pense nela com tanta frequência. Mas sempre que isso acontece acabo me sentindo abalada, pois sei o quanto ela vai ficar brava quando descobrir que fugi. Sinto um nó na garganta. *Não acredito que fiz isso.*

— Não coma o pão. O trigo foi cultivado aqui — diz Hades numa voz arrastada, soando distante e ecoando no fundo dos meus pensamentos atordoantes.

Não faço ideia de qual vai ser a reação dela. Não saber é quase pior. Nunca fiz nada parecido antes. *Deuses, não acredito que fiz isso.*

Acho que tenho mais medo da reação da minha mãe do que da do meu pai. Ele vai me punir, mas faria isso de qualquer maneira, por infrações muito menores. Por outro lado, mamãe talvez nunca me perdoe. Ela dedicou toda a sua vida a mim e mesmo assim eu a traí. Sou o pior tipo de filha, o pior tipo de pessoa, e nunca conseguirei me desculpar por isso, merecer seu perdão e seu amor...

— Você está bem? — pergunta Hades, me observando atentamente, mas não parece uma preocupação genuína; está mais para um julgamento.

— Onde? — pergunto, avançando rapidamente.

— Como?

— Onde o trigo foi cultivado? Saí do palácio mais cedo e não senti nem um sussurro de qualquer coisa viva por aqui. — Me sento ao lado dele. Assim que me sento, me vem a ideia de que talvez todos esses lugares tenham sido postos como um teste. Interpretei minha escolha como uma atitude poderosa, passando a mensagem de que não tenho medo dele. Mas agora fico me perguntando como Hades interpretará.

— Longe daqui — diz ele um momento depois, sem dúvidas decidindo não mencionar o que quer que tenha percebido. — Eu disse para você não sair.

Encho meu prato com tudo menos pão, mas fico sentindo o cheiro dos pãezinhos assados. Minha garganta parece fechada e as frutas brilhantes no meu prato parecem artificiais.

— Não, você só disse que não poderia me proteger lá fora. Eu resolvi arriscar.

— Você...

— Como o restante da comida chega aqui?

— O quê? — Ele franze a testa, aparentemente surpreso com a minha recusa em abandonar o assunto. — Não sei. Eu delego. É Hermes quem resolve esse tipo de coisa. Imagino que eu ainda vá precisar pedir isso a ele enquanto a corte estiver suspensa. Não é engraçado pensar como seu pedido de hospitalidade está me privando dela?

— Quem cultiva o trigo aqui embaixo? — insisto. Mergulho uma cenoura no iogurte com alho e finjo que não entendi seus insultos. Eu me sinto estranhamente fascinada pelo funcionamento de sua corte e todos os seus mecanismos. Meu pai sempre afirmou que administrar um reino era um trabalho árduo e cansativo, mas, para mim, parece até bem simples, especialmente se pedir a alguém que providencie comida for o pior dos problemas. — Não sabia que havia um deus do Mundo Inferior responsável pelo cultivo de trigo. Quando a corte é convocada, ele se senta ao lado do deus dos pesadelos e do barqueiro dos mortos?

— Existem vários deuses da agricultura, na verdade — diz ele, seco. — Eles supervisionam os humanos que cultivam os alimentos.

— Humanos mortos?

— Esperava encontrar outro tipo de humano por aqui?

— Nem sei mais, não depois das aurai — digo casualmente. — E não tenho certeza se a ideia de agricultores humanos vivos no Submundo é mais estranha do que agricultores humanos mortos.

Hades dá de ombros.

— Os mortos esquecem quem são. Para alguns isso significa poder se concentrar na rotina. A agricultura é o que eles faziam quando estavam vivos, então acaba se tornando o que fazem na morte.

Engulo um punhado de grão-de-bico.

— Fazer na morte o que se fazia em vida? Que deprimente.

— Não sei por que é uma surpresa. Minha intenção nunca foi que o mundo dos mortos fosse o destino turístico que evidentemente se tornou — diz Hades, incisivo, e surpreendo a nós dois com uma gargalhada.

Paro rapidamente de rir, mas Hades tem um jeito estranho de me ignorar que me faz sentir que estou sendo observada. Ele voltou a prestar atenção nos papéis, mas mesmo assim a impressão é de que está me analisando.

Normalmente sou tão cuidadosa, tão confiante em meu desempenho que nem percebo que estou fingindo. Costas eretas, olhar baixo, sorriso recatado — é assim que passo a ser uma decoração inútil, uma pintura agradável embelezando uma sala. Mas não consigo esvaziar a mente enquanto ainda estou tentando amenizar o pânico crescente provocado pelos meus pensamentos de agora há pouco sobre minha mãe. Lá no fundo, me sinto crua e exposta e, deuses, embora esteja fugindo dela, sinto sua falta. Queria tanto que ela fizesse carinho no meu cabelo enquanto diz como sou linda, quanto orgulho ainda vou lhe dar. Ou, mais especificamente, queria esse sentimento, o quentinho no coração que sinto quando sorri, quando me elogia, quando recebo sua aprovação. A alegria de fazer tudo que eu deveria estar fazendo. O sentimento que me faz esquecer o baque da queda livre por decepcioná-la.

O embrulho no estômago me faz lembrar que eu não deveria estar aqui. Ela não ia querer isso.

— Os humanos estão longe daqui? — pergunto, atrás de algo para conseguir me afastar dessas emoções confusas.

— Por quê? Tem mais flores para plantar? — retruca Hades sem nem tirar os olhos dos papéis.

— Você viu? — pergunto com a boca encostada no cálice de vinho. Por dentro, meu sorriso é sarcástico, mas ele vê o riso bobinho e animado que uso com as ninfas quando estou chateada para elas não me perguntarem o que há de errado. — Gostou?

— Certamente chamam a atenção. Aquela à margem do Estige é nova? Como você deve estar entediada!

É exatamente a resposta que eu estava esperando.

— Eu me senti mal por ter destruído o asfódelo só para você me notar. Queria mesmo que a flor fosse uma homenagem a você. — Tomo um gole de vinho, mas com cuidado, porque o sentimentalismo, mesmo que fingido, é literalmente difícil de engolir.

— Que comovente.

Estou impressionada: acho que nem eu conseguiria pronunciar palavras tão secas.

— Mas, não, na verdade estava pensando em visitar os humanos amanhã — digo sem rodeios. Não tenho nenhum problema em sair às escondidas, mas gostaria de saber como ele vai reagir a algo que beira meus reais interesses.

Ele ergue os olhos do papel, prestando uma ligeira atenção em mim.

— Bem, certamente não te aconselho a fazer isso. Como eu disse, você só está segura entre estas paredes.

— Não me importo de correr o risco.

— Os humanos não são a única coisa com que você precisa se preocupar.

Penso na criatura alada que vi mais cedo.

— Eu sei.

Hades belisca sua comida e me dou conta de que nunca o vi comer de fato, apenas mexer distraidamente no prato do mesmo jeito que fala comigo.

— Você não precisa saber onde eles estão.

— Está me proibindo? É isso? — pergunto, determinada, mas não tão agressiva a ponto de ele reagir enfurecido.

— Eu diria que não sou sua mãe e não tenho interesse nem direito de te proibir de fazer nada, mas isso não faria muito sentido, já que você está desobedecendo a ela neste momento.

Fico sem expressão no rosto, mas consigo sentir meus músculos tensos.

— A menos, lógico, que você esteja aqui por uma razão completamente diferente — continua ele.

— Do que você está falando?

Ele me olha demoradamente, então dá de ombros.

— Talvez não tenha importância. Você já está aqui mesmo.

— Estou aqui porque não quero me casar. — Não consigo falar sem transparecer minha raiva, sou incapaz de me controlar. — Pensei que não tivesse deixado dúvidas sobre isso nas primeiras cem vezes em que expliquei.

— Certo. — Está na cara que ele não acredita mesmo em mim. — Mas não importa. Suas flores me fizeram perceber o quanto você deve estar entediada sem sua mãe para te distrair. — Fico sem ar. — Você não precisa ir visitar os mortos para conseguir uma distração. Acredito que entreter os convidados faça parte da xênia.

O quê?

— Não é necessário — digo apressada.

— Besteira. Lógico que é necessário. Já acabou de comer? Vou te mostrar os salões.

Não estou nem perto de terminar de comer e tenho meu próprio mapa dos salões. Mas meu estômago embrulhado faz com que seja impossível dizer não.

— Muito bem — digo, me levantando.

Hades faz o mesmo, e me recordo do quanto ele é alto. Nunca parei para pensar sobre altura; não faço a menor ideia se ele é alto ou baixo em relação aos outros deuses. As ninfas têm cerca de um metro e meio, e tanto eu quanto mamãe temos quase vinte centímetros a mais do que isso. Hades é uma cabeça mais alto que eu, mas, estranhamente, isso não me intimida. Sua hostilidade não é ameaçadora, só irritante...

Embora isso possa mudar em questão de segundos.

A maneira como sua túnica e seu manto o envolvem sugere músculos como os que eu me lembro das estátuas do Olimpo; sombras precisamente esculpidas que são quase mais reveladoras do que a nudez em si. Eu precisaria agir rápido com uma arma se ele resolvesse atacar. E Héstia teria que ser mais rápida ainda com a maldição da xênia.

Nossos passos ecoam no enorme palácio vazio e sinto a boca seca. Me pego pensando sobre o que Tempestade disse, sobre os interesses de Hades. Suponho que posso reconhecer seu poder de atração, mas não só porque ele governa um reino. Olho novamente para sua túnica e o habilidoso drapeado do manto que a cobre. Sempre que as ninfas mencionavam roupas masculinas, era para explicar como despi-las, e agora me sinto corando. Nunca ousei fantasiar com as ninfas... mas relutantemente admito que consigo enxergar do que elas gostariam em

Hades. Elas viviam falando em músculos, mandíbulas definidas e tudo o mais que ele tem de sobra.

Se meus pais não quisessem me manter como parte da corte Olimpiana, Hades talvez fizesse parte da lista de possíveis pretendentes. Tem a minha idade, é um rei... uma escolha bem mais apropriada do que a maioria dos Olimpianos, embora seja um pensamento tão desagradável quanto.

— Você conheceu bem a minha mãe? — pergunto sem pensar, ou melhor, depois de já ter pensado demais.

— Além de termos compartilhado o mesmo estômago, você quer dizer? — replica Hades.

— Eu... — Não faço ideia de como responder a uma pergunta dessa. Por ser uma divindade, estou acostumada a muita coisa estranha, mas sempre tive dificuldade para aceitar a história de um Titã com sede de poder comendo bebês que ele teme que cresçam e o destruam. Especialmente a forma como a história me foi apresentada: *Ah, sim, Coré, que monstro eu sou por te fazer trabalhar no seu bordado. Monstros de verdade comem bebês. Eu mataria para ter a vida que você tem.* Quando o pior cenário possível é ser engolido, é moleza fazer qualquer um se sentir grato por praticamente tudo.

Hades sorri.

— É brincadeira. Não é como se qualquer um de nós se lembrasse daquilo.

Então agora Hades gosta de fazer piada? Olho cautelosa para ele, tentando ser discreta. No que ele está pensando? Aonde está me levando?

— Deméter já era uma mulher feita bem antes que a suspensão do tempo parasse de exercer poder sobre mim, e ela já estava em sua ilhazinha com você antes que eu tivesse idade suficiente para formar memórias. De vez em quando ela nos visitava... vinha aos campos de treinamento para falar sobre a guerra. Todos os deuses que lutaram faziam isso. Nos contavam sobre as glórias da batalha, a importância de tudo aquilo.

— Papai disse que a guerra acabou há anos, quando ainda éramos crianças.

— Zeus diz muitas coisas.

Faço que sim, me lembrando daquelas espadas. Que Hades lutou na guerra parece um fato inegável, mas isso entra em conflito com tudo que me ensinaram e com todas as histórias que ouvi. Como os deuses do Olimpo poderiam andar por aí aterrorizando mortais quando a guerra ainda estava em curso? Como eu podia reclamar de recitais de lira e aulas de dança enquanto do outro lado do oceano pessoas morriam em pontas de espadas?

— Por que ele diria que a guerra acabou se não tivesse acabado? — pergunto. Não quero confessar as lacunas em meu conhecimento, mas preciso saber. Me pergunto sobre o que mais meu pai mentiu.

— O que Zeus ama mais do que reconhecimento instantâneo? — zomba Hades. — Ouvi dizer que estava incrivelmente confiante quando desafiou Cronos pelo trono. Ele pensou que a guerra seria vencida em instantes, mas, poucas semanas depois, se cansou de lutar. Então, durante o tempo que nos descongelava, sua promiscuidade desenfreada e a capacidade dos deuses de se libertarem de qualquer coisa, incluindo as próprias cabeças, Zeus finalmente conseguiu soldados suficientes para lutar por ele. Não é nisso que consiste o verdadeiro poder: conseguir que os outros façam o trabalho sujo por você? Mas ele não podia recuar, podia? A vitória precisava ser *dele*. Não podia deixar nenhuma outra pessoa ganhar. Não, seria muito melhor declarar a guerra vencida, começar a dividir os espólios e, enquanto o restante de nós morria num campo de batalha, numa guerra supostamente acabada, ele bebericava vinho no Olimpo e chamava o episódio de uma pequena revolta... nada com que se preocupar.

— Mas isso é tão... — Covarde? Por outro lado, meu pai me intimidou por anos porque ousei falar quando não devia... Não é exatamente uma surpresa que ele mantenha seu poder com base em truques e crueldade.

— Agora já acabou, certo?

— Sim — afirma Hades, num tom sombrio. Parece tenso e não olha mais para mim. Está com os olhos fixos em algum ponto distante.

— Foi *você* quem ganhou a guerra — deduzo. — Aquela história sobre você e a rebelião... não foi uma rebelião de maneira nenhuma. Você convocou um exército de mortos e os Titãs se renderam.

— Eu pus um ponto final à guerra, mas quem a venceu foi Zeus. Afinal, foi ele quem me libertou de Cronos, me colocou no campo de treinamento no qual me criou para lutar, além de ter me concedido poderes sobre o Mundo Inferior. Eu não seria nada sem ele.

— Não é possível que você acredite nisso.

De repente Hades se vira, me encarando com aqueles olhos profundos.

— Se eu acredito ou não, não vem ao caso. Isso é o que você vai dizer ao seu pai quando finalmente reencontrá-lo.

Eu me encolho, como se ele tivesse me dado um tapa, jogando minhas perguntas longe.

— Acho que já chega desse assunto. — Ele faz uma cara feia, acelerando o passo enquanto percorremos os corredores. — Não gostaria de ferir sua delicada sensibilidade prolongando essa discussão sobre um assunto tão impróprio para mulheres.

Minha mandíbula trinca com o esforço de manter a boca fechada, e sinto meus olhos queimarem com a fúria própria de uma deusa. Se ele fosse mortal, e não outro deus, viraria cinzas nesse exato momento.

— Seja como for, cobrei alguns favores — diz ele, abrindo uma porta. Estive nessa sala mais cedo; estava vazia naquela hora. — Você deve ter ficado tímida demais para pedir às aurai, mas não tem problema, está tudo certo agora.

Olho surpresa para o tear e meus dedos se contraem em protesto. Já estão doloridos depois de ter precisado passar a noite inteira costurando.

— Ouvi dizer que você é uma tecelã talentosa. — Ele se vira e um sorriso brinca nos cantos de seus lábios. Gostaria de arrancar esse sorrisinho com minhas mãos feridas pelas agulhas. — E, se não for conveniente para você, há uma sala de arte do outro lado do corredor e, mais adiante, uma de música, com uma lira à disposição. — Ele aponta em direção às portas. — Suponho que minha biblioteca não vá te interessar, então mandei trazerem alguns livros de poesia para cá. Resumindo, há muita coisa aqui para ocupá-la e salvá-la da necessidade de se aventurar no restante do reino.

Engulo a resposta ácida que brota em minha língua. Em vez disso, sibilo:

— Que sorte eu ter buscado xênia com um homem capaz de tamanho esforço para fornecer um entretenimento tão personalizado.

Ele sorri, sua alegria aumentando a cada olhar furioso que lanço em sua direção.

— Enquanto você se preparava para o jantar, pedi às ninfas que de agora em diante te acompanhem. Afinal de contas, parece que você tem muito a lhes dizer. Elas se manterão na forma de vento até serem solicitadas por você, mas não se preocupe, estarão diante de cada porta para garantir que nunca lhe falte nada.

Fui criada numa ilha, sozinha, no meio do Mediterrâneo. Sei reconhecer uma armadilha. E esse é um truque saído diretamente da cartilha da minha mãe — colocar ninfas para me espionar e dedurar.

Por quê? É um castigo por causa das flores? Ou só por estar aqui? Talvez ele simplesmente não goste que uma garota faça o que bem entender.

— Vou deixá-la para você poder aproveitar tudo isso. — Hades faz um aceno de despedida e retorna ao corredor.

Encaro as portas abertas e me afasto, voltando ao meu quarto com o objetivo de me preparar para amanhã.

Porque se Hades não quer que eu me aventure em seu reino, é exatamente para lá que irei. E, se quiser, pode mandar mil ninfas atrás de mim — não estou fazendo nada escondido. Vou sair por aquelas portas bem na frente dele, e erguendo o dedo do meio. A única coisa que ele conseguiu foi me fazer odiá-lo tanto quanto ele aparentemente me odeia.

Então talvez eu deva acrescentar aos meus planos para esta última semana de liberdade fazer alguma coisa em relação a ele.

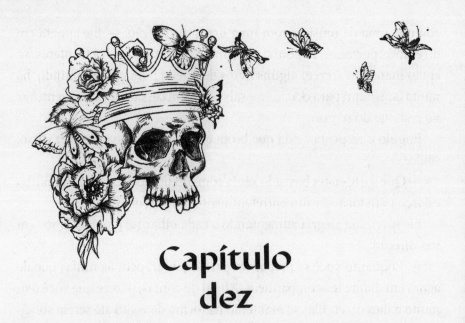

Capítulo dez

No dia seguinte, Hades não está presente no café da manhã. Por um momento, me sinto aliviada por estar sozinha, por fazer uma refeição em que não preciso ficar mordendo a língua mais do que realmente falando. Mas então, eu me lembro que exatamente nesse instante as ninfas estão me observando, e percebo que não consigo desviar o olhar das portas enquanto tento distinguir a poeira no ar, a luz refletindo de maneiras estranhas — qualquer coisa que indique a presença de alguém de olho em mim.

Então finalmente desisto.

— Pode pelo menos se juntar a mim na mesa? — pergunto. — Seria menos estranho do que você pairando desse jeito no ar.

Tempestade surge tremeluzindo e dando de ombros e, apesar de incorpórea, cai pesadamente numa cadeira. Permanece em silêncio, a testa franzindo cada vez mais.

— O que foi?

— Hein?

— Você não para de me olhar.

— Acho que só estou tentando te entender. Você parece bem simples pra mim. Não sei por que Hades está tão intrigado com você.

"Intrigado" parece uma palavra muito suave para a energia malvada que sinto emanando dele. Mas duvido que Tempestade esteja disposta a explicar melhor o que quer dizer, então ignoro seu olhar e me concentro em entornar mel no iogurte à minha frente.

— Preciso te dizer que pretendo sair assim que terminar aqui — informo.

Tempestade simplesmente dá de ombros mais uma vez.

— Hades nos mandou contar a ele o que você fizer, não a impedir de fazer qualquer coisa.

— E ele te disse para me falar isso?

Ela pisca.

— Não, mas lá no fundo eu não me importo o suficiente com nada *disso*... — Ela faz um gesto na minha direção — ... para me incomodar.

Depois do café da manhã, Tempestade retorna à condição de névoa, embora eu tenha certeza de que ainda está comigo, e começo a caminhar em direção às portas principais do palácio. É então que ouço os gritos.

— Não vou sair daqui até você me dizer onde ela está! — A voz é aguda, mas áspera, como os sedimentos no leito de um rio. Não acredito que seja uma ninfa.

— Não vou falar duas vezes — diz Hades. Ele não está gritando, mas as paredes tremem outra vez e imagino que, onde quer que ele esteja, aquela aura de escuridão esteja mais forte do que nunca.

— Você está mentindo para mim. Logo para *mim*, de todas as pessoas! Você com certeza...

— Eu teria mais cuidado com a maneira como você fala com seu rei.

— Não sou um de seus outros súditos, Hades. Sou sua guardiã de segredos. Vamos, minta para mim novamente. Eu te desafio.

— Você, de todas as pessoas, deveria saber que não estou mentindo quando digo que não sequestrei ninguém.

— Eu sei o que vi — insiste a estranha.

— E você pensa mesmo tão mal de mim que acredita que eu seria capaz de sequestrar uma mulher?

— Talvez os outros reis finalmente tenham conseguido te tirar do sério. Talvez eu deva reunir os outros membros da corte e ver o que eles acham.

Não. Não posso permitir que mais pessoas saibam onde estou.

Corro até eles e a mulher com quem Hades está discutindo se vira. Não parece muito mais velha do que eu — tem olhos grandes e redondos e um cabelo longo e preto, todo úmido e grudado na pele pálida como a de um cadáver.

Na mesma hora a mulher passa por Hades e agarra meus ombros com suas mãos úmidas. Os olhos escuros analisam meu rosto e sua preocupação me faz lembrar tanto de Ciané que fico com um nó na garganta.

— Você está bem? Ele te machucou? — pergunta ela, com urgência na voz.

— Rios do Inferno, você sabe que eu não faria isso — bufa Hades.

— Não, não, estou bem — gaguejo, sentindo o pânico aumentar cada vez mais. — Por favor, não conte a ninguém que estou aqui.

A mulher pisca.

Depois olha de mim para Hades, que estende as mãos abertas como se não fizesse ideia de como explicar a situação.

— Coré — diz ela após um momento —, nós duas vamos dar uma volta. — Ela aponta um dedo para Hades num gesto acusador. — E com você falo mais tarde.

Hades assente, olhando de uma de nós para a outra como se não soubesse se deve se preocupar com o que eu possa dizer ou ficar feliz por eu tê-lo salvado da fúria da mulher.

— Tempestade — chama ele finalmente. — Pode ficar aqui, por favor? Deixe que conversem em particular.

— Você colocou aurai atrás dela? — A mulher fica boquiaberta. — Muito bem, nós definitivamente vamos ter uma conversa mais tarde. Venha, Coré.

Lá fora, preciso correr para alcançá-la. Ela não é muito mais alta que eu, mas é leve e esguia. Seus cabelos e pernas compridas dão a impressão de que ela está esticada, e quase preciso correr para acompanhar seu passo.

— Eu sou Estige. O rio — diz ela, o que explica porque ela parece ter sido retirada do fundo de um pântano. — Você criou flores para mim. Foi como soube que estava aqui. Seu nome é Coré, certo? Por isso as flores?

Faço que sim, abatida. Será que ela... será que é o fim? Vou ser despachada para casa a qualquer momento?

— Hades dispensou a corte e ele nunca fez isso antes, então pensei que fosse para... para... — Ela parece confusa, piscando os olhos rapidamente enquanto balança a cabeça.

— Para me manter presa aqui e ninguém me encontrar?

— Isso. Mas não é isso? Você está aqui por vontade própria? — Percebo que está se esforçando para reescrever a narrativa que havia imaginado.

Suponho que seja bom saber que, se Hades *tivesse* me sequestrado, esta mulher enfrentaria seu próprio rei por mim.

— Pedi que ele me ajudasse. Não consegui pensar em nenhum outro lugar para onde ir. Minha mãe e meu pai querem que eu me case, e... bem, não vou fazer isso.

— Casar com quem?

— Ainda não sei — respondo. — É só que... não é o que eu quero. Quero ver o mundo, conhecer pessoas, aprender e... não importa.

— É claro que importa.

Balanço a cabeça.

— Tudo o que importa é o que eu *não* quero... ou seja, um lar e uma família. Não quero ficar trancada numa casa e depois... Quer dizer, não sei nem se algum dia vou querer ter filhos, muito menos agora. E, além do meu pai, não conheci nenhum homem antes de Hades. Bem, havia alguns na minha anfidromia, mas mal me lembro deles, e mamãe espera que eu... e... Meu pai só quer controlar tudo... Eu só...

As palavras saem rápido, sem que eu consiga dar algum sentido a elas. É difícil expressar o sentimento profundamente enraizado dentro de mim que me deixa sem ar só de pensar no futuro.

E não sei por que, mas não quero que Estige pense que Hades me sequestrou. Ele pode até ser um idiota irritante e desagradável, mas não é o tipo de monstro que fui criada para temer. Ele não me arrastou até aqui, não me chantageou, não me feriu. Teares indesejados e ninfas espiãs não são o tipo de coisa que aparece nas histórias que minha mãe me conta. São atitudes que merecem flores rancorosas e insultos mal disfarçados, não seus súditos acreditando que você sequestrou alguém.

— Deuses, que confusão — diz ela, afastando o cabelo do rosto. Os fios estão tão úmidos que grudam na cabeça. — Então você fugiu para cá porque Zeus está te obrigando a casar com alguém? E Hades está... te protegendo?

Faço que sim com a cabeça.

— Não por vontade própria... Eu o obriguei por meio da xênia.

— Esperta — comenta ela. — Mas você pode confiar nele.

— Era você que estava gritando com ele dois minutos atrás. Está claro que sabe que ele é capaz de coisas terríveis.

— Sou a deusa do ódio. — Ela dá de ombros. — Acabo me deixando levar. A xênia o obriga a te dar um teto, não a manter sua presença secreta. Isso ele está fazendo por vontade própria.

— E as ninfas que ele mandou atrás de mim?

— Hades pode ser paranoico. E tem boas razões para isso... Você tinha que escutar algumas das coisas que os outros deuses juram pelas minhas águas.

Enquanto caminhamos, percebo que os asfódelos se alastraram ainda mais, e o cheiro ácido do Submundo foi substituído por aromas florais refrescantes das muitas flores — tantas que não percebo que estamos perto do rio, até ver as florações estígias ao longo das margens como a espuma na crista de uma onda.

— Há quanto tempo você está aqui? — pergunta ela.

— Uns dois dias.

— Pelas Moiras, era disso que eu tinha medo. — Ela suspira. — Faz pouco tempo. Se eu já descobri, é questão de tempo até os outros deuses também descobrirem. Eu sou a guardiã do juramento... por isso as pessoas juram pelas minhas águas. Mas os outros não vão manter segredo como eu. São leais a Hades, mas, se pensarem que podem acabar caindo nas graças de Zeus...

— Sei disso — digo baixinho. Hades e Poseidon podem até governar suas próprias cortes, mas Zeus é o rei dos deuses. Ele afirma que os três são iguais, mas é uma mentira em que todos fingem acreditar porque ninguém aguentaria mais uma guerra. Meu pai é o mais poderoso. — Estou tentando descobrir o que fazer depois. Só preciso de um tempo.

Ela assente.

— Tudo bem, vou pensar. Mas se esse é todo o tempo que você tem... aproveite ao máximo.

Concordo com a cabeça.

— Estou aproveitando. Ou, pelo menos, tentando. Aliás, falando nisso, você sabe onde os humanos ficam? Os mortos, quero dizer.

Ela me olha como se estivesse me analisando.

— Sei, mas você não vai conseguir muita coisa com eles.

— O que quer dizer com isso?

— Suas almas se degradam assim que caem neste reino. A maior parte deles, a essa altura, não passa de lembranças. Mas siga as águas do meu rio, ali naquela direção, até encontrar o Lete. Você os encontrará do outro lado. Fique próxima às minhas margens se não quiser dar de cara com outros deuses; eles literalmente odeiam estar perto das minhas águas. Divirta-se... e nos falamos em breve.

Ela dá um passo em direção à água, mas seus olhos se fixam novamente nas flores e ela se inclina para colher uma.

— São lindas mesmo — diz, girando-a entre os dedos. — Sinto que deveria odiá-la... rosa não é bem a minha cor. Mas você conseguiu fazer as pétalas ondularem. Me parece familiar. — Ela abre um sorriso. — Obrigada.

Estige estende a mão para prender a flor atrás da minha orelha.

— Pronto — diz. — É como se eu estivesse com você, mantendo-a protegida.

Então desaparece.

Minha garganta está seca e respiro fundo, trêmula. Estou segura. Não estou sendo arrastada de volta aos meus pais. As pétalas da flor fazem cócegas na minha bochecha e, embora eu saiba que Estige não será capaz de me manter em segurança, tenho a sensação de que ela poderia fazer isso — no mínimo ela me passa uma sensação de afinidade e companheirismo, e machuca o quanto sinto falta dessas coisas. Uma vida inteira numa ilha, tão focada naquilo que me faltava que nunca parei para pensar no que eu já tinha: companheirismo, amizade, amor.

Antes que meu medo se transforme em tristeza e as lágrimas escapem, começo a seguir o rio, não exatamente correndo, mas caminhando rápido, como se assim pudesse deixar todos esses sentimentos para trás.

O solo sob meus pés vibra, me dando boas-vindas, e pouco a pouco minha ansiedade vai desaparecendo. Em casa, a natureza é reconfortante. Aqui, é comemorativa, como se estivesse emocionada por eu finalmente estar aqui. Existem outras divindades da natureza nas cortes do Olimpo e do Oceano, mas nitidamente nenhuma no Mundo Inferior. Eu me concentro nesse sentimento e flores brotam onde piso.

Não faz muito tempo que estou andando quando vejo outro rio fluindo de encontro ao Estige, suas águas rodopiando como névoa. À medida que me aproximo, qualquer impressão de que se trata de água parece errada. *O Lete*. O rio do esquecimento.

É como se ele fosse um ímã, me chamando com sussurros suaves e um puxão delicado para que eu me aproxime.

Recuo. Esse rio é ainda mais perigoso do que as águas escuras do Estige.

Dou uma boa olhada no horizonte, tentando conseguir alguma pista de até onde os rios correm, mas não consigo enxergar o fim. O Lete não é largo no local em que atravessa meu caminho, está mais para um riacho. Mas desconheço sua força. Uma gota pode ser o suficiente para arrancar minhas memórias.

Antes que eu pense melhor no assunto, corro e o pulo com um salto.

Inconsequente. Completamente inconsequente.

Mas se isso me levar aonde quero, faria de novo.

Do outro lado, o campo de asfódelos é denso e acima dele paira uma neblina cinzenta que se movimenta.

De repente fico sem fôlego. Imagens passam em disparada pela minha mente, e logo depois mais do que apenas imagens: sons, cheiros e emoções. É como se eu realmente estivesse lá, batendo a mão na madeira de uma mesa, minha voz se sobrepondo a outras, que se calam. Os gritos continuam e sinto que estou ouvindo um barulho explosivo, como se alguém tivesse enfiado essa sensação no meu cérebro.

Dou um salto, com a foice na mão.

E bem ali está um humano.

Morto, obviamente, desfocado e insubstancial como Tempestade, só que pior. Diferente dela, a fonte de vida deste humano não está lentamente se reabastecendo, mas desaparecendo. Tudo o que resta de sua vida é uma sensação de barulho. Talvez tenha sido um político, ou um advogado. Deve ter passado muito tempo em lugares barulhentos e caóticos.

O homem cambaleia para a frente, sem rumo, depois vai pouco a pouco se endireitando, à medida que uma carranca surge em seus lábios.

Ele deve ter me atravessado. Por isso as lembranças foram tão intensas.

Se me concentrar, consigo me sintonizar novamente com elas. Vejo fileiras de pessoas se tornando mais nítidas a passos lentos.

Então percebo que sou eu. Minha presença divina está dando a esse humano mais vida do que ele tinha antes — pelo menos aqui neste reino.

Eu me viro e corro antes que sua influência sobre o meu poder vá longe demais. No entanto, mesmo quando me afasto, minha pele continua arrepiada. Nunca vivi essa experiência antes — as lembranças de outras pessoas, vidas inteiras sentidas em primeira mão. Mas eu queria conhecer o mundo, e tem maneira melhor do que vê-lo através daqueles que viveram nele?

Só então me dou conta de uma coisa — não há névoa nenhuma à minha frente. São humanos, reunidos como rebanhos de gado vagando sem rumo. Se estendem até perder de vista, cinzentos e indefinidos. Parte de mim tem a sensação de que, se me aproximar deles, vou começar a desaparecer também.

Só que uma parte ainda maior está desesperada para seguir em frente, para estar entre eles, para aprender com suas vidas.

Levo um momento para me preparar, depois me junto a eles.

Sal nos lábios, águas agitadas arranhando minhas mãos, uma corda cravando na pele macia, mas sempre o horizonte, sempre a promessa de possibilidade.

Pele macia tocando cada centímetro da minha, os pensamentos acelerados, um desejo enorme de estar mais perto, a necessidade de estar mais perto.

A fome corroendo meu estômago, fraca demais para me levantar, insetos picando minha pele.

Sangue em minhas mãos, poder percorrendo meu corpo, uma onda de satisfação em meus lábios, meus músculos se curvando à minha vontade irrefreável enquanto as pessoas tombam como árvores diante de mim.

Sangue em minhas mãos que pressionam meu estômago, de repente vazio, meu corpo inteiro partindo ao meio, e estou desesperada, morrendo, mas desesperada para saber se meu bebê sobreviveu.

Sangue em minhas mãos, mas isso não impede que os punhos me acertem. Estou engasgando com meus próprios dentes. Tudo é tão vermelho.

É demais.

Agora estou cambaleando, quase chegando ao limite da multidão de humanos, quase fora dela. Preciso escapar deles e da dor que emanam, de seus sentimentos e de tudo o que são. Pessoas condensadas num único momento, numa memória, num sentimento. É demais. E há tanto sangue.

Terror. Meu coração congela. Meus pensamentos vacilam. Flashes de sangue, dor e exaustão, mas, acima de tudo, muito terror. Caio de joelhos na lama.

Isso não é meu, isso não é meu, entoo, como se isso fosse me manter sã em meio a todo esse delírio.

Mas *é* de alguém.

O pensamento me arranca do terror e vejo uma mulher cambaleando à minha frente, olhando desvairada ao redor, embora não haja mais ninguém por perto. Não há *nada* por perto, nem mesmo asfódelos. Quão longe cheguei tentando escapar das almas mortais?

Ela está sugando meu poder, então me esforço o máximo possível para não acabar mergulhando novamente em suas memórias.

— Está tudo bem — digo, sufocada. Minha voz está rouca, mas ela pisca e seus olhos se fixam no meu rosto.

A cada segundo perto de mim, ela vai se tornando mais ela mesma.

— O quê? — Ela sacode a cabeça como se tentasse se livrar de toda aquela confusão.

Instintivamente estendo a mão, segurando a dela, e a mulher dá um pulo.

— Você consegue me tocar? — pergunta. — Eu... posso sentir. — Ela olha para o braço que vai lentamente ganhando forma sob meu toque. — Quem é você?

— Não importa — digo. — Mas não vou te fazer mal.

— Onde estou? — pergunta ela, olhando o vazio ao redor: a terra preta se unindo ao céu preto e infinito à nossa volta.

Será que minha resposta vai destruí-la? Creio que não; nada poderia ser pior do que o medo que ela está sentindo.

— No Submundo — digo, simples assim.

A compreensão surge em seu rosto e ela assente como se tudo fizesse sentido.

— Sim. É verdade. Agora eu me lembro.

— Qual o seu nome?

— Larissa.

— Por que você estava tão assustada, Larissa?

Ela ergue os olhos, apavorada. Dá para entender. Qualquer que tenha sido o terror que enfrentou em vida foi tão forte que é tudo que ela se tornou depois da morte.

— Não precisa me perguntar — diz ela. — Você pode fazer o que fez antes para... ver minhas lembranças.

— Mas você quer que eu saiba? — pergunto.

Entrar em sua mente parece uma invasão, mesmo que suas lembranças sejam quase inevitáveis. Sinto minha cabeça pulsar com o esforço de manter essas recordações a distância, mas o fato de tocá-la, de propósito e não como antes, parece ter restaurado a mulher a um ser completamente racional.

Ela se assusta com a pergunta. Logo depois assente e eu acabo cedendo. Suas lembranças me sufocam. Eu não as testemunho como uma mera observadora, mas as sinto, as compreendo.

Inspiro a vida dessa mulher, consigo senti-la sofrendo. Vejo cada centímetro do terror que passou em vida e, enquanto suas lembranças voltam a sangrar, ainda sinto seu pânico. Alguma coisa aqui e agora a está apavorando.

Eu me liberto de suas lembranças e levo a mão trêmula ao rosto, mas meus olhos estão secos. Não posso deixá-la assim. Se fizer isso, ela será reduzida novamente ao puro terror.

— Posso te fazer esquecer — digo, porque é tudo que posso lhe oferecer. Posso levá-la às águas do Lete.

— Isso não... — Ela tenta encontrar palavras e não compreendo. Por que ela preferiria se lembrar? Continua com a sensação de suas lembranças. Qual o sentido de ser uma deusa se não posso intervir no que os seres humanos fazem uns aos outros?

Por outro lado, meu pai coagiu a própria esposa a se casar com ele depois de se aproveitar dela, uma medida para poder salvar a reputação de Hera. Penso em todas as outras pessoas que ele prejudicou: as garotas correndo o mais rápido que podem; Prometeu acorrentado a uma rocha, suas entranhas repetidamente arrancadas.

Qual é o sentido em ser um deus se esse é o mal que escapa de toda a dor deste mundo?

— Eu não quero esquecer — diz ela. — O problema não são as minhas lembranças... é que *elas estão* aqui. As pessoas que me fizeram mal viveram mais e também fizeram mal a outras pessoas, e agora estão aqui, no mesmo lugar que eu, pelo resto da eternidade.

Olho para o campo de asfódelos, compreendendo o horror do que ela está dizendo. Aqui, para sempre, um único sentimento de terror pelo resto da eternidade enquanto sua alma se degrada, constantemente encontrando aquilo que você mais teme.

Mas isso seria algo tão simples de consertar. Nesta terra enorme e vazia, seria fácil criar outro espaço para colocar os humanos mais cruéis, para proteger os outros deles. Suas almas se degradarão de qualquer maneira... é possível criar um lugar tranquilo onde elas possam desaparecer sem causar mais sofrimento desnecessário.

A menos que Hades não se importe em ter esse trabalho.

— Tenho que ir — digo, com uma frieza na voz que nunca havia escutado antes.

— Não! Por favor, não — pede ela. — Esta é a primeira vez que me sinto eu mesma em... nem sei quanto tempo.

Eu paro. Lógico. Não se trata de mim nem de Hades. Por enquanto. Mas, em nome das Moiras, será.

Neste momento, há algo que só eu posso fazer.

Ofereço minha mão e ela a toma. Fecho os olhos e penso nas minhas flores, depois imagino essa mulher voltando a si mesma: seus pensamentos, sua personalidade, tudo que ela era. Penso em tudo isso permanecendo, imagino-a vagando livre novamente.

Funciona. Não tenho ideia de como, só sei que funciona. Como uma flor criando raízes.

Quando abro os olhos, percebo que funcionou melhor do que tinha imaginado. Ela recuperou completamente suas cores e está sólida mais uma vez, seu cabelo preto **se** misturando ao céu e a pele manchada pela inexistente luz do sol.

— Pronto — digo. — Agora você vai ficar bem. Voltarei em breve e poderemos conversar mais. — Penso que encontrei minha razão para estar aqui, um propósito para esse meu tempo extra. — Mas primeiro preciso dar a um deus mais um motivo para ficar paranoico.

Por um momento ela parece confusa. Mas então olha, cautelosa, na direção das outras almas.

— Vou melhorar isso — prometo, franzindo o cenho.

Muitas histórias começam com deuses fazendo promessas que não podem cumprir.

Capítulo onze

Volto em transe para o palácio, aos tropeços, arrastando os pés como se toda a dor dos humanos estivesse pesando sobre meus ombros. Quando finalmente passo pela soleira do palácio de Hades, quase desmaio. Fico me perguntando se aqueles espíritos estavam ficando mais fortes ao sugar a minha própria força.

Ou talvez minha exaustão tenha mais a ver com as imagens que desde então se amontoam na minha cabeça. Aquele sentimento de desesperança se alojando dentro de mim.

— Onde você estava? — pergunta Hades. Ergo o olhar e o vejo parado na porta da biblioteca, emoldurado pelo brilho do fogo e seu manto de fumaça. — Certamente Estige não passou esse tempo todo com você.

Alguma coisa na maneira como ele solta o ar antes de falar me lembra o alívio da minha mãe quando eu voltava para casa. Eu me pergunto o que ele temia que eu estivesse fazendo, por quais erros inventados ele vai me culpar dessa vez.

— Agora não — digo. Quero fugir para o meu quarto e deitar até que minha cabeça pare de latejar.

— Agora não o quê? — pergunta ele, de cara feia.

— Isto — repito, fazendo um gesto com as mãos ao mesmo tempo em que me encolho com a luz vinda de trás dele. — Seja lá o que for. Esta conversa.

— Sim, bem, uma conversa exigiria mais palavras do que você parece capaz de formular neste momento — rebate ele com um sorrisinho de deboche, e toda essa superioridade paternalista vinda de um homem que deixou tanto sofrimento acontecer me irrita. — Um dos meus súditos me acusou de te sequestrar, Coré. Acho que o mínimo que você pode fazer é conversar sobre isso comigo. — Quando fecho os olhos, ainda consigo ver todo aquele sangue. — Eu diria até que você me deve isso.

— Não te devo nada — rosno. — E não vou ficar alimentando esse teatrinho no qual você é um babaca e eu finjo que não me importo.

Imediatamente me arrependo do que disse. Qual o sentido de reprimir tudo o que quero dizer se desisto de tudo no momento em que sinto uma dor de cabeça?

Hades ri e o som de sua risada me paralisa.

Ergo os olhos para ele com cautela. Uma risada pode significar muitas coisas.

— Agora *realmente* não pode — reconhece ele, depois me encara com plena atenção.

Sinto cada músculo do meu corpo ficar tenso, porque não tenho certeza de qual disfarce devo usar neste momento. Não consigo me concentrar. Agora mesmo, enquanto estou aqui parada, quantos espíritos estão aprisionados e aterrorizados neste reino? Quantos estão sentindo dor? Quantos estão presos num ciclo perpétuo de tristeza? Quantos humanos se encontram na Terra, vivendo os horrores que um dia se repetirão por toda a eternidade?

— O que foi que Estige te disse? — pergunta ele.

— Nada.

Ele estreita os olhos.

— Onde você esteve?

— Boa noite, Hades.

— Você esteve com os espíritos, não foi? — Por um momento, parece vibrante por ter descoberto. Mas logo depois assume uma expressão sombria. — Eu te disse para não ir vê-los. Agora olhe só para você... eles te deprimiram, exatamente como eu sabia que fariam. Por que você foi lá depois de eu ter dito...

— Dá para calar a boca? — interrompo, ríspida. — Não dou a mínima para o que você me disse.

— Bem, deveria. Você está com a aparência péssima, e justamente porque fez a única coisa que eu disse para não fazer. — Ele nem sequer levanta a voz, o que é suficiente para me fazer querer gritar.

— Estou bem — sibilo.

— Você não está bem... O que era? Um camponês faminto? Uma criança assassinada?

Eu não deveria mais me surpreender, mas dou um passo atrás em razão do choque. Me preparei para sua indiferença, não para essa insensibilidade.

— Qual o seu problema? — pergunto. — Como pode mencionar essas coisas como se não fossem nada?

— Ahh... então foi a criança?

— Vai se foder.

De repente cada centímetro que nos separa se torna bem concreto, e a distância torna-se a única barreira que me impede de tentar arrancar seus olhos.

Hades tem a audácia de gargalhar.

— Olha só! Isso já parece mais adequado. Coré das flores mostrando seus espinhos.

— Tudo isso é só um jogo para você?

— Querida, e o que mais seria?

Desgraçado. Toda aquela tristeza e dor se transformam numa raiva tão violenta que preciso usar todas as minhas forças para não gritar. Até não conseguir mais me conter.

— É isso que você faz?! — grito. — Vê toda aquela dor e angústia e dá risada? Depois volta para seu palácio e se senta para ler seus pergaminhos e se deliciar com a comida que eles cultivam para você? Que existência mesquinha!

Não estou mais apoiada na porta, agora já estou na metade do átrio.

— Como é que é? — zomba ele, mas sua máscara está caindo, a raiva faz suas palavras saírem afiadas.

— Você gosta de fingir que é diferente, ficando aqui em vez de lá em cima com todos os outros. Sorri e diz a si mesmo que é melhor que os Olimpianos... para quê? Tudo isso só para ignorar o mundo que você criou, exatamente como eles fazem? Para zombar dos humanos e se deleitar com o privilégio de ser um deus? Seu idiota arrogante, me diga uma única coisa em que você é superior.

Hades ri, mas é um riso mais fraco desta vez, forçado, e então ele deixa cair completamente sua máscara de divertimento. Dá um passo em minha direção e as espirais de fumaça se estendem ameaçadoramente, avançando ainda mais.

— Faça-me o favor, Coré. Seu nome já significa "ingênua". Não vamos fingir que você tem alguma ideia de como o mundo funciona. Por que não vai plantar mais florzinhas e se limitar a fazer o que sabe?

Mas já fui longe demais para me conter agora.

— Você deveria ser um dos grandes, um dos originais sequestrados por Cronos! Você foi presenteado com um reino inteiro. É supostamente poderoso, e é isso que faz com todo esse poder? — disparo, a fúria me tirando o fôlego. — É patético, Hades. *Você* é patético.

Ele estreita os olhos de novo e dá mais um passo. Está bem na minha frente agora, elevando-se o máximo que pode e rosnando palavras com tanto ódio que mal consegue pronunciá-las.

— Você passa a vida toda numa ilha, engolindo as mentiras que seu pai te conta e...

— Então ou você é uma pessoa genuína e profundamente horrível — grito bem na cara dele, seus esforços para me intimidar servindo apenas para me deixar ainda mais irritada — ou simplesmente faz um péssimo trabalho.

— Corta — zomba ele. — Você precisa melhorar seus insultos, minha querida.

Juro pelas Moiras que quero acabar com ele.

— Você não merece nada que recebeu — cuspo. — Talvez alguém devesse tirar tudo de você.

— Como você tem coragem — Hades explode, apesar de manter a voz mortalmente calma e gelada, colidindo com o fogo da minha ira — de me desafiar em meu próprio palácio?

Sua mão dispara até meu rosto e nem penso duas vezes. De repente minha foice está encostada em sua garganta.

Estou tremendo. Já senti raiva antes, tanta que me julguei capaz de destruir a Terra com minhas próprias mãos. Mas essa é a primeira vez em que realmente sinto que poderia ferir alguém.

— Eu tenho coragem — digo.

Hades inclina o queixo para cima, afastando-se da lâmina, depois ergue as mãos em sinal de rendição, uma delas segurando a flor que pegou em minha orelha. Imagino que deveria ser um alívio saber que a intenção dele era apenas pegar a flor, não me machucar, mas *como ele se atreve?* Ele devia imaginar o que eu pensaria que estava fazendo. Depois de tudo o que aconteceu hoje, minha raiva se transforma numa fúria que ultrapassa os limites da imprudência, tornando-se aquele tipo de ira prolongada que exige planejamento, vingança e guerra.

Ele me olha de cima, como se estivesse perfeitamente no controle. Então esmaga a flor e a deixa cair antes de voltar à sua postura debochada de rendição, o pólen amarelo manchando a palma. Ele curva o corpo para trás e olha para a ponta da arma ainda apontada em sua direção.

— Você é rápida com essa coisa.

— Posso ser ainda mais rápida.

— É uma ameaça? — pergunta ele.

Abro a boca para ameaçá-lo de forma mais direta, mas sinto um nó na garganta.

Estamos ligados pela xênia. Se um de nós a quebrar, será amaldiçoado. E Héstia pode até não ter distribuído um manual de instruções, mas ameaçar a vida de seu anfitrião definitivamente parece algo que com certeza quebraria o compromisso de hospitalidade.

— Não — digo, minha raiva finalmente se dissipando enquanto deslizo a foice entre os dedos e a deixo cair ruidosamente no chão.

Percebo algo passando pelo rosto de Hades e me dou conta do que estava faltando esse tempo todo: raiva verdadeira. Até agora tudo não passou de encenação. Só que agora ele está colérico, indignado e realmente furioso.

Dou um passo para trás assim que tudo se encaixa.

— Mas você quer que seja, não é? — retruco. Franzo as sobrancelhas e olho da minha arma caída e da flor amassada para sua expressão furiosa quando ele deixa os braços caírem nas laterais do corpo. — É o que você mais queria. Você quer que eu viole a xênia.

Hades bufa.

— Eu esperava que a poesia te levasse ao limite.

— Por quê? — pergunto, e odeio como minha voz soa emotiva, magoada.

Ele faz um gesto vago.

— Tudo isso, imagino. Toda aquela sua suposta mansidão nesses últimos dias, desde quando você apareceu pela primeira vez no meu palácio cheia de exigências e propostas maliciosas. Você quase me convenceu de que eu tinha imaginado tudo. Me diga: tem certeza de que é filha de Zeus e não de Dionísio? Porque você é uma atriz genial.

— *Por quê?* — torno a perguntar, e dessa vez minha voz soa mais firme, as emoções controladas.

— Pensei que tivesse acabado de explicar por quê. — Hades inclina a cabeça.

— Eu não fiz nada. Eu te evitei, tentei não ser invasiva, reprimi tudo que senti vontade de dizer, tentei ser invisível.

— Um intruso invisível ainda é um intruso.

— Mas é merecedor da maldição da violação da xênia? Por que você faria isso comigo? — Não consigo desviar o olhar dele, esse estranho que conheço ainda menos do que eu pensava.

Hades me encara estreitando os olhos.

— Coré, por que, de verdade, você está aqui?

— Será que preciso soletrar essa merda para você? Eu não quero me casar!

— Ninguém vem aqui — responde ele. — Jamais. E a primeira pessoa que vem é a filha de Zeus? Me diga se isso não é suspeito.

— Talvez ninguém venha aqui porque você trata os hóspedes desse jeito.

— Mas você é mesmo uma hóspede? Ou é a espiã do seu pai?

A ideia é tão ridícula que solto uma gargalhada histérica.

— Me desculpe, mas você conhece o meu pai? Acha mesmo que ele me confiaria algo desse tipo? Já te julguei como muitas coisas horríveis, Hades, mas esta é a primeira vez que penso que é burro.

— Parece uma oferta viável para uma garota que não deixou dúvidas sobre o quanto está desesperada para não se casar: espionar um rei rival e permanecer solteira.

— Você está certo. Acabei de enviar meu relatório sobre suas lentilhas que passaram do ponto e sobre essa sua decoração assombrosa. — Balanço a cabeça. — Esta é a coisa mais ridícula que já ouvi.

— Não pensei de verdade que você fosse... simplesmente reconheço a possibilidade — diz Hades, ríspido, obviamente irritado por eu ridicularizar suas teorias conspiratórias geniais. — Eu queria que você fosse embora pelo simples fato de sua presença ser indesejável na minha casa. Você não tinha o direito de me pressionar a te abrigar aqui... de tirar meu poder de escolha.

— Você não tem ideia de como é viver assim, não é mesmo? Por isso imediatamente acredita que estou mentindo sobre o porquê de estar aqui. Você não consegue nem cogitar a possibilidade de que eu esteja dizendo a verdade. Porque aí precisaria confrontar o quanto isso é ruim para o resto de nós.

— Eu sei exatamente...

— Não, não sabe. — Eu o interrompo. Não dou a mínima para suas desculpas, seus protestos... na verdade, não dou a mínima para nada que ele tenha a oferecer. — Para você, tudo isso não passa de palavras e, se não estiverem em um de seus pergaminhos, então você não dá a menor importância. Não acredito que vim aqui pensando que poderia mudar sua opinião. Para início de conversa, você nem tem uma opinião.

— Não tenho a menor ideia do que você está falando.

— Ah, pode acreditar, eu sei — digo. — Você tem o domínio sobre um reino inteiro de humanos. Se quisesse, poderia mudar o mundo. Mas não quer. Você tem todo esse poder e mesmo assim não faz uso dele.

— O Submundo está bem — diz ele abruptamente, os lábios curvados como se seu desprezo pudesse jogar todo meu argumento no lixo.

— Não, não está. Há pessoas aqui que foram espancadas, abusadas e assassinadas, e agora elas estão bem ao lado daqueles que cometeram esses crimes. Então por que os humanos na Terra não brigariam, roubariam e machucariam os outros se não há consequências? Consequências que *você* poderia estabelecer. Você poderia mudar tudo, mas não sabe por que deveria fazer isso. Você não merece nem seu poder nem seu trono. Não merece nada disto.

— Por que eu deveria me importar com os humanos ferindo uns aos outros? — pergunta Hades, como se fosse uma ideia ridícula.

— Essa é a coisa mais triste que eu já ouvi. Por que você deveria tentar minimizar a dor neste mundo? Por que não? Eu ia tentar convencê-lo a mudar as coisas por aqui, mas não me importo mais com o que você pensa. Alguém precisa governar este lugar, e está na cara que não é você.

— Mais ameaças. Está planejando tomar meu reino, *Coré*? — Ele diz meu nome como se fosse um insulto, porque é exatamente o que ele é.

— Não preciso — digo, pois já consigo sentir esse reino pulsando sob meus dedos, como se estivesse implorando para que alguém tomasse providências. Se Hades não faz, então eu faço.

— E o que exatamente você pretende fazer? — pergunta Hades com um sorriso irônico. É uma atitude tão condescendente que minha raiva volta com tudo.

— Alguma coisa. Qualquer coisa já será um feito e tanto neste lugar, melhor do que tudo o que você já fez. Farei mais do que permitir que seres realmente malignos vagueiem pelos campos pelo resto da eternidade.

— Você tem mesmo o desejo de aplicar punições, não é?

— Sim, tenho — digo, e ele fica um tempo me encarando.

Não sei exatamente o que ele vê em meu olhar, mas é o suficiente para que ceda e pareça procurar algo para dizer.

— Você não sabe nem por onde começar.

— Lógico que sei. — Fico surpresa ao descobrir que estou dizendo a verdade.

— Você é idiota? — Hades dá um passo à frente, sua fúria retornando. — Acha mesmo que usurpar meu poder não vai violar a xênia?

Deixo escapar uma risada, e o som é como se um chicote estalasse no ar. Penso em todos aqueles espíritos sob o controle desse homem. Dificilmente conseguirei ajudá-los se eu também estiver sob o mesmo domínio.

— Não me importo mais. Você queria que eu violasse a xênia? Bem, então por que não te faço logo um favor? Eu revogo meu pedido de segurança, hospitalidade e abrigo.

A raiva dele desaparece, sendo substituída pelo choque.

— Você *é mesmo* uma idiota — diz baixinho.

— Vá em frente, me machuque — digo, pegando minha foice do chão e virando-a casualmente na mão. — Adoraria te ver tentar.

Não saio correndo. Em vez disso, caminho lentamente, dando a ele toda a oportunidade do mundo de me fazer mudar de ideia. No entanto, mudança é algo em que ele nitidamente não está interessado.

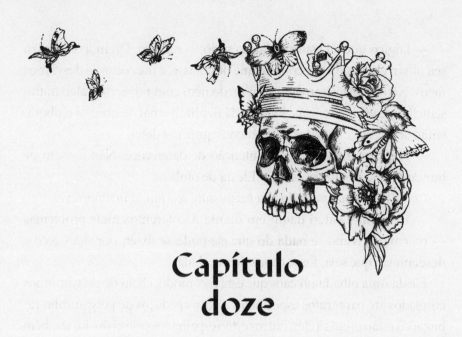

Capítulo doze

— Você estava falando sério mesmo — diz Hades no dia seguinte. Está parado sob a porta em arco, encostado no batente, sua aura totalmente ausente. O caimento de suas roupas me permite ver os ângulos afiados dos ossos dos quadris e a postura angular dos ombros. Este homem é todo linhas retas e superfícies suaves, e mais uma vez preciso admitir: não dá para negar que há alguma coisa nele que chama a atenção.

Eu me obrigo a focar em sua sobrancelha arqueada, na expressão condescendente, e sinto que fico ainda mais irritada. Pelo menos essa reação eu posso racionalizar.

Não faço a menor ideia de que horas são. Nem de quantas refeições perdi. Tenho a sensação de que o tempo se arrastou enquanto fiquei aqui lendo esses pergaminhos. Talvez tenha passado a noite inteira trabalhando ou talvez tenha pulado um dia inteiro. Tenho que forçar os olhos quase fechados, como se, já que não puderam dormir, tivessem decidido encontrar sua própria solução.

— Lógico que eu estava falando sério — retruco. Quando encontro seu olhar, ele me encara como se me desafiasse, e me recuso a desviar os meus. Não estou exatamente com medo nem com raiva, mas algo muito semelhante às duas coisas. Ele não dá nenhum sinal de que vai embora, então acrescento: — Você não vai conseguir me deter.

— Ah, não tenho a menor intenção de deter você. Não passam de humanos. Faça o que quiser. — Ele dá de ombros.

Como se eu precisasse da sua permissão, seu idiota insuportável.

— Excelente, então daqui em diante não teremos mais problemas — murmuro, como se nada do que ele pudesse dizer, por mais seco e desdenhoso que seja, fosse capaz de me abalar.

Ele dá uma olhada no caos que está o cômodo, cheio de pergaminhos enrolados até parágrafos específicos. Alguns pedaços de pergaminho rabiscados estão presos a eles; outros estão espalhados pelo chão. Eu também estou jogada no chão, com meu vestido amarrotado, apesar de a biblioteca contar com uma mesa de tamanho considerável. Nunca na vida tentei prender meu próprio cabelo e acabei ficando constrangida de pedir ajuda a Tempestade, então só o amarrei num nó em volta de um pincel. Devo estar horrível.

Os olhos de Hades demoram-se num pergaminho descartado enquanto ele pensa no que dizer. Que hipócrita. Nunca o vi participar de uma refeição sem um desses negócios entediantes — se pelo menos ele se importasse tanto com os humanos quanto com o que eles escrevem. Não tenho como projetar uma vida após a morte para os humanos se não souber o que desejam, e não tenho como impedir a decomposição de suas almas para perguntar sem acabar sendo sugada como aconteceu ontem. Então aqui estou, lendo desesperadamente qualquer coisa que possa me oferecer um vislumbre de suas mentes.

Ele nitidamente decide não comentar, então só diz:

— Você precisa comer.

— Não preciso — respondo, voltando ao trabalho à minha frente.

— Qualquer que seja a pesquisa que você resolveu fazer, dificilmente será bem-feita se você estiver fraca de fome.

— Deixa eu te dizer uma coisa. — Ergo o olhar. — Estou fazendo isso apesar de você, o que significa que não quero de jeito nenhum a sua opinião... sobre nada.

Fico sem fôlego assim que termino de falar. Falar desse jeito me deixa cheia de uma empolgação que vai além de dizer palavras que jamais pronunciaria diante da minha mãe. Tem a ver com a determinação que as julga necessárias, impulsionadas pelo senso de propósito que estou sentindo pela primeira vez em toda a minha vida. É a liberdade de sentir desprezo e poder demonstrar, lançando-o pelos ares, em vez de precisar engolir goela abaixo. É não ter que pensar primeiro, me permitir ser verdadeira — mesmo quando é uma verdade cruel.

Hades escuta sem nem se mexer, mas, quando termino de falar, seu sorriso está mais sarcástico e ele concorda com a cabeça.

— Anotado.

— Então vá embora. — Não consigo me concentrar com ele aqui. É um homem irritante demais. Que me distrai.

Hades assente novamente, com aquele maldito sorriso ainda estampado no rosto.

— Vejo que a xênia estava te reprimindo consideravelmente. Não fazia ideia de que a educação exigisse tanto esforço.

— Adeus, Hades.

— Muito bem. Mas, só para constar, e sei que você não se importa com minha opinião, mas prefiro você sem nenhuma máscara.

Quando ele desaparece de vista, faço cara feia. Se Hades me prefere instável, quase sinto vontade de ficar calma.

Depois que ele sai, não demora muito para me servirem comida, e não tenho certeza se trata-se de uma coincidência, de uma decisão tomada por Tempestade ou, o que seria mais assustador, um pedido de Hades.

Fico encarando aquelas frutas indesejadas. Será que ele fez alguma coisa com elas, agora que tem essa possibilidade? Parece covarde demais oferecer comida envenenada, especialmente vindo de um deus que lutou na guerra dos Titãs. E, como ele bem observou, me matar significaria apenas que eu passaria a eternidade aqui, irritando-o para sempre. Dou uma mordida. A fruta é dura e seca, e engolir dói, mas não tem gosto de algo letal.

— Você revogou a xênia? — Estige está de volta, encostada na mesma porta onde Hades estava apenas algumas horas antes.

— Não importa — respondo. — Como você disse, eles vão descobrir mais cedo ou mais tarde. E não quero ficar devendo nada a Hades quando isso acontecer.

Ela observa a bagunça dos papéis jogados.

— Então vai passar os momentos de liberdade que te restam lendo?

— Vou fazer algo de bom enquanto posso... ou, pelo menos, tentar.

— E o que exatamente você está tentando?

Suspiro, afastando as páginas da minha frente.

— É tudo tão deserto lá fora. Os humanos ficam simplesmente parados num campo vazio por toda a eternidade.

— Não chega a ser um lugar vazio. Agora tem asfódelos.

Faço um gesto com a mão, desconsiderando seu comentário.

— Você sabe o que eu quero dizer. E alguns deles são... alguns merecem coisa melhor e outros, coisas bem piores. Quero poder dar isso a eles.

— Como? — pergunta ela, vindo até mim e se agachando diante das minhas anotações rabiscadas na pressa.

— É o que estou tentando descobrir — digo, apontando para as páginas anotadas. — Com toda essa pesquisa. Preciso saber como criar mais do que simples flores. Antes de Atena soprar vida nos humanos, eles costumavam não ser nada além de lama, então não pode ser tão difícil.

— Atena é a deusa da sabedoria.

— Sim, e foi por isso que cheguei à conclusão que a saída é pesquisar. Mas não sei nem por onde começar. E, mesmo que soubesse, preciso descobrir exatamente o que quero produzir... que tipo de coisa os humanos gostariam ou odiariam, e como decidir quem fica com qual existência após a morte. Tem muita coisa a ser organizada, e até agora tudo o que consegui encontrar foi um relato de alguma guerra mortal no Peloponeso e uma descrição bem fanática de cada suspiro que Atena já deu. Não parei aqui.

106

Ela se vira para mim, os lábios comprimidos, como se estivesse relutante em perguntar.

— Você já falou com Hades sobre isso?

— Ele não vai me impedir.

— Mas você já falou com ele? Ele sabe como este reino funciona, então provavelmente poderia te ajudar com o primeiro problema. E, como estes pergaminhos são dele, é provável que saiba onde estão os que você precisa. Na verdade, é bem possível que ele já tenha lido e possa te dizer.

— É bem improvável que ele vá me ajudar a mudar o próprio reino.

— Talvez ajude.

— Ele está aprontando alguma coisa. — Que importa se ela é confiável ou não? Se não for, já contou aos meus pais que estou aqui, o que é bem pior do que qualquer coisa que ela possa fazer comigo por dizer em alto e bom som minhas preocupações em relação a Hades. — Está sendo legal comigo. Me mandou frutas.

Ela ri.

— Ah, sim, tem tudo a ver com algum motivo oculto.

— Não é bem a cara do rei do Inferno fazer isso.

— Você vai perceber que ele não tem muitas atitudes que comprovam o que você espera — responde ela. — Mas boa sorte. Eu te ajudaria, só que acabaria atrasando você. Mesmo assim, se precisar de alguma coisa, conheço por aí um deus bonito, alto e negro que sabe se orientar numa biblioteca...

— Deuses que tentam me enganar e me lançar em maldições eternas não são bem o meu tipo.

— Mas você admite que ele é bonito.

Não admito nada disso, mas minhas bochechas coradas acabam me denunciando.

— Ele não se importa — digo, retomando o assunto. — Ele mesmo disse isso.

— Humm, bem, venha me visitar mais tarde. Você não pode passar o tempo todo enfurnada aqui dentro. Precisa fazer uma pausa. Precisa das suas flores.

Ela tem razão. Levo mais algumas horas antes de desistir por hoje, tendo chegado a pouco mais do que um vago esboço de como pode ser a vida após a morte e a meras sugestões de como eu poderia criá-la. Então me levanto, me espreguiçando. Minhas costas doem por ter passado tanto tempo sentada no chão, mas a mesa não era grande o suficiente para todos os documentos, o que me deixou sufocada, como se precisasse de mais espaço para conseguir pensar.

Neste momento eu preciso de ar, ar de verdade. Passei o dia inteiro entre quatro paredes — não tenho certeza se já fiquei tanto tempo longe do mundo exterior. Preciso sentir as pétalas em meus dedos e a terra sob os pés.

Enquanto caminho até a entrada do palácio, puxo o pincel do cabelo, meu couro cabeludo já dolorido. Os fios caem num amontoado todo embaraçado, e sinto prazer em deixar assim mesmo, em vez de passar os dedos para arrumá-lo antes que mamãe chegue em casa. Meu cabelo está uma bagunça, o vestido, pior ainda, estou cheia de olheiras e vincos ao redor dos olhos e minhas unhas, roídas e sujas de tinta. Que alívio poder estar horrorosa sem nenhuma consequência.

— Coré — chama Hades quando chego ao saguão de entrada, sua voz ecoando no mármore de um jeito que não consigo entender de onde vem.

Solto um gemido, fechando os olhos. Talvez, se eu não puder vê-lo, ele não estará de fato aqui. Eu já estava quase fora do palácio.

Eu me viro e ali está ele, caminhando rapidamente em minha direção.

— Queria te mostrar uma coisa — diz ele.

Centenas de reações disparam pela minha cabeça: confusão, aborrecimento, até chegar a um tipo estranho de comoção. Decidindo por uma postura de exasperação sofrida, faço que sim com a cabeça e o sigo como um pai cujo filho pequeno quer mostrar mais um desenho que fez.

Hades me conduz por uma porta que por algum motivo não reparei, revelando uma escada que leva a um porão que tenho certeza de que não existe no palácio Olimpiano. Só quando estamos no meio da escada me dou conta de que não foi só uma questão de não ter visto a porta — ela é parte das ausências inexplicáveis de cômodos.

Será que as ninfas têm acesso a esses lugares? E o que mais Hades está escondendo?

— Como você notou antes, estou muito cansada, Hades. É melhor que valha a pena.

Ele não responde.

Os degraus se nivelam numa caverna mal iluminada, o mármore liso transformando-se em rocha áspera. A maior parte do espaço é ocupada por um pequeno lago de formato irregular que se estende até a parede oposta e passa por baixo dela. O ar parece muito abafado; carregado de um cheiro ácido que gruda na minha garganta.

— Se me trouxe aqui embaixo para me afogar, eu vou matar você.

Ele me ignora.

— Este lago é formado por todos os cinco rios do Mundo Inferior.

— E daí? — pergunto, mas, agora que estou aqui, meu desejo de sair evapora, dando lugar à vontade de me aproximar da margem do lago. Caminho em direção à água, minha pele formigando em reconhecimento à magia de nossos poderes divinos, e a superfície do lago quase não ondula, embaçada demais.

— Estive aqui ontem à noite — diz Hades, e algo na maneira como ele me olha faz com que eu não consiga desviar os olhos. — E te devo um pedido de desculpas.

Faço cara de deboche.

— Não tenho tempo para isto, seja lá o que for.

— Me dê só um momento. Por favor.

Estou tão surpresa com sua educação que concordo com a cabeça sem nem pensar duas vezes.

— Depois da nossa discussão, não consegui parar de pensar no que você disse... sobre como eu não entendia. Então vim aqui embaixo para provar que você estava errada, mas... bem, você tem razão. Não eu. Passo tanto tempo sozinho e, gostando ou não, agora você está aqui. E não tenho desejo nenhum de te machucar, o que significa que eu não poderia me livrar de você nem se quisesse.

Claro que acredito em você, Hades. Meus dedos avançam lentamente em direção à foice. Se isso for uma armadilha, me recuso a deixá-lo me pegar desprevenida.

Hades hesita.

— Seja como for, agora sei por que você está aqui.

— Eu já te disse o porquê. — Eu me surpreendo que ainda consiga pronunciar as palavras, de tão cerrados que estão os meus dentes.

— Sim, mas... Eu não fazia ideia, de verdade. Creio que seja mais fácil te mostrar. — Ele se agacha perto da água e, antes que eu possa dizer qualquer coisa sobre o quanto deve ser perigoso um lago formado por rios de fogo, ódio, dor e outras coisas terríveis, ele mergulha a mão... A água toma forma de espiral, girando como se estivesse sob o toque de Aracne, e enquanto os fios se agitam, minha mãe aparece.

Ela segura um caduceu de ouro nas mãos. O cajado alado é feito de um ouro tão brilhante que praticamente cintila. Duas cobras metálicas se enrolam na superfície e ela mal olha para o objeto antes de entregá-lo ao meu pai, que, entusiasmado, o pega de sua mão e o examina com cuidado. De repente sinto vontade de vomitar. Estou assistindo ao meu próprio leilão — a competição para pedirem minha mão em casamento.

— Hermes — digo, pois quem mais poderia oferecer aquele presente?

Hades faz que sim, com uma expressão séria no rosto.

Então minha tristeza se transforma em pânico: às vezes Hermes se aventura no Submundo. Ele pode acabar me encontrando. E pode usar o fato de me encontrar para garantir o casamento comigo. E ser casada com o deus da trapaça dificilmente pode significar coisa boa. Contam muitas histórias sobre a crueldade de seus truques.

— Não se preocupe — diz Hades, o tom de voz suave. — Eu o mandei embora do reino. Fiz isso no dia em que dispensei a corte... quando você chegou.

— O quê? Por quê?

— Porque é um costume bárbaro. — Hades balança a cabeça e olha para o chão. — Escuta, eu nunca acreditei na sua justificativa para estar aqui, mas, se você realmente estivesse dizendo a verdade... Eu não iria correr o risco. Por isso, dispensei a corte. Disse a Hermes que voltasse para o Olimpo até segunda ordem. Fiz tudo isso porque sabia vagamente que poderia ser algo ruim, mas ver desse jeito? É muito pior do que havia imaginado. Ouvi-los negociar você tão descaradamente...

— É adequado? — Uma voz o interrompe, e levo um susto antes de perceber que é Hermes no lago. Olho para ele, tentando imaginá-lo como aquilo que poderia ser: meu marido esperando por mim no altar. É um homem esguio... magro, de cabelo preto ralo e sardas espalhadas pela pele marrom. Mas seus olhos me deixam inquieta... brilham de empolgação, a ganância e aquela euforia desequilibrada que faz você temer que algo esteja pegando fogo.

— Vou considerar sua proposta — responde mamãe friamente, e me encolho tanto que realmente acabo me afastando do lago. Então ela o encara, os olhos sagazes, e pergunta: — Por que quer se casar com minha filha, Hermes?

O deus ri, todo alegre.

— Pelo mesmo motivo que todos os outros, imagino. Ninguém a vê há anos. Não param de correr boatos sobre sua beleza, e quem resiste a um mistério desse?

— E quando ela deixar de ser um mistério? Quando for a esposa que você vai encontrar todo dia quando voltar para casa?

Hermes pisca.

— O que tem?

— Um cajado dificilmente estaria à altura de Coré, não é? — declara papai, jogando a coisa de lado. — Você acabou de dizer que ela é um troféu... com certeza sabe que ela vale mais do que isso.

Hermes o olha com cautela.

— O que, por exemplo?

— Ah, não sei. Segredos. Promessas. Algo que faça sua oferta valer o meu tempo. — Meu pai diz, mostrando os dentes enquanto, lá do trono, lança um olhar malicioso. — Você é esperto, meu filho. — Eu me encolho ao lembrar que, tecnicamente, Hermes é meu meio-irmão, e Hades também se sobressalta, contraindo os lábios. — Tenho certeza de que pensará em algo que me convencerá a entregá-la a você.

Hades vai em direção à água e com um toque na superfície toda a cena desaparece. Depois murmura uma série de xingamentos furiosos dirigidos ao meu pai.

Sinto como se estivesse com uma pedra incrivelmente pesada no estômago. E me ressinto profundamente de ficar vulnerável desse jeito na frente de Hades.

— É uma prática abominável — declara. — Se isso acontecesse com qualquer deusa do Submundo, eu ficaria indignado. Como disse antes, entendo por que você está aqui. De verdade dessa vez.

Se não atacá-lo, vou acabar chorando.

— Eu já havia te contado tudo isso — rosno e ele se assusta, como se minha raiva fosse a última coisa que esperava. — Já te falei tantas vezes. Uma das primeiras coisas que te disse foi que não quero me casar. E sua grande revelação é que eu não quero isso? Que eu me oponho ao fato de estar sendo negociada como um pedaço de carne?

Hades me olha, piscando, como se estivesse surpreso. Como se tivesse pensado que eu ficaria toda grata e agora não conseguisse entender minha reação.

— Bem, sim — diz ele. — Mas é diferente ver de fato.

— Você poderia ter visto antes — rebato. — Não foi convincente o suficiente eu ter vindo correndo para um homem que não conheço porque a ideia de me casar era horrível? Você está se desculpando por não acreditar em mim ao mesmo tempo em que diz que não acredita em *mim*. Você acredita em *si mesmo* e no que viu. E por que exatamente você achou que precisava me mostrar aquele leilão horrível? Provar que agora você acredita em mim? — Sua expressão murcha enquanto faço meu discurso inflamado, mas isso só me estimula. Ótimo. Quero que ele se sinta péssimo. Que se humilhe. — Você chegou a pensar em como seria perturbador para mim ver isso, ou será que estava focado demais em provar alguma merda de argumento? Por que devo me importar se você acredita em mim ou não?

— Porque você está andando armada pelos corredores do meu palácio. Acha que eu sou como eles — diz ele. — E eu faria qualquer coisa para te mostrar que não sou... não por minha causa, mas porque você merece se sentir segura aqui.

— Ótimo trabalho o seu.

— Você está certa — diz ele. — E eu sinto muito. Peço desculpas por não ter acreditado em você e peço desculpas por ter acreditado mais nisto do que em você mesma. Eu deveria ter... te preparado para o que ia mostrar. Desculpe.

— Qual é o seu jogo? — pergunto.

— Como assim?

— O que você quer de mim? Uma hora está tentando me enganar para eu violar a xênia, depois está... fazendo tudo isso. — Agito a mão num gesto vago. Estou tão confusa que mal consigo expressar em palavras o que está acontecendo.

Ele franze a testa.

— É por isso que estou me desculpando. Tentar enganá-la foi uma atitude juvenil. Eu queria ficar sozinho, o que é egoísta. Achei que nenhuma situação poderia ser tão ruim a ponto de te fazer vir aqui por vontade própria, então presumi que você tivesse vindo para cá por outro motivo. Mas, obviamente, é mesmo muito ruim e eu sinto muito.

— Você percebe o quanto eu teria que ser idiota para acreditar em você?

Hades faz que sim.

— E é por isso que não precisa acreditar.

Antes que eu possa questionar essa afirmação, ele se apressa a explicar o que disse.

— Você cancelou a xênia. Tudo bem, que seja. Mas não vou permitir que viva sob meu teto com uma arma sempre à mão porque se sente constantemente ameaçada. — Ele engole em seco e desvia o olhar em direção ao lago. — Eu não sou como eles e não quero que você ache que eu te machucaria. Não quero que você tenha medo de mim. Então juro por Estige que não vou te machucar. Juro não me impor a você nem entregá-la à sua mãe.

Dou um passo atrás, a parede de pedra arranhando minhas mãos. Meu coração está acelerado, o desejo de fugir se tornando mais forte a cada segundo. Não entendo por que ele está agindo assim, o que é assustador.

— O que você está fazendo? — Minha voz é pouco mais que um sussurro.

— O que eu devia ter feito assim que você chegou.

Violar a xênia significa uma maldição. Agora, quebrar um juramento feito pelo rio Estige? Há uma razão pela qual Estige é chamada de guardiã do juramento — uma promessa em suas águas é irrevogável. Quebrar isso é algo para o qual não temos nem uma palavra. Vai além da maldição.

— Tem mais alguma coisa que não percebi? Algo mais de que você tenha medo? — pergunta ele.

Talvez Hades esteja mentindo, mas de qualquer maneira fico me lembrando do que ele disse em seu juramento.

— Você não vai me entregar a *ninguém* — corrijo.

Ele jura.

— Ainda não entendo por que está fazendo isso.

— Por que entenderia? — Hades ri como se até agora tudo não passasse de uma piada entre nós. Como se ainda ontem ele não estivesse gritando comigo enquanto eu colocava uma lâmina em sua garganta.

— Você não precisa gostar de mim, Coré, mas eu realmente prefiro que não tenha medo.

Mordo o lábio, me sentindo tão frágil que tenho de me controlar para não subir a escada correndo. Preciso organizar sozinha meus pensamentos. Não posso falar com ele até que eu tenha compreendido tudo, caso contrário suas palavras vão ficar correndo em círculos ao meu redor, assim como acontece com o que minha mãe me diz.

— Quantos homens até agora? — pergunto e, ao ver sua testa franzida, acrescento: — Meus pais. Com quantos homens eles já falaram?

Hades me olha com tanta compaixão que sinto vontade de lhe dar um tapa.

— Treze — diz ele. — Quatro dos doze deuses do Olimpo, inclusive.

Não pensei que fosse possível sentir ainda mais medo. Mas nunca considerei seriamente que algum dos membros do conselho de Zeus fosse disputar minha mão em casamento. Eles são os deuses mais poderosos, além de serem os conselheiros do meu pai — minha mãe não vai ter como escolher com quem vou me casar se eles estiverem concorrendo. Minha única esperança era que pelo menos mamãe escolhesse alguém gentil, mas meu pai não vai permitir apenas pelo prazer de me irritar: ele vai escolher alguém que conseguirá manter sempre no bolso, que fará qualquer coisa que ele pedir.

— Como isso é possível? — murmuro, sem fôlego. — Só três deles são solteiros.

— Hefesto prometeu se divorciar de Afrodite por você.

Quase engasgo.

— O quê? — gaguejo. A coisa só está piorando.

— Ele ofereceu um colar feito em sua forja.

— Não, não, não. — Enterro a cabeça entre as mãos. — Não posso ter Afrodite como inimiga, era só o que me faltava.

Hades sorri, a expressão como quem diz que sente muito.

— Então você vai preferir não saber que Ares também prometeu deixar de dormir com ela para poder se casar com você... Ele ofereceu uma lança e o peitoral de sua armadura.

Pensei que os homens fossem a ameaça, mas Afrodite é uma das deusas mais vingativas que existem. Perde apenas para Hera, e, como sou uma filha bastarda de seu marido, ela já me odeia.

Solto um palavrão e Hades dá uma risadinha.

— Fico feliz que isso tudo seja tão divertido para você — digo, ríspida.

— Não, não foi minha intenção. — Ele se apressa em explicar. — Só estou... achando engraçado o caos que isso está se tornando.

Sacudo a cabeça. O mundo acabou de se tornar ainda mais aterrorizante.

— Eu nunca vou embora daqui.

— Muito bem — diz Hades, e eu reviraria os olhos se isso não ultrapassasse o nível do ridículo. Ainda ontem ele estava tentando me pregar uma peça para eu ir embora e agora está me fazendo juramentos pelo Estige. É um truque. Só pode. Ele deve ter deixado uma brecha no juramento que não consegui identificar. Deve estar querendo me fazer baixar a guarda para poder me atingir.

— E Apolo também, imagino... — Preciso saber o que estou enfrentando.

— Ele ofereceu sua valiosa lira — diz Hades.

— A que Hermes deu a ele?

Hades confirma com a cabeça.

— O canalha acha que pode repassar um presente em troca da minha mão em casamento?

Hades solta uma gargalhada e, um momento depois, eu também acabo abrindo um sorriso. É tudo ridículo demais. Só que um ridículo muito mais horrível do que divertido. Além do mais, estou prestes a cair no choro. Mas preferiria pular no Flegetonte, o rio de fogo, antes de permitir que Hades veja isso.

Deve ser isso o que ele está fazendo, me mostrando todas essas coisas para avaliar minha resposta. É o que eu faria.

Forço um sorriso. Se é uma estratégia dele, não vou deixar que pense que está funcionando.

— Apolo, Ares, Hermes e Hefesto? Me diz, tem alguém que não seja meu meio-irmão tentando se casar comigo?

— Você sabe que os deuses não veem dessa forma — diz Hades.

— As ninfas veem — digo, quase baixo demais para ele poder ouvir. Mas é verdade. Fui criada com tantas que, por mais desculpas que os deuses inventem para essa situação, não tenho como deixar de me revoltar.

— Zeus assumiu formas diferentes a cada vez. Geneticamente, vocês são todos diferentes.

— É nojento mesmo assim.

— Concordo — diz ele, então hesita com um olhar tão cheio de significado que tenho certeza de que esta é a verdadeira razão pela qual ele me trouxe aqui. — Posso perguntar, sem a menor intenção de ofender, por que você simplesmente não se recusa a se casar? Seus pais não têm como te obrigar.

Fico olhando para ele, tentando descobrir se está falando sério. Será que ele nunca ouviu nenhuma história do que acontece lá em cima? Meu pai é o rei dos deuses. Se me mandasse pular de um penhasco, eu pularia. As alternativas são horríveis demais para serem consideradas. Poderia me acorrentar a uma rocha e me oferecer a um monstro marinho. Me transformar num animal ou me acertar com uma flecha por causa da minha arrogância... talvez fizesse com que eu me apaixonasse por uma fera. Deuses já fizeram tudo isso antes.

Coisas horríveis acontecem com garotas que dizem não ao meu pai.

Hades continua me observando, a expressão inocente, como se ele só quisesse entender.

Ou ele é um manipulador capaz de se afogar no rio Estige, e não dou a mínima para isso, ou ele realmente não sabe e não serei eu a lhe ensinar como o mundo funciona.

— Você nunca conversou com nenhum humano aqui embaixo, não é? — pergunto. Se tivesse conversado, se houvesse experimentado um pouco do sofrimento naquele campo, ele entenderia.

— Não — responde ele, a voz distante.

Bem, então não vou me dar ao trabalho de explicar.

— Preciso tirar um cochilo — digo, por fim.

Ele parece frustrado, mas logo depois morde o lábio e assente.

— Muito bem.

Me pergunto o que realmente aconteceu com ele... e, mais importante, o que ele fará a seguir.

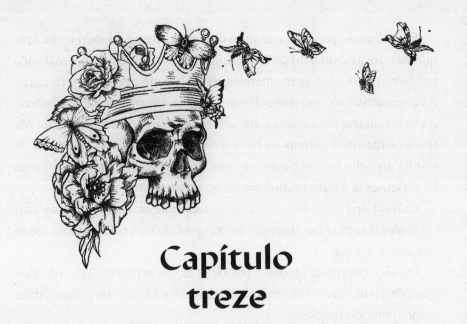

Capítulo treze

Caio no sono no momento que chego à minha cama, como uma pedra mergulhando no fundo do oceano.

Sonho com minha mãe.

É uma lembrança, na verdade. Estou mais nova, talvez apenas um ou dois anos depois do dia da minha anfidromia. Mamãe está enfaixando meu braço, envolvendo-o tão apertado com linho que fico com medo de respirar, pois o movimento pode acabar tirando sua concentração e irritá-la.

— Você tem que ter mais cuidado. Eu nunca vi nada assim — diz ela. — Você é uma deusa... como pode ser tão destrambelhada a ponto de quebrar um osso?

— Foi sem querer — protesto, mas meus olhos ardem, as lágrimas ameaçando escapar não só por causa da dor, mas também pela indignação de levar bronca quando estou machucada e pela confusão por nitidamente ter feito algo errado e não saber o quê. Faço tanta coisa para agradar à mamãe. Como posso ter falhado e nem ter percebido?

— Era de se esperar, com você correndo por aí. Você não pode continuar fazendo esse tipo de coisa, Coré. Está se tornando uma moça... precisa começar a se comportar como tal. Chega de disputar corrida com as ninfas.

Pisco, tentando entender. Então finalmente pergunto:

— Mas por quê?

— Por que o quê?

— Por que não posso correr com as ninfas? É divertido.

— Achei que isso estivesse bastante óbvio — diz ela enquanto amarra a última atadura, com um leve sorriso no rosto. Relaxo um pouco, mas então seu sorriso desaparece. Mamãe endireita a postura e me olha bem nos olhos. — Esse tipo de coisa é muito bom quando se é criança, coisa que você não é mais. Ficar correndo pela ilha, dar cambalhotas na grama... não é mais apropriado. Vão pensar que você é uma ninfa selvagem, não uma deusa que deve ser respeitada. No Olimpo já correm boatos sobre o quanto você é graciosa. Não é o que você quer? Ser uma moça madura e elegante? Não quer me deixar orgulhosa?

Sei qual é a resposta certa e me vejo balançando a cabeça antes mesmo de ela terminar de falar, mas algo dentro de mim murcha como uma flor colocada na sombra.

— Boa menina — diz ela, beijando minha testa e dando tapinhas carinhosos no meu ombro. — Eu te amo muito, Coré.

Então sinto o prazer de sua aprovação. Mas naquela noite, quando vou para a cama, meu travesseiro fica molhado de lágrimas — e não sei bem por que não consigo evitá-las.

Acordo sentindo o tecido de linho úmido na bochecha. Piscando para espantar o sono, sinto a mesma perplexidade que sentia quando criança. Eu tinha a sensação de que as regras viviam mudando. Nunca conseguia prever o que não seria permitido até acabar me encrencando por aquele exato motivo. No fim, eu sentia que tudo o que me dava alegria era errado.

Eu amo minha mãe. Tudo o que ela fez foi me proteger.

Mas deve ter uma razão para eu estar pensando tanto nela — e por que cada pensamento me deixa com tanto medo. O que eu não daria para falar com Ciané sobre tudo isso... apesar de saber o que ela diria: *"Sua mãe te ama e isso significa querer o que é melhor para você."* Essa é sempre a resposta de Ciané: *"Ela te ama, ela te ama, ela te ama."*

Mas você realmente ama alguém quando tenta mudar tudo naquela pessoa?

Sinto o peso da culpa. Como posso sequer pensar que existe algo de errado no amor da minha mãe depois de vê-la com Hermes? Ela está enfrentando meu pai para me garantir alguma proteção, ainda que mínima. Eu deveria ser grata por tudo que ela já fez por mim — passou a vida toda numa ilha para me manter longe dos Olimpianos, todos os sacrifícios que fez...

Jogo os cobertores para o lado e afasto meu cabelo pegajoso do rosto.

É tudo culpa de Hades. Provavelmente ele queria que eu tivesse exatamente esse tipo de colapso quando me mostrou aquela cena. E o que foi mesmo que eu descobri? O esboço eu já tinha; tudo que ele fez foi acrescentar alguns detalhes à imagem.

Há questões mais urgentes que precisam da minha atenção.

Hades está na biblioteca lendo com tanta atenção as coisas que escrevi que nem percebe quando entro.

— O que você está fazendo? — pergunto.

Ele se assusta, dando um pulo. Sua aura vibra sobre a pele e logo depois desaparece novamente. Por um instante, fico paralisada: ou ele é um ator melhor do que tinha imaginado ou sua reação foi autêntica, e mais desconcertante do que qualquer coisa que ele fez até agora.

— Desculpe — diz ele. Soa mais como um reflexo do que como um genuíno pedido de desculpas, o que me surpreende vindo de um homem que usa uma coroa. Então ele volta a abrir aquele sorriso arrogante e se recosta na cadeira com toda a confiança de um homem que tem um reino nas mãos. Ele realmente tem um reino nas mãos, é lógico, mas mesmo assim não gosto dessa postura. — Como eu disse ontem, não vou tentar te impedir.

— Você não conseguiria nem se tentasse.

— É, eu sei, você já disse isso com todas as letras. E posso até não me importar com os humanos, mas me importo com minha biblioteca. Este lugar está uma bagunça, mas isso não é nada comparado a essas anotações.

— Desculpe...

— Está desculpada. Você ainda tem muita coisa a aprender.

— Eu...

— Não tem tempo para aprender? Sim, você também já disse com todas as letras que tem a intenção de correr com isso. Então decidi te ajudar.

— Não preciso da droga da sua ajuda — retruco, finalmente conseguindo articular as palavras.

— Sim, Coré, sim, você precisa. — E ele parece... decepcionado, a última coisa que pensei que veria em sua expressão quando ele olhou para mim.

— Já faz anos que você possui este reino e nunca fez nada a respeito. Agora quer ajudar?

— Eu te disse: não me importo com o reino; me importo com meus pergaminhos. Então vou ficar responsável por fazer anotações para você e manter este lugar organizado, já que você é obviamente incapaz de manter qualquer coisa em ordem sozinha.

— Por que eu confiaria em você para fazer isso?

— Não dou a mínima se você confia em mim ou não. Pode ficar o tempo todo me vigiando por cima do ombro, não me importo. Mas olha só isso, Coré. — Ele toca num pergaminho. — Você rasgou este aqui, e esse outro está manchado de tinta. Ainda bem que revogou a xênia, porque isso aqui a teria violado.

De repente percebo que o estou encarando e me esforço para encontrar uma resposta para toda essa loucura. Que tipo de tática é essa?

— Não acho que a garantia da xênia foi criada tendo em mente um pergaminho ligeiramente manchado.

— Bem, se a xênia não leva isso em consideração, então todo o conceito perdeu pontos comigo. Então vamos lá, me diga o que fazer e eu faço. Mas chega de estragar meus livros.

Penso a respeito. Provavelmente ele está aqui para espionar o que estou fazendo. Mas não ligo: não estou escondendo meus planos; pelo contrário, estou esfregando na cara dele e afirmando, sempre que tenho a oportunidade, que ele não pode me impedir.

É lógico que também é possível que ele esteja sendo honesto, que realmente queira ajudar e ame seus pergaminhos. É improvável, mas desvio o olhar, uma sensação quente agitando-se em meu estômago. Não tenho tempo para entender por que a ideia desse homem, um deus de um reino real, se preocupar tanto com uma biblioteca me atrai. Tenho problemas maiores, tão grandes que a sensação quente se transforma em náusea. Mas pelo menos com ela eu me sinto segura o suficiente para erguer os olhos de novo.

— Bom, não vou usar os livros hoje mesmo — digo. — Nós não temos tempo. Algo precisa acontecer agora.

Só quando lhe dou as costas percebo que disse *nós* e torço muito, muito para que Hades não tenha prestado atenção.

— O quê? — Ele vai atrás de mim como se este não fosse seu próprio reino. Um sorriso surge a contragosto em meus lábios.

— Não tudo, obviamente — digo. — Mas, por enquanto, preciso afastar as vítimas de seus opressores.

— Não tenho certeza se toda a humanidade pode ser facilmente classificada como vítima ou opressora — comenta ele, num tom seco.

— Não, óbvio que não.

Abro a porta de entrada do palácio, mas, antes que eu possa sair, Hades a fecha novamente, encostando-se nela de braços cruzados. Está tão perto de mim que preciso me esforçar para não acabar dando um pulo para trás. Fico me perguntando se ele sabe como essa postura é intimidadora, depois quase dou um tapa em mim mesma, porque é lógico que ele sabe.

Bem, não vou deixar que ele me faça recuar.

— Você ao menos entende o quanto é insolente da sua parte entrar no reino de outro deus e ir mudando as coisas sem nem consultá-lo? — pergunta ele, com uma sobrancelha arqueada e um sorriso tão paternalista que a resposta foge da minha mente enquanto me concentro para me controlar e não dar uma bofetada nele e tirar aquele sorrisinho de merda do seu rosto.

Cretino condescendente.

— Sim, entendo. Próxima pergunta?

Ele arqueia a outra sobrancelha, ambas no alto da testa. Ele ri, hesitante, e paro um momento para saborear o fato de que pelo visto esse é o único tipo de risada que arranco dele. Eu já me considerei muita coisa. *Bonita. Obediente. Recatada.* Mas talvez *inquietante* seja a minha favorita.

— Você nunca foi do tipo que prioriza a educação, mas isso já é uma falta excessiva dela, até mesmo para você — diz ele.

— Ah, então apesar de eu gritar que ia fazer tudo isso, arregaçar as mangas e realmente fazer sem falar com você antes ultrapassa algum limite mínimo de respeito que você acha que eu lhe devo. É isso? — pergunto. O clima mudou quase imperceptivelmente. Agora tudo parece... tenso. Quero que ele recue, quero irritá-lo, quero vencer. Há uma energia quase elétrica no fato de ele estar tão perto, toda essa tensão direcionada para mim. É como se eu estivesse brincando com fogo.

— Acredito que ser informado das mudanças que você propõe para o meu reino seria o mínimo, sim. — Ah, agora seu tom conseguiu atingir um nível de condescendência que supera o alcançado pelo sorriso. Um marco.

— Bem, então deixa eu te explicar melhor: eu não tenho respeito por você, Hades. Absolutamente nenhum respeito, de nenhuma maneira. Então não me dou ao trabalho de te prestar nem mesmo essa mínima consideração. Agora, por favor, pode sair do meu caminho?

Ele ri como se estivesse gostando disso.

— Você pensou de fato no que quer fazer? Como pretende separar em apenas duas categorias os milhares e complexos humanos que vivem em meu reino? Os humanos não existem em um mundo binário.

Juro que se ele continuar falando comigo desse jeito, como se fosse tão superior, vou jogá-lo no Tártaro, o abismo mais profundo e escuro do Inferno.

— Vou usar o medo como um fator mediador e, mais importante, rastreável, para separar aqueles que o desencadeiam daqueles que o sentem. É uma solução temporária para colocar as almas que estão reduzidas a um estado de puro terror em algum lugar seguro enquanto penso em uma organização permanente.

Hades pisca, sua expressão mudando de súbito. Parece ter recordado de alguma coisa, lembrado que não deveria mais continuar tentando me tirar do sério, que quer estabelecer algum tipo de civilidade entre nós. É uma ideia hilária, na verdade, como acabamos de perceber, mas se ele estiver disposto a se rastejar para que tenhamos uma relação minimamente decente, não sou eu quem vai dizer não.

— Mais alguma pergunta? — indago com um sorrisinho meloso, tentando trazer de volta aquela sua presunção irritante. É bem mais fácil lidar com isso do que com o que quer que ele estivesse tentando fazer antes, quando me ofereceu ajuda.

— Por quê? Por que você quer fazer isso?

— Porque há pessoas sofrendo e, diferente de você, eu me importo.

— Coré — diz ele. Dessa vez sua voz é suave, e a gentileza é ainda pior do que o ar de superioridade.

— Pare de me chamar assim — digo, ríspida. Essa não é a raiz do problema, eu sei, mas é o que acaba saindo da minha boca.

— O quê? — Ele franze a testa. — É seu nome.

— Apenas tecnicamente — replico. — Agora saia do meu caminho.

— Pode só esperar um instante, por favor?

— Já não esperei o suficiente, Hades?

Ele respira fundo.

— Olha, eu não tinha a intenção de que as coisas fugissem tanto assim do controle. Tenho só algumas perguntas... Eu quero mesmo ajudar.

— Posso responder mais tarde.

— Você vai levar horas para chegar até eles usando esta porta. Existe um atalho — diz ele.

Isso me faz parar. Estou desconfiada, mas nada na expressão dele parece suspeito, e a promessa de economizar tempo é tentadora demais para não ser levada em consideração.

— Dois minutos — diz Hades. — E então eu te levo até as outras saídas.

— Como é possível ter portas que reduzem distâncias?

Hades dá de ombros e abre um sorriso.

— É o meu reino. As leis da física fazem o que eu quiser.

— Tudo bem, dois minutos — concordo, relutante.

Hades gesticula indicando uma sala ao lado. Esse lugar tem tantos cômodos desnecessários. É uma das duplicatas do Olimpo que parecem existir apenas para preencher espaço: algumas cadeiras, algumas tapeçarias, alguns buracos nas paredes feitos para guardar pergaminhos. O incenso queima num suporte e sinto vontade de vomitar com o cheiro doce e enjoativo.

Hades franze o nariz e tenho a sensação de que ele se arrepende de ter escolhido esta sala, mas ou está se sentindo muito sem jeito para sugerir que troquemos por outra ou não quer correr o risco de despertar minha ira.

— Olhe — diz ele, abaixando a cabeça. — Eu não fui totalmente sincero mais cedo.

— Estou chocada.

— Eu me importo, sim, com os humanos... ou pelo menos já me importei. Quando cheguei aqui, tentei fazer coisas por eles, mas seus espíritos se deterioravam tão rapidamente que nada do que tentei funcionou. Então foquei em tornar este lugar melhor para os deuses da corte. Mas se você está vendo uma oportunidade, quero ajudá-la. Além disso, como *você* vive dizendo, não tem tempo para fazer isso sozinha. Tem, no máximo, dias. Vai precisar de todo poder e ajuda possíveis.

Penso no que Estige me disse, que Hades tinha conhecimento de uma ou duas coisas sobre este reino, e odeio que ela tenha razão. Lógico que ela tem. Esse mundo está sob o comando dele, quer Hades mereça ou não. Dificilmente ler algumas páginas me farão ter a mesma experiência que ele. Além do mais, qual a pior coisa que ele poderia fazer? Mentir sobre o que descobriu? Confirmar a veracidade de sua pesquisa ainda seria mais rápido do que tentar fazê-la toda sozinha.

— Muito bem. Me ajude se quiser. Podemos ir agora?

— Não. Você ainda não me disse por que está fazendo isso.

— Pelo amor de Estige! — Uma expressão estranha, na verdade, agora que a conheço. — Esse é o novo "por que você está aqui"? Quantas vezes preciso repetir que estou fazendo isso para ajudar as pessoas que estão sofrendo até você acreditar em mim?

— Eu acredito em você... mas, como no caso do "por que você está aqui", acho que existe mais coisa por trás disso. Você não chegou aqui implorando minha ajuda para escapar de um casamento... você veio aqui me oferecendo uma oportunidade para enfurecer Zeus.

— Sim, porque pensei que isso poderia ser um jeito de te convencer a me ajudar. Mas *não* estou aqui para enfurecer Zeus.

— Não? Nem um pouquinho?

Fico sem reação.

— Esse pode até não ser exatamente o motivo que te trouxe aqui. Mas eu te vi... vi quem você realmente é se escondendo atrás daquela máscara ridícula, então não vem dizer que lá no fundo você não adora saber que ele ficará furioso quando perceber que seus planos deram errado.

A pior parte não é ele estar certo, mas o fato de ele dizer tudo isso com toda essa confiança... e uma pontinha de admiração.

Apesar das mil mentiras que contei, fui pega no pulo. E não gosto da sensação.

— Poder — digo, o que é em parte uma confissão, em parte a necessidade de ver como ele reage. — Estou fazendo isso pelo poder.

Ele nem pisca.

— Pelo meu poder?

— Lógico que não. Para que eu teria interesse nisso? Para poder me esconder neste palácio e ignorar o resto do mundo, como você faz? Não, os outros deuses do Olimpo controlam tudo sob o sol, incluindo a própria droga do sol, mas pelo que eles se interessam?

Hades bufa.

— Sexo?

126

— Na verdade, na maior parte do tempo, sim — concordo, para sua surpresa. — Quem está fazendo sexo com quem é o princípio e o fim de tudo. E com certeza eles têm interesse em saber quais deuses estão juntos ou qual ninfa eles estão cortejando... mas, sinceramente, isso não é novidade, porque agora eles estão obcecados pelos humanos. É como se estivessem usando os humanos para aprofundar seus próprios legados. Cirene, Europa, Alcmene, essas mortais que eles andam perseguindo estão fundando cidades, e seus descendentes são heróis. Os deuses estão completamente apaixonados. Os humanos são o caminho para o poder, e eles querem saber quem podem seduzir ou favorecer, transformar em herói ou rei, usar para destruir cidades ou fundar novas em seu nome. Os humanos são tudo para eles.

— Sim, e às vezes tudo que eles querem é um brinquedinho mortal para tornar suas vidas imortais mais interessantes — comenta Hades, retorcendo os lábios com uma expressão de desprezo. — Você não está errada, mas o que exatamente isso tem a ver com o meu reino?

— Vou chegar lá. Os humanos veneram os deuses e os imitam, reproduzem todos os seus piores comportamentos porque, afinal, se seus ídolos estão fazendo isso, por que eles não deveriam? Então acabam machucando uns aos outros mais do que os próprios deuses os machucam. Mas, se mostrarmos a eles que existem consequências eternas para essas ações, talvez eles acabem mudando. Se os bons forem recompensados e os maus punidos, talvez eles parem de ferir tanto uns aos outros. E se os humanos realmente tiverem medo do castigo eterno após a morte para se arriscarem matando, estuprando e causando sofrimento, então por que continuariam venerando seres que vivem fazendo todas essas coisas? Talvez eles parem de se importar com deuses que brincam de forma tão imprudente com suas vidas.

— Os deuses precisarão mudar suas atitudes se ainda quiserem ser venerados. — Então Hades tem um estalo. — E, já que são deuses, vão querer.

Faço que sim.

— Exatamente. O que é um deus sem seguidores? Estou fazendo isso para ajudar os humanos, mas tirar o poder dos deuses? Forçar o Olimpo e o Oceano a melhorar? Bem, é uma motivaçãozinha extra para fazer esse plano dar certo.

Não tenho certeza se expliquei bem o suficiente, e prendo a respiração enquanto aguardo a reação dele. Não sei por que isso é tão importante para mim, mas é.

Hades franze a testa enquanto pensa no assunto, e quase consigo ver cada pensamento se encaixando. Um segundo depois, ele me olha de um jeito que me deixa inquieta. Mais uma vez ele está enxergando quem sou. Sem nenhuma máscara, sem esconder o que penso e sem medo das consequências. Talvez seja por isso que cada milissegundo sem sua resposta dói.

É brilhante. Genial — conclui ele. Quando olha para mim, é com uma expressão parecida com admiração. E, quando sorri, me pego fazendo o mesmo.

— Então você está dentro?

— Estou dentro. — Ele se levanta e me estende a mão. — Vamos lá dividir este reino.

Capítulo catorze

Não funciona.

Não deveria ser nenhuma surpresa, mas mesmo assim magoa.

Não acredito que *realmente* me julguei capaz de dividir o Submundo em dois, mas minhas esperanças eram reais. E agora toda essa esperança desmorona de uma só vez.

Eu me agacho na beira de um precipício de onde consigo ver os humanos, depois enfio os dedos na terra. Sinto o reino pulsando. É uma conexão tão parecida com a que sinto com as flores que, confiante até demais, instigo a coisa toda a simplesmente se "mexer".

Sou respondida apenas com alguns tremores.

— Bem, isso é novidade — diz Hades, com o chão tremendo sob nós.

Cerro os dentes. Uma coisa é falhar, outra coisa é falhar na presença dele.

Fecho os olhos e tento de novo. Dessa vez, uma rachadura vai se abrindo em direção às almas, com no máximo uns cinco centímetros de profundidade. Nem perto do que precisamos.

Então recuo, cambaleante e sem fôlego. Sou tomada por um cansaço estranho, como se eu tivesse corrido minha ilha inteira e desabado na areia, na ponta mais distante. É um cansaço tão grande que mal consigo erguer meus braços pesados, além de uma euforia tão surpreendente que me deixa sem ar.

— O que você está fazendo? — sussurra Estige atrás de nós.

— Ela está interessada nos humanos — diz Hades. Tento ignorá-los para poder me concentrar. Qualquer controle que eu tivesse conseguido sobre o reino me escapou e estou desesperada para recuperá-lo. — E decidiu dividir o Submundo em dois.

— Ela pode fazer isso?

— Isso é o que vamos ver — responde ele. — Mas, para uma deusa das flores, ela teve um começo impressionante. — Pelo canto do olho, vejo Hades gesticular em direção à fenda.

Fecho os olhos, tentando me concentrar no pedaço de terra à minha frente, mas a descrença transparece na voz de Estige.

— Acho que flores não conseguem fazer isso — diz ela. — Coré, querida, você está bem?

— Não a chame assim — diz Hades baixinho, mas ainda o escuto.

— Querida?

— Coré. Ela não gosta desse nome.

Estige bufa.

— É compreensível. Quem gostaria?

— Argh. — Eu me levanto, limpando a terra das mãos, e encaro Hades. — Não está funcionando. — É um sofrimento ter que pedir isso a ele, mas é algo muito importante. E, afinal de contas, esse é seu reino. — Você pode tentar?

Hades encara, hesitante, a fenda que criei.

— Rá, sabia que conseguiria convencê-lo a te ajudar. Como foi que você fez isso? — pergunta Estige.

— Estraguei os pergaminhos dele, pelo visto.

— Estragou mesmo. Ainda estou furioso — diz ele, andando pela beira do precipício e observando o mundo lá embaixo.

— Ah. — Estige assente. — Entendo.

— Entende mesmo?

— Bem, não — diz ela. — Ele é estranhamente sistemático com seus pergaminhos...

— Permita-me lembrar a você que sou literalmente o seu rei.

— Desculpa, *sua majestade* é estranhamente sistemática com seus pergaminhos...

— Eu te odeio.

— Não odeia, não. A deusa do ódio sou eu... então saberia dizer.

Levo um susto ao perceber que estou sorrindo. Será que já sorri de verdade aqui embaixo? Talvez sim, mas acho que não tão espontaneamente.

— Todos os seus súditos são assim? — pergunto.

— Não — responde ele, a voz firme.

— Os outros súditos dele temem sua aterrorizante reputação — explica Estige. — Mas Hades faz os criados jurarem guardar seus segredos pelas minhas águas. Eu fico sabendo de todos os detalhezinhos suculentos e nem por um segundo acredito nessa reputação.

— E isso faz Estige achar que não me deve nenhum respeito — diz Hades. — Não importa que eu ainda seja o seu rei.

— Você pode até ser o *meu* rei, mas eu sou *sua* melhor amiga.

— Saber os segredos de alguém não é o mesmo que amizade.

— E você tem algo melhor? — pergunta Estige.

— Lutei ao lado de metade da corte. São meus camaradas de guerra.

— Ou seja, não.

Hades a fuzila com o olhar. É bem fácil ficar escutando a conversa deles enquanto estou exausta demais para participar, mas sorrio e pergunto:

— Então, de que segredos estamos falando?

— Você nunca vai saber — diz Hades, curto e grosso. — Não estávamos falando sobre dividir o meu reino?

— Está mudando de assunto. — Estige tosse.

— Você pode tentar criar uma divisão? — pergunto a Hades. — Você tinha razão: a deusa das flores realmente não pode fazer isso.

São poucas as coisas que os deuses podem fazer além de suas áreas de competência: transformar mortais em plantas, amaldiçoar cidades ou até alterar a si mesmos para incorporarem outras formas — embora eu nunca tenha tido muita sorte nesse aspecto. Acontece que isso aqui é muito grande, muito vasto. Precisa de uma conexão com a terra que apenas uma divindade específica pode alcançar. Precisa de Hades.

— Bem, você fez mais do que imagino que eu consiga — diz Hades.

— Ah, corta essa! Não vou ficar implorando.

— Eu não esperaria isso de você. Só não tenho certeza se consigo te ajudar.

— Você literalmente disse que este é o seu mundo e que se quiser pode manipular as leis da física.

Estige solta uma risada estridente.

— Ele disse o quê? — Hades a fuzila com os olhos, mas só serve para Estige rir ainda mais alto, histericamente, a ponto de se curvar. — Alguém aí é bem convencido. Ou você só está se gabando para impressionar...

— Chega.

Estige baixa o tom de voz numa imitação horrível de Hades.

— Eu sou o rei do Inferno e agora posso controlar a física. Esse não é um reino cheio de deuses que o fazem funcionar. Não, eu faço tudo sozinho porque sou o rei e tenho uma coroa grande que não cabe na minha cabeça enorme.

— Ele disse que podia encurtar distâncias — explico.

— Ah, você quer dizer aquelas portas mágicas que Hermes, o deus das viagens, instalou?

Eu me viro para Hades e tudo que ele faz é dar de ombros.

— Eu não tinha tempo para a explicação completa... você estava saindo correndo pela porta da frente.

— Então o que é que você pode fazer? — pergunto. — Além das suas mãozinhas de fumaça?

Estige se curva novamente, cobrindo a boca com as mãos.

— Com certeza posso tentar te ajudar — diz Hades, e só posso imaginar que seja um esforço para mudar logo de assunto, antes que Estige recupere o fôlego. — Mas acho que não consigo dividir um reino sozinho.

— Gostaria da minha ajuda, meu rei? — Estige consegue dizer. — Sou apenas a deusa humilde de um rio que corre pela extensão de um reino controlado por um ser soberano e todo-poderoso, mas...

— Ok, você já deixou sua opinião bastante evidente. Você me daria a honra de nos ajudar com isso? — pergunta ele.

— A honra é toda minha, meu senhor feudal.

— Você já pode parar com isso.

— Ah, com certeza eu não vou parar. — Ela pisca para mim e me sinto culpada por minha risada surpresa. Estamos aqui para ajudar almas aprisionadas e em pânico... Não parece certo ficarmos nos divertindo enquanto trabalhamos.

— Podemos fazer isso, por favor? — pergunto. Não sei ao certo se tenho forças para me manter de pé por mais tempo, muito menos exercer algum poder divino sobre este reino.

— Vai ser difícil — diz Hades. — Talvez até impossível. Não quero ofender, mas seria melhor se você substituísse essa sua personalidade impetuosa por um pouco de paciência. A fenda que você criou é incrível, mas até os deuses mais fortes precisariam suar muito para fazer mais do que isso num único dia.

— Precisamos pelo menos tentar — insisto.

— Tudo bem. — Ele balança a cabeça, me encarando de um jeito que entendo como um esforço para ser sincero. — Conte o que você descobriu... e como fez o que fez até agora.

Eu me sinto boba ao contar em voz alta, confessando que não avancei muito na minha pesquisa antes que minha impulsividade desse as caras.

— Não descobri muita coisa. Acabei de ler algo sobre Atena ter criado uma oliveira para Atenas. Era menos sobre criar a árvore e mais sobre encontrar um elo para seu próprio domínio, a inteligência. A árvore era algo inteligente, e Atena criou uma coisa que eles pudessem usar: uma planta que produz óleo que eles podem queimar em lamparinas, usar em cerimônias, produzir sabonetes e perfumes, até mesmo comer. Você precisa conectar o que quer que esteja tentando fazer ao seu próprio domínio. Então acho que vai ser fácil para você, Hades. Estige, que tal pensar em criar um afluente do seu rio para correr entre as duas metades? Eu estava pensando em flores, imaginando suas raízes se aprofundando, até que senti algo além. É difícil de explicar.

— Não, faz todo o sentido — diz Hades.

— Suas flores devem ser muito poderosas — observa Estige, lançando um olhar cético na direção da fenda.

— Não o suficiente — digo. — Vamos.

Eu me agacho no chão e mais uma vez enfio a mão na terra para conseguir me conectar melhor às raízes. Hades fica de pé, as sombras tremendo sobre seus braços, até que se estendem e desaparecem no ar, como se estivesse se fundindo a ele. Estige caminha em direção ao seu rio, a alguns metros de distância, e afunda a mão na água.

Fecho os olhos, confiando que os outros farão o mesmo.

Minhas flores se espalharam até aqui, então é fácil me conectar a elas. Seus caules finos e frágeis tremulam de encontro aos limites da minha mente e seu perfume inunda meus sentidos. Vou além, até as raízes, à lama e à terra embaixo. E busco ainda mais, passando pelos nutrientes de que precisam até que as flores deixam completamente de ser relevantes. Alcanço a terra seca, uma fisgada ácida e pronto — a pulsação desta terra que primeiro me implorou para enchê-la de flores.

Eu me agarro a essa pulsação antes que a sensação escape.

— Não consigo.

Ouço uma voz a distância. Deve ser Estige. Sinto a terra se estendendo em torno de seu rio, e vai muito além da terra... é o reino. Também sinto o rio e o ar estalando ao redor de Hades enquanto ele o pressiona.

Escuto sussurros que vão aumentando e se elevando num crescendo: as almas, os humanos. O que significa... sim, ali — a fenda que criei. Insignificante, inconsequente, pouco mais profunda do que a marca da tinta num pergaminho.

— Não estou sentindo o que você descreveu — diz Hades. Sua respiração flutua no ar, o som de sua voz me envolvendo, cada vibração dançando em minha pele.

Uma faísca, duas chamas bruxuleantes, uma próxima e outra mais longe, palpáveis e tentadoras, como se eu fosse me queimar se me aproximasse demais. Mesmo assim estendo as mãos e agarro as duas.

O poder — o poder que emana delas — me atravessa como o raio do meu pai e, antes que eu me perca no redemoinho deste mundo, alcanço a fenda e a rasgo. Estige arqueja, então pego seu rio e o empurro para a frente. O poder o invade, preenchendo a fenda que separa as duas terras.

— Pare — Hades ofega, com a mão no meu ombro, mas estou atenta a tantas coisas que mal reparo.

Então me aproximo das almas sussurrantes, tentando encontrar o medo que emana delas. No momento que ouço uma única voz amedrontada, ela começa a gritar — não em voz alta, mas na minha cabeça — até seu medo ser a única coisa em que consigo prestar atenção. É bem fácil distinguir as almas gritando das outras. Faço um movimento com a mão e, num salto incompreensível, elas voam até o outro lado do rio.

Estremeço, sentindo meu próprio cansaço como um eco.

Arranco minha mão da terra e interrompo a conexão com o reino. Meus próprios sentidos entram em colapso, até que estou no chão com Hades pairando sobre mim. Minha cabeça lateja, meus pulmões doem, mas nunca me senti tão bem. Tenho a sensação de que posso fazer qualquer coisa, mesmo que neste momento até ficar de pé seja um esforço enorme.

Hades segura meu braço e me sobressalto quando uma chama reacende. Eu a reconheço como sendo ele — eu o senti, senti sua energia. Usei seu próprio poder para dilacerar seu mundo. Ele parece exausto, mas mesmo assim me ajuda a levantar, depois me solta como se tivesse pensado melhor.

— O que acabou de acontecer? — pergunta Estige, vindo cambaleante até nós. Então vê a terra lá embaixo e arqueja. — Deu certo?

— Aparentemente sim — responde Hades, me olhando com cautela.

— Obrigada — digo, sentindo a língua sem controle e pesada. Minhas palavras saem arrastadas. — Por partilhar o poder de vocês. Eu não conseguiria fazer isso sem vocês.

Hades e Estige trocam um olhar que não consigo compreender.

— Você desfaleceu — diz ele. — Não estava se mexendo.

— Eu só estava concentrada. Está tudo bem — digo. Eu me sinto mais disposta a cada segundo que passa.

— Nunca senti nada assim antes. — Estige balança a cabeça.

— Acho que você tinha razão — digo a Hades. — Fomos estúpidos de tentar fazer tudo num único dia, mas no fim conseguimos, não é?

Conseguimos. Observo meu trabalho, a fenda separando os humanos.

É algo tão pequeno. As almas humanas ainda não passam de resquícios decadentes de pensamentos, e o Submundo praticamente não foi afetado — apenas nesta partezinha onde o grupo de humanos permanece dividido. Mas é importante. O medo deles já está desaparecendo. Não completamente, mas já não temem mais encontrar os responsáveis por terem lhes causado tanto terror. Uma coisa pequenina, sim, mas importante. A primeira coisa importante que fiz na vida.

Se meu pai me levar daqui agora, pelo menos tudo isso terá valido a pena. E ele ficaria tão bravo, mais furioso do que consigo imaginar, porque precisaria admitir que, apesar de todos os seus esforços, não conseguiu me segurar.

Quem é a sua garotinha agora?

Para mim, já chega. Não vou mais responder a esse nome de merda.

— Estige, você também ouviu isso, certo? — pergunta Hades, e seu tom alegre soa forçado. — Ela disse que eu tinha razão?

— Foi o que ouvi.

— Sei admitir quando você apresenta um argumento válido — digo. — O problema é que isso quase nunca acontece.

— Vou me deitar por algumas horas — diz Estige. — Preciso de um cochilo muito, mas *muito* longo.

Ela praticamente cai em seu rio, a corrente agora se bifurcando em dois riachos independentes que se reúnem do outro lado dos humanos.

— Venha — digo a Hades. — Isto é só o começo. Preciso voltar à biblioteca e descobrir o que fazer com este espaço.

— Você não pode estar falando sério — diz Hades. — Seja lá o que tenhamos feito me deixou exausto. — Ele ergue as mãos e deixa à mostra a fumaça crepitante emanando dele, mal agarrando-se ao seu corpo antes de desaparecer completamente. — Você não precisa descansar?

Eu precisava, agora não mais. Ainda consigo sentir aquele sussurro do mundo no meu ouvido. Eu me sinto eterna.

— Não, na verdade, não.

Hades suspira.

— Muito bem. Então acho que também não vou descansar, não com minha biblioteca sendo atacada por você.

Ainda não tenho certeza se confio nele para me ajudar, mas, depois de tudo isso, a ideia de ficar presa numa biblioteca com Hades me parece uma questão bem mais simples.

Capítulo quinze

Os dias na biblioteca se arrastam. A euforia de ter dividido a terra só me dá força suficiente para algumas horas de pesquisa. Não demora até eu achar que contar os tijolos da lareira é uma atividade mais interessante — noventa e seis, confirmo no meu terceiro dia cercada por essas estantes.

Hades não fala muito. Só fica sentado, lendo obedientemente tudo o que lhe entrego, fazendo anotações e resumindo tudo para mim em silêncio.

Nunca fico na biblioteca sozinha. Se estou lá, ele também está.

Ele deve amar mesmo esses livros.

Tenho de reconhecer que ele não é tão frustrante quanto poderia ser. Posso até me aventurar a dizer que ele é bem prestativo — lê pergaminhos mais rápido do que eu e ainda faz anotações resumidas. Depois de confirmar a veracidade das vinte primeiras, decido só dar uma olhada de vez em quando, rapidamente.

Quando Hades percebe, sorri de um jeito caloroso. Seus olhos brilham numa expressão divertida e seus lábios se comprimem numa linha tão fina que é como se ele estivesse reprimindo o sorriso.

— Olha só... será que isso significa que você confia em mim?

— Fique quieto — respondo, arrumando meus papéis como se estivesse tentando me concentrar, não me esforçando para pensar numa resposta atrevida.

Suas anotações vão parar em meus próprios pergaminhos, sua escrita toda em linhas firmes e apressadas. Mais de uma vez me pego observando-o escrever. Até então, seu hábito de ler só me trouxe frustração — porque antes era uma desculpa para me ignorar —, mas agora sua concentração é como a gravidade que não para de me atrair.

Os textos são um tédio. É a única desculpa em que consigo pensar para explicar por que me distraio tão facilmente, por que prefiro ficar olhando para Hades. No momento, estou lendo uma descrição insuportável sobre trirremes — e ainda não entendi se essas embarcações estão aqui por algum motivo ou se os mortais realmente gostam delas e querem algumas em sua vida após a morte. E, se for esse o caso, eles querem construí-las, conduzi-las remando ou só vê-las no oceano? Por que não explicam tudo isso nas histórias que escrevem?

Hades não é particularmente interessante, mas consegue ser mais do que essa descrição.

E sua presença é como sentir uma coceira.

Talvez tentar entender por que Hades está se dedicando tanto a essa pesquisa seja o que está me distraindo. Talvez não tenha nada a ver com a maneira como ele morde a ponta da pena quando está concentrado.

Ou talvez ficar horas presa nesta sala minúscula com ele esteja acabando com a minha sanidade.

Dias depois, Hades desenterra o diário de um humano. Trata-se de um tesouro que reúne esperanças, sonhos e medos, e ficamos tão entusiasmados que acaba passando na frente de todo o resto. No jantar, ainda estamos debruçados sobre ele.

— Onde você consegue todo esse material? — pergunto, virando a última página.

— Hermes traz.

O mensageiro dos deuses é também o deus dos ladrões, e não tenho dúvida nenhuma de que alguns textos — especialmente o diário do erudito que estamos estudando — são roubados.

— Hermes odeia você?

Hades ri.

— É possível. Mas, no que diz respeito a pergaminhos, ele sabe que gosto de ler.

O que isso quer dizer? Ler é algo que você simplesmente faz, não é um hobby como a música ou a tecelagem.

— Você gosta desses documentos?

Hades dá de ombros.

— Bem, eu preferiria ler poesia, mas eles são ok... são interessantes, com certeza. Não está gostando?

— Não.

— Pode deixá-los comigo, então. Eu posso fazer a pesquisa e você conversa com os humanos.

Não. Não posso lidar com aquele cansaço mais uma vez, não tenho como correr o risco de restaurar os humanos para poder conversar com eles. Dividir o Submundo foi incrível, um feito que nunca pensei que conseguiria — mas e se isso for tudo? E se eu tentar ir adiante e não der certo? Não estou preparada para ver minha recém-descoberta confiança desabar.

Então dirijo a Hades um olhar fulminante que acho que aprendi com ele.

— Não, acho que não vou fazer isso.

— Sua confiança em mim é bem instável.

— Conquiste-a e podemos conversar.

Hades ri e dessa vez é uma risada genuína, verdadeira. Só de escutá-la sinto um arrepio na espinha.

— Você me magoa — diz ele, cobrindo o coração como se tivesse levado um tiro.

— Ótimo. — Sorrio.

Ao ver meu sorriso, Hades assente.

— Isso é inquietante — diz ele.

Sorrio ainda mais porque está acontecendo de novo: estou deixando-o inquieto.

— Será que eles te chutaram aqui para baixo porque você não passa de um falo sarcástico?

— Interessante. Era a isso que sua mãe se referia quando disse aos seus pretendentes que você é extremamente eloquente? — pergunta ele.

Solto um grunhido.

— Ah, tenho certeza de que é uma forma de dizer que sei alguns poemas e, mais importante, sei quando ficar de boca fechada.

— Ficar de boca fechada? Sério? — Ele finge surpresa.

Pego uma uva na mesa e a atiro em sua direção.

— Idiota — digo, enérgica.

— Péssima pontaria. — Ele ri quando a uva quica na mesa. — Vamos torcer para que sua mãe não esteja se gabando por aí da sua habilidade em atirar uvas. Caso contrário, os pretendentes ficarão ainda mais arrasados quando descobrirem que você não está mais disponível.

— Acho que só Dionísio vai ficar chateado por eu não poder apoiar seu status de deus do vinho — digo, abrindo um sorriso calmo que não revela em nada o pânico que estou sentindo. Atirar uvas, insultar Hades, conversar com Estige... me adaptei com muita facilidade ao Submundo

Já estou mais tempo aqui do que pensei que ficaria... tempo demais. Estou relaxando quando deveria estar ainda mais apavorada. A única coisa que poderia atrasá-los desse jeito é uma enxurrada de ofertas para me pedir em casamento — com certeza o tipo de oferta que pode acabar distanciando meu pai da influência da minha mãe. E mesmo que todos os deuses do Olimpo queiram se casar comigo, eles não podem continuar negociando por muito tempo. A qualquer momento meus pais vão descobrir minha ausência.

E vai tudo por água abaixo.

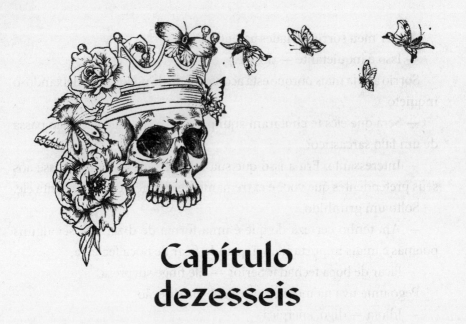

Capítulo dezesseis

Dois dias depois, enquanto faço uma trança no cabelo, Tempestade aparece no meu quarto.

— Hades quer ver você — diz ela.

— Vou num instante — respondo, finalizando a trança.

— Não, agora. Ele disse que é uma emergência.

— Tempestade? — A voz de Hades ecoa pelo corredor. Sua voz parece mesmo um tanto apavorada. — Pelo amor de Estige, eu disse que precisava falar com ela, não te falei para ir buscá-la!

Não tenho certeza se me chamar de *ela* é melhor do que *Coré*, mas, para ser justa, eu não lhe dei nenhuma alternativa.

Talvez eu escolha outro nome para mim, em homenagem a uma flor. A ideia me passa uma sensação cíclica maravilhosa, já que, antes de qualquer coisa, fui eu quem nomeei as flores. Ainda estou pensando nas opções.

— Qual a diferença? — murmura Tempestade.

— A diferença é que posso usar minhas próprias pernas, não preciso chamar as pessoas até mim o tempo todo — diz ele do lado de fora do quarto.

— Você escuta bem demais — digo.

— Você está decente? — pergunta ele. — Posso entrar?

Sorrio diante da inocência da pergunta, ainda mais considerando o medo que eu estava sentindo quando cheguei aqui. Então me olho no espelho e vejo que estou ridícula, como uma ninfa quase desmaiando só de pensar em homem.

Obviamente não é o meu caso.

É só alguma coisa no tom respeitoso como ele faz a pergunta. Mesmo dentro de seu palácio, tenho direito a um espaço meu. Minha mãe simplesmente entraria de uma vez.

— Pode — confirmo, me virando na cadeira para encará-lo enquanto desisto das tranças. É bem mais difícil do que Ciané fazia parecer e, considerando que passei a maior parte do dia de ontem cheia de tinta espalhada no rosto, duvido que Hades se importe que meu cabelo não esteja arrumado.

Ele parece muito deslocado no meu quarto, seus trajes pretos contrastando com todos esses tecidos claros e superfícies brancas e reluzentes. Este palácio é tão frio, tudo simples e com uma atmosfera hospitalar... o piso dourado do mégaro é o máximo de cor que vi por aqui. Pela primeira vez, sinto uma fisgada de saudade da bagunça aconchegante da minha casinha com mamãe.

Então avisto o rosto de Hades e as linhas tensas de raiva que só percebi uma vez até então... enquanto ele observava Hermes concorrendo para me ter como esposa.

— Eles sabem — diz Hades, mas eu já imaginava que ele fosse dizer isso, então fico com o coração apertado antes mesmo de ele abrir a boca. — Sua mãe sabe que você está desaparecida.

Agarro a mesa, me apoiando nela. Que alívio já estar sentada, assim não acabo cambaleando para trás em choque.

— Vou embora — anuncia Tempestade.

Hades e eu permanecemos em silêncio, com os olhos fixos um no outro. Estou me movendo lentamente, com muita coisa na cabeça, mas no meio de tudo aquilo me pergunto por que vejo ecos do meu próprio desespero refletidos no rosto de Hades.

— Me mostre — digo, passando por ele e indo em direção ao corredor. Hades me segue, a passos rápidos.

Tive muito mais tempo do que pensei que teria, e minha repulsa cresce só de pensar no quanto minha lista de pretendentes em potencial deve ter sido longa — quatro dos doze Olimpianos, inclusive. Todos aqueles homens desesperados para me ver amarrada a eles...

Quando chegamos ao Lago dos Cinco Rios, a visão mostra mamãe em nossa ilha, gritando em direção ao céu para chamar a atenção de Zeus. Ninfas correm em frenesi atrás dela, e vejo o terror estampado em seus rostos.

Ops. Nem pensei nas consequências que elas teriam.

Mamãe uiva e sob suas mãos estendidas cai um grupo de ninfas, gritando em agonia enquanto suas pernas se fundem, escamas de peixe tomam seus braços e suas vozes se transformam na aspereza da água salgada.

Cubro meu próprio grito assustado com a mão. Já vi minha mãe transformando ninfas em sereias antes, sempre como uma forma de castigo.

Mas este é o *meu* castigo sendo infligido a elas.

Coré, sua garotinha inconsequente.

De duas, uma: ou Zeus a está ignorando ou não está prestando atenção. Observo silenciosamente enquanto minha mãe retorna à casa que ela já destruiu, ou talvez tenham sido as ninfas. E para quê? Para ver se eu estava escondida num armário?

Ela pega algumas sementes de uma gaveta e corre para o mar, onde mergulha os dedos na espuma das ondas e pede aos gritos uma audiência com Poseidon. Seus olhos estão cheios de lágrimas, mas ela pisca rapidamente, recusando-se a deixá-las cair.

— Qual a razão de toda essa histeria sem sentido? — pergunta uma voz rouca, e lá está Poseidon, rei da corte de Oceano, a pele ressecada e bronzeada, o cabelo e a barba rebeldes e emaranhados pela água salgada.

— Alguém levou Coré — diz mamãe, e levo um susto, porque ela não diz *Ela está desaparecida* ou *Ela se foi*, coisas que seriam bem prováveis. Ela tem certeza de que sabe o que aconteceu.

Eu me encolho, recuando, até sentir a superfície áspera da rocha nas minhas costas. Olho por um segundo para Hades. Estou dolorosamente ciente da vulnerabilidade que estou demonstrando.

— Impossível — resmunga Poseidon. — As proteções na ilha são muito resistentes.

Mamãe franze os lábios de tanto desgosto. Passei a minha vida inteira vendo o reino oceânico de Poseidon encostando nas praias daquela ilha. Com certeza ele testou a força das proteções da minha mãe.

— Preciso que você investigue — diz mamãe. — Você tem um reino vasto, alguém deve ter visto alguma coisa.

— Por favor, não é necessário todo esse alvoroço.

— Alvoroço? Ela está *desaparecida* — rosna mamãe.

— E daí? — Poseidon dá de ombros. — Digamos que alguém realmente a tenha levado... ela é uma mulher adulta. Não tem importância. Os dois estão se divertindo... qual o problema? Você a manteve isolada tempo demais, Deméter. Provavelmente ela está gritando de prazer no colo de algum homem sortudo. Deixe-a em paz.

Acho que vou vomitar.

Hades murmura uma série de palavrões ininteligíveis, olhando em direção ao lago como se pudesse mergulhar ali dentro e estrangular Poseidon com as próprias mãos.

— Eu tinha pensado em te subornar — diz mamãe enquanto joga as sementes no chão e as esmaga com os pés. Ervas daninhas brotam sob ela como sempre acontece quando está furiosa, assim como flores brotam de mim quando perco a cabeça. — Mas acho que vou tentar ameaças em vez disso.

Poseidon bufa.

— Seu domínio é a terra, Deméter. Boa sorte com isso.

Ele se vira, mas logo depois minha mãe o chama outra vez.

— Meu domínio é a colheita e a fertilidade, seu idiota insaciável. Vamos ver como as criaturas do seu mundo vão se virar quando eu fizer os corais murcharem e morrerem, quando todas as plantas do oceano encolherem.

— Você não... você não poderia... — gagueja Poseidon. Está na cara que ninguém nunca falou com ele desse jeito.

Encaro minha mãe fixamente. Essa raiva é diferente de tudo que já vi antes. E estou... impressionada. Ela passou anos reclamando do mundo que Zeus criou, do poder que deu a Poseidon e a Hades, e não a ela — e lá está minha mãe, ameaçando aqueles homens justamente com o poder que eles desprezaram.

Mas isso também é uma traição. A vida inteira ela me ensinou que o único jeito de sobreviver é mantendo a cabeça baixa, fazendo coisas bonitas e assentindo sempre que um homem fala. E aí *ela* pode ficar com raiva? Pode fazer ameaças? Eu sei que ela é mais poderosa do que eu, mas onde está a justiça nisso?

— Investigue, Poseidon. Quero todas as nereidas, peixes e malditos organismos unicelulares atrás dela.

Poseidon faz um gesto de desdém com a mão.

— Muito bem, se você insiste. — Como se ele estivesse lhe fazendo um favor, como se não estivesse sendo coagido. — Garanto que a garota está bem, provavelmente melhor do que nunca.

Então mergulha ruidosamente na água do mar, retornando ao seu palácio no momento exato em que outra voz entra em cena.

— O que está acontecendo aqui? — Meu pai finalmente apareceu, ajeitando o drapeado de sua túnica intensamente tingida. — Apolo disse que te ouviu gritando como uma harpia.

— Zeus... alguém levou Coré embora — explica minha mãe, às pressas. — Precisamos encontrá-la, mas não podemos deixar a notícia se espalhar. Se a reputação dela for manchada, a união corre risco. Preciso que você...

— Deméter! — Zeus a repreende. Por um momento estúpido em que meu cérebro ainda não entendeu exatamente que este é Zeus, fico pensando que ele vai repreendê-la por estar mais preocupada com minhas propostas de casamento do que com minha segurança. — Não tem por que entrar em pânico. Recebemos tantas ofertas que...

— Cada uma dessas ofertas corre risco, seu idiota.

Minha mão se projeta para a frente e só quando Hades a segura é que percebo que estendi a mão para ele.

Então penso que isso não tem a menor importância. Provavelmente ele é uma das únicas pessoas que podem ficar do meu lado nessa situação. E, mesmo que não fique, ele está aqui, e neste exato momento só preciso de alguém. Parabéns, Hades, você finalmente passou no requisito mínimo para seja lá o que for.

— Você está fora de si, Deméter — diz meu pai, a voz tempestuosa.

Mamãe fica paralisada e percebo o quanto se esforça para segurar a língua. Seus punhos tremem nas laterais do corpo, mas ela abaixa a cabeça, submissa. Estou tão cansada desses jogos de poder dentro da minha família que nem consigo me sentir satisfeita por mamãe finalmente se comportar como ela diz que eu devo. Estou apenas cansada... completamente exausta.

— Perdoe-me, lorde Zeus — diz ela. — Tenho certeza de que compreende que é um momento muito perturbador.

Meu pai assente, sem prestar atenção aos punhos cerrados da minha mãe.

— Sim, bem, posso fazer algumas sondagens. Não tem como ela ter ido longe.

— As ninfas disseram que Coré está desaparecida desde o primeiro dia de nossas reuniões — diz a mãe. — Qualquer coisa pode ter acontecido com ela.

— É mais provável ela ter acontecido a alguém — murmura Hades, e acabo deixando escapar uma risada inesperada. Tem um som aguado, como se as lágrimas que estou sufocando tivessem encontrado uma saída por meios alternativos.

— Vou cuidar disso — afirma Zeus em tom decisivo. — Agora descanse um pouco. Você está um desastre.

Então vai embora, deixando para trás nada além de um som crepitante no ar.

Minha mãe endireita a postura e olha, determinada, para a frente.

— Cianê! — chama. — Venha me ajudar a arrumar a mala. Vou viajar.

Já vi o suficiente, e não acho que vou descobrir muita coisa observando-a reunir seus pertences. Tento me forçar a acreditar que ela só agiu como se minhas propostas fossem mais importantes porque achou que isso convenceria Zeus. Mas tudo o que acabei de ouvir não para de ecoar na minha cabeça e não sei mais em que acreditar.

— Já chega — digo, soltando a mão de Hades e sentindo frio assim que ela se afasta.

Hades vai até a beira do lago e passa os dedos pela superfície da água.

— Você está...

— Não — respondo. — Mas vou ficar.

— O que você vai fazer? — pergunta ele, e não suporto a suavidade em sua voz. Estou magoada e com medo do que vai acontecer, e tudo em relação a ele é uma cacofonia incompreensível.

— Vou plantar um jardim — digo.

Saio da caverna e vou em direção à sala onde jantamos. Pego a tigela mais próxima. Sementes de romã. Parecem um começo tão bom quanto qualquer outro.

— Há algo que eu possa fazer? — pergunta ele.

Eu me viro para encará-lo e ele parece tão sincero que perco a postura.

— O que você está fazendo? — pergunto, sem paciência. — Por que está sendo tão legal comigo?

Hades abre um sorriso.

— Porque sou uma pessoa encantadora.

— Não, não é. Você foi um babaca condescendente quando cheguei aqui e agora você... bem, às vezes ainda é um babaca. Mas também me respeita e se importa com o que eu penso e com o que estou sentindo, e eu simplesmente... não consigo entender. — Estou com os olhos marejados, além de enjoada de mim mesma. — Por favor. — Agora estou mais enjoada ainda. Minha voz soa tão digna de pena. — Não aguento mais esses joguinhos.

Ele dá um passo à frente, quase como se estivesse vindo me confortar, e de repente tenho uma visão repentina de mim mesma encolhida em seus braços. Deve ser bom poder encostar a cabeça em seu ombro. Relaxar pelo menos uma vez. Mas, em vez disso, o jeito como o encaro faz com que ele detenha seus passos hesitantes.

— Não estou fazendo nenhum jogo, não mais — diz Hades. — Peço desculpas se fiz isso antes.

— Mas *por quê*?

— Porque, na verdade, eu gosto de ter você por perto.

— Por quê? Sou tão horrível com você quanto você foi comigo. — As palavras saem como um rosnado... como se ao dizê-las assim, com violência, o que ele está dizendo não pudesse se assentar e ser absorvido na minha pele. Não preciso de mais mentiras.

Ele dá uma risada, um riso leve e vacilante, como sempre.

— Sim, mas seus insultos são bem inteligentes... e não posso culpá-la por isso. Eu também estaria na defensiva se estivesse no seu lugar.

— Eu não estou... — Fico sem palavras diante do jeito como ele me olha.

— Você é inteligente. Chega a ser ridícula de tão determinada. Você é gentil... talvez não comigo, mas com os humanos e as ninfas. Quantas outras deusas se dariam ao trabalho de ir conversar com os servos? Estige te ama, e ela é ótima julgando o caráter dos outros. E acho que talvez nós dois acreditemos nas mesmas coisas. Você está criando uma vida após a morte que moldará a moralidade humana, diferenciando-a da dos deuses. Por que eu não iria querer fazer parte disso?

— Eu não entendo. — E não entendo mesmo. Não me reconheço em nada do que ele acabou de dizer.

— Por que você só tem certeza de que pode mudar o mundo até o momento em que alguém concorda com você? — Sua voz soa mais suave agora, e essa é quase a pior parte. Da agressividade eu consigo me proteger; mas isso, de alguma forma, é bem mais capcioso.

Engulo em seco. Suponho que seja uma pergunta válida. Por que deixo de acreditar em mim mesma assim que alguém acredita em mim? Porque não estou acostumada a ter alguém que concorde comigo? Porque as partes de mim que ele parece gostar só aparecem nas raras vezes em que não finjo ser o que não sou? Porque não sei o que ele quer e isso me assusta?

Balanço a cabeça. Eu preciso de flores: meu lugar é com elas, são a minha habilidade. As flores são tudo o que tenho.

— Vou sair um pouco até conseguir pensar de novo — digo, pegando punhados de qualquer coisa que pareça possível de ser plantada e jogando-os na tigela de romã. — Ainda não terminamos essa conversa.

Só quando meus dedos estão enfiados na terra é que me sinto capaz de respirar novamente. Não planto em fileiras, mas de forma aleatória. Já estou vagueando pelas flores — a agricultura e o cultivo são territórios da minha mãe, e há mais prazer na aleatoriedade do que naquelas fileiras e rotações organizadas.

Então fecho os olhos e cavo até me esquecer de tudo, até o momento em que a única coisa que importa é a vida sob meus dedos.

Capítulo dezessete

Minhas mãos estão esfoladas e sangrando. Estou plantando há horas. Meu desespero em sentir a terra sob as unhas acabou me impedindo de pegar as ferramentas adequadas para serem utilizadas.

Encaro o palácio à minha frente, o metal gélido e aquelas lâminas afiadas. Por um momento tento ser exatamente como essa estrutura — afiando minhas arestas, me tornando uma pessoa fria. Mas é só quando deixo as emoções falarem mais alto que consigo respostas. E não tenho certeza se consigo aguentar mais tempo sem esse confronto.

Sem nem pensar, me pego passando pela porta.

— Hades? — pergunto a Tempestade e ela assente.

— Vou buscá-lo.

Não faz sentido eu ir atrás dele; nunca consigo encontrá-lo. Não que eu o tenha procurado muito antes.

Uma bacia de água surge no meio do corredor.

— Tempestade! — chamo.

— Você precisa — grita ela de volta.

Ao olhar para minhas mãos sujas e ensanguentadas, vejo que é difícil discutir. Estou secando-as numa toalha quando sinto um embrulho no estômago e percebo que não estou sozinha. O rei do Submundo se move como uma sombra e parte de mim o sente antes mesmo de vê-lo, como uma nuvem encobrindo o sol.

— Ei — digo, minha voz irritantemente gentil. Será que é exaustão? Ou talvez eu tenha mantido minhas defesas erguidas por tanto tempo que nem me dei conta do instante em que elas começaram a ruir.

— Como está se sentindo? — Ele está parado na porta de uma das muitas bibliotecas. Quando o vejo, relaxo um pouco, e só então descubro o quanto estou desesperada para confiar nele. Não preciso travar guerra contra nenhum outro deus. Se minha mãe e meu pai já sabem que estou desaparecida, preciso reunir todos os aliados que conseguir. E ele... vi o jeito como ele se comporta com Estige, até mesmo comigo às vezes.

Tenho me apegado ao quanto ele foi horrível quando cheguei aqui porque a ideia de confiar em Hades me deixa em pânico. Agora preciso confiar nele; sem alguém em quem me apoiar, vou acabar caindo.

Mas antes ele precisa confiar em mim.

— Cansada, confusa, assustada, com raiva. E muitas outras coisas, acho. — Esfrego os olhos. Se eu pudesse pelo menos me sentir um pouco mais acordada. Se essa exaustão fosse algo físico, eu conseguiria lidar melhor com ela. — Não consigo parar de pensar nas ninfas que ela transformou em sereias.

Hades abre um sorriso mais gentil do que de costume, não aquele riso arrogante e sarcástico ou o sorrisinho desconcertado de sempre.

— Depois de tudo que sua mãe, Poseidon e Zeus falaram, você não consegue parar de pensar nas ninfas?

Talvez essa fosse sua intenção, mas meu cansaço desaparece e o encaro.

— Me importo muito com elas.

— Sim, e com os humanos... com quem você não se importa?

— Com os deuses? — sugiro.

Hades dá de ombros.

— Compreensível.

— Por que *você* não gosta deles? — pergunto. — Cronos também te escolheu. Zeus te deu este mundo. Por que você é tão diferente dos outros?

Ele dá de ombros novamente.

— Bem, eu não sou o único... Muitos deuses do Submundo se sentem da mesma forma. E vai saber quantos deuses do Olimpo e do Oceano estão representando papéis a que se sentem obrigados? Mas os outros? Não sei... Algumas coisas que fizeram na guerra, a guerra em si, até mesmo... bem, o Submundo parecia ser o lugar mais distante para conseguir fugir deles... para esquecê-los.

Franzo a testa.

— Minha mãe disse que Zeus determinou aleatoriamente os domínios para aqueles que foram roubados por Cronos.

Hades bufa.

— Ele acha que fez isso.

Faço que sim. Afinal, eu cheguei à mesma conclusão — que não havia nenhum lugar melhor para escapar.

— Todos neste reino são fugitivos?

Hades ri.

— Mais ou menos.

Devo tê-lo encarado por tempo demais, porque ele dá um suspiro.

— Você não se sente segura aqui, não é?

— Nenhum lugar está a salvo do meu pai.

— Não foi o que eu quis dizer. Você ainda não se sente segura na minha presença.

Enfio as unhas no braço.

— Não acho que você vai me machucar. E sei que você fez o juramento. Mas sempre que, por exemplo, eu rio perto de você, penso: o que você está ganhando com isso? O que ganha sendo legal comigo? Fazendo com que eu confie em você?

Ele balança a cabeça.

— Não gosto que você passe o tempo todo tão tensa.

— Bem, e tem como me culpar? Você passou dias discutindo comigo e tentando me fazer ir embora. Quando entendeu que eu não estava aqui com nenhum propósito nefasto, mudou completamente de personalidade. Por que eu não me sentiria tensa perto de você? Não faço ideia de quem você seja.

— Você também mudou de personalidade.

— Estava tentando ser educada pelo bem da minha segurança.

— E eu estava tentando ser um babaca porque queria que você fosse embora.

— E o que te impede de querer novamente que eu vá? — pergunto. Mas o que eu quero mesmo saber é: *você os impediria? Se tentassem me levar embora?*

Mas como eu poderia esperar algo assim?

Hades faz uma pausa por um instante enquanto reflete, depois concorda lentamente com a cabeça. Pelas Moiras, há algo de irresistível nesse pequeno gesto. Ele parece tão contemplativo, as linhas angulosas de seu maxilar acentuadas pelo movimento, a expressão severa deixando a pele marcada. Estou cercada pela estrutura de mármore mais bonita do universo, mas tudo ali perde o significado comparado à aparência dele quando está pensando.

— Muito bem, então — diz ele, se sentindo encorajado. — Se é esse o preço da sua confiança... Achei que, se conseguisse frustrá-la a ponto de acabar violando a xênia, você iria embora antes de descobrir certas coisas.

— Seus segredos? — pergunto. — Aqueles que Estige mencionou?

Ele assente.

— Vou contar tudo a você. Depois que descobrir o que escondo, não vai ser mais necessário ter medo de mim. Você vai poder relaxar. Meus segredos em troca da sua paz... parece uma troca justa.

— Você não precisa fazer isso.

— Sim, preciso — insiste ele. — Venha comigo.

Ele segue por um corredor e eu o acompanho, me perguntando para onde está indo — será que atrás de um lugar tranquilo para podermos conversar? Será que ele tem tantos segredos que vou precisar me sentar para que os revele? Só então me dou conta de que ele não vai me contar... vai me mostrar.

— Os cômodos desaparecidos — digo quando a ficha cai.

Ele se vira, meio rindo com a surpresa.

— Eu deveria saber que você iria reparar. Ninguém na corte sequer notou.

— Provavelmente ninguém na corte temia por sua segurança nestes corredores como eu.

— Bem, espero que não — diz ele, parando ao lado de um ponto da parede. Mas é só ele tocar que um contorno retangular aparece e uma alça, que Hades agarra e gira, se projeta.

Não sei o que estou esperando, mas deixo escapar uma risada quando vejo que é mais uma biblioteca.

— É aqui que você guarda suas histórias mais emocionantes? Devo esperar que a próxima sala esteja cheia de vasos pintados com sátiros atrevidos? — brinco antes de ficar imóvel: as únicas pessoas que já ouvi falarem esse tipo de coisa são as ninfas, que vivem fazendo insinuações desse tipo, e agora aqui estou eu. E, ainda por cima, com um homem...

Hades ri, felizmente, me fazendo relaxar os ombros.

— É poesia, na verdade.

Eu me viro para encará-lo, mas ele se apressa a explicar:

— Eu te disse que gosto.

— Mas tanto assim?

— Sim — responde ele, num tom quase melancólico, como se desejasse que a palavra pudesse ser uma resposta simples.

O cômodo seguinte é enorme, repleto não apenas de vários estilos diferentes de agulhas de fiar, mas delicados teares com pesos de pedra, feitos para trabalhos de tapeçaria mais detalhados. E mais: estão todos em uso.

— As deusas da corte?

— Não — responde ele, a voz tensa, como se pudesse partir a qualquer momento. — São todos meus. Tudo o que vou te mostrar é meu.

Vou até o mais próximo e examino um trabalho tão complexo que fico sem palavras. É tão bonito que em segundos colocaria um ponto final naquele debate sobre tecelagem entre Aracne e Atena. Isso aqui é obviamente superior. Quase reluz e ainda nem está pronto.

— É lindo — digo, e é mesmo, mas soa como um eufemismo. *É real*, seria um elogio mais adequado, mas, pensando bem, não tenho certeza se o mundo real brilha desse jeito. Não tenho ideia de como ele conseguiu tecer o próprio luar em seus fios, ou o cheiro dos pinheiros, ou o toque da água fria do lago sob meus dedos, mas é tudo o que sinto quando observo seu trabalho.

Quando o encaro, Hades está com o cenho franzido, me olhando com atenção, como se achasse que estou fingindo o espanto.

— O que foi? — pergunto.

Ele balança a cabeça e vamos em direção ao próximo cômodo. Esse é estreito, com uma mesa comprida sobre a qual estão dispostos vários quadrados de retalhos em diferentes estágios de acabamento.

— Não acredito que você me deu um tear tão velho e capenga — brinco, mas ele não sorri, só continua me encarando. — O que foi?

— Isso é mesmo tudo o que você tem a dizer?

— O que você quer que eu diga? — pergunto. — Posso te encher de elogios, se isso for satisfazer seu ego.

— Por favor, não zombe de mim, não com isto.

— Hades, — digo, confusa — estou sendo sincera. Nunca vi trabalhos como estes.

Ele franze a testa e olha ao redor do cômodo, cético.

— Bem... — diz, sacudindo a cabeça. — Gostaria de ver os outros?

Outras portas aparecem exatamente onde meus mapas dizem que deveriam estar. O cômodo seguinte é enorme, com teto abobadado, imensos blocos de pedra e cinzéis à espera de serem utilizados. Em outro, até mesmo as paredes estão escorregadias de tinta: um mural tão cheio de detalhes que fico com vontade de atravessá-lo e entrar naquela floresta que Hades criou. Atrás de outras portas encontro cavaletes, artesanato, escrivaninhas, vidraçarias, cerâmica e barro, forjas de metais, marcenaria e, por fim, uma sala cheia de agulhas e linhas. Aqui não há nenhum projeto pela metade, apenas fileiras e mais fileiras de carretéis cuidadosamente empilhados acumulando poeira.

— Na verdade, não gostei muito desse cômodo — diz Hades secamente. — Bordado não é para mim.

— E os outros cômodos, são?

Ele assente, cruzando os braços.

— Não sinto vergonha disso, sabe? Prefiro ficar aqui fazendo tapeçaria e potes de cerâmica do que lá em cima destruindo vidas e provocando guerras.

— Eu não disse que você deveria sentir vergonha.

Ele ainda está me olhando daquele jeito estranho.

— Sim, eu percebi. Por quê?

— Por que o quê?

— Por que você não está... sei lá, me julgando?

— Eu estou te julgando, sim: estes trabalhos são incríveis! Essas coisas são basicamente tudo que minha mãe queria que eu fizesse... bem, exceto escultura e carpintaria... e sou péssima em tudo isso. — Não sou péssima, não de verdade. Mas nada nunca foi bom o *suficiente*. E com toda a certeza nada era tão bom assim.

— Exatamente. É tudo que sua mãe quer que *você* faça.

Ah.

— Então você escondeu tudo porque pensou que eu destruiria sua reputação máscula por causa dessas coisas? — pergunto.

— Minha reputação é uma coisa complicada. Não é o meu ego que a protege. Então as pessoas podem falar o que quiserem — diz ele. — Mas só tenho esta coroa porque Zeus acreditava que Cronos tinha escolhido os seres mais poderosos quando sequestrou a mim e a Poseidon... os homens que poderiam crescer e acabar se tornando uma ameaça. Zeus pensou que, se nos desse um poder ínfimo, nunca nos rebelaríamos contra ele. Mas se Zeus descobrisse que fiz tudo isso... que não sou o brilhante exemplo de poder masculino que ele acredita que eu seja, que não sou uma ameaça como apenas um homem poderia ser... ele pegaria a coroa de volta. E ser rei é a única coisa que me dá a segurança necessária para fazer tudo isso em paz. Nem mesmo os outros deuses do Submundo sabem dessas coisas. Por isso mantenho tudo escondido.

— Mas Hefesto faz artesanato.

— Ele constrói máquinas, não joias... a menos que Afrodite insista.

Ele tem razão. A oficina de metal de Hades está repleta de esculturas e joias delicadas e impressionantes. Nada construído para ser usado, mas para estética. A arte pela arte.

— Apolo, ele...

— Toca a lira... não é a mesma coisa.

Eu entendo. As musas são mulheres. Os homens podem até ter veia artística, mas não desse jeito, não com linha e tinta. Compreendo o que ele quer dizer, o motivo por que esperava meu desprezo. Quase consigo ouvir as risadinhas das ninfas, os insultos que lançariam contra ele. Deuses, a minha própria mãe... quantas vezes não se queixou porque o Mundo Inferior foi dado a Hades? O que faria se soubesse que é isso que ele faz com todo esse poder? Ela seria muito cruel. Não é esse tipo de coisa que os homens fazem.

Tudo o que minha mãe já me forçou a fazer para melhorar minhas perspectivas de casamento é, pelo visto, tudo que Hades mais adora. Mas qual a diferença entre isso e eu pular a janela quando deveria estar tecendo? Manter escondidos meus verdadeiros interesses porque não esperam que seja o que eu realmente quero?

Hades se encosta na parede, mas de braços cruzados, como se, mesmo com minha aprovação, ele ainda tivesse medo que eu seja cruel. Hades nunca me pareceu vulnerável. Mas nesse momento ele precisa se esforçar muito para conseguir me olhar nos olhos.

Acho que não sou a única que sofre diante das ordens de Zeus. Creio que não somos apenas nós, garotas, que nos frustramos com suas restrições.

— Além disso — prossegue ele —, eu não estou nem aí em ser o melhor, como eles tanto se preocupam. Eu simplesmente gosto disso, e nunca poderia fazer nenhuma dessas coisas se todos soubessem. — Ele está com uma postura tão rígida que é como se cada fibra de seu corpo estivesse tensa.

— Por isso o palácio é coberto de espadas — percebo. — É um disfarce.

— Eles pensam que eu sou o deus sombrio e sinistro dos mortos, o aniquilador dos Titãs, que não deseja nada além do isolamento nas escuras profundezas do Submundo — diz ele. — Isso os impede de olhar com atenção para o que realmente estou fazendo.

— Que é isto?

— Que é isto — confirma ele.

— Então era esse o motivo para você querer que eu fosse embora? Para eu não acabar descobrindo tudo isso e usasse contra você?

— Sim. Sinto muito.

— Não estou te culpando.

— Entrei em pânico. Se você tivesse sido enviada aqui por Zeus, como pensei, e por acaso acabasse entrando no cômodo errado, tudo iria pelos ares. Você tinha um poder incrível nas mãos para acabar comigo.

Poder que agora, me contando tudo isso, ele me concedeu.

— Você tem uma opinião positiva demais sobre o meu pai se acha que ele daria ouvidos a qualquer coisa que eu tivesse a dizer nesse sentido. Eu provavelmente poderia levar um relatório completo e mesmo assim ele não me daria ouvidos.

— Acredite em mim: poucas pessoas podem ter uma opinião sobre Zeus mais negativa do que a minha.

— Isso é um desafio?

Ele suspira, mas com um ar divertido, e a tensão acaba se dissipando um pouco.

— Nem tudo é uma competição. Essa é a questão.

— Tudo bem, mas a maior parte das coisas é. Você só está rabugento porque eu venci e você não conseguiu me afugentar.

— Cá entre nós, acho que fiz um belo trabalho. Fazendo o personagem e tudo mais.

— Todo o teatro... — Eu me dou conta. — A fumaça e os tremores... é tudo encenação, certo?

— Sempre foi. — Ele sorri e a fumaça aparece, mas depois fica rosa, azul, então deixa de ser fumaça e se transforma em flores. — Os primeiros seres que Zeus resgatou na guerra foram os ciclopes, que, em troca, nos retribuíram com algumas coisas: o raio de Zeus e o tridente de Poseidon. Ganhei um elmo que tornava quem o usasse invisível. Antes de Zeus assumir o trono e distribuir os domínios como espólios de guerra, era o domínio que reivindicava o deus. No momento em que o elmo tocou minha cabeça, uma espécie de magia me reivindicou. Acho que sou o deus da ilusão, na verdade, ou algo do tipo. Eu ainda era uma criança treinando para a guerra quando recebi este reino. Se me cobrisse com borrifos de água do mar, imagino que seria Poseidon quem estaria aqui embaixo agora. Mas eu queria o Submundo... como você disse mesmo? Um lugar para onde fugir. Então me envolvi num manto de escuridão e nos sussurros dos mortos, e o Inferno se tornou meu.

Mantenho os olhos fixos nele, sem conseguir fazer nada além disso. É uma coisa atrás da outra.

— Juro por Estige — digo. — Como as ninfas fazem. Não vou contar a ninguém.

— Não precisa fazer um juramento. Sei que você não contaria a ninguém. — Devo ter escrito na testa que não acredito nele, porque Hades ri. — Você conseguiu encontrar uma brecha nas proteções feitas por uma dúzia de divindades, correu para o Inferno sem contar a ninguém e imagino que tenha passado a vida toda mantendo em segredo grande parte de quem você é. Acho que posso te confiar essas coisas.

Faço que sim com a cabeça.

— Certo. Não vou dizer nenhuma palavra. Ok, agora é a minha vez.

— Como?

— Bem, você queria ver meus planos para este reino ou não?

— Eu...

— Isso é muita coisa, Hades. Obrigada. Portanto... sim, se você pode me confiar essas coisas, também posso retribuir confiando em você. Vamos conversar sobre a vida após a morte.

Apresento minha ideia a ele. É formada por três partes diferentes: um paraíso, cujos detalhes ainda estou planejando; algum empecilho, cheio de horrores sobre os quais ainda estou refletindo; e algo entre essas duas coisas.

Falando em voz alta, é mais do que pensei que eu tivesse.

Enquanto estamos debruçados sobre os documentos, acabamos nos aproximando demais, então me lembro da sua mão na minha mais cedo. Será que é preocupante o quão natural está sendo gravitarmos um em direção ao outro?

— Gosto da ideia — diz ele simplesmente.

Acho que ainda não tinha me dado conta do quanto sua aprovação significa para mim. É mais do que apenas uma gentileza: estou sendo encorajada em vez de dissuadida daquilo que eu sempre quis, recebendo apoio em vez de ouvir que está além do meu alcance fazer qualquer diferença neste mundo.

Apenas três palavrinhas... que significam tudo.

Capítulo dezoito

Na manhã seguinte, quando volto para o meu quarto após o desjejum, encontro uma pintura pendurada acima da cama. É impressionante, assim como tudo que Hades cria... ao mesmo tempo realista e iridescente demais para refletir verdadeiramente a vida. É profunda, como se ele tivesse capturado com a tinta algo que vai além da imagem.

Retrata um campo de asfódelos, a flor que criei há uns dias. O que significa que ele pintou o quadro após a minha chegada.

Mordo o lábio, mas não consigo reprimir o sorriso. Quando ele fez esse trabalho? Quando resolveu compartilhar, ou melhor, me dar o quadro? Tenho a sensação de que o presente é ainda mais íntimo do que a revelação de ontem, e imediatamente fico com a cabeça a mil. Por que ele fez isso? O que quer de mim em troca? O que isso significa?

Então respiro fundo e me permito simplesmente apreciar a pintura.

Ao olhar mais de perto, percebo que Hades usou tinta espessa e grumosa, de modo que as pétalas estão em alto-relevo. Ele pintou o pólen de preto, embora o pólen do asfódelo seja laranja, e agora eu queria ter escolhido essa cor mais chamativa. A tinta é breu puro, mais escura que os olhos de Hades, mas ainda assim me faz lembrar deles, como se, ao fitá-lo com intensidade suficiente, pudesse ser sugada em direção às sombras.

Na verdade, chega a ser irritante o tanto que a pintura é boa. Não parece justo alguém que tenha seu próprio mundo ser tão talentoso. Sempre que minha mãe colocava um pincel na minha mão, eu mergulhava os dedos na tinta e acabava cheia de respingos, a cabeça fervilhando com milhares de ideias de novas flores para criar.

Hades seria a filha perfeita. Embora eu diga isso com sarcasmo, o pensamento me faz ficar séria. Sendo bem honesta, isso é tudo o que mamãe sempre quis de mim. E então? Se eu fosse talentosa assim ela teria reconhecido? Teria me elogiado a ponto de o simples pensamento de fazer qualquer outra coisa fosse repugnante? Ou será que enxergaria essas proeminências que eu acho tão maravilhosas como falhas a serem lixadas? Ela teria arranjado outra coisa para implicar? E, mesmo se não tivesse, o que eu teria sido senão um monte de habilidades que ela poderia comercializar? Meu pai observaria meu trabalho com um aceno de cabeça satisfeito? Ele concordaria que é nisso — apenas nisso — que sou boa e ficaria se perguntando como pôde ter se preocupado que eu pudesse desafiá-lo quando não passo de uma garotinha talentosa com um pincel nas mãos?

De repente, me sinto muito mais confiante em minha capacidade de transformar este reino simplesmente porque meus pais nunca esperariam isso de mim. E, pelo visto, sou ótima fazendo o que eles não esperam.

— É quase sinistro, sabe? — Estou sorrindo quando encontro Hades na biblioteca, mas ele rapidamente arqueia as sobrancelhas e mal levanta os olhos dos pergaminhos.

Por Estige, ele e esses pergaminhos.

— Você pendurou o quadro *acima da cama*? — pergunto.

Hades ri.

— Tempestade quem escolheu o lugar.

— Ah, claro, Hades, com certeza.

— Pensei que você fosse gostar. — Agora ele definitivamente está com os olhos fixos no documento.

— E gostei mesmo. Obrigada.

Seu olhar encontra o meu, e é então que aquele sorrisinho arrogante volta à tona.

— Olha só! Foi quase genuíno!

— Acredito que já tenha te agradecido muitas vezes, Hades — digo. Mesmo quando pensava que ele fosse um idiota insuportável, ainda assim me sentia grata por ele não ser ainda pior.

— É verdade. Não que eu precise do seu agradecimento desta vez... Considere a pintura uma retribuição pelo asfódelo.

— Bem, é bom saber que você gosta da flor.

— Lógico que gosto. Agora que está espalhada por todo o reino, gosto menos, mas ainda é... uma ótima flor.

— Fiquei me perguntando o que você tinha achado — digo. — Quando espalhei a flor por aí, você ainda estava agindo como um babaca.

— Bem, você não foi muito sutil. O equivalente em flores de um cachorro mijando para marcar território.

Não solto exatamente uma risada... está mais para um cacarejo. Hades parece satisfeito.

— Gostaria de poder argumentar, mas, sim, na verdade eu só as espalhei para te irritar.

— Eu sei. Mas, tirando sua intenção de me irritar, é uma bela flor.

No dia seguinte, afasto todo o desejo de irritá-lo e encho todo o palácio de buquês de asfódelos, junto de algumas outras flores que consegui cultivar. Não tenho certeza se Hades já viu as flores de estige, então ponho um grande buquê na biblioteca.

— Não vou ficar regando isso — resmunga Tempestade enquanto me entrega um vaso, relutante. Percebo que os vasos devem ter sido feitos por Hades. As flores funcionam bem com seus desenhos intrincados.

— Marcando mais território? — pergunta Hades quando me encontra na biblioteca. Temos mais um dia de pesquisa nos pergaminhos pela frente, precisamos encontrar qualquer pista sobre o funcionamento deste mundo. Ele para ao meu lado e presta atenção às flores. Depois se inclina para cheirá-las com um sorrisinho nos lábios.

— Não. — Meu próprio sorriso parece diferente perto dele, quase envergonhado. — Não dessa vez. Um palácio de mármore é bonito e tal, mas não é exatamente o lugar mais convidativo para se viver.

— Agora está criticando minha hospitalidade?

Sei que é só uma gracinha, e, antes que me dê conta do que estou fazendo, o empurro de brincadeira. Na mesma hora meu rosto fica vermelho e me viro para o outro lado para ele não ver. Não esperava músculos tão rígidos sob aquele manto...

— Lógico que não — respondo, envergonhada. — Mas flores nunca são demais.

— As terras de Hades podem discordar.

— Você discorda? — pergunto em tom de desafio.

— Não. — Ele cede. — Na verdade, gosto bastante.

— Então por que todo esse alvoroço?

Hades dá de ombros.

— Bem, não tenho como facilitar muito as coisas para você.

Estige mal consegue entender quando lhe conto todas essas coisas, depois de verificar com Hades o que ela sabe. Pelo visto, tudo.

— Ele te deu um quadro? Eu... certo, ok.

— Acho que ele nunca teve alguém para fazer isso antes. Provavelmente ficou entusiasmado — digo. — É uma pintura deslumbrante.

— Tenho certeza que sim. — Ela me olha de um jeito que não consigo decifrar.

— Em troca, enchi o palácio de flores — digo. — Queria poder dar a ele algo permanente para poder se lembrar de mim quando eu for embora.

— Não fale sobre isso. — Estige me repreende.

— É a verdade.

— Eu sei, mas não quero que fique me lembrando.

— Ahh, você gosta de mim!

— Sim, e pelo visto não sou a única.

Dou uma risada.

— Ah, lógico, ele não grita mais comigo. Deve gostar mesmo de mim.

— Ele compartilhou com você segredos que a maioria das pessoas precisa fazer um juramento que não se pode quebrar para descobrir... Ele gosta de você.

— Sim, bem, voar no pescoço um do outro estava começando a atrapalhar mesmo a pesquisa.

Estige suspira.

— Que seja, querida. O que estou dizendo é que ele não precisa de nada para se lembrar de você. Ele não vai te esquecer fácil assim.

Hades paira atrás de mim enquanto faço mais algumas anotações sobre possíveis vidas após a morte.

— Você acha que isso é o paraíso? — pergunta, cético.

— O quê? Por que não? — Eu me viro para ele. — Eu amava quando chovia na Sicília... saía correndo para o quintal, brincava na lama e...

— Porque você é uma deusa! Você tinha criados para...

— Você tem criados!

— Sim, e sou literalmente o rei do Inferno... reis têm criados. O que estou querendo dizer é que muitos daqueles humanos não eram reis, e nenhum era uma deusa. Provavelmente morreram porque saíram na chuva e acabaram pegando uma doença ou algo do tipo.

— Como você sabe?

— Sou o rei do Inferno. Já mencionei essa parte. — Hades foi de tentar me irritar para eu acabar violando a xênia a me irritar porque é divertido, simples assim. A pior parte é que agora que ele me conhece melhor, ele sabe exatamente como me tirar do sério. Na verdade, a pior parte é que acho que, lá no fundo, eu gosto disso. Converso com ele como se tivesse que provar alguma coisa, como se vencê-lo escondesse um significado.

— Você nunca nem falou com eles!

— É claro que não, mas... — Ele faz um gesto amplo no ar — ... tenho uma ideia por alto. E conversei com pessoas que falaram com eles, Caronte e...

— Você é ridículo.

— E você é mimada. Você tem que admitir que não está em posição de saber os desejos dos humanos.

Isso me faz interromper o que estou fazendo, porque, droga, ele tem razão. Passei a vida toda numa ilha habitada por ninfas. Nunca nem encontrei um ser humano vivo.

Olho para as anotações que venho fazendo. Fiquei tão concentrada em desvendar como funcionam os ciclos climáticos nas terras fora da Sicília que nunca parei para refletir se os humanos realmente gostam desses climas, quaisquer que sejam.

— Precisamos falar com eles — decido. — Fizemos tudo que era possível com essas anotações. Venha, vamos lá.

Sei que vai ser exaustivo curar almas o suficiente para conseguir falar com as pessoas, mas não tem como ser mais difícil do que abrir uma fenda na própria terra. E agora que meus pais já sabem onde estou, é um risco que preciso correr. A qualquer momento posso ser arrastada de volta para o Olimpo... eu aguento o cansaço.

— O quê? — Hades franze a testa. — Não, você fala com eles. Eu cuido da pesquisa, como sugeri, e você pode se encontrar com as pessoas para quem está criando uma vida após a morte.

— Ah, vai! Você devia me ajudar.

— E estou ajudando: estes livros foram escritos por mortais. Você fala, eu leio.

— Por que você não quer se aproximar deles? — pergunto. Todo o tempo em que estive aqui, ele não mencionou nem uma vez se chegou a visitá-los. Mesmo com as almas decadentes daquele jeito, com certeza a curiosidade de Hades como governante dessa terra o faria ir até lá, não?

— Você sabe como são as memórias deles... elas sangram. Não se pode fugir delas, e muitas são sofridas demais.

— Exatamente, e esse é o motivo de estarmos fazendo isso. Não podemos simplesmente ignorar o sofrimento deles.

— Eu já tenho sofrimento o suficiente, obrigado — diz ele, me olhando de um jeito incisivo. Eu me recuso a cair em sua provocação. Diante do meu olhar de censura, ele continua: — Não tenho a menor vontade de acrescentar as memórias deles às minhas.

— Você é um rei... Pensei que já tivéssemos conversado sobre isso. Que memórias de sofrimentos você tem?

Por um segundo, ele hesita. Então fala:

— Eu fui engolido!

— Ah, você nem se lembra disso. Não vem com essa desculpa de novo.

— Desculpa? Eu fui devorado!

— Você está mudando de assunto. Venha comigo falar com os humanos.

Hades joga sua pena no chão e se levanta.

— Vou com você, mas só porque tem tempo que não vejo Cérbero. Não vou falar com os humanos.

— Tudo bem. Mas, espera, quem é Cérbero?

Como acabei descobrindo, Cérbero é um cão de três cabeças do tamanho da minha casa. Hades assovia alto e sorri quando a fera surge saltando sobre a colina.

— Cérbero. Jura? — digo. A palavra significa cão da Terra. — Cachorrinho do Submundo ficaria muito na cara?

— Achei que combinava com ele — diz Hades simplesmente.

É só o cão avistar Hades (com suas três cabeças) que vem correndo tão rápido que o joga no chão. Fico esperando ele dar uma bronca no animal, mas em vez disso Hades sorri e esfrega uma das cabeças.

— Vá falar com seus humanos — diz, do chão. — Estou bem aqui.

Então eu vou. O primeiro ar puro depois de tanto tempo trancada no palácio é como se o sol estivesse tocando minha pele. Me sinto mais eu mesma.

Minhas preocupações com a exaustão acabam sendo infundadas: agora que sei o que estou procurando, é mais fácil trazer os mortais de volta. Qualquer conexão que eu tenha feito com esta terra retorna num piscar de olhos. Atravesso dezenas de almas antes que o cansaço finalmente me alcance. Paro onde estou, me detendo antes de acabar indo longe demais. Voltarei todos os dias que puder para curar quantos conseguir no tempo que me resta. Hades vai ficar bem empolgado quando contar a ele que deu certo.

Larissa se aproxima no instante em que apareço nos campos humanos, rejeitando minhas tentativas de me desculpar por ter demorado tanto a voltar aqui. Achei que seria mais útil na biblioteca, mas agora não tenho mais tanta certeza. Olhando para as almas em cores — quase opacas novamente, conversando umas com as outras, quase *vivas* mais uma vez —, é difícil acreditar que eu deveria estar em qualquer outro lugar. E eles têm tanto a dizer! E é algo tão fácil. Tão mais fácil do que lidar com aqueles pergaminhos. Xingo por dentro o medo que sinto da exaustão, porque esse tempo todo eu poderia estar fazendo isso. Consigo imaginar agora todas as terras que eu sempre quis ver criadas aqui no Mundo Inferior a partir das histórias que os humanos contam. Posso não ser capaz de ver o mundo, mas posso trazê-lo até mim.

Em meus últimos dias de liberdade, posso ter tudo que eu sempre quis.

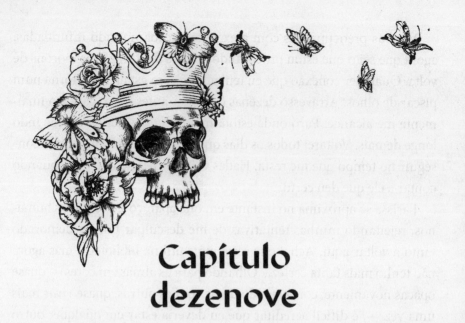

Capítulo dezenove

— Você não pode viver aqui embaixo — diz Hades, e por um momento penso que ele está se referindo ao Submundo, até perceber que se refere à caverna do lago cujas águas não paro de encarar.

Já faz cinco dias que mamãe sabe que estou desaparecida, e nem por um segundo ela parou de me procurar.

De repente ele está ao meu lado, e me assusto quando sua mão encosta na minha.

— Você está congelando. — Hades me repreende, tirando seu manto e envolvendo meus ombros com o tecido pesado. Ele fica apenas com a túnica fina.

A capa tem seu cheiro — chá de bergamota e sabonete apimentado —, e acabo me aconchegando mais no tecido, afundando o queixo e inspirando. Acho que eu estava com mais frio do que tinha percebido.

— Há quanto tempo você está aqui embaixo?

— Não tenho certeza — digo com sinceridade. Não deve ser muito, senão eu estaria sentada na beirada, como ando fazendo todos os dias depois de voltar me arrastando das conversas com os mortais. Cansada de curar tantos deles e das horas de conversa, eu me sento e fico observando minha mãe, tentando calcular o quão perto ela está de me encontrar.

Neste momento ela está numa discussão com meu pai, ora exigindo, ora implorando que ele faça alguma coisa para ajudar a me encontrar.

— Ela é sua filha... você não se importa? Ela pode estar ferida!

— Deméter, estou cuidando disso. Acalme-se — rebate meu pai num tom de desdém.

— E quanto aos pretendentes, hein? — Ela tenta chamar a atenção dele. Nem tenho como culpá-la. Pelo que vi, é sua estratégia para convencer meu pai a tomar uma atitude. — A notícia de que ela está desaparecida já se espalhou. Todo mundo está sabendo.

— Eu sei. — Meu pai massageia as têmporas. — O Olimpo virou um pandemônio. "Coré"? Nunca devia ter dado a ela o nome de "garotinha". Se tivesse os poderes da profecia, acharia "causadora do caos" mais apropriado.

Hades bufa ao meu lado.

— Eu que o diga.

Dou uma cotovelada nele.

— Com licença?

Já minha mãe parece menos impressionada.

— Ares já retirou a oferta!

— Nós dois sabemos que, se Ares desse mesmo importância à virgindade, ele não estaria com Afrodite.

— Como amante, não como esposa! É diferente agora. Você pode agradecer à sua esposa por tornar o casamento tão... difícil — diz mamãe, ácida.

Zeus ri.

— Bem, Hera também não era nenhuma virgem quando me casei com ela.

Hades e eu o encaramos, chocados que até mesmo o rei dos deuses vá assim tão longe.

Mamãe o encara com tanto ódio que fico surpresa que ele não acabe pegando fogo.

— E de quem é a culpa? — rebate ela, perdendo a cabeça.

— Deméter — rosna ele, num tom de advertência.

— Ah, me desculpe. — Ela treme; está tão enfurecida que tenho certeza de que em algum lugar plantações estão murchando sob o calor de sua raiva. — Deve ser horrível ser chamado de estuprador quando você estupra alguém.

— Como você tem coragem...

— Não estou nem aí! — grita minha mãe. Então joga as mãos para o alto e sou tomada pela culpa. Ela é a deusa do direito sagrado e olhe só agora, se desesperando mais a cada segundo que passa.

— Eu nunca deveria... — começo, mas Hades me interrompe.

— Não — diz ele. — Não vamos começar com isso de novo. Entrar em um casamento que você não queria não é melhor do que isso.

Não tenho tanta certeza. Eu amo minha mãe. Como posso ficar aqui assistindo enquanto lhe causo toda essa angústia? Ela nem sabe que sou eu a responsável, acha que fui levada da ilha.

Então ela tenta uma abordagem diferente.

— O que vão pensar do rei dos deuses que permite que sequestrem sua filha? Que permite que alguém a leve e faça com ela o que quiser? Que a machuque? Que a roube de um casamento que *você* ordenou? O que isso dirá sobre você quando ela voltar e ninguém a aceitar?

— Não dirá nada. — Ele se levanta do trono, um raio crepitando ao seu redor. — Porque ela é pouco mais do que nada. Tenho uma dúzia de filhas, Deméter. A sua é especial apenas em sua insolência prolongada. Já a vi perambulando por aquela ilha, praticamente pedindo que algo assim acontecesse. A única afronta aqui é que não recebi o pagamento justo. Vou descobrir quem fez isso e exigir uma recompensa. Os deuses podem até cochichar, mas te garanto que qualquer dano à minha reputação será rapidamente reparado assim que eu arrastar diante da corte quem quer que a tenha levado e fazer com que implore pela minha misericórdia. O que no final eu darei, e todos acreditarão que sou um rei poderoso, mas generoso. Vou casar Coré com quem estiver sobrando. Alguém vai se interessar... mesmo arruinada, ainda tem o meu sangue. Isso protegerá a honra *dela*. O que significa que a única reputação que sofrerá danos permanentes é a sua. — Ele debocha da minha mãe, que mantém a expressão impassível, ainda que se retraia a cada palavra. — Arranje outra maneira de recuperar sua dignidade, porque encontrar sua filha não vai ser.

Hades agita a água, desfazendo a imagem.

— Isso não é saudável — diz ele.

Encaro fixamente o ponto onde estava o rosto do meu pai. Apesar da capa de Hades, de repente estou gelada e tremendo. Nunca pensei que meu pai pudesse simplesmente não se importar tanto assim. Não achava que ele tivesse a capacidade de me magoar, mas sua indiferença é ainda pior do que a raiva, pior do que uma vida inteira sendo colocada no meu lugar. É como se, de uma vez por todas, qualquer ameaça que eu pudesse ter representado tivesse sido aniquilada e ele lavasse as mãos em relação a mim. E minha mãe, minha pobre mãe, tendo de ouvi-lo dizer tudo aquilo...

— Escuta — insiste Hades. — Zeus é uma pessoa horrível, horrível. Isso não é novidade para ninguém, mas não é saudável você ficar ouvindo provas constantes desse fato.

Eu me viro para encará-lo e minhas mãos se curvam na lateral do corpo.

— Acha que não sei disso? — pergunto, agressiva, mas me esforçando para encontrar as palavras que digo a seguir. — Sei que não é saudável, mas não estou absorvendo nada. Só estou tentando prever qual será o próximo movimento deles.

— Será que está mesmo? — pergunta ele. — Porque todo dia que você assiste a essa bobagem, você se torna... menos você.

— O que quer dizer com isso?

— Você fica menos irritante, por exemplo.

— Vá se ferrar...

— Estou falando sério! — grita ele, me interrompendo. Fecho a cara, percebendo que ele está mesmo com raiva, está mesmo discutindo o assunto. — Cada segundo que você gasta assistindo à conversa dos seus pais, você se fecha mais. Gosto que venha me irritar quando estou lendo, e que se ache muito mais engraçada do que é, e que encha a casa de flores sem pedir permissão. Gosto de tudo isso.

— Com certeza é o que parece.

— Por favor — diz ele, a voz falhando. Seu desespero me surpreende. Isso não é uma briguinha, não é uma discussão boba e superficial. É real. Quando me machuco desse jeito também o estou machucando. Sinto o peso de sua capa sobre os meus ombros. Sinto o vazio que vem crescendo dentro de mim.

— Você tem razão. Não sei por que fico assistindo a essas coisas se me deixa tão infeliz.

— Então não assista.

— Eles sabem que estou desaparecida, Hades. Preciso saber se estão perto.

— E se estiverem? E se descobrirem que você está aqui? Sua mãe não pode vir aqui embaixo. Zeus nunca ousaria arriscar a frágil paz entre mim, ele e Poseidon. Até Poseidon lutaria para te defender se achasse que Zeus ousou invadir um de nossos reinos. O mais provável é que Zeus encobrisse isso, e quer lugar melhor para deixar todos esquecerem da sua existência do que a corte do Inferno? Você está segura aqui.

— E se eu não estiver? E se nada do que eu fizer me mantiver em segurança?

Ele dá um meio passo à frente, as mãos se erguendo como se ele as estendesse para mim antes de pensar melhor.

— Então eu irei te proteger.

Hesito antes de oferecer um sorriso condescendente, reprimindo meu medo e substituindo-o por algo mais fácil de controlar.

— Que fofo, mas já entendi que, se eu não puder proteger a mim mesma, então obviamente você também não pode.

Ele dá uma risada, feliz por pelo menos meu humor ter melhorado.

— Então vamos tentar juntos. — Seu sorriso desaparece. — Na verdade, tive uma ideia.

— O quê?

— Você não vai gostar.

— Não gosto de muita coisa nesta história.

Ele me olha nos olhos, a intensidade de seu olhar me deixando perdida antes mesmo que ele diga qualquer coisa.

— Case comigo.

Tudo é interrompido: minha respiração, meus pensamentos, o próprio icor que corre nas minhas veias. O silêncio é uma presença física contra a qual não tenho forças.

Até que, de repente, tudo volta à tona numa onda de energia.

— O quê? — Minha voz sai meio como um ganido, meio como uma exigência.

— Case comigo — repete ele. — Se você quer continuar aqui e o único argumento que eles têm gira em torno de casamento... então case comigo.

Eu me afasto dele, tentando pôr alguma distância entre nós dois.

— Eu... eu fiz tudo isso para fugir de casamento. Eu não quero... só porque eu gosto de você não significa que queira me casar com você!

— Você gosta de mim? — Hades abre um sorriso provocador. — Vou te lembrar disso da próxima vez que me chamar de babaca.

Tudo está se movendo em espiral, girando e saindo do controle. Não estou mais simplesmente caindo: estou despencando.

— Não estou brincando! — grito. — Não quero me casar com você.

Ele franze o nariz.

— Particularmente também não quero me casar com você. — Ele ainda está achando tudo isso divertido. — Já vi como fica seu cabelo de manhã.

— Estou tentando recusar sua proposta, seu idiota. Dá para parar de fazer piada? Estou quase perdendo a sanidade aqui.

— Bem, isso não levou mais de dois segundos. Você quer ficar aqui para sempre. Não quer que seus pais te arrastem de volta. Então me diga por que é uma má ideia.

— Não quero transar com você — explodo, horrorizada com a linguagem grosseira, mas o que poderia ser? Com certeza não é aquele amor todo com que as ninfas vivem sonhando. Penso em mãos me imobilizando, meus soluços silenciados por beijos... imagens que sempre me assombraram agora passam a ser medos com um rosto, e justamente o rosto da única pessoa que pensei que poderia me entender.

Hades estremece e perde completamente o bom humor, como se tivesse sido atingido por um golpe.

— Não! Pelas Moiras, não, não foi o que eu quis dizer. De jeito nenhum. — Ele dá um passo à frente e me encolho. Está com os lábios apertados numa linha fina, e a fúria em seus olhos seria capaz de aniquilar nações inteiras.

Fico tensa.

— Por favor — diz ele, como se eu fosse desmoronar a qualquer momento. Talvez realmente desmorone. Tenho a impressão de que isso está prestes a acontecer. De qualquer forma, odeio a insinuação. — Você sabe o que eu jurei pelo Estige. Não vou te fazer mal. Não vou tocá-la. Isso valeria até mesmo dentro do casamento. Mas é muito importante para mim que você saiba que eu nunca faria algo assim, com ou sem juramento. Nunca. — Ele enfatiza a última palavra de um jeito tão intenso que ecoa na caverna, uma dezena de súplicas desesperadas e intensas.

Fecho os olhos e, lentamente, faço que sim com a cabeça.

Eu sei, mesmo.

Já o ouvi criticar muitas vezes aqueles que fariam algo do tipo — ou seja, todos os deuses. É o que eles fazem. Corresponde à metade das histórias. E Zeus é o pior... Isso é o que acontece quando você deixa o rei fazer o que quer e nunca o responsabiliza por nada. Os outros seguem o exemplo.

Mas Hades, não. Ele nunca faria isso.

— Agora que expliquei melhor, você gostaria que eu me ajoelhasse? — pergunta Hades, o sorriso arrogante se insinuando, hesitante, de volta.

— Não, Hades. Não quero me casar com você.

Embora não seja exatamente isso. Está mais para: eu jamais quero me casar, de jeito nenhum. Não lutei tanto para simplesmente acabar casada.

— Seria um casamento apenas no nome — diz ele, como se soubesse no que estou pensando.

Mas é lógico que sabe — ele já me conhece bem o suficiente para entender por que não quero isso. Mas depois sorri outra vez, como se um novo pensamento tivesse acabado de lhe ocorrer.

— Isso significaria enganar todo mundo, o que, vamos lá, deve te animar um pouco... Sei que você adora uma encenação.

Eu gostaria que as encenações não fossem necessárias, mas, sim, suponho que seja verdade. Acontece que casamento é algo muito poderoso... e muito arriscado. Não vou me prender a ninguém, nem mesmo como uma farsa.

Ele fica sério.

— Eu não te tocaria, nem mesmo seguraria sua mão.

— As pessoas perceberiam que seria uma farsa.

— Certo, eu não tocaria em você sem sua permissão — diz Hades. — Pense nisso. Eu gosto da sua companhia. Acredito que já deixei bem evidente.

— Não é motivo para se casar com alguém — replico.

— Lógico que não — diz ele. — Mas quando você gosta da companhia de alguém e o próprio rei dos deuses está ameaçando levar essa pessoa embora... pior, ameaça forçá-la a fazer algo contra a vontade dela... e tudo pode ser impedido com algo tão simples quanto um casamento? É uma ótima razão para se casar. Se você quer ficar aqui e o casamento é a única maneira de ser livre, então faça essa escolha você mesma e coloque já uma maldita aliança no meu dedo.

Casamento como forma de conseguir liberdade? Nunca achei que algo assim pudesse ser uma possibilidade.

Mas aqui está. De alguma forma, impossivelmente, Hades conseguiu redefinir a instituição que passou a vida inteira me assombrando.

— Fique comigo. Case comigo — diz ele, como se as duas frases tivessem o mesmo significado.

Abaixo o olhar. Não consigo encará-lo agora.

— Obrigada — digo, e ele ergue os olhos numa expressão quase esperançosa. — Mas não. O casamento me deixou em pânico a vida toda... É demais para mim, mesmo sendo uma mentira.

Ele assente.

— Tudo bem, eu compreendo. E... você está bem? Isso foi... bem mais intenso do que eu tinha pensado. Foi só uma ideia que tive. Acreditei que pudesse resolver alguma coisa. Talvez, no mínimo, colocar um ponto final ao seu pavor inabalável de ser encontrada.

Pelas Moiras, fico tão feliz de ter escolhido fugir para este reino. De ter encontrado este homem.

— Eu sei. Eu entendo. — Não é o que eu quero dizer. Quero dizer o quanto ele significa para mim, mostrar o quanto o valorizo, assim como sua amizade e o fato de ele me oferecer algo tão significativo. Mas não sou capaz de expressar tais sentimentos em palavras, então tudo que consigo dizer é: — Obrigada, de verdade.

Ele sorri e, por um instante, imagino como seria dizer sim a ele. Algo se agita em meu estômago. Não sei se é um sentimento bom ou ruim, e só essa incerteza já é razão suficiente para dizer não.

— Bem, se mudar de ideia, minha oferta continua de pé, *Perséfone*.

Ergo bruscamente a cabeça, e não sei dizer se ele está brincando.

— É ruim eu ter gostado mesmo desse nome?

Porque, dentre todas as coisas horríveis que meu pai disse, desde então algo não parou de ecoar na minha cabeça: "Eu acharia 'causadora do caos' mais apropriado." Sim, pai, eu também acho.

— Que seja Perséfone então — diz Hades, como se fosse simples assim. E talvez seja mesmo.

Foi-se a *garotinha. Coré.*

Eu sou a *causadora do caos.*

Perséfone.

Capítulo vinte

Estige vem ao palácio e passamos a noite na sala do lago. Ela quem teve a ideia de vir para cá, mas ainda não consigo me livrar do pavor. Já passei tanto tempo aqui espionando meus pais que o simples fato de estar neste lugar já me deixa incomodada.

— Que estranho — diz ela. — Meu rio não fica feliz ao se misturar com todos esses outros. O Flegetonte está tão poluído. — Ela torce o nariz.

— Acho que é por isso que está pegando fogo.

— Humm — concorda ela. — Mas Hades me contou que você não está usando o Lago dos Cinco Rios da forma correta.

— Que é...?

— Você tem acesso liberado a um planeta inteiro de diversão, e fica espionando seus pais? Corta essa, *Perséfone*. — Ela sorri ao pronunciar o nome. Estige ficou muito empolgada com essa mudança. — Neste momento, está acontecendo um festival em homenagem a Dionísio em Atenas. Ou seja... teatro.

Estige agita a mão na água e artistas surgem no lago.

Sentadas sobre uma pilha de cobertores, passamos a noite assistindo ao espetáculo. A peça é meio estranha — começa com uma rede sobre uma casa — e não consigo parar de observar os humanos na plateia. Estão maravilhados, encantados, e os poucos que não estão parecem gostar de sua insatisfação; cochicham as pessoas sentadas ao lado e se sentam um pouco mais eretos, cheios daquela superioridade que seu desprezo lhes dá. Teatro... a vida após a morte definitivamente deveria ter um teatro.

Quando o espetáculo termina, me viro para Estige.

— Hades me pediu em casamento.

— Como é que é? — arqueja ela. — E você me deixou sentada aqui vendo tudo isso sem dizer nada?

— Ele disse que, se eu quiser permanecer aqui e estiver preocupada com a possibilidade de meus pais me impedirem, podíamos nos casar, assim eles não teriam como me arrastar de volta para a superfície.

— Ai, que emocionante! — Ela dá um gritinho. — Quando vai ser?

— Não vai ser — digo. — Eu não aceitei.

— Por que não? — pergunta ela. — Você gosta dele. Ele gosta de você. O que mais você quer?

— Amor? — sugiro. — E eu não "gosto dele".

Ela simplesmente fica me olhando e eu debocho:

— Não sei o que você está tentando insinuar, mas não é verdade, seja lá o que for.

— Ah, tá.

— Além disso — digo, ligeiramente mais alto. — Eu gostaria de realmente *querer* me casar, caso um dia isso aconteça.

— Sim, mas isso está mais para uma conspiração do que para um casamento, e você adora conspirações.

— Mas não vou me casar por causa de uma.

Ela dá de ombros e se levanta.

— Bem, mesmo assim acho que todos nós devíamos tomar um porre. Venha.

Ela vai em direção à escada, depois subimos e procuramos pelos salões vazios do palácio frio até encontrarmos Hades diante de uma roda de oleiro, tão concentrado na argila à sua frente que nem nos vê entrando.

— Criei um novo tipo de solo com isso. — Aponto com a cabeça para a argila.

Ele leva um susto, mas abre um sorriso tímido.

— Como foi a peça?

— Você fez um pedido de casamento sem falar comigo antes? — Estige reclama.

Hades grava uma última linha na argila, sem nem erguer os olhos para ela.

— Eu faço muitas coisas sem falar antes com você.

— E quantas dão certo?

— A maioria. — Hades dá de ombros.

— Dá para ver por que você não quis se casar com ele — comenta ela.

Faço que sim, fingindo que estou triste.

— Ele nunca me elogia o suficiente. Por que eu me casaria com ele?

— Tive a impressão de que sua recusa tinha menos a ver comigo e mais com sua opinião geral sobre o casamento. — Ele enxuga as mãos numa toalha.

— Bem, de fato, casamento é uma coisa nojenta.

Hades aponta para mim.

— Tenho certeza de que esse argumento funcionaria com seus pais.

Meu sorriso vacila e, pela maneira como o sorriso dele também desaparece, sei que ele percebeu.

— Ok, bem-sucedido ou não, um noivado foi proposto hoje e acho que precisamos beber para comemorar — diz Estige, alegremente alheia à súbita queda no meu humor.

Hades dá de ombros.

— Muito bem. Acho que você sabe onde fica a adega.

Estige arregala os olhos.

— Me desculpe, mas você tem uma adega inteira dedicada a vinho e esta é a primeira vez que ouço falar dela?

Hades balança a cabeça, parecendo arrependido.

— Obviamente eu tinha uma razão para esconder isso de você.

— Guardando segredos de sua guardiã de segredos. — Ela faz beicinho. — Que cruel.

— Tão cruel quanto negar a proposta de um homem que só deseja te fazer feliz? — Ele olha, com a expressão triste, para um ponto distante, a mão sobre o coração.

— Me leve ao vinho primeiro — digo. — Depois você pode chorar.

Passamos todo o resto da noite bebendo, comemorando e rindo até sentir dor nas costelas. A certa altura, Hades nos leva a sua sala de música e tenta me fazer uma serenata bêbada para me convencer a casar com ele, o que teria mais chances de funcionar se ele fosse bom músico. Pelo visto, a música, assim como o bordado, não figura entre seus talentos. Ele só parou quando Estige pediu frutas podres para atirar em sua direção.

Na manhã seguinte minha cabeça lateja de um jeito que nunca senti antes e não tenho certeza se existe água suficiente no mundo para saciar minha sede. Eu já bebi antes — já estive bêbada —, mas não assim.

Nesta manhã, as ninfas capricharam — as frutas e os pães de sempre estão acompanhados de massas folhadas, ovos cremosos, carnes glaceadas com mel e queijos decorados com alecrim e dentes de alho inteiros. Não sei se consigo me sentar diante de toda essa comida sem acabar vomitando. Sinto vontade tanto de encher um prato quanto de jogar tudo no fogo.

Hades solta um gemido de lamento ao tomar um gole de chá, encarando o líquido como se fosse o Lago dos Cinco Rios.

— Não bebo tanto assim desde que cheguei a este reino — diz ele.

— Quer dizer que era festeiro na juventude, é? — provoco, embora fosse mais satisfatório se não tivéssemos praticamente a mesma idade e a sala não estivesse rodando.

Ele não responde, o que eu poderia equivocadamente interpretar como efeito do álcool, se ele também não estivesse evitando me olhar.

Bem, agora estou interessada.

— O que foi? Tem alguma coisa a ver com o que você disse sobre ter tentado algo com os humanos quando chegou aqui?

— Pelas Moiras, Perséfone, já não basta eu estar de ressaca? Ainda quer que eu discuta isso? Sem chance. — Ele leva a xícara aos lábios.

Dou de ombros e pego a jarra de água.

— Está bem.

— Por que você sempre faz isso? — pergunta ele, me olhando com uma curiosidade afiada.

— Faço o quê?

— Faz uma pergunta desconcertante e depois deixa o assunto de lado quando não quero responder.

— Porque confio em você — digo, como se fosse óbvio. — Se não quer me contar, é sua escolha... Acredito que tenha um motivo.

Ele reflete um pouco e então diz, cauteloso:

— Não posso deixar de pensar que é porque alguém passou muito tempo te mandando não fazer perguntas.

— Faço muitas coisas que minha mãe me diz para não fazer. — No entanto, fico com um nó na garganta e as palavras acabam saindo com dificuldade. Talvez ele tenha razão. Talvez eu não resista aos ensinamentos da minha mãe tanto quanto acredito.

— Você pode me perguntar qualquer coisa, Perséfone. — Ele me olha com tanta intensidade que me sinto aprisionada pelo seu olhar. — Talvez eu não responda sempre.

Faço que sim.

— A guerra — diz ele simplesmente. — A guerra provavelmente é a resposta para toda pergunta que você faz sobre mim. É o motivo de nada do que tentei com os mortais ter funcionado... Eu não conseguia me aproximar daquelas memórias horríveis deles. É o motivo de eu ter brevemente tentado o caminho da bebida. Eu queria esquecer tudo que aconteceu, tudo por que passei e tudo que fiz... não que tenha funcionado. Só acabou tornando os pesadelos ainda piores.

Faço menção de dizer algo, mas ele toma coragem e prossegue.

— Tenho certeza de que você ouviu os rumores. Antes da batalha final... ou "rebelião", como Zeus a rotulou... acredito que eu era conhecido como "o maior erro que Zeus já cometeu". O que não é bem uma surpresa... Não fui feito exatamente para um campo de batalha. Aqueles sussurros de *"Como ele pôde dar um reino a uma criança?"* logo se transformaram em *"Como ele pôde dar um reino a um garoto que se encolhe ao ver sangue e segura uma espada como se sentisse medo dela?"*. Os outros, ao se aproximarem da adolescência, mal podiam esperar para entrar no campo de batalha. Eu, por outro lado, o temia... era quase como se soubesse que essa experiência iria me traumatizar do jeito que acabou acontecendo. — Ele ri com uma certa tristeza. — Passei a vida inteira treinando para a guerra e mesmo assim a realidade dela acabou comigo.

— Hades...

— De qualquer forma — continua ele —, encontrei outras maneiras de me distrair. Uma dúzia de outras maneiras, ao que parece. As lembranças não são tão difíceis quando estou focado num projeto. Então suponho que a guerra também seja o motivo pelo qual gosto de me manter ocupado.

É uma conversa profunda demais para essa hora da manhã e para uma ressaca tão forte.

— Eu sinto muito — digo.

— O quê? — Ele franze a testa, olhando para mim com aquele ar perdido.

— Que você tenha passado por tudo isso.

Hades faz um muxoxo de desdém.

— Essa é nova! Zeus quer fingir que todos nós lutamos, nobre, valente e voluntariamente, contra a ameaça dos Titãs.

— Não foi isso? Afinal, o que mais poderia ser?

Hades reflete sobre a pergunta.

— Os Titãs eram criaturas horríveis... nem todos, obviamente, não os que lutaram ao nosso lado. Mas as coisas que fizeram... Cronos matar os que discordavam dele e comer seus filhos para evitar que crescessem e acabassem se vingando? Isso mal arranha a superfície de tudo que os

Titãs fizeram. Suponho que lutar contra eles tenha sido mesmo nobre e valente. Tenho certeza de que a essa altura você já entendeu que, na verdade, eu não invadi o campo de batalha com os mortos-vivos.

— Uma ilusão.

— Exatamente. Coloque muita fumaça e fogo do inferno e as pessoas assumem que você realmente tem estômago para matar. Embora eu também tenha feito isso... daí vêm os pesadelos. De qualquer forma, com um exército enorme de mortos-vivos até mesmo os Titãs acabam largando as espadas e se rendendo. Assim, todos finalmente acreditaram que eu merecia o poder que Zeus havia me dado, mas foi tudo uma mentira.

— Foi inteligente. E corajoso. — E difícil... Quanto poder ele precisa ter para conseguir criar uma ilusão tão grande? Às vezes levo dias para criar um campo de flores.

— Foi um risco estúpido, tive sorte de não ter me matado. Na ocasião, me pareceu só uma medida desesperada. Não sei se é possível fazer uma escolha nobre quando não se tem outra opção. Os outros estavam tão famintos por guerra e vingança que ainda hoje buscam isso com os mortais. Eu não estava... Lutei porque não tinha escolha.

— Mas Cronos engoliu você — observo, tentando trazer um pouco de leveza à conversa.

— Sim. — Hades abre um sorriso fraco.

— Você... quer dizer, Estige sabe disso?

— Não — diz ele baixinho. — Ela sabe que eu era péssimo nos treinos, mas até ela acredita que ganhei com a força bruta. Acho que ela suspeita que nunca me recuperei completamente... afinal, as criadas juraram guardar meus segredos. Isso inclui as noites em claro e, por semanas, algumas garrafas de vinho vazias.

— Então... você nunca falou sobre isso antes? — pergunto. Eu me sinto honrada, lógico, mas também preocupada. Se sou a primeira pessoa a quem ele contou, então preciso reagir adequadamente, para que ele se sinta apoiado. Rios do Inferno, e se eu já tiver feito algo errado?

— Na verdade, eu preferiria não falar sobre isso — diz ele. — Existe um motivo para eu querer me distrair.

Faço que sim. Posso fazer isso. É uma coisa tão grande para se confessar... não quero acabar pressionando-o demais.

— Bem, isso é bom, porque alguém já me disse várias vezes que sou uma distração — digo.

Hades sorri, mas com o olhar distante, e me pergunto o que ele está vendo. Nada de bom, se os vincos na testa servirem de indicação.

— Se não quer falar sobre a guerra, podemos falar sobre como sua voz é terrível cantando? Porque talvez meus ouvidos nunca se recuperem.

O brilho em seus olhos retorna quando ele me responde.

— Não tenho culpa. Seu apoio na lira foi horrível. Não me lembro nem mesmo da sua mãe mentindo sobre seus talentos instrumentais, e ela se saiu muito bem com todo o resto.

— Trazer minha mãe para essa conversa é golpe baixo.

— Você recusa minha proposta e depois quer discutir o que é golpe baixo... — Ele balança a cabeça, depois faz uma expressão de dor. Se a dor de cabeça dele for parecida com a minha, imagino que não esteja feliz com esse movimento brusco. — Ora, ora... nunca pensei que você pudesse ser tão cruel.

— Vai ficar mencionando sua proposta a cada segundo?

— Me desculpe. Deve ser difícil para você ouvir tantas vezes sobre meu coração partido.

— Se continuar assim, essa não vai ser a única parte do seu corpo partida — resmungo e Hades explode numa gargalhada.

Eu poderia me afogar nesse som. Sério.

Não é de admirar que seja tão difícil ouvi-lo. Pensar nos horrores que ele enfrentou, dos quais nem consegue falar, é o bastante para me fazer querer ir até o Tártaro e encontrar todos os Titãs no poço, um a um, só para me certificar de que estão sofrendo como merecem.

Também fico me perguntando como deve ser nascer em meio a uma guerra e ser criado para lutar nela. Treinamento de batalha, o *agogô* desde a infância e, assim que chega à adolescência, ser forçado a entrar em quantos campos de batalha? E por que? Por ter nascido homem? Porque Cronos o escolheu?

Um artista criado para a matança. Tenho vontade de fazer sofrer todos os envolvidos nessa decisão. Acho que é o que eu faria, se pudesse. Talvez eu seja vingativa demais.

Mas então olho para ele rindo e não me importo. Eu faria isso num piscar de olhos.

Depois do café da manhã, vou direto para onde estão os mortais.

Abro caminho em meio às almas já curadas por mim, que se encontram num campo de asfódelos, e sinto o tédio vibrando naqueles mais próximos. Preciso dar algo a eles, e rápido. Se eu pelo menos descobrisse como — ou melhor, se Hades pudesse descobrir como. Estou mais focada em descobrir *do que* eles precisam, enquanto Hades continua tentando entender como tornar isso viável.

Damaris, uma das primeiras almas que resgatei, se aproxima.

— Perséfone, querida, por que você está com essa aparência horrível?

Sua honestidade acaba me arrancando uma gargalhada.

— Isso não é uma coisa muito legal de se dizer. E outra... Perséfone?

— Estige fez esse anúncio aos gritos ontem à noite. Acho que estava bêbada.

— Isso porque é a guardiã de segredos.

— Ah, puxa, é um segredo?

— Não, mas ela só falou para vocês, certo?

— Bem, não tenho certeza, mas, como ela desmaiou logo depois nas margens do rio, não creio que tenha encontrado outros deuses.

— Ok. — Faço que sim.

— Suponho que você estava bebendo com ela... — Ela faz um gesto em minha direção, como se tudo, desde meu vestido amarrotado até o cabelo embaraçado, não deixasse dúvidas de que bebi ontem à noite. Sendo justa, não está errado. Mas como ainda estou usando os lençóis que reaproveitei como vestidos e eles amassam muito fácil, não acho que eu ou minha ressaca devamos levar toda a culpa.

Concordo com a cabeça, mas, antes que eu possa dizer qualquer coisa, Larissa se aproxima correndo, chamando meu nome. A essa altura, já conversamos tanto que nem penso mais naquele nosso primeiro encontro. Em vez disso, penso nas dezenas de histórias que ela me contou; todas boas. Por outro lado, depois de ter visto suas memórias, conheço a maior parte das histórias ruins. Mas deu certo: curei sua alma e a ajudei a encontrar o caminho de volta para as outras partes de si mesma.

— Perséfone, — diz ela — é verdade que Hades te pediu em casamento?

— O quê? — grita Damaris, animada.

Eu encolho. Minha ressaca ainda está forte demais para lidar com isso.

— Para quantas pessoas Estige contou? — pergunto num murmúrio.

— Ah, só para mim — diz Larissa. — Bem, e pra Cora, lembra dela? A princesa de Tebas?

Sim, lembro.

— Venha — diz Damaris. — Você não está em condições de trabalhar agora. A vida após a morte pode esperar um dia. Senta um pouco e conta tudo para a gente.

Aqui está terrivelmente barulhento com todas essas almas. Sair parece uma boa ideia.

Damaris estende o braço e aperta a mão de Larissa.

— Damaris, a propósito. Fazendeira de Micenas, morta há dez anos. E você?

Larissa pisca. Então cai na gargalhada.

— É assim que nos apresentamos agora? Larissa, comerciante de Argos, morta há trinta anos. Peste, eu acho, se me permite falar.

— Pneumonia.

— Ah, que chique. — Larissa se vira para mim. — Bem, então Estige acabou desmaiando e Cora... Ah, olha ela! Cora!

Uma mulher de cachos ruivos presos num coque tão alto na cabeça que parecia capaz de fazê-la tombar se vira ao ouvir seu nome e vem, apressada, até nós.

— Cora e eu corremos para ver se ela estava bem, e foi aí que ela contou sobre Hades — finaliza Larissa. — Então é verdade?

— É verdade? — repete Cora, com mais urgência ainda.

— Hum. — Não sei bem o que dizer. — Nós conversamos sobre o assunto. Não foi um pedido de casamento.

— Ótimo. — Damaris assente. — Nunca aceite o primeiro pedido. Cora também concorda.

— Mas tenho certeza de que Hades é um amor.

As outras a encaram.

— O rei do Inferno? — pergunta Larissa. — Não sei se eu usaria a palavra "amor".

Cora enrubesce... pelo menos até onde um espírito consegue enrubescer. Elas podem até ser almas completas agora, mas ainda são levemente translúcidas.

— Bem, sim, eu ia dizer que tenho certeza de que ele é um amor, mas não entendo o apelo do casamento.

Faço que sim com a cabeça.

— É exatamente o que penso sobre o assunto.

— Mas ele *é* um amor? — pergunta Larissa, como se o pensamento acabasse de lhe ocorrer.

— Hum. — Vou culpar a ressaca pela minha hesitação. — Não, não é bem a palavra que eu usaria. Mas ele... não é horrível. Está me ajudando em tudo.

— Bem, eu pelo menos estou ansiosa por esse paraíso que você está criando. E, se ele está ajudando a gente com isso, então imagino que não possa ser tão ruim assim — diz Damaris. — Mas agora você precisa de água e comida.

Sinto meu estômago embrulhar. Belisquei um pouco de pão no café da manhã e não me caiu bem.

— Não. Comida, não.

Elas sorriem.

— Venha, vamos levá-la a algum lugar tranquilo.

Aparentemente, o lugar tranquilo são as margens do Estige, e um tempo depois a própria Estige chega, se arrastando, e junta-se a nós. Dá uma risada de seu próprio estado caótico e faz piadas autodepreciativas suficientes para que as mulheres mortais logo se sintam à vontade. Passamos a maior parte do dia conversando sobre nada em particular, e sei que não posso desperdiçar um dia como este, mas sinto que, dessa maneira, consigo ter uma compreensão melhor dos humanos, além de seus desejos e necessidades.

Mais do que nunca sinto que melhorar este reino está bem ao meu alcance. E, ao mesmo tempo, sinto que tem alguma coisa escapando dos meus dedos. Quanto tempo eu tenho? Alguns dias? Horas? Meio que fico esperando o raio do meu pai me atingir a qualquer momento.

Durante todo esse tempo tive a consciência de que não posso permanecer no Mundo Inferior. Mas estou começando a sentir que, se deixar tudo isso para trás, vou perder algo valioso — talvez até uma parte de mim mesma.

Capítulo vinte e um

Quando volto, encontro Hades num dos cômodos ocultos, aquele repleto de cavaletes e do cheiro pesado de tinta. Está tão concentrado na tela à sua frente que não percebe a minha chegada.

Hesito, aproveitando um ou dois segundos para observar sem pudor a concentração em seu rosto, a maneira como franze os lábios, a mão forte segurando a ponta de um pincel, fazendo movimentos delicados e precisos. De perfil, os contornos de seu rosto ficam bem nítidos. Nunca senti o desejo de pintar, mas de repente compreendo o apelo — se pudesse capturar este momento, eu o faria.

Nem acredito que fiquei tão apavorada com o que ele escondia, e, no fim das contas, era isso. Temia encontrar uma crueldade oculta, mas, em vez disso, tudo que encontrei foi gentileza.

Eu poderia ficar anos a fio observando-o pintar — a quietude, a intensidade é cativante. Me sinto como se fosse um planeta com a órbita estacionada.

Sem nem perceber vou me aproximando mais da pintura.

— Olá — consigo dizer, e não sei em que momento falar se tornou um esforço tão grande.

Hades dá um pulo, lançando, sem perceber, um pouco da tinta do pincel na bochecha.

— Ah, olá — diz ele, apressando-se a colocar o material de pintura na mesa.

— Não queria interromper — digo. — Posso ir embora.

— Não, não, eu... Bem, estava prestes a dizer que prefiro pintar quando estou sozinho, mas acho que nunca houve outra opção. Talvez seja bom compartilhar. — Ele abre um sorriso quase tímido, e isso é demais. Estou tão acostumada ao seu sorrisinho arrogante... esse Hades acanhado em que ele se transforma quando fala sobre coisas com as quais realmente se importa faz meu coração dar cambalhotas.

Antes mesmo de perceber o que estou fazendo, eu me vejo à sua frente, limpando a tinta em sua bochecha com o polegar.

De repente, sua mão agarra meu pulso e ele me lança um olhar furioso.

— Não toque... — ele começa, mas interrompe o que percebo que deve ter sido uma resposta instintiva.

— Você está sujo de tinta — digo, mostrando a ele meu polegar sujo de amarelo... talvez para distraí-lo das minhas bochechas coradas.

— Ah. — Ele segura meu pulso por mais um instante antes de soltá-lo. — Desculpa.

Será que ele ficou com vontade de tocar em mim? Será que foi por isso que hesitou?

— Preciso te fazer uma pergunta. — Eu me apresso a dizer antes que esqueça completamente por que vim até aqui.

— Sim? — Ele arqueia uma sobrancelha e, pelas Moiras, ainda estamos tão perto um do outro. Não consigo pensar num jeito de me afastar sem ficar tão na cara.

Limpo a tinta no vestido e a expressão inquiridora de Hades se transforma novamente em uma cara feia.

— Já não basta você ficar vestindo minhas cortinas? Ainda precisa sujá-las de tinta?

A pergunta me pega tão de surpresa que deixo escapar uma risada afiada.

— Então fique sabendo que, na verdade, isso aqui são seus lençóis. E daí? Agora você também é estilista?

Ele reflete sobre a pergunta, me olhando de cima a baixo. Sei que ele só está olhando o vestido, mas, por favor, será que alguém pode dizer isso ao meu coração? Ele está tão acelerado e *ah*...

Não.

De jeito nenhum.

Com certeza isso é completamente normal. Com certeza qualquer mulher sentiria dificuldade de respirar diante de qualquer homem a olhando desse jeito. Especialmente um homem — não há como negar — tão atraente quanto ele. Com certeza qualquer uma continuaria sentindo seu toque no pulso. Com certeza qualquer uma ficaria hipnotizada vendo-o pintar desse jeito. Isso não quer dizer nada. Não pode querer dizer nada. Essa situação já é complicada o suficiente sem adicionar... *isso*.

Eu me preparo psicologicamente. Isso não quer *mesmo* dizer nada. Porque não pode. Então ainda que signifique alguma coisa — o que não é verdade! —, vou deixar esse sentimento escondido naquele lugarzinho escuro dentro de mim, onde guardo todos os meus sentimentos indesejados até desaparecerem. Vou me anestesiar em relação a esse homem.

— Nunca tentei — diz Hades, completamente alheio à direção horrível que meus pensamentos tomaram. — Sem dúvida eu conseguiria fazer algo melhor do que o que você fez. Já trabalhei com tecidos antes, mas nunca com lençóis e linho.

— Tenho certeza de que você sobreviveria se usasse outros materiais — brinco e, por um momento, penso que vou conseguir escapar da espiral dos meus pensamentos.

Mas então ele diz:

— Precisaria tirar suas medidas. — Então começo a pensar em suas mãos percorrendo meu corpo enquanto ele as coleta. Fico tonta, como se a sala estivesse girando, como se tivesse perdido o equilíbrio. Seus olhos encontram os meus com uma intensidade abrasadora e um quê de desejo, e tenho certeza de que ele está pensando a mesma coisa.

Recuo com um salto, esquecendo que atrás de mim tem um cavalete apoiando uma tela com a tinta fresca. Solto um palavrão e me atrapalho com a estrutura que acaba caindo. Tento me equilibrar, e então os mesmos instintos que me lançaram para trás me fazem ir em direção a Hades, que não para de rir. De alguma forma, não consigo pegar sua mão estendida e agarro sua túnica.

Ele me segura pelos ombros e me põe de pé.

— Me desculpa. Está...

— Completamente destruído? É, de fato. Mas não se preocupe... isso aqui fez valer a pena. — Ele aponta para o meu vestido, agora manchado com mais tinta ainda, e para minha cara de barata tonta.

Solto sua roupa.

— Você é ridículo.

Ele ainda está tocando meu ombro, e estou prestando muito mais atenção nisso do que deveria.

— E você é incrivelmente destrambelhada. Seus pretendentes sabem disso? — brinca ele. — Nenhum marido vai te querer desse jeito.

Consigo não estremecer, mas de repente cada fibra do meu corpo fica tão tensa que a brisa mais leve poderia fazer com que arrebentasse.

Quando encontro novamente os olhos de Hades, ele está me observando atentamente.

— Sua mãe diz esse tipo de coisa, não é?

— Não tem como você saber disso.

— Não, mas acho que estou descobrindo — responde ele, com os dentes tão cerrados que consigo ver os músculos tensionados no pescoço. Se continuar encarando-o por mais um segundo, tenho medo do que posso acabar fazendo.

— Eu...

— Não quis ser intrometido.

Balanço a cabeça.

— Não sei nem se eu entendo. Ela é uma boa mãe.

— Talvez — diz ele. — Contanto que você reconheça que é uma boa filha.

Fico sem fôlego. É exatamente isso, não é? Esse sentimento que não consigo evitar não diz respeito à minha mãe, mas sim ao fato de que nada do que faço parece bom o suficiente, de que quem sou não é quem ela quer que eu seja. Não importa o quanto me sinta infeliz fazendo o que ela pede, ainda assim não é o certo.

— Se eu fosse uma boa filha, não estaria aqui — digo, menos porque é o que realmente sinto (estou começando a achar que sempre estive destinada a vir aqui) e mais porque é a única maneira de expressar a culpa que me corrói por dentro, uma culpa que se recusa a ouvir argumentos lógicos e sentimentos de pertencimento.

— Perséfone...

— Podemos não falar sobre isso? — interrompo. Gostaria que pudéssemos voltar àquela confusão de desejos, porque é melhor do que isso.

— Mais tarde, talvez — acrescento quando ele parece prestes a protestar.

— Não tenho energia agora. Estou toda suja de tinta e preciso me trocar.

— Não se atreva — rebate ele. — Trabalhei duro nessa pintura. Se a condição para ela sobreviver for você precisar usá-la, que seja.

Abro um sorriso apenas porque me sinto grata por ele ter me deixado mudar de assunto.

— Se você não quer confeccionar roupas para mim, não precisa me fazer usar sua arte como desculpa.

Ele ri.

— Bem, a ideia de eu desenhar seus vestidos é tão horrível assim que você teve que pular em cima do meu trabalho para dar um jeito de escapar?

— Você faria mesmo algo para mim?

— Eu adoro um desafio. — E, quando ele me olha, percebo um desafio bem ali, em seus olhos. — Você me julgaria se fizesse?

— Lógico que não — digo. — Mas vale a pena? Você sabe que vou acabar estragando qualquer roupa no jardim. — *E não vou ficar aqui tempo o suficiente para usá-las.* As palavras não ditas pesam entre nós, então me apresso a continuar: — Mas, se acha que vai ser divertido, vá em frente. É óbvio que você é talentoso.

— É óbvio? — Aquele sorrisinho arrogante está de volta, e de repente fico com vontade de colar meus lábios nos dele para arrancá-lo dali.

Em nome de tudo o que é mais sagrado, o que há de errado comigo? Não está na época do meu sangramento lunar, embora seja possível que o fato de estar aqui embaixo tenha de alguma forma bagunçado o meu ciclo. Será que bati a cabeça recentemente? Posso estar sob efeito de algum feitiço, suponho, mas não acho que Hades faria algo assim, e tenho quase certeza de que me amaldiçoar quebraria seu juramento em nome de Estige.

Meus olhos se estreitam enquanto o observo, procurando algum sinal de que ele saiba quais pensamentos não param de se repetir na minha cabeça.

Nada.

— Por que você mantém tudo escondido? — pergunto, mudando de assunto.

— Como assim?

— Por que deixa os corredores e salões tão vazios quando tem tanta coisa para decorá-los? — explico melhor.

— Bem. — Hades coça a nuca, um movimento tão casual que tenho quase certeza de que ele não faz ideia que preciso usar todo o meu autocontrole para não me jogar agora mesmo em seus braços. — Normalmente estou sempre recebendo os membros da corte. Eles poderiam acabar perguntando de onde vêm todas essas coisas.

Eu dou conta de que sei muito pouco sobre a corte de Hades. Quando cheguei aqui, tinha tantas preocupações mais urgentes que assim que soube que ele havia dispensado a corte tirei o assunto da cabeça. Mas agora estou pensando nela. Não consigo imaginar meu pai dispensando sua corte por algumas semanas. Isso poderia enfraquecer seu controle sobre eles, dar-lhes brecha para planejar uma rebelião. Mas Hades fez isso sem nem pensar duas vezes.

— Onde eles estão? Só vi os humanos e Estige.

— Não sou o único com aversão às memórias dos humanos — observa Hades. — Entre os mortais e o rio Estige, este é considerado o lado menos desejável do Mundo Inferior. Todos vivem do outro lado do Aqueronte.

— O rio de dor que corre do outro lado dos campos de asfódelos. É por onde as almas viajam em direção ao Mundo Inferior, então o evitei sempre que pude. — Imagino que estejam aproveitando bem o tempo livre.

Mas isso não tem como durar para sempre. Assim que eu for embora, Hades os chamará de volta.

Pelo menos ele não vai ficar sozinho.

— Lamento que você tenha precisado dispensar todos eles por minha causa.

— Ah, nossa, fico tão triste por isso. Sem mais forças-tarefas para combater a doença mais recente impactando a cadeia de suprimentos ou painéis sobre coleta sustentável de almas, sem precisar ficar mediando bate-bocas entre eles... Várias divindades irritantes em troca da deusa das flores? — brinca ele. — Que escolha difícil.

Balanço a cabeça.

— Você é ridículo.

— Tem outro homem te bajulando tanto que você mal consegue lidar? Outro homem está implorando para que você se case com ele?

— Ah, isso de novo não.

— Por favor, seja minha. Honre meus salões para sempre com sua presença...

Eu dou uma risada, mas meu coração está disparado.

— Bem, talvez se você não tivesse sido tão babaca quando cheguei aqui...

Ele põe a mão no peito e finge estar com dor.

— Ah, fui tão idiota...

— Você parece constipado.

— Estou tentando te seduzir!

— Então se esforce mais um pouco — digo, e lhe dou as costas. Não acho que eu esteja corando, mas por via das dúvidas... — Deuses, não me lembro de já ter te visto tão animado.

Ele dá de ombros e volta àquela expressão contida que associo à sua postura de seriedade.

— Sua recusa à minha proposta foi, obviamente, um baita contratempo, mas, no geral, esses últimos dias foram agradáveis. — Ele hesita. — Você sabe, não ter que esconder alguns aspectos da minha vida.

Faço que sim. Isso eu definitivamente entendo.

— Sim, bem, com certeza nunca fui tão mandona com minha mãe. — Voltamos a um terreno perigoso, então me apresso a continuar. — Na verdade, é sobre a sua pintura que eu queria conversar.

— Sim?

— Ainda estou pensando como posso dar um jeito nisso, bem, todo esse...

— Se criar o Inferno fosse uma tarefa fácil, com certeza Zeus já teria feito um deus menos poderoso criá-lo e reivindicado o crédito.

— Verdade. Então, andei conversando com alguns humanos e eles descrevem coisas que nunca vi: montanhas tão altas que poderiam partir o Olimpo ao meio; lagos que se estendem a perder de vista; florestas, aldeias, cidades, cachoeiras e neve tão brilhantes que quase chegam a ser ofuscantes. — Uma pontinha de saudade carrega minha voz e nem percebo até sentir um nó na garganta.

— Você poderia olhar no Lago dos Cinco Rios.

— Não é a mesma coisa. E além do mais, bem, já defini quais serão as flores do paraíso, mas quanto ao restante? Não faço ideia. Não consigo nem imaginar, de verdade. Não tenho nenhum talento artístico e fui encarregada de fazer o projeto do paraíso.

— Na verdade, foi você quem se encarregou disso — diz Hades, enfático.

Como estou pedindo a ele que me faça um favor, não posso retribuir seu sarcasmo com mais sarcasmo, então ignoro seu comentário.

— E aí, você vai fazer? Esboçar uma ideia ou pintar alguns conceitos?

— O que eu sei sobre paraíso humano? — pergunta ele, cheio de desdém.

Não vou deixá-lo escapar assim tão fácil.

— Eu vi as coisas que você fez. Acho que você sabe muito mais sobre o paraíso do que aparenta. Senão o que te manteria vivo todos esses anos?

Seus ombros enrijecem e receio ter ido longe demais.

— Muito bem — diz ele finalmente, com um breve aceno de cabeça.

— Se me der licença, vou começar agora o seu paraíso.

Capítulo vinte e dois

Nos dias que se seguem, fico ao redor de Hades como um inseto nervoso, receosa de fazer qualquer contato. Esse anseio parece totalmente aquilo sobre o que as ninfas falavam, então o reconheço como o que realmente é: atração e nada mais. Afinal, ninguém se apaixona em questão de semanas.

Mas fico em pânico só de pensar na possibilidade dessa atração aumentar.

O inimigo, agora, são os meus próprios sentimentos.

E, embora eu esteja fazendo o possível e o impossível para reprimi-los, de vez em quando me permito pensar em Hades enquanto mordo o lábio, me perco em seus olhos ou acabo perdendo uma hora de sono na expectativa de vê-lo no dia seguinte. Mas imaginar momentos mais tranquilos — em como seria me aconchegar em seus braços, sentir sua respiração no meu pescoço, conversar até o nascer do sol — já é um passo longo demais. Há muita coisa em jogo para eu ainda adicionar sentimentos à mistura. Da mesma forma, qualquer coisa além da curiosidade em saber qual seria a sensação de nossos lábios se tocando é um absurdo. Imaginar como poderíamos construir uma vida juntos — depois de meras semanas! — é mais fantasioso do que qualquer coisa que as Musas poderiam criar.

Jogo a culpa em sua túnica de corte ridiculamente bem-feito, e seja lá qual for o deus responsável pelas maçãs do rosto.

E vozes graves.

E aquela droga de sorrisinho debochado dele.

Ah, Moiras, tudo isso faria qualquer um perder a cabeça.

E, no entanto, por mais que eu me recuse a admitir, uma coisa é certa: não quero perdê-lo.

Três dias depois, no café da manhã, Hades me entrega uma pilha de vestidos.

— Tente não sujar estes de tinta. Lama eu aceito como ossos do ofício. — Ele sorri, mas logo depois lança um olhar ansioso para os vestidos. Não sei se teme que eu faça chacota ou simplesmente não goste deles.

Não precisava nem ter se preocupado.

Levo tudo para meu quarto e experimento um de cada vez. O vestido de seda se ajusta ao meu corpo como se cada movimento fosse um carinho na pele. É de um tom laranja queimado com linhas brancas, e desvio o olhar para a pintura acima da minha cama. É óbvio que ele gosta muito do asfódelo. O vestido seguinte é da mesma tonalidade de rosa das pétalas da estige, com tecido franzido em forma de flores ao redor da cintura. Os outros não são inspirados pelas minhas flores, mas ainda assim parecem ter sido desenhados especificamente para mim — azul-marinho, como a tinta com que fazemos nossas anotações, um vermelho furta-cor como as chamas na lareira ao lado da qual nos sentamos, outro verde e cheio de continhas, como as folhas sobre o chá que compartilhamos toda noite.

São todos incríveis; é o que digo a ele.

— Minha mãe compra para mim vestidos feitos pelos filhos das Musas. Mas não chegam nem aos pés desses — digo.

Fico na expectativa de que ele rejeite o elogio, como eu mesma faço quando os recebo, ou que o dispense com alguma declaração grandiosa sobre sua excelência. Mas ele só abaixa a cabeça e agradece baixinho, como se guardasse o elogio para si.

Depois de comermos e eu escolher um vestido — o azul-marinho, pois algo na maneira como ele se move à minha volta me lembra a escuridão daquela fumaça ilusória de Hades —, vamos para a beira do lago para minha observação diária de mamãe. Hades não me deixa mais ir sozinha. Ou melhor, implora para eu não ir, me diz para levar Estige se não quiser sua presença. Mas não me importo que ele me acompanhe.

E hoje tem algo de diferente.

Percebo assim que minha mãe aparece nas águas: seu olhar está menos desesperado e com um brilho de determinação. Nunca a vi desse jeito. Ela está num quarto escuro iluminado apenas pela tocha em sua mão e no reflexo em seus olhos estão as chamas.

— Não — sussurro.

Hades pega minha mão e penso que deve ser a primeira vez que ele faz isso. Ele a ergue, depois encosta os lábios nela.

— Você vai ficar bem, Perséfone, aconteça o que acontecer.

Pisco, surpresa, quando uma figura encapuzada surge no lago. O capuz abaixa, revelando um rosto tão enrugado e cheio de vincos que demoro um pouco para enxergar seus olhos muito escuros entre as curvas de alabastro. Hécate, deusa da magia. *Não.* Ela realmente pode saber de alguma coisa e com certeza minha mãe também pensa assim.

— Não consigo encontrá-la — diz Hécate. — Onde quer que esteja, está escondida.

— Mas você sabe de *alguma coisa*, Hécate — diz minha mãe. — Ou não aceitaria meu presente.

— Eu sei de muitas coisas — murmura a outra, gesticulando o dedo enrugado para que minha mãe se aproxime.

— A magia é uma troca — sibila minha mãe. Ela é mais alta que Hécate, mas nem dá para perceber. — Eu te ofereci um sacrifício.

Eu me lembro das ninfas que ela transformou em sereias. O que ela poderia oferecer como sacrifício? Não tenho dúvidas de que, para conseguir me levar de volta sã e salva, minha mãe ultrapassaria qualquer limite.

Rios do Inferno, o que foi que eu fiz?

— Eu consigo vê-la — diz Hécate. — Esta é a sua troca.

— Onde ela está? — Os lábios da minha mãe se retraem, deixando à mostra seus dentes branquíssimos que brilham na escuridão. Já está cansada de fazer essa pergunta.

— Ela está na mente de outra pessoa — declara Hécate quase alegremente.

— Explique.

— Não sou sua filha, Deméter. — Hécate sorri como se essa interação fosse a melhor coisa que já lhe aconteceu em anos. Não faço ideia de quantos anos ela tem ou de onde veio. Correm tantos boatos sobre sua paternidade que pode muito bem não haver nenhuma. Sei que não sou a única deusa a se perguntar se ela não é mais velha que o próprio universo.

— Você não pode berrar ordens para mim e esperar que eu obedeça.

— Você pode, *por favor*, me explicar melhor? — Minha mãe obriga as palavras a saírem entre os dentes cerrados, o nó dos dedos empalidecendo ao redor da tocha que está segurando.

Hécate dá uma risada estridente.

— Já que você pediu com tanta educação... Não consigo ver onde ela está agora. Mas posso ver uma versão dela, uma lembrança.

— Alguém a viu ser levada? — O desespero da minha mãe me faz apertar a mão de Hades com mais força.

— Ela desapareceu em plena luz do dia — Hécate quase cantarola. — Na ensolarada ilha da Sicília, e tudo testemunhado por uma única alma! Só uma. Além, obviamente, das duas envolvidas no ato.

— Quem?

— Acabei de te dizer.

Minha mãe aproxima a tocha, num gesto ameaçador, do rosto de Hécate.

— Não estou com disposição para enigmas.

Hécate dá uma gargalhada, o som tão áspero que as chamas se agitam. Ela estala os dedos e o fogo oscila.

— Que bom que sua filha é mais inteligente que você. — Hécate sorri. — *O sol*, Deméter. Hélios viu tudo lá do céu.

— Pelas Moiras, acabou — murmuro.

— Você está segura — repete Hades, e me pergunto a quem ele está tentado convencer. Com certeza não sou tão burra para cair nesse papo.

Papai devia estar observando tudo, porque, num relâmpago, mamãe está diante dele, que descansa em seu trono como se fosse o assento mais confortável do mundo, mas os dedos que seguram seu raio estão rígidos e ele endireita a postura à medida que minha mãe se aproxima.

Ela começa a falar antes que ele possa exigir qualquer coisa.

— Hélios sabe — diz ela sombriamente, e sinto pena do coitado do Hélios, mesmo quando ele está prestes a revelar meu segredo. Minha mãe não o verá com bons olhos depois de ter escondido dela esta informação. — Precisaremos esperar até o sol se pôr para falar com ele, mas agora sabemos, com base na autoridade de Hécate, que ele sabe onde ela está, ou pelo menos do que aconteceu com ela.

— Ótimo — rosna meu pai. Nunca o vi com tanta raiva antes, relâmpagos faiscando ao seu redor enquanto ele treme de tanta fúria. — Vou matar quem quer que a tenha levado pelo prejuízo que me deu. Essa pessoa fez de mim motivo de chacota nos Céus.

— Achei que você disse que ninguém ia...

— Bem, mas estão! — explode meu pai. — Estão todos rindo! Vou destruir o responsável por isso, o responsável por tê-la tirado de nós. Vou arrancar membro por membro até que o castigo dado a Prometeu pareça um ato de bondade.

Fico sem chão. Não havia pensado nisso. Imaginei que mais cedo ou mais tarde meus pais acabariam percebendo que fugi por vontade própria. E talvez ainda venham a perceber. Mas *se* por engano meu pai acreditar que Hades me sequestrou, ele o punirá. Todas aquelas ameaças, todas as promessas de dor... são dirigidas a Hades. Já vi a ira do meu pai. Eu nunca conseguiria dizer a verdade antes que ele pusesse toda sua fúria para fora, e ele provavelmente não acreditaria em mim se eu contasse a verdade. Hades sofreria. Talvez até seja morto.

E, deuses, se Zeus realmente entrasse em guerra para defender a minha honra — e guerras já foram travadas por bem menos que isso —, talvez até mesmo o apoio de Poseidon não fosse suficiente.

Quantos humanos morreriam no massacre entre os três grandes deuses?

Afasto esse pensamento. Respiro fundo e olho em direção às águas escuras. Não posso ficar aqui olhando enquanto eles me caçam, enquanto se viram contra Hades em busca de vingança por uma afronta imaginária.

Só me resta fazer uma coisa.

— Case comigo — digo, porque é a única saída. Se eu estiver casada, eles não terão motivos para ficar com raiva. Se acreditarem que ele não roubou minha honra, mas minha mão, Hades estará a salvo.

Ele leva um susto.

— Como?

Não posso contar a ele o real motivo. Se contar que é porque estou com medo do que vão fazer com ele, Hades nunca vai aceitar. Vai rir e dizer que está bem, mesmo quando levarem uma lâmina à sua garganta.

Eu o coloquei, assim como todos os outros seres deste reino, em perigo. Meu pai vai trucidá-lo, jogá-lo na mesma cova que os Titãs ou, no mínimo, arrancar a coroa de sua cabeça e entregá-la a outra pessoa, alguém como ele, Zeus, e assim as três cortes serão governadas por homens horríveis, abomináveis. Por minha causa, Hades pode perder tudo... até mesmo a vida.

— Você disse que a oferta ainda estava de pé — digo. Meus olhos estão marejados, mas não deixo as lágrimas caírem. — Por favor, Hades, eu preciso disso. Eles estão furiosos... eles podem... — Mas isso não vai convencê-lo. Ele não vai topar só por causa das ameaças de Zeus. Ele vai concordar se for por minha causa. — Eles me levarão de volta e não quero ir embora. Não quero me casar com nenhum homem para o qual estão querendo me empurrar. Não posso ir embora daqui. — Me ajoelho, porque, afinal, não é isso que se deve fazer? — Se... se me casar com você é a única maneira definitiva de permanecer aqui, então... case comigo, por favor.

Pode não ser essa a razão pela qual estou lhe pedindo em casamento, mas, se for para salvá-lo, vou deixá-lo pensar que é.

Hades também se ajoelha, olhando nos meus olhos.

— Perséfone. — Ele segura meu rosto entre as mãos, como se, caso eu desviasse o olhar por um segundo pudesse não entender o tamanho da decisão que estou tomando. — Você tem certeza disso?

Não consigo respirar, não consigo olhar para mais nada além dele. Fico com vontade de chorar por saber que esse momento não é real, não do jeito que eu gostaria que fosse. Eu não... mesmo que fosse, eu... Agora, neste momento, o quero tanto que não tê-lo comigo me deixa de coração partido.

— Eu amo este lugar — digo, a voz falhando. Minha garganta está inchada com as lágrimas que me esforço para conter. Tudo isso é uma confusão. Mas não consigo lidar com a ideia de alguém machucando Hades. Eu faria qualquer coisa para protegê-lo da dor mais insignificante, quanto mais de tudo que meu pai é capaz de fazer.

Não é mentira que eu adoro este mundo, mas, enquanto olho nos olhos de Hades, sei que não é o que eu mais lamentaria se tivesse de ir embora.

Deuses, como vou me casar com um homem por quem estou prestes a me apaixonar?

Ele faz que sim, lentamente.

— Muito bem — concorda.

Quero gritar de alegria e esmagá-lo em um abraço e cair em um choro de soluçar. Isso tudo é demais. Sinto que estou sufocando.

Suas mãos ainda estão no meu rosto e seu polegar enxuga uma lágrima que não percebi que tinha escapado.

— Perséfone — diz ele, gentilmente —, eu faria qualquer coisa que você me pedisse. Mas tem certeza de que é isso que você quer?

E então começo nosso casamento com uma mentira: faço que sim. Como ele não parece convencido, forço um sorriso.

— Desculpa, desculpa. Eu estava com tanto medo de eles me levarem de volta. Obrigada, Hades! Muito obrigada. Pelas Moiras, isso é perfeito!

Imagine como ficarão bravos quando estiverem quase me encontrando e anunciarmos nosso noivado. Devíamos fazer isso hoje mesmo. Nossa, vai ser tão divertido.

É uma das melhores atuações da minha vida. Mas Hades não parece acreditar.

— Tudo bem, confio em você — diz ele um momento depois. — Mas espero que saiba o que isso implica... Vou convocar a corte e vamos ver se conseguimos convencê-los de que estamos perdidamente apaixonados antes de tentarmos com os Olimpianos.

Engulo em seco, sem conseguir encará-lo. Quando finalmente ergo os olhos, ele, numa expressão desafiadora, arqueia a sobrancelha.

— Bem, Perséfone, espero que você seja uma mentirosa tão boa quanto diz ser.

Capítulo vinte e três

Hades põe as ninfas para trabalhar em mil coisas ao mesmo tempo enquanto eu corro para me certificar de que está tudo bem com os humanos para deixá-los temporariamente e planejar o casamento. Estou tentando pensar em qualquer coisa, na verdade, que não seja a ameaça que meu pai acabou de fazer. Ou no fato de que estou noiva... apesar de ter passado a vida tentando evitar justamente isso. Mesmo agora, só de pensar na palavra "casamento" sinto um embrulho no estômago.

Então não, eu penso em tudo, menos nessas coisas.

Restauro almas, discuto versões do paraíso, me reúno com meu grupo de sempre de mulheres mortais e conto a elas que mudei de ideia e aceitei o pedido de Hades. Deixo a conversa delas me envolver, me relaxar, e só de estar entre essas almas já fico mais calma.

Não posso ir embora daqui. Essas pessoas não estão mais desaparecendo e se transformando em meras cascas de memória; estão inteiras, impossivelmente vivas no Submundo, e são maravilhosas. Não consigo nem imaginar não vê-las novamente, não falar mais com elas — eu as amo, assim como amo este mundo, e ao ficar aqui eu desistiria da minha liberdade, desistiria do sonho de voltar a ver a Sicília. Desistiria até mesmo de qualquer chance de ter a aprovação da minha mãe. E talvez eu não esteja totalmente convencida quando retornar ao palácio, mas estou pronta para mentir descaradamente... até para mim mesma.

Estou tão distraída que não vejo Estige até quase esbarrar com ela no corredor.

— Você se importaria de explicar por que fui intimada à corte esta noite? — pergunta ela.

— Bem... acho que Hades e eu vamos nos casar.

— Certo. — Ela assente. — Desculpa, mas eu estava tão bêbada assim naquela noite?

— Estava. Mas isso aconteceu hoje de manhã.

Conto a ela, de uma só vez, tudo o que aconteceu.

Minha expectativa é que Estige solte um palavrão, teça algum comentário sarcástico ou insista que o casamento não é a solução.

Em vez disso, ela me pergunta o que penso disso tudo, e caio no choro.

— Estou com medo — admito. — E se não der certo? E se o casamento os deixar ainda mais furiosos?

— Não creio que eles possam ficar mais furiosos — diz ela. — Você literalmente não tem nada a perder.

— Eu tenho tudo a perder.

— Bem, você já vai perder de um jeito ou de outro. Eu acho uma ótima ideia... a única maneira de apaziguá-los na superfície enquanto, por dentro, os tira do sério. Eles *vão* ficar furiosos... mas não é exatamente essa a ideia? No final, você acabará frustrando-os de qualquer jeito.

Lentamente concordo com a cabeça.

— Sim, sim, acho que sim. Também não consigo pensar em nenhuma outra saída.

Ela dá de ombros.

— O casamento *vai* te dar proteção. Ser a rainha do Inferno, mais proteção ainda.

Nem tinha pensado nisso. Pelas Moiras, como é possível que isso nem tenha passado pela minha cabeça?

Casar com Hades não significa apenas continuar para sempre neste reino, mas me tornar uma governante dele, passar a ser sua rainha. O que isso quer dizer, afinal? Frequentar a corte, cuidar do reino... ter poder. É tudo o que sempre quis.

Mas... não posso fazer isso com Hades. Este é o reino dele. Ele já está fazendo tanto por mim ao concordar com esse casamento; não deveria perder poder no processo. Vai ter de ser apenas no nome, uma tiara em minha cabeça e um trono onde me sentar e me manter de boca fechada.

Será que consigo fazer isso? De que maneira esse papel difere da esposa que minha mãe estava me preparando para ser?

— Não posso fazer isso.

— Pensei que tivesse sido escolha sua!

— E é — confirmo. — Mas não sinto como se fosse. Como é que eu vou ser a rainha do Inferno? Na verdade, não tenho como fazer nada sem acabar roubando o lugar de Hades, e não vou poder fazer nada pelo resto da eternidade.

— Ok, bem, você não está roubando o lugar de Hades... está se casando com ele. Além do mais, desde quando isso é um problema? Acho que me lembro de você dizendo que não se importava se ele aprovava seus planos de criar uma vida após a morte. Você escolheu um momento bem esquisito para se preocupar com a possibilidade de tomar o poder dele.

— Sim, bem, as coisas mudam.

— Eu que o diga. — Ela massageia as têmporas. — Você já conhece seu noivo, né? Governar este lugar não é lá uma tarefa que ele ame fazer. Ele só se agarra àquela coroa porque ela significa que ninguém tem o direito de questioná-lo sobre quem ele é ou o que faz. Provavelmente Hades adoraria que você ajudasse... assim ele poderia passar mais tempo lendo ou pintando ou se dedicando a qualquer que seja o hobby que ele esteja interessado naquela semana.

— Bem, também não posso fazer isso. — Minha voz sai num tom agudo enquanto o pânico vai aumentando dentro de mim.

— O quê?

— Não tenho a menor ideia de como governar um reino.

Ela pega minha mão e faz círculos relaxantes com o polegar, do mesmo jeito que Ciané costumava fazer.

— Você quer melhorar este lugar... isto é o mais importante. E você já conseguiu. As flores...

Dou uma gargalhada e ela aperta minha mão.

— Não, pare com isso — repreende. — As flores são maravilhosas. São a própria vida, era o que estava faltando antes de você chegar aqui. E você ainda não criou o paraíso, mas vem restaurando almas e colocando-as em segurança. Você já está agindo como uma rainha. E isso já é muito poder, Perséfone.

— Sim. Mais do que já tive em toda minha vida. O que eu faria com ainda *mais* poder?

— Agora você está com medo do poder? Aos oito anos você disse ao seu pai que queria o mundo. Cadê aquela garotinha implacável e ambiciosa?

Engulo em seco. Se minha anfidromia me ensinou alguma coisa foi que no mundo do meu pai não há lugar para uma garota assim.

— Eles fizeram disso o seu nome, fizeram dele um insulto, transformaram-no em algo que não é. Não há nada de errado em ser uma garotinha, meu amor. Garotinhas são destemidas.

Reflito sobre essas palavras. Talvez tenha alguma coisa à espreita, algo que mantive escondido pode estar me rondando agora — meu lado que anseia poder, o desejo por algo mais sombrio que, lá no início, me atraiu para o Submundo. A parte de mim que se empolga só de pensar numa coroa.

Hesitação, relutância, medo... será que é isso que eu deveria sentir?

— Eu entendo que tudo isso possa ser um pouco demais. Você não teve tempo de absorver o que aconteceu. E se manter Hades em segurança é algo que te ajuda a manter o foco, então se concentre nisso. Mas você precisa saber que não está fazendo isso apenas por Hades. Nem só por você. Está fazendo isso por mim e por cada habitante deste reino. Faz apenas três semanas que você está aqui e o lugar já está diferente... está melhor.

Sinto vontade de negar e dizer que ela está errada, que não sou nada nem ninguém, que sou impotente, nada além de uma garota idiota presa numa enrascada da qual não consegue sair.

Mas não acho que essa seja realmente a minha voz falando.

Faço que sim, e Estige me puxa para seus braços. Levo um momento, mas logo estou retribuindo seu abraço.

— Está vendo? — diz ela. — Vai ficar tudo bem. E aí? Vou ser sua dama de honra? Ou vai ser complicado se eu também for o padrinho de Hades?

— Vamos mesmo ter que brigar por você?

Ela faz um gesto com a mão.

— Você vai ficar bem, tem outros amigos. Eu sou tudo o que ele tem.

— Sério?

— Não, lógico que não. Mas será que são mesmo amigos próximos quando ele esconde tantas coisas sobre si mesmo? Já eu, por outro lado, estou por dentro de todos os seus segredos. E isso nos torna melhores amigos, ele querendo ou não. Ah! Acabei de pensar numa coisa: com seu pedido de casamento e tudo mais, quer dizer que ele sabe como você se sente?

— Não! — Eu apresso a responder e ela abre um sorrisinho maldoso. Na mesma hora percebo o meu erro.

— Eu sabia! Sabia que você sentia alguma coisa por ele!

Eu a encaro e, ah, deuses, *como*? Consegui manter esse segredo por... o quê? Três dias? Quanto tempo até Hades acabar descobrindo? Ah, Moiras, será que ele vai pensar que o prendi num casamento sob falsos pretextos?

Estou com as palmas das mãos úmidas, e que desespero é esse que estou sentindo? Meu coração está acelerado como se eu tivesse corrido um quilômetro. Maravilha. Vou ser uma excelente rainha do Inferno se isso é o suficiente para me deixar em pânico.

— Você não pode contar *nada* para ele.

Seus ombros se sacodem, o que me dá a entender que está achando tudo isso muito engraçado.

— Acalme-se, querida. Ele também gosta de você, então está tudo certo.

— Ele também gosta de mim? — Não... isso é pior ainda. Nosso casamento devia ser um acordo comercial. Não podemos acrescentar *isso*... vai nos destruir.

Meu coração se recusa a se curvar à lógica. Se Hades está sentindo algo parecido, é questão de tempo até acabarmos tomando alguma decisão estúpida e imprudente — e, convenhamos, essa é a minha especialidade. Então vão descobrir que só nos casamos para impedir meus pais de me forçarem a outro casamento, e para impedir que eles descobrissem que, na verdade, eu é quem fugi. Vão descobrir que tudo isso, desde o início, foi feito para impedir que Zeus conseguisse o que queria. E seremos devidamente punidos.

— Ele não gosta de mim — insisto. — Me diga agora mesmo que não gosta.

— Bem, ele não disse nada. Mas eu tenho aquilo que se conhece como olhos.

— Pensei que você fosse séria! Estige! Não tenho tempo pra isso.

— Você não tem tempo pra ter sentimentos pelo seu noivo?

— Não — respondo, ríspida. — Porque isso não tem nada a ver com nosso casamento.

— Além de você não querer que Zeus arranque as tripas dele.

— Hades não sabe que é esse o motivo de eu estar fazendo isso, então fique de boca fechada sobre isso também.

Ela suspira.

— Confio em você pra tirar toda a alegria de um casamento. Sua mãe fez mesmo um ótimo trabalho nesse aspecto.

Será que minha mãe vai ficar feliz com isso? Com o fato de eu ter encontrado alguém de quem gosto, alguém que me trata bem, alguém que enfrentaria a ira de Zeus só para me proteger?

Ou vai ficar com raiva porque Hades me encoraja a fazer tudo o que ela sempre repudiou, porque as características que ele gosta em mim são justamente aquelas que ela tentou eliminar?

Ou simplesmente vai ficar arrasada? Não tenho como contar a ela que essa decisão foi voluntária. Ela vai pensar que fui sequestrada pelo cruel governante do Submundo e forçada a me casar.

— Ela vai ficar desesperada — digo.

— Está tudo bem — diz Estige gentilmente, talvez percebendo que não deveria ter mencionado minha mãe. — Você pode chamá-la para a festa de casamento e conversar com ela. Talvez ela fique chateada até lá, mas é melhor do que você passar a vida inteira sofrendo por ter feito as coisas do jeito dela. — Estige não consegue evitar o franzido no nariz. Não é exatamente fã da minha mãe. Meus pensamentos sobre mamãe me fazem andar em círculos, lutando contra as condições para conseguir receber seu amor, mas Estige acabou categoricamente concluindo que ela foi horrível, o que só me fez sentir mais culpada. Está na cara que fiz um péssimo trabalho falando sobre minha mãe, se foi isso que Estige deduziu.

— Ela nunca quis isso. Só estava tentando fazer o melhor tendo que seguir a vontade do meu pai — digo.

— Ela devia ter ido contra essa vontade.

Mas é fácil para Estige dizer... aqui, num reino que Hades mantém distante de Zeus.

— Você tem razão — digo. Prefiro não discutir isso. — Só preciso esperar o casamento.

Estige sorri quando duas ninfas do vento passam correndo por nós, carregando bandejas de comida.

— Vamos encarar o anúncio à corte primeiro.

As ninfas passaram a manhã toda correndo de um lado para outro, distribuindo comida e bebida pelos corredores, decorando e limpando as paredes. Prometi uma festa para elas depois de tudo isso, enquanto tento descobrir como pagar ninfas do vento que não querem dinheiro.

Agora encaro as paredes vazias e reluzentes, sem conseguir imaginar o palácio cheio de gente, cheio de deuses.

Mas consigo ver o palácio cheio de outra coisa. E agora temos a desculpa perfeita.

— Preciso ir — digo a Estige. — Tenho algo para resolver.

— Perséfone! — chama Hades quando retorna.

Não sei dizer se está feliz ou furioso.

Está parado bem no meio do saguão, observando as paredes ao seu redor. Meu coração bate acelerado: *Meu marido, meu marido, meu marido.*

— O que é isto? — pergunta ele.

Não consigo evitar o sorriso.

— Não reconhece seu próprio trabalho?

Cobri todos os espaços disponíveis no palácio com as tapeçarias, pinturas e estátuas que Hades fez. Eu as encontrei enroladas e empilhadas nos cantos de suas salas de arte, formando torres que pareciam, na melhor das hipóteses, bem precárias. Uma vida inteira dedicada a arte, tentando escapar de pensamentos que nem consigo imaginar.

— Por que isso está aqui? — pergunta ele baixinho, com um toque de tristeza e uma pitada de ansiedade.

— São lindas — digo com firmeza. — A arte existe para ser mostrada, e finalmente você tem uma desculpa. Todos que vierem aqui vão achar que fui eu quem fiz, então elas não precisam mais ficar acumulando poeira.

Ele abre um sorriso. Há criaturas piores para se casar, milhares de criaturas muito piores. Nunca ousei imaginar fazer alguém sorrir desse jeito, tão espontânea e francamente. De alguma forma me sinto realizada, como se cada aspereza minha estivesse se suavizando.

— Nem pensei nisso — diz ele.

— Bem, o reino inteiro vai pensar que sou extraordinariamente talentosa, então é maravilhoso para mim também.

— Não precisa ficar me elogiando. Já concordei em me casar com você.

— Além do mais — prossigo —, você vai precisar fingir que fez tudo aquilo. — Aponto vagamente em direção aos humanos. — A divisão da terra, a restauração das almas e todo o resto.

O sorriso de Hades vacila.

— Por quê?

— Porque é bem mais provável meu pai me deixar em paz se acreditar que sou inofensiva — respondo. — E se estou planejando renovar a vida após a morte, não sou exatamente aquela criança mansa e amante de flores que ele pensa que sou.

Ele fecha a cara. Embora saiba das ameaças de Zeus, ele não vai deixá-las se tornarem um obstáculo.

— Quem se importa se...

— Querido, eu já estou me casando com você. Acho que já entendemos o quanto me importo e o quanto estou desesperada — digo.

Hades sorri e percebo o quanto eu amo essa provocação inconsequente, em que os insultos são rebatidos com sorrisos e gargalhadas, não com olhares frios e broncas.

Espera aí.

Então é isso?

Essa paixão crescendo dentro de mim não passa da reação ao ser tratada, pela primeira vez, de igual para igual? Devia ser algo positivo — talvez eu não esteja mesmo me apaixonando pelo homem com quem vou me casar —, mas não é. Sinto que não posso confiar nas minhas próprias reações se elas podem ser tão facilmente distorcidas.

— Sempre imaginei ter uma esposa de voz suave que falasse muito liricamente de sua adoração por mim — provoca ele, levando minha mão aos lábios e, quando eles tocam minha pele, tenho a sensação de estar mais uma vez caindo em direção a este reino.

Maldito seja você, Hades.

Respiro fundo, trêmula, e digo:

— Vai se foder. — Como se fosse um *eu te amo*, encarando-o com um olhar doce enquanto aperto sua mão.

Hades balança a cabeça, mas não consegue tirar o sorriso do rosto.

— Sempre te achei boa atriz, mas, pelas Moiras, espero que suas habilidades de atuação melhorem esta noite — diz ele.

— Para o papel mais difícil da minha vida? — Finjo refletir. — Hades, fazer de conta que te amo será minha obra-prima.

Só espero estar certa.

Capítulo vinte e quatro

Ouço uma batida na porta do quarto e então vejo um grupo de mulheres: Damaris, Cora, Larissa e Estige.

— Pensei que talvez você precisasse de uma mãozinha para se arrumar — diz Estige.

Ela está mentindo. Sei que Estige só está aqui porque não quer que eu fique sozinha depois de ter caído no choro nos braços dela mais cedo.

— Nada da Tempestade? — pergunto.

— Ela me mandou dar o fora só por ter sugerido que viesse conosco. Está ocupada demais organizando o palácio para a chegada da corte. Depois soltou alguns palavrões, para não deixar nenhuma dúvida.

Balanço a cabeça, rindo, e de repente sinto um carinho pela ninfa, por Estige e por todas essas mulheres que me cercam e riem enquanto me vestem, como se nos conhecêssemos há séculos.

Elas arrumam meu cabelo, me borrifam com perfumes e me espremem num vestido que Hades trouxe do reino mortal, por não ter tido tempo de fazer um ele mesmo. Sentada na cama, Estige observa tudo com uma expressão divertidamente irônica.

— Ah, não, querida. Você *não* ia querer que eu fizesse seu cabelo. Foi por isso que eu trouxe as outras. Não se preocupe, a diversão fica por minha conta.

Mas foi só me sentar diante do espelho que senti paredes se fechando e barreiras sendo erguidas ao meu redor. Era uma situação que lembrava demais minha mãe se movendo em torno de mim sempre que recebíamos visitas — seus dedos puxando meu cabelo, minha respiração ofegante enquanto ela me vestia em algo impossível... tudo para que, quando as visitas retornassem ao Olimpo, espalhassem boatos sobre a minha beleza.

Acontece que, desta vez, não paro de rir enquanto me maquiam e me vestem. Esta noite toda é a farsa de um anúncio de casamento, eu vou fingir ser uma noiva tímida e tudo em relação à minha aparência não passará de encenação. A diferença é que agora eu estou no controle. Mamãe não está me fazendo caber numa fantasia; eu mesma a estou criando.

Quando me vejo pronta, a perfeição do traje faz com que minha postura esteja ereta e minha cabeça, erguida. É exatamente do que eu precisava. Meu cabelo está solto, afastado do rosto e caindo livremente pelas costas. O vestido preto, forrado de tecido transparente bordado com flores escuras, arrasta no chão, e, sob a renda, minha pele reluz. Minhas pálpebras estão pintadas com lápis preto e meus lábios, num tom vermelho-sangue.

Pareço pronta para me tornar a rainha do Inferno. Agradeço às mortais e prometo contar tudo pela manhã. Estige sai com elas, dizendo que se sentirá como uma espiã quando retornar junto dos outros deuses. Está com um sorrisinho satisfeito nos lábios, como se nada pudesse deixá-la mais feliz do que estar por dentro dos segredos.

Encaro meu reflexo uma última vez no espelho, percebendo a certeza fria e determinada em meus olhos. Eu consigo fazer isso. Consigo fingir que tenho poder e qualidades suficientes para que tudo que um rei mais queira seja me tornar sua rainha. Não será uma tarefa fácil — mas pode ser divertido.

Não vai ter como voltar atrás. Mas, de qualquer forma, é questão de tempo até meus pais saberem onde estou.

Saio do quarto e desço a escada de mármore para encontrar Hades.

Ele está endireitando um quadro, e aproveito que está distraído para examiná-lo sem nenhum pudor. Veste uma túnica preta formal, com punhos de ouro que combinam com meus brincos reluzentes.

A túnica lhe cai bem, tão bem que não consigo deixar de pensar que, se estivéssemos realmente nos casando, talvez eu não conseguisse esperar até o casamento para despi-lo de todas essas camadas de tecido.

O pensamento me deixa em choque e preciso me agarrar ao corrimão para não acabar tropeçando. Não faço ideia de onde veio isso, e parte de mim quer voltar correndo escada acima. Mas nesse momento ele se vira e me vê, seus olhos se arregalando como se ele tivesse se deparado com inimigos num campo de batalha.

Meu próprio pânico evapora, como se só de olhar nos olhos dele já fosse o suficiente para me acalmar.

Ele murmura algo que não consigo entender e sorrio à medida que me aproximo. Sei que estou deslumbrante, e simplesmente adoro deixá-lo desconcertado.

— O que foi, meu querido? — pergunto.

Hades arqueia a sobrancelha.

— Eu disse que você está atrasada.

— Foi mesmo?

Hades sorri.

— Não. Eu disse que você está maravilhosa.

Retribuo o sorriso, desfrutando desse momento único de paz, só nós dois antes de precisarmos encarar a multidão.

— Agora, sim. Você também não está nada mal.

— Maravilhosa e nada mal não estão no mesmo nível — diz Hades, enfático.

Ele já está tão perto de mim, e vai ficar mais perto ainda enquanto fingirmos estar perdidamente apaixonados. Meu coração bate forte. Eu consigo fazer isso. Já venho mentindo há tantos anos... com certeza também consigo transformar uma verdade em mentira.

— Então suponho que você precisará se esforçar mais para o casamento — provoco. Embora, sendo bem honesta, se ele se esforçar mais, posso acabar desmaiando bem no dia do casamento. Posso ser dramática, mas não acho que isso seria bom para ninguém.

— Ninguém nunca se queixou antes. — Ele abre um sorriso malicioso e uma onda de calor alcança minhas bochechas.

— Antes? — consigo dizer. — Ah, então estamos conversando sobre "antes"?

— Podemos?

— Desde que você pôs fim à guerra, vive cercado apenas de espíritos da natureza semicorpóreos e fantasmas de humanos mortos. *Com certeza* estamos conversando sobre o seu antes.

Sua risada reverbera pelas paredes até eu me ver rodeada por esse som glorioso e ecoante.

— Você está se esquecendo da corte.

Arqueio uma sobrancelha.

— Bem, quer me atualizar antes que eu conheça todos eles?

— Ah, acho que vai ser bem mais divertido se eu não fizer isso. Bom, tem mais uma coisa — diz ele, tirando do bolso um pacote envolto em tecido. Ele puxa o cordão e o pacote se abre, revelando, aninhada em sua palma, uma corrente fina de prata com uma grande pedra preta no meio. Uma armação de metal a envolve, como se fossem ramos de hera.

— Você fez isto? — arquejo, pegando a corrente e deixando-a pender dos meus dedos. Quando a giro, a pedra preciosa capta a luz.

Hades assente, meio constrangido. Então o sorriso sarcástico volta à tona.

— Não mencionei que também sou o deus das riquezas? Aparentemente faz parte do pacote... tudo que está no Mundo Inferior, incluindo essas pedras.

— Pelas Moiras, por que recusei da primeira vez que você me pediu em casamento?

Ele ri e gesticula, me indicando que vire. Entrego o colar a ele e prendo a respiração quando seus dedos tocam minha nuca. E é então que cai minha ficha de que só concordamos hoje com toda essa farsa. E estamos correndo de um lado para o outro desde então.

O que significa que ele... ele já tinha feito isso.

Será que fez para mim? Ou simplesmente decidiu me dar? E, sendo a primeira opção, quando? Por quê?

— Pronto — diz antes de estender o braço para mim. — Está pronta, meu amor?

— Ah, "meu amor". Bela escolha de palavras — digo.

— Foi o que pensei. E como você vai me chamar?

— Meu senhor, acredito. — As palavras me deixam com um gosto ruim na boca. É um jeito muito formal de chamá-lo, mas é o que esperam de mim. Eu só o chamei assim antes por zombaria.

Pelo visto Hades pensa da mesma forma. Ele franze a testa, incomodado.

— Definitivamente não, não vindo de você. E também nada dessa bobagem de lorde Hades.

Temos duas alternativas de como lidar com toda essa farsa: ou estou apavorada, mas me conformei, ou rapidamente me apaixonei por Hades e ele por mim. A primeira seria melhor para acalmar os ânimos do meu pai, mas vou escolher a que sugere que tenho algum poder de escolha na situação — e que me deixa numa posição melhor em relação à coroa.

— Então suponho que você também será "meu amor" — digo, tomando seu braço.

Ele sorri, mas é um sorriso diferente do habitual... mais contido e discreto. Quase escondido, mas não exatamente. A essa altura, estou tão familiarizada com seu rosto que não sei se ele conseguiria esconder de mim ainda que fosse uma mínima mudança de expressão.

Estamos a alguns passos das portas que levam ao mégaro quando elas se abrem por conta própria.

Há tanta gente no salão do trono que mal consigo ver todas as pessoas, tantos deuses de tantas formas, cores e tamanhos. Aqui, vejo asas.

Ali à frente, uma cauda. Não tinha ideia de que havia tantos deuses no Submundo.

Quando cruzamos a soleira e as pessoas nos veem, sussurros se espalham pelo salão.

Estava esperando arquejos e gritos de surpresa.

Mas só então me lembro que ninguém sabe como eu sou. Para eles, não passo de uma garota misteriosa de braços dados com o rei do Inferno.

Hades recorreu mais uma vez aos seus truques e estamos envoltos numa névoa escura. Ela se desenrola à nossa frente como se estivéssemos emergindo da escuridão.

Caminhamos lentamente pelo corredor e, enquanto isso, mantenho os olhos fixos num ponto adiante, no trono ao fundo.

Terei o meu quando nos casarmos.

O pensamento faz um arrepio subir pela minha espinha.

Quando chegamos à lareira no meio do saguão, nos separamos e nos reunimos do outro lado, nossas mãos se estendendo uma em direção à outra antes mesmo de estarmos próximos novamente. Quando subimos os degraus do pedestal do trono, fico de pé ao lado de Hades enquanto ele se senta, um ato antipático, mas necessário.

As pessoas se ajoelham quando passamos e me lembro de Tempestade dizendo que Hades não se importa com falsas convenções. Então penso em como é importante manter intacta a reputação de Hades — é a única coisa que lhe dá a privacidade de que precisa para sua arte. Penso que talvez essas convenções sejam necessárias, como as espadas revestindo o exterior do palácio. E me pergunto o que mais pode vir a ser necessário.

Hades parece tão poderoso quanto no dia em que cheguei: a fumaça rastejando sobre seus braços, a coroa de metal retorcido, os sóbrios trajes pretos contornando a pele negra e o trono de obsidiana acima da corte. Espero estar igualmente impressionante ao seu lado.

Fico à esquerda do trono, e Hades pega minha mão ao mesmo tempo em que a puxo de volta.

É uma corda bamba. Devo parecer perdidamente apaixonada por este homem e ridiculamente animada com nosso casamento, mas reservada o suficiente para não deixar dúvidas de que minha finalidade também é o trono. Se vou ser rainha, então as pessoas precisam me ver como tal, não como uma noiva afetada com uma tiara na cabeça. Caso contrário, minha posição não significa proteção nenhuma.

— Levantem-se — ordena Hades, e os deuses ao redor ficam de pé. Observo cada um deles e levo um susto quando percebo um rosto conhecido me encarando com uma expressão astuta nos olhos.

Apenas algumas semanas atrás vi Hermes oferecendo um caduceu na disputa para me ter como esposa.

Ele não se deu conta de quem eu sou. Ou, pelo menos, ainda não.

Mas ainda é o ardiloso deus da trapaça, e isso, por si só, o transforma numa ameaça.

— Faz tempo que não vejo um comparecimento como este — observa Hades, inclinando-se para trás para dar uma olhada no saguão, um sorriso cruel tomando forma em seu rosto. — É evidente que haja alguma curiosidade sobre o motivo pelo qual a corte foi repentinamente dispensada semanas atrás.

Os convidados se movimentam como se estivessem constrangidos.

— Espero uma pontualidade muito maior no futuro. Estou trabalhando em um novo projeto para os humanos e isso me fez tomar gosto pela punição.

Reprimo a risada, adotando uma expressão de serenidade. Hades me garantiu que geralmente não é esse sádico idiota, mas, como todo mundo vai pensar que ele me sequestrou, ele precisa ser mais idiota do que o normal. Estou feliz por saber, agora, o que há por trás de sua fachada, mas temo que, já tendo visto o verdadeiro Hades, sinta dificuldade em levar o falso a sério.

— Podemos começar, suponho, com meu casamento. — O silêncio é rompido e sussurros ecoam pelo salão. — Quietos — rosna Hades, e os deuses reunidos voltam a se calar.

Ele se vira e abre um sorriso para mim, mas os cantos de seus lábios estão torcidos o suficiente para eu entender que o sorriso sugere mais zombaria do que satisfação. Ele está adorando essa farsa tanto quanto eu.

— A corte foi dispensada porque minha noiva chegou a este reino. — Sua voz é pouco mais que um sussurro, mas sei que cada pessoa neste saguão escutou. Os que estão nos fundos se esticam para ver melhor.

Eu sorrio, um movimento breve e íntimo que transmite a todos aqui que não me importo com seus sussurros, apenas com o homem ao meu lado.

— Permitam-me apresentar Perséfone. Talvez a conheçam melhor como Coré, deusa das flores e da beleza da natureza. Em breve será Perséfone, Rainha do Submundo.

Hades não volta a exigir silêncio, mas vai abrindo um sorriso voraz à medida que os sussurros aumentam, como se nada fosse mais agradável do que o caos absoluto que tomou conta do saguão. Estão todos falando, gritando, espalhando boatos em tudo quanto é canto.

Mantenho aquele sorrisinho fixo no rosto, como se não pudesse ouvi-los, e deslizo o polegar sobre a mão de Hades, que descansa sobre a minha.

— Vamos nos casar — declara ele, e o salão fica em silêncio — no solstício.

Fico de queixo caído, uma pontinha do arquejo que consigo abafar. Não chegamos a conversar sobre isso, mas é perfeito. Os poderes da minha mãe estarão em seu momento mais fraco durante o dia mais curto do ano. Ela não terá como nos impedir, e isso me dará tempo de contar a ela o que de fato está acontecendo. E falta apenas uma semana.

Que filho da mãe mais esperto.

— Convido todos vocês à cerimônia, para testemunharem nossa união. — Ele beija minha mão num gesto tão suave e experiente que acabo reagindo com um sorriso completamente espontâneo. — Temos muito a ser discutido. Portanto bebam, divirtam-se e comemorem.

Ele se levanta, dispensando os procedimentos oficiais, enquanto mesas repletas de comida e bebida surgem no salão. A música começa a tocar, abafando as conversas perplexas dos convidados.

— Hades, sua raposa velha — chama Hermes, diante de nós com um sorriso maravilhado estampado no rosto. É mais baixo do que aparentava quando o vi no lago, e se esforçou para arrumar o cabelo preto e liso para se reunir à corte, embora já esteja todo espetado novamente. Ele não é feio (suponho que nenhum dos deuses seja), mas mal consigo encará-lo sem lembrar do fato de que ele tentou negociar minha mão.

Hades passa o braço pela minha cintura, me puxando para perto dele numa postura quase possessiva. Ele também não se esqueceu que este homem estava disputando a minha mão em casamento.

Estou completamente alerta, colada em Hades. Minhas costas estão curvadas e mamãe ficaria muito orgulhosa da maneira com que me penduro no braço dele como o enfeite perfeito, não fosse pelo brilho malicioso em meus olhos ou o trejeito nos lábios, ambos refletidos na expressão do meu pretendente.

Tento ignorar todas as reações do meu corpo ao sentir seu quadril pressionando minha cintura.

— Você me pegou de surpresa. Como foi que conseguiu? — Hermes não parece particularmente aborrecido por ter perdido sua oportunidade de se casar comigo. Pelo visto, tudo que sente é respeito pela jogada de mestre de Hades.

Hades bufa, a expressão divertida embora discretamente sarcástica.

— Deméter se protegeu contra o céu, a terra e o mar... ninguém disse nada sobre chegar de baixo. Eu poderia tê-la levado a qualquer momento.

— Suponho que, tecnicamente, isso não seja nenhuma mentira. — Era como se ela fosse um presente esperando apenas por mim — acrescenta, levando a outra mão ao meu queixo e inclinando meu rosto para olhá-lo nos olhos.

Estou dividida entre a vontade de lhe dar um tapa por essa declaração e meu desejo de eliminar qualquer distância entre nós. Seu cheiro é tudo que consigo sentir: o sal da sua pele, as especiarias do chá que ele tomou no fim da tarde, o cheiro apimentado do sabonete. É como se eu estivesse me afogando. Eu poderia beijá-lo agora mesmo, passar as mãos pelo seu peito, qualquer coisa para liberar um pouco desse calor ardendo dentro de mim.

Enquanto eu estava no quarto com meu cabelo sendo torcido no alto da cabeça, que diabos ele estava fazendo para se preparar? Deve ter feito alguma mágica para exercer esse efeito em mim.

Então olho para cima, seus olhos encontram os meus e, bem ali, vejo um lampejo de reconhecimento.

Ele sabe.

Neste momento, tenho certeza de que ele sabe exatamente quais pensamentos estão passando pela minha cabeça. Um sorriso toca seus lábios e me irrito. Eu me recuso a deixá-lo sentir satisfação com seu impacto sobre mim.

Dou uma gargalhada na cara dele.

— Você adoraria pensar assim, não é, meu amor?

— Você discorda? — pergunta ele. O tom divertido em suas palavras é ao mesmo tempo provocador em seu ar de superioridade e surpreendentemente íntimo, como se estivesse cutucando nossa farsa para todos verem.

— O que te faz pensar que me escolheu? — pergunto, passando o dedo pelo peito dele. Ele fica arrepiado, seus olhos se arregalando e logo depois se estreitando levemente. É uma via de mão dupla, Hades. — Talvez esse tempo todo eu estivesse ocupada escolhendo você.

Se nenhum de nós consegue controlar os efeitos de estar fisicamente tão perto — uma reação natural que não quer dizer *nada* —, então podemos transformar isso em entretenimento, mais uma parte da encenação.

— Talvez — concorda ele, pressionando os lábios na minha testa. Seria tão fácil inclinar a cabeça e capturar seus lábios com os meus. Fico me perguntando se é isso que ele quer que eu faça. Quase me convenço de que essas ruminações são apenas sobre essa fachada que estamos criando, mas não tem como negar essa pontada de desejo. Isso não é um romance, independentemente do quanto eu esteja começando a desejar que fosse. Seu beijo não passa de um gesto público para reivindicar sua posse. Por mais doce que seja... é uma mentira.

Sinto os olhos de todos os convidados em nós.

— Um presente, Hades? — pergunta Hermes.   E, me conta, como foi desembrulhá-lo?

Esqueço minhas reflexões e encaro o homem à minha frente com um olhar afiado.

Hades me abraça mais apertado.

— Sei que você adoraria saber dos detalhes, Hermes, mas infelizmente vou ter de decepcioná-lo. Perséfone será minha rainha e deve ser tratada como tal — diz ele.

Hermes volta seu olhar para mim, examinando cada centímetro do meu corpo até eu explodir e perguntar:

— Alguma coisa em que possa ajudá-lo?

— Na verdade, eu me apresentei à sua mãe para concorrer à sua mão em casamento — diz Hermes.

Talvez meu olhar de surpresa seja meio forçado demais, mas Hermes não percebe, principalmente porque não está de olho em uma possível mentira.

— Eu não sabia — digo. — E em breve serei rainha desta corte. — A rainha dele. Ele vai se ajoelhar diante de mim, assim como faz com Hades. Acho que vou gostar de ser rainha, no fim das contas. — As Moiras realmente apreciam os seus jogos.

— Verdade. Você não é exatamente o que eu esperava, garota da pureza.

— Tenho um novo nome agora — digo, sem rodeios.

— Sim, e como foi que isso aconteceu?

Desvio o olhar para Hades.

— Acordo mútuo — respondo.

Hermes dá uma risadinha.

— Para deixar Zeus puto, então. Mas não, não se preocupem. Lógico que não vou contar isso a ele. Falando nisso... vocês têm que me deixar dar a notícia.

Hades assente.

— Você é o único aqui que pertence às duas cortes. Isso com certeza me pouparia o trabalho de escrever uma carta, então se estiver disposto...

— Disposto? — pergunta Hermes, e eu não sabia que era possível carregar uma única palavra de tanta alegria. — Nunca na vida estive tão animado para conversar com alguém. E olhem que sou o deus das mensagens!

— Bem, a qualquer momento Zeus vai se encontrar com Hélios — observa Hades. — Logo, logo vai saber onde Perséfone está, mas, por favor, faça questão de compartilhar a notícia do nosso noivado.

Hermes fica radiante.

— Com todo prazer.

— Você... por favor, você poderia dizer à minha mãe que estou feliz? Odeio pensar que está preocupada e... — inclino a cabeça na direção de Hades — ...eu não poderia ter encontrado um partido melhor.

— Muito bem.

— Ah, Hermes? — diz Hades, me dirigindo um sorriso que parece conter uma felicidade tão genuína que, por um momento, até me esqueço que ele está fingindo. Então ele se inclina para a frente e sussurra algo no ouvido de Hermes.

Hermes sorri e assente, logo depois dá meia-volta e quase corre em direção à porta.

— Pode explicar?

— Você vai ver — diz ele.

— Ótimo. — Balanço a cabeça antes de descansá-la novamente no peito de Hades.

— Esqueci o quanto odeio tudo isso: os deuses se reunindo e contando histórias de suas conquistas. É nojento.

— Não tem importância.

— Lógico que tem — sussurra ele. — Tudo isso faz parte do motivo de você estar aqui, não faz? O jeito como falam sobre as mulheres é terrível. Eu sei que não é tão ruim pra mim quanto pra você, mas a pressão que isso coloca nos homens... Não temos sentimentos, não temos nada além da luxúria... não é nem desejo, na verdade trata-se apenas do direito de podermos nos gabar. E, se você se abstém, é porque é fraco e indigno e...

— Hades, eu sei. Sei que é terrível e podemos conversar sobre isso mais tarde. Mas agora precisamos ter foco — digo. Embora, sendo bem honesta, eu nunca tenha parado para pensar sobre o que a masculinidade vinculada à conquista sexual faz com os garotos. Só pensei sobre o que isso significava para mim, presa numa ilha afastada dos olhares lascivos dos deuses. Sempre me disseram que era algo inevitável, coisa de homens, e que tudo que me resta seria tentar dissuadi-los de me escolher. Quero ouvir mais sobre como este mundo também os machuca... mas não enquanto há tantos deuses de olho em nós dois.

— Você tem razão. Nossa conversa com Hermes correu bem, pelo menos — diz ele.

— Mas e quantas conversas não correrão?

— Todas vão dar certo. Somos ótimos nisso.

O argumento dele é válido. É quase natural demais me apoiar nele, fazê-lo prestar atenção em mim. E já havia tensão suficiente entre nós, pelo menos no que me diz respeito. Com os dois se esforçando para criar ainda mais tensão, há tantas faíscas que receio que algo acabe pegando fogo.

— Verdade. Vou pegar uma bebida — digo, me afastando. — Quer alguma coisa?

Ele balança a cabeça.

— Melhor não deixar te verem me servindo...

— Não estou te servindo. — Franzo a testa.

— Zeus e Ganímedes — diz Hades.

E isso por si só já é argumento suficiente para eu concordar com a cabeça e buscar apenas uma bebida.

Ganímedes, o pobre menino que Zeus arrastou para os Céus e tornou o responsável por servir seu vinho. Zeus se disfarçou de águia e pagou o pai do menino em cavalos como compensação. Quer tenha sido escravizado, chantageado ou se apaixonado — como Zeus insistia —, Ganímedes foi feito imortal para que pudesse servir o rei dos deuses pelo resto da eternidade, da maneira que melhor conviesse ao meu pai.

Não, definitivamente não quero ser vista como o Ganímedes de Hades.

Pego um cálice de vinho de ameixa e, quando estou pronta para retornar para junto de Hades, uma mulher aparece ao meu lado. É jovem, mas seu cabelo é prateado como a lua e os olhos parecem mais velhos que as estrelas. Eu reconheço esses olhos.

— Falei com sua mãe — diz Hécate.

Sorrio discretamente.

— Sinto muito, mas acho que não nos conhecemos.

— Não, não nos conhecemos. Mas não precisamos de apresentações — responde ela, perto de mim e se aproximando ainda mais a cada palavra.

— Eu...

— E também não preciso desse fingimento afetado — rebate ela.

Pisco algumas vezes, depois dou uma olhada pelo salão. Está lotado.

— Talvez possamos conversar em algum lugar mais reservado...

Hécate assente.

— Muito bem, Perséfone. Se é o que deseja.

Percebo o olhar de Hades, então faço um gesto em direção a Hécate e ele assente. A última coisa de que preciso é ele soando o alarme por eu ter desaparecido.

Levo Hécate para uma pequena antecâmara fora do mégaro, cheia de espreguiçadeiras de veludo e pratos com azeitonas e nozes temperadas — o lugar perfeito para escapar do ambiente principal da festa. Tenho certeza de que mais tarde este local estará abarrotado de deuses, mas, por enquanto, somos as únicas aqui.

— Você me observou no Lago dos Cinco Rios. Não finja que não — diz ela.

— Eu não me daria ao trabalho de fingir com você — rebato. De que serviria? Vi como ela enfrentou minha mãe.

— Faz muito tempo que estou interessada em você — observa ela, e não consigo evitar me encolher com a intensidade de seu olhar. De que adianta querer parecer jovem? Com esses olhos, ninguém jamais acreditaria nela.

— Não vejo por quê — digo, tomando um gole do vinho.

Hécate atira sua taça no chão e o cristal se estilhaça. De repente, dá um passo em minha direção, os cacos de vidro estalando sob seus pés.

— Esses seus truquezinhos... quando sei exatamente o que você é...

— Ela fala com uma fúria que me faz pensar numa criança pequena batendo o pé. Algo nela é impossivelmente velho e impossivelmente jovem ao mesmo tempo.

Tomo um gole do meu vinho enquanto a espero se acalmar, e sua fúria cessa como se tivesse sido partida ao meio. De repente ela está rindo. Não é aquele riso estridente de antes, mas um grito de alegria.

— Ah, você sabe jogar este jogo.

— Não quero jogar jogo nenhum — rebato, segurando a taça de vinho como se fosse a única coisa me mantendo equilibrada. Gosto de tirar Hades do sério, mas não sei nada sobre essa mulher, e ela me faz sentir como se estivesse à beira de um precipício.

— Você *adora* este jogo, garota.

— Dispenso altas apostas.

— E todos nós não dispensamos? — Ela sorri e percebo seus dentes manchados de vinho. Pouso a minha taça. — Faz muito tempo que desejo conhecê-la — observa ela.

— Como? Por quê?

— Sua mãe nunca me deixou entrar na ilha. Ela pensava que eu poderia te corromper. Incentivar algumas de suas ambições mais grandiosas... e ela tinha razão, eu teria feito isso. Um poder como o seu atravessa o próprio tecido da magia do mundo.

— Não tenho nada de especial.

— Essa é sua mãe falando.

Engulo em seco.

— Eu sou a deusa das flores.

— Esse é o decreto do seu pai. Vamos, garota, você sabe que é bem mais que isso.

Tento dizer alguma coisa, mas fico sem palavras.

Algo nela é quase selvagem quando diz:

— O único outro filho de dois grandes deuses tem uma posição no conselho dos doze, tem seguidores amontoando-se ao seu redor, tem tudo o que você sempre quis. — Ares. Um dos meus potenciais pretendentes, deus da guerra e filho de Hera e Zeus. Nasceu em meio a uma guerra, como eu, mas é homem. Ele é quem eu poderia ter sido, suponho, se as Moiras tivessem sido mais gentis. — Zeus devia estar apavorado se esperava que você se conformasse ao papel que ele te designou.

— Eu amo flores — digo. E é verdade. Posso até almejar mais do que isso, porém nunca as abandonaria, nem mesmo em troca do mundo que pedi. Elas são meu primeiro amor e, muitas vezes, meu único conforto. É lógico que a onda de poder que senti quando transpus as almas do alto de um precipício e com apenas um gesto foi prazerosa, assim como foi divertido abrir uma fenda no chão, mas as flores... elas vão além.

— Tenho certeza que sim — diz ela. — Mas seu poder nunca esteve destinado a ser restrito a elas. Faz muito tempo que não tenho uma alma gêmea.

Eu me encolheria de repulsa, mas não quero ofendê-la.

— Não entendi — admito.

— Diga o que está querendo dizer, garota — sibila ela.

— O meu único poder é criar flores.

— Besteira. O que senti nas últimas semanas foi mais do que flores.

Dou de ombros.

— Sinto muito, mas não sei o que lhe dizer. Tudo são flores quando você vai até a raiz, até mesmo fazer um projeto do Submundo. E aqui tenho trabalhado com a cura de almas, mas isso é tudo. Qualquer deus pode fazer isso.

Ela desdenha do meu comentário.

— Pensei que você fosse mais do que isso. Conversaremos assim que você se der conta do que realmente é. Abra os olhos, garota.

Fico encarando-a. Acabei de conhecê-la e de alguma forma já consegui decepcioná-la?

— Construí meu próprio caminho neste mundo. Você pode considerar que está fazendo o mesmo. É incrível como você é alheia. Juventude!

— Ela cospe as palavras. — Vocês todos acham que o mundo surgiu a partir da visão de Zeus. Como se a Terra não girasse antes de ele se sentar naquele trono. Estou indo embora.

— Espere... você me arrastou até aqui só para dizer isso?

— Vim para te dar conselhos — rebate ela. — *Aproveite.*

— O que você... — Mas antes que eu possa concluir a frase, ela desaparece.

Pisco, encarando o espaço onde ela estava e sentindo meus batimentos cardíacos desacelerarem. A adrenalina percorre rapidamente meu corpo, e me apoio na parede.

Eu... não faço a menor ideia do que acabou de acontecer.

Capítulo vinte e cinco

Volto para o mégaro. Embora esteja lotado, vejo Hades imediatamente, como se um ímã nos atraísse. É só entrar no salão que seus olhos encontram os meus.

— Ah, meu amor. — Ele me cumprimenta quando me aproximo. Está conversando com três outros deuses, todos absurdamente altos e ridiculamente bonitos.

Eu os ignoro, seguro o rosto de Hades e dou um beijo casto em sua bochecha como cumprimento. Estou determinada a não sentir nada, então me concentro em mil outras coisas para evitar as faíscas que sinto toda vez que o toco.

Hades abre um sorrisinho presunçoso, e, embora não me puxe para ele, seus dedos percorrem minhas costas. Não me preparei para isso, e as faíscas me pegam desprevenida.

Graças aos deuses, nem mesmo as surpresas são capazes de afetar minha expressão; caso contrário, Hades passaria semanas andando todo convencido pelo palácio.

— Hécate disse algo interessante? — pergunta ele, antes que eu consiga pensar em algo para provocá-lo de volta.

— Muitas coisas — respondo, mas então me lembro de quem está nos fazendo companhia e me apresso a continuar. — Sobre você, na verdade. Coisas sobre as quais eu não fazia ideia. — Surge uma expressão tão intensa de pânico nos olhos de Hades que vou em frente. — Coisas fascinantes, de verdade. — Dirijo um olhar aos deuses, que me encaram em choque enquanto provoco o senhor do reino deles.

— Entendo — diz Hades. — E eu tenho algo com que me preocupar? Dou uma risada.

— Bem, não vou cancelar o casamento, mas, querido, tenho algumas munições fantásticas para nossa primeira briga.

Agora ele finalmente segura minha cintura e me encara como se eu fosse o centro de seu universo.

Poderia ser viciante ter uma pessoa te olhando desse jeito.

— Vou precisar mantê-la contente, então. — Ele sorri. — Felizmente, sou muito, muito bom em manter uma mulher feliz.

— É o que dizem por aí — praticamente ronrono.

Reparo quando ele engole em seco e, deuses, como tínhamos razão ao dizer que somos ótimos nisso.

— Querido? — chamo.

— Sim? — Ele parece estar perdido em meus olhos.

— Você não me apresentou aos seus amigos — digo, dirigindo aos deuses um sorriso de desculpas.

Hades quase dá um pulo de susto, mas disfarça com um sorriso despreocupado. Ele não estava fingindo nessa última parte, o que significa que o estou tirando do sério mais do que ele a mim. *Ah, nunca vou deixá-lo esquecer disso...*

E quase consigo fingir que a pequena pontada de esperança escondida atrás da minha alegria não existe.

— Sim, meu amor. Estes são Tânatos, Caronte e Tártaro. Nós... lutamos juntos — diz ele, voltando de repente ao tom formal.

— Minha senhora — murmuram os três deuses, curvando a cabeça.

Estou surpresa, mas Hades parece radiante.

— Em breve, a minha rainha — diz ele.

Percebo que nem todo mundo precisa ser convencido em relação ao nosso casamento e ao fato de que logo assumirei o trono. Muitos já estão preparados para aceitá-lo.

Tânatos, o deus da morte, é quem ergue a cabeça primeiro. Está com o longo cabelo preto penteado para trás. É exatamente do mesmo tom das penas lustrosas que cobrem as asas em suas costas, contrastando com a pele tão pálida que é possível observar as veias azuis pulsando. Ele ajusta sua túnica de um jeito que dá a impressão de que não tem o costume de usá-la. Uma espada repousa junto ao quadril, e é fácil imaginá-lo cruzando um campo de batalha recolhendo almas.

Caronte transporta os mortos pelo rio Aqueronte e os leva até o campo onde eles se reúnem. Se Caronte utiliza algo parecido com o sorriso que está me dirigindo agora, os mortos devem segui-lo a qualquer lugar.

E Tártaro poderia ser esculpido em mármore: cada centímetro dele é forte de um jeito que chega a ser difícil acreditar que é feito de carne e osso.

— Prazer em conhecê-lo. — Faço um gesto afirmativo com a cabeça.

— Vi suas pinturas no corredor, minha senhora — diz Tânatos. — Obras impressionantes.

Abro um sorriso enquanto aperto a mão de Hades. Afinal, é um elogio a ele.

— Você acha? — pergunto, levando o cálice aos lábios. Hades escondeu seu trabalho por tanto tempo que não sinto nem uma pontinha de culpa ao tentar arrancar mais elogios dos três.

Tânatos assente.

— Passo mais tempo entre os humanos do que qualquer um...

Caronte tosse.

— *Quase* qualquer um — corrige Tânatos. — E é surpreendente a perfeição com que você capturou as luzes e as trevas do mundo deles.

Dou de ombros.

— O que eu posso dizer? Este reino me inspirou.

— Este reino? — provoca Hades.

Reviro os olhos.

— E, lógico, meu amor por você. Antes de te conhecer, minha arte era insípida, sem cor, e, quando te vi, foi como se de repente uma nova vida fosse soprada para mim, como se antes eu não fosse capaz de enxergar. Senti que só agora seria capaz de pintar em cores. Não sei como eu...

Hades cobre minha boca com a mão, a expressão divertida.

— Sim, entendo perfeitamente.

Então lambo sua mão e ele dá um pulo para trás, mais surpreso do que qualquer outra coisa. Ah, por favor, como se as ninfas não tivessem tentado o mesmo truque por anos para me obrigar a ficar quieta.

Rio e, para minha surpresa, não sou a única. Os três deuses sorriem e imediatamente fico com o pé atrás, mas então percebo que eles estão rindo *conosco*, compartilhando nossa alegria.

— Talvez eu deva te desenhar, meu amor — digo. — Sentado em seu trono, meditando.

— Eu não medito. — Ele faz cara feia.

Tártaro murmura algo com os lábios próximos ao cálice.

— Algo que você queira repetir, Tártaro? — pergunta Hades.

Tártaro abre um sorriso atrevido e fico me perguntando como Hades traça essa linha tênue entre senhor do Inferno e amigo acessível. Então me lembro do que Estige disse sobre como ele mantém todos a uma certa distância.

— Disse que é um prazer vê-lo tão feliz, meu rei. — Suas palavras são acompanhadas por um movimento positivo da cabeça.

— Com certeza foi o que disse.

— Não sei como escondeu de nós esta dama encantadora por tanto tempo — interrompe Caronte, antes que Hades pressione Tártaro ainda mais. — Faz semanas que passo por flores e nem desconfiei.

— Você acabou de responder à sua própria pergunta — diz Hades. — É incrivelmente fácil esconder as coisas de você... sendo assim tão avoado.

Os outros caem na risada e noto que não parece um riso forçado nem meramente educado. Esse tipo de coisa acontece na corte do meu pai?

Suponho que alguns deuses devem respeitá-lo genuinamente. Aqueles tão cruéis e egocêntricos quanto ele.

— Agora que sabemos o seu segredo — diz Tártaro —, você vai se juntar a nós mais uma vez para treinar?

— Treinar? — Observo os semblantes dos três em busca de uma pista.

— Não se preocupe, minha senhora — diz Tártaro. — Não estamos prevendo uma guerra, mas não custa nada estar preparado.

Hades está com o maxilar contraído, mas concorda mesmo assim.

— Sim, com certeza. Mas espero que tenha aproveitado a oportunidade para ganhar uma luta na minha ausência.

Tártaro torce os lábios.

— Suponho que veremos o quão fora de forma você está.

Tânatos sorri para mim.

— Esses dois aqui lutam mais com palavras do que com espadas.

Penso em Hades com uma espada, no meio de uma luta, e sinto um nó na garganta. Então quer dizer que ele treina? Para manter as aparências? Ou alguma outra coisa?

Será que vale a pena? Trazer todas aquelas lembranças de volta?

— Sinto muito, mas quem vigia os Titãs e quem reúne as almas humanas indefesas? — rebate Tártaro.

Caronte solta um resmungo.

— Olha, odeio ter que dar razão a ele, mas você não pode usar o argumento dos Titãs. Foi Hades quem literalmente os colocou na jaula.

— Todos nós lutamos na guerra — protesta Tânatos.

— A guerra foi há muitos anos. Ninguém contesta o fato de que Hades deu o golpe final. — Tártaro sorri. — Mas desde então tem alguém sentado num trono recebendo tudo de mão beijada.

— Vamos deixar essa discussão para quando você tiver uma espada para defender suas afirmações, pode ser? — diz Hades com um tom decisivo.

Os deuses assentem, como se de repente percebessem a formalidade do ambiente e se dessem conta de que não estão numa arena de treinamento.

— Meu rei — dizem ao se afastarem.

— Ok, sério que isso foi uma discussão sobre quem tem a maior espada? — sussurro.

Hades dá uma risada.

— Você é completamente vulgar.

Dou de ombros.

— Fui criada por ninfas, lembra?

— E por Deméter.

— E que criança não age diferente na presença dos pais? — respondo.

Hades faz menção de responder, mas acaba se sobressaltando ao mesmo tempo que os olhos reparam em algo que o faz abaixar a cabeça, como se pudesse se esconder atrás de mim.

— O que foi? — pergunto, avistando um casal nos observando. Quando torno a olhar para Hades, ele se esforça para me encarar. De repente percebo o que está acontecendo e acabo deixando escapar, possivelmente em voz alta:

— Pelas Moiras! É uma ex-namorada?

— Não. — Hades engole em seco. — É um ex-namorado.

— Ah.

Ele ergue os olhos novamente, acena educadamente para os dois e solta um palavrão.

— Não, não, você está certa. Também tive um encontro com ela uma vez.

— Quem são?

Hades faz uma careta.

— Os deuses menores Ponos e Filotes.

Rir de seu desconforto é sem dúvida cruel, mas acho tão engraçado que não consigo evitar.

— Então, com quantas pessoas aqui você já saiu?

— Não muitas — responde ele. — Mas é bom ver que elas estão se unindo.

Passamos o resto da noite circulando pelo salão e encontro tantos deuses que seus nomes saem da minha cabeça com a mesma facilidade com que entram. Sou apresentada aos deuses dos outros quatro rios do Submundo, e nenhum é como eu esperava. Lete está sempre com uma postura firme, o olhar acelerado e a postos, como se ela tivesse absorvido todas as lembranças esquecidas em suas águas. Flegetonte é calmo e submisso, como se o rio de fogo tivesse tirado dele qualquer vestígio de raiva. Cócito abre um sorriso mais radiante do que Hélios ou Apolo jamais conseguiriam. Talvez só alguém que já tenha visto uma tristeza como a que corre em suas águas consiga sorrir assim — alguém que viu a dor que este mundo oferece, mas mesmo assim prefere olhar tudo pelo lado positivo. O rio Aqueronte corre do plano mortal para o Submundo, então eu esperava que seu deus gostasse de criar laços, mas Aqueronte não é exatamente falante. Depois de tudo que dissemos, ele só acena formalmente com a cabeça e se retira na primeira oportunidade.

E é lógico que Estige também está aqui.

— Meu senhor. — Ela se curva. — Isso é realmente uma surpresa para todos nós.

Hades fica tenso, engolindo a irritação.

— Pare com isso.

— Então vocês podem fingir e eu não?

— O que você está... — pergunto, alarmada.

— Ah, não se preocupe — diz ela. — Hades tem sua fumaça mágica e eu tenho uma aura de proteção. Querendo ou não, meus segredos continuam protegidos. Qualquer um nos escutando agora não ouve o que estamos dizendo... na verdade, duvido até que consigam nos ver. É bem provável que, pela perspectiva deles, isso não passe de uma conversa amigável.

— Ah, então quer dizer que, se eu desse um soco em Hades, ninguém veria?

— O quê? Por que você quer me dar um soco?

— Não quero. Foi só um exemplo.

— Escolha outro!

— Vocês não precisam continuar com essas briguinhas apaixonadas — diz Estige. — Vocês dois formam um casal bastante verossímil.

— Sim, somos ótimos atores — digo, tentando encará-la com um olhar mortal sem que Hades perceba.

— É por isso então? — pergunta ela.

— *Sim*. Agora, se já acabou, temos mais deuses para conhecer — digo. Ela ri.

— Muito bem. Divirtam-se.

Balançando a cabeça, saio com Hades dali.

— Ela é quase tão convencida quanto você.

— Eu não sou convencido — diz ele, sem conseguir tirar o sorriso do rosto.

Cutuco o canto de seus lábios onde o sorrisinho ainda se mantém firme.

— Qualquer um ficaria convencido de braços dados com você — diz ele, baixando a voz para o que imagino que tenha a intenção de ser um jeito sexy de falar.

Ninguém está olhando, então me permito fingir ânsia de vômito.

— Qual é, Hades, eu tenho uma reputação a zelar. Se você quer que as pessoas acreditem que eu te amo, vai precisar ser um pouco mais inteligente do que isso.

— Por favor, me diga por que esse nosso flerte envolve você zombando de mim e eu te elogiando?

Dou de ombros e pego sua mão para o caso de alguém estar olhando para nós.

— Precisamos manter as coisas realistas.

— Metida e dramática — resmunga ele.

— Sim, e...? — Sorrio.

— Insuportável.

— Cuidado, querido marido, elogios como esse podem subir direto à minha linda cabeça. — Percebo que estou piscando como se jogasse charme enquanto faço carinho em sua mão com o polegar. Pelo visto, flertar com ele está se tornando algo instintivo.

Ele sorri, balançando a cabeça, e se aproxima mais um pouco, não sei nem dizer se de forma consciente.

— Ainda não sou seu marido e acho que seus insultos não estão me persuadindo a concretizar essa união. Você não devia estar convencendo todo mundo de que estou perdidamente apaixonado?

— Acho que você já está fazendo um bom trabalho nesse sentido — provoco. — Basta um toquezinho de nada. — Ergo a mão para fazer carinho em seu maxilar, inclinando sua cabeça em minha direção. — E você praticamente esquece como respirar.

O desafio faz seus olhos brilharem.

— Olha só quem fala. Um olhar e você já fica sem palavras.

— Por que você não admite de uma vez que me acha irresistível?

— E, no entanto, estou aqui resistindo, enquanto você aproveita qualquer desculpa para me tocar.

Olho para nossos dedos entrelaçados. É um erro... ele tem mãos lindas. Dedos fortes, linhas que desejo traçar e manchas de argila nas dobras da pele.

— Talvez eu só seja melhor que você nessa encenação — digo.

— Você gostaria que eu intensificasse as coisas? — pergunta Hades. — Porque você ficando toda derretida não ajuda ninguém.

— Ah, vai se foder — digo, dando risada.

— Vamos nos casar primeiro, depois a gente conversa — rebate ele, e então caímos na gargalhada, um se segurando no outro para conseguir manter a postura.

Balanço a cabeça, sem fôlego.

— Que ridículo. Vamos dar uma moderada no flerte depois do casamento, né?

— Espero que sim — responde Hades. — Embora tenha de admitir que você é muitíssimo boa nisso. Suponho que seja mais fácil quando não significa nada, mas algumas vezes eu quase acreditei... mesmo sabendo que você está mentindo.

Não significa nada.

Não quero mais falar com ele assim, em particular. Quero voltar às encenações públicas... esconder qualquer confusão que esteja sentindo por trás dessa nossa adoração fingida um pelo outro.

— Quer dançar? — pergunto.

Hades franze o nariz.

— Eu não sei dançar.

Finjo estar chocada.

— O quê? Você? Nunca...

— Então por que perguntou?

— Porque você vai se casar comigo, então decidi que, a partir de agora, você dança.

— Não.

— Aff, tudo bem, mas no nosso casamento vou te levar pra pista de dança.

É nesse momento que Aquiles surge à nossa frente e voltamos aos braços um do outro, com qualquer traço de algo real desaparecendo completamente.

Depois aparece Hipnos.

Então as Erínias.

E Nix.

Os deuses continuam, um após o outro, a nos parabenizar e a nos desejar boa sorte, e isso é quase suficiente para acreditar que esse é realmente o desejo de todos. É quase suficiente para esquecer que muito em breve o rei dos deuses ficará furioso ao ficar sabendo da nossa união.

Capítulo vinte e seis

Quando nos recolhemos, estou exausta. Hades sorri satisfeito pela última vez para todos que permanecem na festa e diz que os verá no solstício, logo depois pega minha mão e me leva dali.

As portas se fecham atrás de nós e finalmente estamos sozinhos no conforto do nosso palácio.

— Acha que foi o suficiente? — pergunta ele.

Faço que sim com a cabeça. Como não teria sido?

Eu me encosto na parede fria de mármore e, então, cai a ficha de que agora meus pais sabem do meu paradeiro. Passei todo aquele tempo às margens do Lago dos Cinco Rios tentando descobrir o momento em que ficariam sabendo, e aconteceu enquanto eu perambulava em meio aos deuses do Submundo.

Olho por um instante em direção à porta que leva ao lago, mas é o suficiente para Hades reparar.

— Quer companhia? — pergunta ele.

Ele me deixaria ir sozinha desta vez, se eu pedisse. Percebo pelo jeito cuidadoso com que ele fala.

Eu o surpreendo ao lhe dirigir um breve sorriso e mostrar a garrafa de vinho que roubei.

— Óbvio. Uma atividade divertida como essa deve ser compartilhada.

Ele retribui meu sorriso antes de fazer um gesto em direção à garrafa.

— Você sabe, o vinho é meu. Não precisava roubá-lo.

— Ahh, mas uma operação secreta tem muito mais graça.

— E se alguém te viu? — pergunta ele. — E aí? Podem achar que beber foi a forma que você encontrou para conseguir me tolerar.

— Podem ficar se perguntando o que mais eu roubei... sua mão, seu coração, sua inocência... seu trono? — provoco.

Hades leva a mão ao peito e diz em tom de pesar:

— E estariam certos.

— O trono, talvez, mas inocente não é bem a palavra que me vem à mente quando penso em você. — Olho de soslaio para ele. — Falando nisso, me conte mais sobre esses *antes* a que você se refere.

— Perséfone, por que você está tão obcecada com meu histórico sexual? — zomba ele, mas acabo ficando corada de qualquer maneira. Que alívio estar descendo a escada à sua frente, assim ele não consegue me ver. É incrivelmente irritante quando ele pensa que levou vantagem numa conversa.

— Só não quero surpresas quando nos casarmos. Como um filho ilegítimo batendo à porta ou algum jovem com saudade de você.

— Então, na sua imaginação, sou tão talentoso que existe a possibilidade de antigos amantes virem se jogar aos meus pés? — indaga ele.

— Bem, se certas partes do corpo forem tão grandes quanto a sua cabeça, então...

Sua risada ecoa quando adentramos a caverna do lago. Passei anos cercada de ninfas que faziam esse tipo de piada; eu mesma nunca tive coragem de fazê-las, mas agora elas vêm muito naturalmente.

Isso é porque vimos Ponos e Filotes mais cedo? — pergunta ele.

— Não, aquilo foi hilário — digo. — Isso é porque já ouvi muitas histórias. Não sobre você, só para constar, mas as coisas que os outros deuses fazem me deixaram traumatizada para o resto da vida.

— Tiveram garotas e rapazes. Não muitos. Nenhum filho ilegítimo. Essas coisas são um problema?

— Bem, também não pensei que você fosse virgem — digo. Embora não queira admitir, estou meio aliviada que ele goste de mulheres e eu, teoricamente, tenha uma chance. Não que eu esteja cogitando isso, lógico. Mas preferências de gênero não me preocupam. Os deuses podem ser... criativos. — Algum animal, objeto inanimado ou monstro criado pelo caos?

— Não — diz ele.

— Já apareceu como uma chuva dourada? Ou um cisne? Ou uma nuvem? Ou...

— Vou te parar aí mesmo e dizer um categórico não.

— Então consigo lidar com isso.

Sento na pedra áspera no início da caverna neste cômodo que é mais natural que o restante do palácio e também muito mais antigo.

— Posso invocar cadeiras... — sugere Hades.

Começo a tirar os grampos do cabelo.

— Não, senta aí.

Ele resmunga, mas finalmente se senta ao meu lado no chão.

Depois ri enquanto balanço o cabelo, soltando-o, e tiro o batom dos lábios com o dorso da mão.

— Só você poderia ir de muito glamourosa a muito relaxada em questão de segundos.

Acho que ele desconhece completamente como o glamour funciona, mas me limito a sorrir para ele com a boca manchada de batom.

— Você vai se casar com essa bagunça aqui.

Ele pega o vinho e serve duas taças.

— Sim, sim, eu vou.

— Esta noite pareceu muito fácil para você? — pergunto.

— Como assim?

— Bem... o jeito como nos comportamos. Passei a vida fazendo de conta, e poucas coisas nesta noite me fizeram sentir que era fingimento.

— Bem, sim — diz ele. — Não estamos fingindo gostar um do outro, estamos? Só adicionamos uma performance romântica à nossa amizade.

— Certo.

Mas amigos não se tocam tanto quanto nós.

Nem conversam sobre os assuntos que conversamos.

Nem anseiam por algo além disso — seja lá o que for *isso*.

Penso nos sete tipos de amor, desconsiderando rapidamente *agape*, *philautia* e *storge* porque tenho quase certeza de que "isso" não é amor pela humanidade, nem por si mesmo ou pelos filhos.

Posso adiar reflexões sobre *pragma*. É aquele vínculo de anos, não dias.

E me recuso a pensar em *eros*. *Eros* é o que me faz olhar para os músculos se esticando sob a túnica de Hades e me fez sentir arrepios em seus braços ainda esta noite. É aquele anseio que me atrai em direção a ele, como um fio invisível amarrado dentro de mim. *Eros* é loucura, luxúria e desejo, e me recuso, me recuso terminantemente, a considerá-lo. *Eros* pode arruinar uma pessoa.

Mas *philia* e *ludus*? Eles me preocupam.

Eu não amo Hades no nível da alma — *philia* —, mas às vezes, quando afrouxo esse aperto em que mantenho meus sentimentos pressionados, sinto que poderia. Certamente o amor não é uma escolha, mas muitas vezes sinto que estou à beira de um precipício, e a única coisa que me impede de cair é escolher não cair. Às vezes sinto medo de que seja muito fácil despencar para a *philia*.

E *ludus*, aquele amor brincalhão... o que são nossas provocações e piadas senão *ludus*? É aquela sensação leve que experimento quando sorrimos ao mesmo tempo.

É fácil admitir que o amo.

Mais difícil é entender de que maneira.

— No que está pensando? — pergunta ele.

Tento desesperadamente encontrar qualquer coisa que não sejam meus pensamentos reais e acabo parando não muito longe.

— Obrigada. Por fazer isso, quero dizer. É muita coisa desistir de sua única chance de ter um casamento feliz por minha causa.

— Pode acreditar: eu nunca teria um casamento feliz.

— Você não tem como saber. O que está fazendo é um sacrifício e me sinto grata.

— Bem, não estou fazendo isso por sua gratidão — diz ele. — Estou fazendo porque é o certo a se fazer. No que me diz respeito, não é nem uma escolha.

— Que romântico. — Rio.

Mas ele continua sério.

— Ah, você não vai ficar ruminando o fato de eu ter agradecido, vai? — pergunto, dando um último gole na taça. — Pode encher minha taça?

Eu me levanto e vou até o lago. É só tocar na água que minha mãe aparece, a caminho do Olimpo.

— Não estou ruminando — resmunga ele, mas falta uma leveza nas palavras.

— Lógico que não, querido.

— Foi isso que me convenceu. — Eu me viro e ele aponta para mim. Por pouco vê-lo esparramado naquele chão rochoso não me desconcentra completamente. Acho que nunca o vi tão relaxado.

Coro ao pensar em todas as coisas que poderiam ser feitas neste chão rochoso.

— Meu rosto? — pergunto, com uma expressão descrente.

— Esse sorriso. — Hades sorri preguiçosamente, e me pergunto se é só o vinho que o está deixando tão à vontade. — Esse sorriso divertido e satisfeito, como se você já tivesse tudo o que deseja e estivesse se deliciando com o fato de que ninguém pode tirar isso de você.

— Eu não passei o tempo todo fingindo. — Houve momentos nesta noite em que senti que tivesse mesmo algum poder, e talvez tivesse tudo o que queria.

— Eu sei. É isso que a torna tão difícil... e tão convincente. Você faz as mesmas coisas tanto mentindo quanto falando a verdade — diz ele.

Não tenho certeza de como me sinto sendo chamada de difícil, mas suponho que, desde que esteja dando certo, não me importo muito.

— Pode parar de me analisar e me dar meu vinho para podermos assistir aos planos dos meus pais caírem por terra? — pergunto.

Ele acena para a taça cheia ao seu lado e me junto a ele no chão rochoso bem na hora em que minha mãe encontra Zeus.

É sempre um choque ver meu pai no trono. Só o vi sentado ali em carne e osso uma única vez. O mégaro é idêntico ao de Hades... exatamente como o *meu*. Há algo tão repulsivo em ver Zeus sentado ali, a barba por fazer e o cabelo desgrenhado ao redor da coroa. Ele está ao mesmo tempo se esforçando demais e não dando a mínima. Não chega nem perto do poder bruto que emana de Hades.

— Dê um gole sempre que mamãe se referir a mim como "minha filha" — murmuro.

— E sempre que Zeus ameaçar alguém — acrescenta Hades.

— Vire a taça de uma vez sempre que a pessoa que ele ameaçar for você — digo, e então ouço aquela sua risada maravilhosa.

A parede áspera está machucando as minhas costas e só os deuses sabem o quanto eu queria estar me apoiando, na verdade, na lateral do corpo de Hades.

— O sol se pôs — diz Zeus.

— É, percebi — responde minha mãe, sua raiva queimando como um fogo abafado a centímetros da superfície.

— Hélios deve estar de volta — continua meu pai.

— Então o que estamos esperando? Vamos falar com ele.

— Quero tanto quanto você que isso acabe, Deméter — diz ele, a voz tão baixa que ressoa como um trovão. Eu não me surpreenderia se caísse uma tempestade inesperada em alguma ilha dos mortais.

— E eu quero minha filha de volta — rosna mamãe.

Hades e eu tocamos as taças, fazendo tim-tim. O vinho é delicioso.

— Quem quer que a tenha levado nos fez de idiotas, nós dois, assim como tudo que este trono significa... e toda a instituição do casamento — diz Zeus.

— Quer dizer que Hera está te colocando contra a parede — rebate minha mãe. — Eu quero minha filha de volta, não um monólogo.

Um raio cai assustadoramente perto da minha mãe, tão perto que fico boquiaberta ao perceber que ela nem se encolhe, ainda que aperte o tecido do vestido e fique com os tendões dos braços enrijecidos.

Fico com um nó na garganta. *Ele não vai machucá-la. Ele não faria isso.*

— Quando isso acabar, não quero te ver no Olimpo antes da próxima Panateneia — rosna ele.

— Faço parte do conselho. Você não pode reunir a corte sem mim — protesta mamãe.

— Tire férias — diz Zeus, a ameaça pairando no ar.

Mamãe hesita e logo depois faz que sim.

— Podemos, por favor, descobrir de uma vez por todas quem a levou?

— Sim. — Zeus sai intempestivamente e mamãe corre para acompanhá-lo. — Quando descobrirmos quem é, eu mesmo vou arrastá-lo para o Tártaro e, quando isso terminar, ninguém se lembrará dele pelo que fez, se lembrarão apenas de suas súplicas por misericórdia até seu nome passar a significar desespero.

— Zeus está ficando poético na velhice — comenta Hades, seco.

— Contamos isso como uma ameaça a você? — pergunto.

— Ele ainda não sabe que sou eu, portanto voto não. Caso contrário, logo estaremos no chão — diz ele. — Bem, mais no chão do que já estamos.

— Então só um gole. — O tempo todo eu estava bebendo, então começo a encher nossas taças enquanto meu pai caminha em direção à sua carruagem.

Mamãe entra apressada no veículo.

Em questão de segundos alcançam Hélios, cuja carruagem brilha tanto que até meus olhos imortais levam um momento para se ajustar.

Apolo está sentado na beirada, afinando algum instrumento de cordas.

— O que...

— Dê o fora — ordena Zeus.

Apolo faz que sim e vai embora ainda tocando aquelas cordas.

Reluto em admitir, mas fico surpresa que ele tenha de alguma forma vinculado o transporte à sua magia. Eu me pergunto se eu conseguiria fazer o mesmo com as flores.

Hélios estava limpando as rodas da carruagem, até que ergue os olhos, nervoso.

— Vossa Majestade. — Ele se levanta, meio atrapalhado, para fazer uma mesura. — Eu...

— Onde está minha filha? — pergunta mamãe.

— Beba! — cantarolo.

— Humm, então... — Hélios passa o tecido entre os dedos. — Não tenho certeza...

— Responda à pergunta — exige minha mãe. Nunca a vi tão fora de si. Normalmente sua raiva vem acompanhada de palavras secas e um toque de frieza, não desse tom ácido que ela está emanando.

— A terra se abriu sob ela. Ela caiu — conta ele, se encolhendo.

— E você achou que não deveria mencionar isso? — explode Zeus, sem aquela fúria gelada da minha mãe.

— Pensei que tivesse me equivocado, meu senhor — replica Hélios. — Não ouvi dizer que ela estava desaparecida.

Está na cara que ele está mentindo, mas eles não têm como provar, porque nunca divulgaram meu desaparecimento.

— Quem a levou? Gaia? — pergunta minha mãe, franzindo a testa.

— O buraco era, hum, mais profundo do que o alcance de Gaia — murmura Hélios.

— *Hades?* — arqueja ela, tão surpresa quanto enojada.

— Eu... eu acho que sim, minha senhora, mas ele é um... um rei. Meus parabéns a vocês por essa união...

— Quieto — rosna mamãe. — Ele não é *nada*.

— Dá para ver de onde você puxou esse seu charme — diz Hades, o tom de voz monótono.

— Como ele tem coragem... — Relâmpagos brilham ao redor de Zeus. O céu chega a tremer. — Farei com que se arrependa de ter nascido.

— E aqui está! — proclama Hades. — Nossa primeira ameaça direta da noite.

O vinho fica menos delicioso quando o bebo por esse motivo.

— O que vamos fazer? — pergunta minha mãe.

Zeus pisca.

— Vamos resgatá-la.

— Você não pode — diz minha mãe, como sempre equilibrada. — Estamos falando de *Hades*. Você não pode ir contra as regras do seu acordo de paz...

— Isso aí, você não pode! — grito, muito perto de mostrar a língua para ele. Pelas regras das Moiras, qualquer criança devorada por Cronos tem direito de governar. E Hades e Poseidon permitem que Zeus governe com base num acordo tão frágil que poderia ser rompido até por... bem, por mim.

— Hades traiu essa paz no momento em que sequestrou Coré — rebate Zeus.

— Fale baixo — diz mamãe. — Precisamos lidar sensata e discretamente com essa situação ou isso vai acabar arruinando-a.

— Afogue-se no Tibre, Deméter — diz Hades de um jeito quase simpático.

Eu suspiro.

— Ela não está errada, está?

— Ela deveria estar mais preocupada com o seu bem-estar do que com as suas perspectivas de casamento — diz ele. Eu realmente não sei como dizer a ele que, no mundo da corte Olimpiana, trata-se da mesma coisa.

— A reputação de Coré não será mais o assunto do momento quando eu destruir Hades — afirma Zeus, ríspido.

Hades e eu soltamos um resmungo ao entornar mais uma taça.

— Esta garrafa está se enchendo sozinha?

— Lógico. Todas elas estão conectadas às reservas na adega.

Meus olhos se arregalam.

— Bem, se antes eu não queria me casar com você...

— Meu soberano — gagueja Hélios, gesticulando para um ponto no céu.

À medida que aquele ponto se aproxima, percebo que, lógico, enquanto tudo isso acontecia, Hades e eu anunciávamos nosso noivado para a corte.

E lá vem Hermes num *timing* deliciosamente perfeito — e tenho certeza de que ele sabia disso.

Ele voa com a postura ereta, as asas que brotaram de suas sandálias fazendo-o aterrissar suavemente na superfície da nuvem onde estão os outros três deuses.

— Agora não é hora... — começa Zeus, mas pelo menos minha mãe entende o significado da presença de Hermes.

— Ela está lá? — pergunta ela, com urgência na voz. — No reino de Hades?

Hermes faz que sim num movimento brusco e rápido, tão contido quanto o sorriso que não alcança seus lábios, mas faz seus olhos brilharem.

— Ah, graças às Moiras — diz a mãe, seu pragmatismo desaparecendo. — Ela... Ela está... Quer dizer...

— Hades — cospe Zeus — vai...

— Nem seu raio consegue alcançar lá embaixo — Hermes o interrompe antes que tenhamos de entornar outra taça.

— Talvez não, mas minha espada consegue — rosna Zeus.

— Isso é um eufemismo? — brinca Hermes. — Hélios, vá arrumar algo para fazer.

Hermes não precisa falar duas vezes e Hélios vai embora enquanto Zeus continua atacando seu mensageiro.

— Você não tem o direito de dispensar meus súditos.

— Acredite em mim, pai, vocês vão querer uma plateia mais privada. Mamãe arqueja.

— Ela está bem? O que ele fez com ela?

Hermes dá uma risadinha.

— Ah, ela está ótima. Não tenho tanta certeza se você foi sincera conosco, Deméter; por mais bonita que ela seja, sem dúvida tímida e recatada não foi bem a impressão que tive dela.

— O quê? — Mamãe respira fundo e, pela primeira vez nessa história toda, uma preocupação mais familiar toca seus olhos. — O que ela fez?

— Ela me pediu para te dizer que está feliz — informa ele.

— Isso é tudo? — rosna mamãe. — Ele pode tê-la forçado a dizer isso.

Hermes sorri.

— Não exatamente.

Seu sorriso desaparece num piscar de olhos quando Zeus agarra a gola de sua túnica e o levanta. Suas sandálias batem as asas e em questão de segundos seu olhar de pânico diante do medo de um estrangulamento se dissipa. Mas a cautela continua ali.

— Chega — rosna Zeus. — O que você sabe sobre Coré?

— Bem, para começar, ela agora atende por Perséfone — diz Hermes.

Zeus o solta e um segundo depois Hermes pousa suavemente na superfície da nuvem.

Hades e eu caímos na gargalhada com as expressões no rosto dos meus pais. A perplexidade, a raiva e, por fim, a desconfiança.

— Causadora do caos? — murmura Zeus. — Não foi assim que eu...

— É isso mesmo que importa para você? — Minha mãe o interrompe.

Zeus considera a pergunta e uma nova onda de raiva o domina.

— Hades acha que pode sequestrar minha filha, mantê-la prisioneira e lhe dar *outro nome*?

— Seu pai realmente tem uma opinião muito negativa a meu respeito e sobre sua capacidade de tomar decisões — comenta Hades.

Dou de ombros.

— Nisso eu sou inocente.

E caímos novamente na gargalhada, rindo tanto que quase perdemos a resposta de Hermes.

— Acredito que foi mútuo.

— Isso é ridículo — rosna Zeus. — Não vou perder nem mais um segundo discutindo isso quando poderia estar resgatando *Coré* e torcendo o pescoço de Hades.

— Meu estoque de vinhos não é páreo para jogos com bebida envolvendo Zeus — diz Hades, enchendo nossas taças.

— Você viu como as Erínias estavam bêbadas? Isto aqui não é nada — protesto.

— Se continuarem assim, vamos acabar esvaziando a adega.

— Então eu cultivo algumas uvas. Agora fique quieto, estamos perdendo o espetáculo.

Outra discussão acirrada se passa entre meus pais: Zeus gritando que vai me arrancar do Mundo Inferior e minha mãe dizendo que ninguém me quer de volta mais do que ela, mas que eles precisam ser mais sutis ou acabará havendo uma guerra.

— Não precisa de tudo isso — diz Hermes calmamente.

— Ele levou minha filha embora — rebate minha mãe, nos fazendo dar outro gole. — Fez coisas indescritíveis com ela...

— Se isso ajuda, eu realmente não acredito que ele tenha feito nada disso. — Hermes franze o nariz. — Sinceramente, esta é a primeira atitude de Hades que sugere que ele não é um idiota entediante que sempre cumpre a lei.

Hades arqueia a sobrancelha.

— Parece que vamos precisar trocar uma palavrinha com o mensageiro da minha corte.

Estou muito ocupada rindo para responder. Afinal, foi exatamente essa reputação que me fez arriscar vir para o Inferno.

— E foi ele quem disse isso? — pergunta mamãe. — Por que outro motivo ele a levaria?

— Pelos talentos artísticos dela? — sugere Hermes.

— Zeus, fique à vontade para eliminar seu filho da face deste reino na primeira oportunidade — diz mamãe calmamente.

Hermes lança a ela um olhar fulminante.

— Com certeza não faz tanto tempo desde que a guerra terminou para você ser incapaz de fazer isso você mesma...

— Rapaz — diz Zeus, o tom de voz mortal quando ergue seu raio.

Hermes ergue as mãos em sinal de rendição.

— Eles anunciaram o noivado esta noite — diz ele.

— O quê? — pergunta mamãe, com a mão no peito. — Ela não pode se casar com ele. Ela...

— Perdeu todas as outras possibilidades. — Hermes dá de ombros. — E ela me pediu que lhe dissesse que não poderia ter encontrado um partido melhor.

— Ela não sabe do que está falando. É só uma menina – diz mamãe.

— Era — rebate Hermes. — Como eu disse, ela não é mais uma "garotinha".

— Aquele desgraçado — rosna Zeus. — Não teve nem a decência de disputar a mão dela com os outros.

— Talvez ele soubesse que você nunca a concederia — sugere Hermes.

— Se ele está pensando que isso vai me impedir de estrangulá-lo, está muito enganado.

— Na verdade, ele fez uma sugestão — diz Hermes enquanto viramos mais uma taça. — Ele ofereceu a você a oportunidade de assumir a responsabilidade pelo que aconteceu.

Zeus acaba engasgando, e me esforço para também não engasgar com o vinho.

— Espera... o quê?

Hades sorri como se nada no mundo pudesse diverti-lo mais.

— Ele me disse para lhe sugerir a ideia de você afirmar que ajudou a orquestrar tudo isso. Presumo que ele queira dizer que você insinue que desejava esse casamento e precisou agir pelas costas de Deméter — explica Hermes.

— Foi isso que você sussurrou para Hermes? — pergunto.

Hades faz que sim.

— Seu gênio do mal.

— Do mal?

Dou de ombros.

— É relativo.

Dessa vez a raiva de Zeus é explosiva demais para ameaças inteligentes. Hades sorri, orgulhoso.

— Como ele ousa? — Meu pai fervilha de raiva.

— Meu conselho é que considere a sugestão dele — diz Hermes. — Isso protegeria as aparências com muitos deuses.

— E deixá-lo achando que pode fazer algo assim novamente com seu rei? — rebate Zeus.

— Bem, tudo que ele vai ter é uma esposa — diz Hermes. — E ela parecia mesmo feliz. E ele é um rei por mérito próprio... Eu sei, eu sei, você é o rei de todos nós, deuses, não é isso que estou dizendo. Estou dizendo que ele é um bom partido para Perséfone.

— Pare de chamá-la assim — minha mãe o repreende, ríspida. — Ela não pode se casar com o rei do Inferno. O Submundo não é lugar para ela. Ela é delicada demais para isso. Precisa de flores, da natureza, da mãe. Precisa permanecer nesta corte.

— Ela não perdeu tempo em redecorar o Submundo, se isso ajuda — interrompe Hermes. — E também não me pareceu nada delicada. Na verdade, se eu tivesse que dizer alguma coisa, diria que ela parece estar totalmente em casa.

Os olhos da minha mãe cintilam.

— O que é que você sabe sobre minha filha, Hermes?

— Bem pouco, e presumo que teria continuado assim — diz ele, sorrindo daquele seu jeito provocador. — Imagino que minha oferta pela mão dela não tenha sido bem-sucedida...

— Ainda estávamos considerando nossas opções — diz papai severamente. — Mas agora, pelo visto, há apenas uma.

— O quê? — Mamãe se vira para ele, subitamente alarmada. — Você não pode estar pensando seriamente nisso. Eu sei que disse que você não pode ir até lá e simplesmente tomá-la de volta, mas só porque *ainda* não pensamos num jeito de resgatá-la, não significa que vamos parar de tentar resolver essa situação.

— E o que faremos com ela quando a resgatarmos? — pergunta Zeus.

— Ninguém mais vai querer se casar com ela. E eles ainda anunciaram publicamente o noivado.

— Não — diz mamãe baixinho.

A raiva do meu pai ainda fervilha enquanto balança a cabeça de um jeito tenso e resignado antes de voltar seu olhar afiado para Hermes.

— Diga a Hades que ele só vai ter uma chance de me humilhar. E é esta.

— Tenho muitas chances, Zeus querido, acontece que apenas não as aproveito — observa Hades.

— Acho que já chega — digo, me levantando para passar os dedos na água. O percurso até o lago é bem mais vertiginoso do que me lembrava.

A cena desaparece.

Faço o caminho de volta cambaleando, e meio que caio no colo de Hades.

— Esse é o encanto que conheço tão bem. — Hades sorri enquanto deslizo para o lado dele.

— Pelo menos não derrubei o vinho, que é o que importa — digo. Não sei dizer se o poder da carruagem de Hélios chegou até aqui pelo lago, mas a caverna parece completamente iluminada pela luz do sol.

Hades está mais perto do que antes e inspiro aquele cheiro, o irresistível aroma dele agora misturado ao do vinho. Que manchou seus lábios. Deve ter manchado os meus também.

Se eu o beijasse, será que só sentiria esse gosto?

Estou bêbada demais para afastar esses pensamentos. O álcool quase parece o disfarce perfeito — posso jogar a culpa na bebida caso ele não se sinta da mesma forma.

E estou muito bêbada, bêbada demais para conseguir pensar nas consequências caso ele sinta o mesmo, nós dois presos juntos, sem espaço para explorar o que quer que isso seja.

Ele está me encarando, o som das risadas ainda no ar, há algo diferente em sua expressão. Estou deitada no chão com um vestido de noite que Afrodite arrancaria facilmente das minhas costas. Meu cabelo está todo bagunçado, meu batom borrado e minhas bochechas coradas de tanto rir. Ninguém jamais me viu assim e, pela primeira vez no que parece ser muito tempo, fico feliz de me sentir vulnerável. E se minhas muralhas, ao fracassarem na tarefa de manter as coisas do lado de fora, tiverem deixado algo maravilhoso entrar?

— Não sei nem dizer como é bom te ver tão feliz. — De repente a voz de Hades fica séria, seus olhos intensamente fixos nos meus… estão tão próximos, tão cativantes. Eu poderia passar uma eternidade olhando para eles. — Eu me casaria mil vezes com você se isso deixasse você, a *verdadeira* você, nesse estado de alegria.

De fato, sinto primeiro o gosto do vinho antes de me dar conta da sensação dos lábios dele. Meu beijo é ávido e desesperado e tão cheio de sensações que não posso negar que parece uma tentativa de tomar fôlego. Seus lábios são firmes e sua pele macia enquanto seguro seu rosto, puxando-o para perto de mim, e nem tenho certeza se meu coração está batendo. Meu corpo todo está extremamente alerta e, ao mesmo tempo, entorpecido e...

Hades se afasta com um olhar frio, o corpo tenso.

— Não faça isso — repreende ele baixinho, piscando como se estivesse atordoado, como se não acreditasse no que fiz, como se de alguma forma o tivesse machucado.

Ele se levanta num salto, dando a impressão de que seu único propósito é colocar uma distância maior entre nós.

— Não tem ninguém aqui. Ninguém está olhando — diz ele, a raiva aumentando a cada palavra. — Não preciso da porra de uma encenação.

Também fico de pé num salto, porque não suporto ficar vendo sua raiva de baixo.

— Hades, eu... — Mas as palavras ficam presas na garganta, sinto algo trancando-se dentro de mim e, de qualquer maneira, não sei o que dizer.

— Não é isso o que eu quero — diz ele, irritado. — Não é o que eu quero de você, de jeito nenhum. Por que você continua pensando o contrário?

Meus olhos ardem, mas faço que sim.

— Ok, ok, me desculpa.

Ele balança a cabeça.

— Não consigo continuar fazendo isso. Sempre que acho que você me entende, você vai e... Deixa pra lá. Vou pra cama. — Ele retorce os lábios. — E, só pra não deixar nenhuma dúvida, eu não quero você lá também, então não vá atrás de mim.

Mordo a língua para conter as lágrimas. A rejeição não é ruim o suficiente sem sua raiva? Sua fúria? Eu achei... Eu achei... Pelas Moiras, eu não estava pensando direito, mas, se estivesse, talvez esperasse uma recusa gentil, não esse nojo que ele está mostrando, essa repulsa tão intensa que faz o homem mais gentil que conheço querer gritar.

Vai!, tenho vontade de berrar. *Dá o fora daqui!* Não quero que ele veja o quanto suas palavras me machucaram. Pior, não quero que ele veja a raiva que estou sentindo de mim mesma por ter corrido o risco e estragado tudo de um jeito tão ruim. Mas, se eu abrir a boca, vou começar a soluçar, então apenas aceno com a cabeça.

Ele me lança um último olhar que não consigo entender, algo dolorido, furioso e magoado.

E vai embora.

Capítulo vinte e sete

Passo a maior parte da noite chorando no travesseiro, com o nariz escorrendo e engasgando com minhas próprias lágrimas, desejando ter Ciané ou até mesmo minha mãe para me consolar. Mas então penso no que mamãe diria: *"Ah, meu amor. Corações jovens são facilmente influenciados, e também facilmente partidos. É por isso que estou escolhendo a pessoa com quem você vai ficar: para protegê-la de tudo isso. Levante a cabeça, e da próxima vez você saberá que deve deixar tudo comigo."*

E então choro mais ainda, porque é provável que ela estivesse certa. Talvez eu nunca devesse ter confiado no que estava sentindo. Em meio a dor e os efeitos do vinho, até começo a pensar que, se nunca tivesse vindo para o Submundo, não estaria sofrendo tanto agora.

Pela manhã, minha garganta está irritada e minha vista, embaçada.

Considero permanecer na cama, mas minha boca está mais seca do que nunca e a necessidade de beber um balde de água me arrasta até a sala de jantar.

Hades está sentado, esperando.

Certo. Lógico que está.

Só de vê-lo meu coração dispara de novo, principalmente por causa do constrangimento e do medo de ele ainda estar com raiva, mas — e odeio admitir — em parte também pela lembrança eufórica de seus lábios.

Será que ele correspondeu ao beijo? Não consigo lembrar. Será que eu conseguiria sentir isso? Não é como se eu tivesse muita experiência para poder me basear.

— Bom dia. — Ele me cumprimenta. — Como está se sentindo?

Eu o encaro fixamente. É isso, então? Uma noite soluçando, pensando que estraguei nossa amizade, repassando mil vezes na cabeça aquela rejeição furiosa, e ele me cumprimenta desse jeito tão banal?

— Bebemos vinho demais — explica ele.

— Sim — digo, me atrapalhando para puxar a cadeira. — Acho que estou bem. E você?

— Já estive melhor —responde ele, pegando seu copo de água. — Perséfone, precisamos conversar sobre ontem à noite.

— Não, não precisamos — digo, pegando qualquer comida na mesa e percebendo que novamente são romãs. Malditas romãs. — Desculpa. Não vai acontecer de novo. Não tem mais nada a ser conversado.

— Tudo bem.

Ergo os olhos diante da tranquilidade e gentileza em sua voz. Tem alguma coisa estranha nele. Está falando como se tivesse ensaiado. Eu me pergunto se fui a única que passou metade da noite em claro.

— Quando decidimos que nos casaríamos e apressamos o anúncio, não chegamos a realmente conversar sobre o que isso poderia significar na vida real. Sei que estamos fingindo em público e sei que você acha que estou lhe fazendo um favor, mas não estou. Não preciso de algo em troca deste acordo. Você não precisa... tentar me agradar nem nada disso. Você não me deve nada. Tirar os Olimpianos do sério e te manter em segurança já é recompensa suficiente.

Hesito, completamente sem palavras. Bem, não *completamente*. Só que, neste momento, "você é um idiota: não foi por isso que te beijei" não me parece a melhor resposta.

Ainda me lembro do jeito como ele se afastou de mim; na verdade, se encolheu, como se estivesse com medo.

O jeito como ele se levantou desesperado.

Ele estava com tanta raiva que não conseguia nem falar rápido o suficiente.

Ele não me quer desse jeito.

Tudo bem.

E agora ele está me oferecendo uma saída, uma forma de fazer com que a situação deixe de ser constrangedora.

Faço que sim com a cabeça.

— Entendo.

Hades suspira.

— Ótimo.

Ele se serve e depois ficamos alguns instantes em silêncio.

— Então? — pergunta ele.

— Então o quê?

— Me xingue ou qualquer coisa assim. Esse silêncio é estranho — diz ele.

Abro um sorriso, embora ainda esteja magoada.

— Bem, estabelecemos ontem que xingamento conta como flerte, então, dadas as circunstâncias, acho que não seria apropriado.

Quando ele finalmente relaxa, curva os ombros e dá um sorriso hesitante.

— Acho que xingarmos um ao outro é apenas nós sendo nós mesmos.

Não sei bem o que eu esperava do dia, mas com certeza não eram os planejamentos intermináveis do casamento.

— Não é para isso que sua mãe vem treinando você desde o seu nascimento? — resmunga Hades, a cabeça entre as mãos, enquanto Tempestade nos pede para escolher entre mais dois pedaços de tecido que parecem idênticos.

— Não é isso que você passa o dia todo fazendo? — retruco.

— Isso não é arte. — Ele me encara como se tivesse perdido a vontade de viver. — Isso é organização.

— Ok — digo, me levantando. — Já chega.

— Perséfone, nosso casamento é em cinco dias.

— Sim, e tenho flores para organizar — digo, virando para Tempestade. — Você gosta de fazer isso?

— Adivinha. — Ela me olha de cara feia, apertando com força as amostras de tecido em suas mãos incorpóreas.

— Foi o que imaginei. Você está dispensada.

Quase consigo sentir seu alívio. Ela corre antes que eu mude de ideia.

— Perséfone — protesta Hades.

Balanço a cabeça.

— Pode acreditar, a maioria das pessoas com quem cresci adoraria fazer isso. Tenho certeza de que alguns mortais aproveitariam a oportunidade. Vou deixá-los organizar tudo.

Hades fica indeciso.

— Não sei se é a melhor opção.

— Vamos revisar tudo — digo. — E você vai ter a chance de adicionar seu próprio toque superdramático.

Ele ironiza.

— Desculpa, mas você tem coragem de *me* chamar de dramático?

— Querido — rebato —, literalmente existe uma divindade da dramaturgia, e tenho certeza de que ela não chega nem perto do nosso nível. Sou dramática, sim, mas você também é.

Ele reprime um sorriso.

— Talvez.

— Então... Vou lá pra fora porque não aguento isso aqui, e posso fazer algo de útil organizando as flores. E você pode fazer a louça para o banquete ou o que estiver com vontade de fazer — proponho.

Hades sorri daquele jeito breve e encabulado típico de quando conversamos sobre sua arte... todos aqueles hobbies que ele jurou manter em segredo, que ele se isolou para defender.

— Na verdade, queria te perguntar se você planejou fazer meu vestido de noiva...

— Não — responde ele, apressado. — Acho que não é uma boa ideia.

— Achei que você gostava de um desafio... — provoco.

Ele pega os fragmentos de tecido que estávamos comparando e esfrega as fibras como se tentasse avaliar a qualidade.

— Eu só acho... — diz, sem me olhar — que... pode ser estranho. Seria como se eu a estivesse vestindo para que fique do jeito que eu quero. Como se eu estivesse decidindo como você vai aparecer para mim.

Meu coração acelera só de pensar que ele pode ter opiniões sobre isso. Que talvez ele fantasie sobre minha aparência...

Consigo abrir aquele sorriso debochado novamente, aquele que ontem mesmo ele mencionou.

— Que tipo de pensamentos delirantes você anda tendo sobre o casamento? Se estiver pensando em mim vestindo túnica de batalha ou lingerie, talvez você tenha ido longe demais.

Ele ri.

— Não tinha pensado nisso. — Ele me olha, o sorriso torto de volta. — Apesar de...

Dou um tapa no braço dele.

— Comporte-se. É um vestido, Hades. Você já fez alguns antes.

— É um vestido de *noiva*.

— Faça, por favor — peço, apertando os braços contra o peito. Não sei por que isso é importante para mim, mas é. — Eu... não quero usar algo feito por outra pessoa quando me casar com você.

Ele franze a testa, mas acaba assentindo.

— Tudo bem.

— Obrigada — digo. — Agora, se me dá licença, tenho buquês para planejar.

E saio antes que ele pense em desistir.

Minhas amigas mortais ficam razoavelmente animadas pelo meu casamento, embora mais pelo drama dos deuses descendo ao Mundo

Inferior — e pela oportunidade de me zoar em relação a quaisquer sentimentos que eu *possa* ter por Hades — do que por um amor genuíno por eventos como esse. Larissa conta que em sua cidade natal o foco do casamento era totalmente a festa, e diz que ficará feliz em ajudar com o cardápio. Damaris, a agricultora, sorri maliciosamente e afirma que o mais importante é a lista de convidados, pois é o que determina a qualidade dos presentes. E Cora, a ex-princesa de Tebas, torce o nariz de desgosto antes de mudar de assunto e perguntar se consigo localizar espíritos, pois ela está atrás de uma poeta de Lesbos.

Então as deixo e vou em busca de outros espíritos dispostos a ajudar, mas acabo indo parar no Estige.

— Olá? — chamo, sem saber como encontrá-la. É um rio extenso.

— O que foi? — choraminga Estige, imediatamente aparecendo diante de mim. Está com sombras sob os olhos, embora, na verdade, tudo nela seja sombra. As maçãs do rosto salientes e os longos cílios lançam linhas escuras em seu rosto. A pele está mais para cinza do que branca, e os olhos tão pretos que não dá para distinguir a pupila.

— Qual o problema? — pergunto a ela.

— O teor de álcool no meu sangue, imagino — geme ela. — Por acaso beijei Palas ontem à noite?

— Não que eu tenha visto — digo, ficando paralisada. É um assunto bem próximo do que quero conversar.

— Deve ter sido no pós-festa. Ou talvez tenha sido Tânatos. — Ela pressiona a palma da mão na testa.

— Você não se lembra se o cara que você beijou tinha asas?

— Você não está ajudando.

— Bem... eu beijei Hades.

— O quê? — Ela cai em si, arregalando os olhos.

— Sim, mas não se anima muito. Não é como se ele tivesse gostado, exatamente. — Então conto tudo a ela.

— Ok, antes de mais nada, quer dizer que Hades passou anos mantendo sua adega em segredo para mim, e depois *ainda* manteve em segredo sua capacidade de reabastecimento mágico? Aquele babaca. — Ela estremece. — Mas me lembre de voltar a esse assunto quando a palavra "vinho" não me der vontade de vomitar. Em segundo lugar, a reação dele não quer dizer nada. Você não pode simplesmente beijá-lo enquanto ambos estão bêbados e esperar que ele declare seu amor por você.

— Quer dizer alguma coisa, sim. Significa que ele só gosta de mim como amiga — digo com firmeza. — Está tudo bem. Está mais do que bem. Não tenho tempo pra me aborrecer com isso.

— Não tem problema nenhum em ficar aborrecida com sentimentos não correspondidos — diz ela.

— Não quando em cinco dias você vai se casar com a pessoa envolvida nesses sentimentos e precisa procurar um cerimonialista entre os mortais.

— Eu não gosto nadinha do jeito como você simplesmente varre suas emoções para baixo do tapete só porque está ocupada.

Dou de ombros.

— Certo. Bem, prometo desmoronar adequadamente assim que estiver casada.

Ela me puxa num abraço.

— Me indique os mortais. Deveres de dama de honra, esse tipo de coisa... Imagino que eu deva ajudar.

Juntas encontramos algumas pessoas. Uma mulher de Creta me conta que casou todas as cinco filhas e que cada uma teve um casamento que rendeu comentários na cidade durante anos. Ela é mais organizada do que eu poderia imaginar e orienta todos em várias tarefas: conseguimos um jovem de Kos com um olhar fantástico para a iluminação e uma senhora talentosa para glamour.

Mas ainda não é o suficiente.

Hades e eu não precisamos de um casamento. Precisamos que seja *o* casamento.

Não se trata apenas de uma estratégia para tirar Zeus do sério. Hades foi escolhido por Cronos. Ao aceitá-lo, rejeitei as propostas de quatro dos doze membros do conselho. Zeus, rei dos deuses e governante do Olimpo, e Poseidon, rei do mar, são casados. Esse será o último casamento real visto entre os deuses.

Entrei nisso sabendo que somos dois dramáticos, mas descobri sermos bem mais dramáticos do que eu pensava. Hades ordena que tudo seja gravado com relevos de caveiras, Cérbero e outros símbolos de seu reino.

— O que foi mesmo que você disse sobre um cachorro marcando o território, querido? — pergunto ironicamente.

— Que tal um vestido feito de saco de estopa? — rebate ele, agitado enquanto examina o pátio onde será realizado o casamento.

Faço buquês com alguns dos meus melhores trabalhos. A distância, os asfódelos e as estiges chamam a atenção nos ramos, mas, de perto, milhares de florezinhas cintilam, parecendo um arco-íris, como se gotas de óleo tivessem sido respingadas entre as pétalas. Faço todo o pátio florescer, cubro as paredes de hera, planto árvores para fazer sombra.

Hades fabrica castiçais de vidro, centros de mesa elaborados e enormes estátuas de mármore, onde penduro guirlandas.

E na correria entre uma tarefa e outra, de repente chega o primeiro dia do casamento.

Capítulo vinte e oito

Na manhã da nossa *proaulia*, estou sentada diante do espelho fitando muito além do meu reflexo. Uma tesoura pende frouxamente da minha mão, e mais do que nunca tenho a consciência de que estou sozinha.

Eu nunca quis me casar — mesmo na infância, quando esse era o único sonho que incutiam na minha cabeça. Mas eu sabia que aconteceria. E pensava que, quando chegasse o dia, eu estaria cercada pelas minhas amigas.

Achava que, na minha *proaulia*, seria Ciané quem entregaria a tesoura à minha mãe. Pensava que Eudóxia e Mirra ajudariam a me vestir e que Amalteia penduraria miçangas no meu pescoço.

Estige é ótima, e eu poderia arriscar convidar também algumas das minhas amigas mortais, mas elas não são as pessoas que me conheceram a vida inteira. Estou sozinha. E tudo bem. Mas num dia como hoje, lá no fundo, não está nada bem.

Desfaço a trança do cabelo, suspirando, determinada a acabar logo com isso.

Eu me olho no espelho e encaro o cabelo batendo na cintura, o mesmo cabelo que me caracteriza como "garotinha". Fico irritada só de pensar em cortá-lo e de repente me levanto e jogo a tesoura no extremo oposto do quarto.

Por que cada *maldita* parte de mim é ditada pelo que os homens querem? Cabelo comprido para virgens, curto para mulheres casadas. Até mesmo o estilo: se estiver com o cabelo solto, vão dizer que você é uma vadia; agora, se o prender apertado demais, você é frígida. Se o vestido é muito curto, você parece fácil demais. Muito longo, não é fácil o bastante. Se não usa maquiagem suficiente, os homens não te desejarão, e qual o seu valor se eles não te desejam? Se estiver toda maquiada, vão acabar te desejando demais e o que vier a acontecer, o que quer que façam, a culpa é sua. Deuses, tudo — até meu antigo nome — foi decidido por homens.

E o pior é que nenhum homem jamais me expôs essas regras. Eles as elaboraram, lógico, mas tudo que ouço é a voz da minha mãe. É a voz das ninfas dizendo que Dafne queria chamar a atenção de Apolo: ela flertava demais. Sou eu segurando uma foice e assentindo em silêncio, na esperança de que ela me mantenha segura.

Deuses, sinto vontade de gritar, porque não existe saída. Literalmente todas as decisões que tomo, de uma forma ou de outra, são por causa dos homens.

Não havia homens na minha ilha e, no entanto, eu só estava lá por causa deles.

Não é nada que já não tenha passado pela minha cabeça. Mas estou cansada de viver dentro dos limites de uma prisão, especialmente quando eu mesma reforcei os cadeados dentro da minha mente.

Nem sei dizer se não quero cortar o cabelo porque gosto dele comprido ou porque fico ofendida com as implicações do cabelo curto.

Escuto uma batida na porta e grito para quem quer que seja entrar. Acho melhor não ficar sozinha e acabar prolongando esse absurdo.

Hades entra, olhando ao redor do quarto.

— O que a tesoura te fez? — pergunta ele.

— É um símbolo do patriarcado — murmuro.

Ele faz uma careta.

— Essa é nova.

— Estou tendo um dia ruim.

— É o que todo homem quer ouvir no dia do seu casamento — diz ele, encostando-se na parede. — Posso ajudar em alguma coisa?

Balanço a cabeça.

— É uma daquelas situações "entre a cruz e a caldeirinha".

— Existe uma terceira opção?

Dou de ombros.

— Na altura dos ombros?

— Você vai ter que explicar um pouco melhor, amor — diz ele, e meu coração acelera.

— Ok, em primeiro lugar, pensei que tivéssemos concordado em não agir assim quando estivéssemos sozinhos. — Aponto para ele, zangada.

— Mas "querido" e "meu bem" não têm problema? — pergunta ele, cético.

Minhas amigas e eu nos chamamos de "querida" e "meu bem" com tanta frequência que quase esqueci que essas expressões têm significados alternativos. Mas ouvi-lo dizê-las agora me faz gaguejar atrás de uma resposta.

Eu me viro para o espelho.

— Não entendo por que minha aparência deve indicar se sou virgem ou não — digo. — Você não precisa disso.

— Minha aparência não deixa dúvidas de que não sou. — Ele sorri, malicioso.

Eu o fuzilo com os olhos.

Ele ergue as mãos como se pedisse desculpa.

— Não é hora disso.

— Não. Mas não sei o que fazer — admito.

— Bem, você quer cortar o cabelo? — pergunta Hades. — Cá entre nós, não tenho grandes expectativas em relação à sua capacidade de fazer isso direito.

— Não é como se eu tivesse outra escolha — respondo, ríspida. — Se você não percebeu, quase todo mundo que amo tem a força vital enraizada numa ilha milhares de quilômetros acima de nós.

— Perséfone — diz Hades com tanta gentileza que enche meus olhos de lágrimas, mas, não, não vou chorar.

— Está tudo bem — digo rapidamente. — Eu quero ficar aqui. Eu amo este lugar. E quando estivermos casados, os dois em segurança, poderei visitar a Sicília. Mas isso faz com que tudo seja mais difícil. Passei a vida temendo o dia do meu casamento, e agora as pessoas que pensei que poderiam torná-lo suportável nem estão aqui.

Hades se mexe desconfortavelmente.

— E voltamos às coisas que um homem quer ouvir no dia do seu casamento.

— *Hades* — rosno.

— Desculpe, estou tentando, de verdade. Mas consolar nunca foi o meu forte.

— Ah, é? Quase não reparei.

— O que você quer dizer com "os dois em segurança", afinal? Estou perfeitamente seguro — diz ele.

— Zeus te ameaçou pelo menos uma vez.

Ele faz um gesto com a mão, descartando o comentário.

— São só palavras.

Acho que Hades não vê meu pai há muito tempo. E agora não tenho energia suficiente para corrigi-lo. Não quando amanhã, no dia do nosso *gamos*, estaremos devidamente casados e isso não terá a mínima importância.

— Deixe-me tentar de novo — diz Hades. — Você quer cortar o cabelo?

— Não é tão simples assim — digo. — Qualquer decisão que eu tome tem mais a ver com as outras pessoas do que comigo.

— Muito bem, então esqueça o corte. O que mais você poderia fazer no cabelo? — pergunta Hades.

— O trançaria com flores — respondo na mesma hora. Eu poderia fazer uma trança ou algum tipo de coroa, algo parecido com a que receberei na *epaulia,* o terceiro e último dia do casamento.

— Então não corte — diz ele.

— Mas esperam que esteja curto em homenagem a Ártemis.

— Quem se importa?

— Eu! E ela também vai se importar. Não precisamos de mais inimigos no conselho — digo. — Ainda existe a chance de Zeus decidir que um casamento não é suficiente para acariciar seu ego, então realmente vamos precisar de todos os aliados que conseguirmos.

— Um passo de cada vez — diz Hades, juntando-se a mim diante do espelho. — Vamos resolver isso juntos.

— Não, não vamos. É diferente pra mim e você sabe disso.

— Tudo bem, então eu seguro suas flores enquanto você acaba com o mundo — diz ele.

É ridículo, mas de alguma forma, apesar de tudo, ele me arranca uma risada.

— Você tem alguma sugestão que não seja acabar com o mundo?

— Sim. Se homenagear Ártemis é tão importante para você, então encontre outra maneira de fazer isso.

Tenho um estalo. Eu já fiz isso antes.

— Eu conheço essa cara — diz ele.

Sorrio.

— É a que fiz antes de criar o asfódelo.

Ele faz cara feia.

— E a estige. Sabe, a cada nova divindade para a qual você faz flores, menos especial eu me sinto.

— Ahh, pobre rei do Inferno. — Dou um tapinha no ombro dele. — Você vai sobreviver.

— Querida? — acrescenta ele, antes de eu sair para criar algo para Ártemis. — Vamos nos concentrar primeiro em te colocar no trono, certo? Depois você pode pintar o sete.

— Crio você em homenagem à deusa Ártemis — sussurro para a terra antes de invocar uma flor. É só uma pequena criação, semelhante a outras que já fiz. Mas acaba sendo um pouco mais difícil do que eu esperava. Já curei tantas almas que, agora, me conectar a este reino é quase como uma segunda natureza. Suponho que estou apenas deixando minha parte divina reviver as almas, enquanto as flores são um poder exclusivamente meu que exigem um esforço mais consciente. Já faz um tempo desde que me conectei pela última vez a esse meu lado.

Depois de dar vida a um pequeno canteiro de flores, me sinto cansada. Posso até estar abrindo mão do corte de cabelo tradicional, mas estou animada para o banho relaxante e as cerimônias de limpeza da *proaulia*. Mas antes, olho satisfeita e determinada para as pequenas pétalas brancas e seus miolos amarelos. Acho que Ártemis vai gostar — melhor ainda, acho que ela vai reconhecer o ato de rebelião contido nas flores.

Quando eu era mais nova, queria ser como ela: uma guardiã de garotas correndo livremente pelas florestas com suas amigas — se é que são apenas isso —, caçando aonde quer que vá. Mas Ártemis nunca protegeu nem a mim nem a centenas de garotas como eu. Indiferente e intimidadora, ela sempre pareceu meio distante do mundo que habita. Se considerar meu cabelo comprido uma ofensa, sua fúria pode ser aterrorizante.

No entanto, Hades estava certo: essa é uma boa maneira de resistir.

Até que estou me acostumando bem a me rebelar contra as tradições do mundo do meu pai.

Só espero que o casamento funcione e que não acabe sendo a rebelião que vai me deixar encrencada. Enquanto observo as flores estendidas por esta terra, que une deuses, almas mortais e todas as outras criaturas, sei que não serei a única correndo risco se isso der errado.

Capítulo vinte e nove

O segundo dia do casamento, o *gamos*, é o mais importante. Antes de qualquer coisa por ser o dia da cerimônia de casamento propriamente dita. Mas, bem mais importante que isso, por ser o dia em que chegam os deuses das outras cortes.

A manhã começa com Tempestade trazendo ao meu quarto um bule de chá fumegante de menta. Meu jejum se estenderá até o momento da cerimônia, quando Hades e eu daremos a primeira mordida na maçã cerimonial.

Ainda bem, porque já me sinto bem enjoada mesmo sem ter comido nada.

Não é exatamente porque hoje vou me casar.

É mais porque hoje é o dia em que verei meus pais.

Hermes diz que Zeus concordou em afirmar que isso tudo foi ideia dele. Pelo visto ele anda desfilando pelo Olimpo rindo de como conseguiu manipular Deméter para me casar com Hades. E como quer que todos acreditem nele, estará entre os deuses hoje.

E mamãe... Não tenho a menor ideia do que ela vai fazer. Será que vai ficar lá parada tramando o assassinato de Hades? Vai fazer uma cena para demonstrar sua insatisfação? Com sua magia restrita pelo solstício, recorrerá a gritos e berros? Nada disso parece provável da parte dela, mas eu não excluiria nenhuma dessas opções.

Quando não resta mais nada além de uma borra no fundo da xícara, fico me perguntando se folhas de hortelã podem ser lidas pelos oráculos da mesma forma que chá preto. Se for o caso, não me sinto otimista em relação ao meu futuro.

Ainda encaro as profundezas da xícara quando minhas amigas mortais entram inesperadamente no quarto.

Larissa me abraça e pergunta como estou me sentindo, enrolando um dedo no meu cabelo ainda comprido e assentindo com aprovação. Damaris pergunta onde está meu vestido e fica aliviada quando digo que Hades ficou responsável por providenciá-lo. E, enquanto me sinto dominada pelo medo de tudo que está por vir — mais pessoas e deuses do que vi em toda a minha vida —, Cora me distrai com uma história vertiginosa sobre a poeta que ela finalmente conseguiu encontrar. Todas abrimos sorrisos cúmplices enquanto vemos suas bochechas corarem sempre que toca no nome dela.

Estige chega uma hora depois, segurando uma xícara de néctar e olhando na direção das mortais, que não param de tagarelar. Eu amo esse burburinho; me faz lembrar de casa, onde eu nunca estava apenas entre uma ou duas ninfas, mas vinte, às vezes trinta. Estige, por outro lado, afirma que não consegue suportar esse tipo de coisa antes do meio-dia.

Tempestade chega com cosméticos e franze a testa diante da variedade de produtos de higiene pessoal já espalhados na cama. Fico pensando que vai desaparecer assim que entregar tudo — ela nunca fica por muito tempo —, mas dessa vez fica bem ali, encostada na parede. Não demora para que ela e Estige comecem a tecer comentários depreciativos sobre todo o evento e o fato de que Hades não vai precisar se esforçar muito para parecer aceitável aos deuses. Elas não entendem que tudo aquilo se trata mais de uma armadura, de um disfarce.

Mas as mortais entendem. Elas me levam para as salas de banho e derramam água de rosas na minha pele, cobrem meu cabelo com espuma de hibisco e sabonete de frésia. Depois que a água de limpeza realiza sua magia e estou tão pura quanto os criadores desta cerimônia pretendiam, Damaris passa azeite de oliva no meu cabelo para deixá-lo brilhante enquanto Larissa polvilha meu corpo com pó de conchas trituradas para deixar a pele iluminada e Cora borrifa uma névoa de lírio e gardênia. Em seguida, Tempestade entrega flores para Estige prender em meus cachos, embora ela tente favorecer as estiges e faça beicinho toda vez que lhe digo para incluir algumas das outras.

Não é o mesmo que ter Ciané e as ninfas, mas já é alguma coisa.

Quando volto ao quarto, há um vestido esperando por mim.

Ao vê-lo, minhas companheiras ficam paralisadas.

Não fazia ideia de que algo poderia ser tão macio, que uma renda poderia parecer tão leve, que um tecido poderia drapejar como orvalho na grama mesmo quando amontoado na cama. Eu o seguro e o material se desdobra como se fosse água escorrendo — uma prata líquida que brilha sempre que a luz é refletida.

— Perséfone — murmura Cora. — Eu sou literalmente uma princesa e nem mesmo eu... pelas Moiras.

— De onde ele tirou isso? — pergunta Damaris. Tempestade a olha desconfiada, como se estivesse determinada a enxotá-la dali caso ela descobrisse. — Existe uma deusa da moda sobre a qual ninguém falou para nós, mortais? Eu teria sacrificado qualquer coisa a ela por algo assim.

Até Estige está com os olhos arregalados. Imagino que uma coisa seja saber sobre o talento dele, outra é vê-lo ao vivo.

Se o vestido já era bonito antes, nem se compara à maneira como se assenta sobre meu corpo, como o beijo suave de uma brisa de verão. Hades usou um material que nunca vi antes: uma trama aberta que seria transparente caso ele não tivesse acrescentado um forro de renda. A saia flutua ao meu redor. O caimento é primoroso; o tecido contorna meu corpo e espirala até os pés. É tanto movimento que minha mãe nunca teria me deixado vesti-lo. Em vez de mangas, Hades costurou miçangas tão compactamente que formam abas sobre meus ombros, e a barra é bordada com padrões espiralados.

Lembro de Hades dizendo que bordar nunca foi uma habilidade que ele particularmente apreciasse e sinto minhas bochechas corarem.

Agradeço às mortais e digo a elas que as verei mais tarde. Eu as convidei para a cerimônia, mas elas ficaram pálidas só de pensar em todos os deuses que estariam presentes e educadamente recusaram o convite.

Estige diz que também deveria ir se arrumar, pois quer ficar atraente para Palas ou Tânatos ou seja lá quem ela tenha beijado.

— Tempestade — pergunto depois que elas se vão —, onde está Hades? Ela balança a cabeça.

— Eu não o vejo faz algumas horas, desde que ele me pediu para buscar suas mortais e a deusa do rio.

— Ele te pediu que fizesse isso? — Sinto um sorriso surgindo e permito que tome forma no meu rosto. Qualquer coisa que grite "noiva emocionada" está permitida hoje.

— Sim, ele me confia uma grande quantidade de tarefas importantes. — Ela fica tempo suficiente para revirar os olhos novamente antes de sair para verificar a disposição das mesas. Eu saio à procura de Hades.

Que está em uma de suas salas de trabalho, cercado por amostras de tecidos metálicos. Vejo todo o esforço que ele colocou neste vestido que o obriguei a fazer.

— Obrigada — digo. — É perfeito.

Ele se vira e não sei bem o que eu estava esperando — talvez algo mais próximo do choque quando me viu pela primeira vez na escadaria, na noite em que nosso noivado foi anunciado.

Em vez disso, suas feições ficam paralisadas e, um momento depois, ele engole em seco.

— Pensei que eu não deveria te ver antes da cerimônia — diz ele.

Franzo a testa.

— Por quê?

— É tradição.

Dou de ombros.

— Nunca ouvi falar. De qualquer maneira, você sempre diz que eu não te elogio o suficiente, então você provavelmente deveria anotar tudo que vou te dizer: este é o vestido mais incrível que eu já vi, Hades. Minhas amigas mal conseguiram se controlar. Como é que você pode ser tão talentoso?

Hades dá de ombros, mas seus olhos brilham: profundos lagos marrons cintilando como água sob o sol.

— Até que é bem fácil quando se tem a musa certa.

— Ahh, já está praticando, é? — provoco.

Ele pisca e um segundo depois abre um sorriso preguiçoso.

— Quer dizer que eu preciso praticar?

— Para chegar ao meu nível? Com certeza — digo, mas paro de sorrir assim que percebo no que ele está trabalhando. — Isso é...

Não sei como isso me escapou por tanto tempo. As flores estão me puxando, quase gritando na minha cabeça para que eu preste atenção.

— Seu véu, sim — responde ele.

A *anakalypteria*, a elevação do véu, é a parte mais crucial da cerimônia de casamento.

Hades preencheu todos os espaços na renda com flores, de modo que só dá para ver pequenos fragmentos do tecido. Estarei coberta de flores da cabeça aos pés, e dou uma risada quando vejo quais são: margaridas, frésias e gardênias. *Pureza*. As flores que disse a Ciané que estava indo colher antes de saltar para o Submundo. Que coincidência encantadora, além de simbolizar um glorioso desafio: um aceno secreto ao fato de que desde o início escolhi estar aqui.

— São lá de casa — digo baixinho, erguendo gentilmente uma ponta do véu. As flores ecoam com a atmosfera da Sicília, os prados pelos quais corri e a terra que cavei.

— Sim, bem... — Hades coça a nuca, encarando algo no outro canto do quarto. — Eu não podia trazer suas amigas até você. Então mandei uma mensagem para elas, que fizeram isto pra você.

— Você... as ninfas fizeram isto? — O encaro fixamente, como se o estivesse vendo pela primeira vez, enquanto ele permanece ali parado, meio constrangido, fazendo tudo, menos reconhecer o trabalho que teve para planejar tudo isso. Fico de coração partido por não poder puxá-lo para perto, não poder mostrar a ele o que isso significa para mim.

Ele não me ama desse jeito e, em momentos como esse, eu gostaria que ele parasse de agir como se amasse.

Em vez disso, me concentro nas minhas amigas, no amor que elas costuraram nesse véu.

— Elas precisaram de uma certa persuasão — diz Hades. — Mandei uma mensagem para Ciané. Obviamente ela pensava que eu havia te sequestrado, então no início não ficou nem um pouco feliz.

— Como você conseguiu convencê-la?

Hades sorri.

— Com meu charme habitual. — Ao me ver arqueando a sobrancelha ceticamente, ele ri. — Minha querida, elas podem até ter me interpretado errado, mas te conhecem muito bem. Contei a elas umas histórias de como você chegou intempestivamente ao meu reino, o cobriu de flores e exigiu mudanças. No final, elas perceberam que eu não estava inventando.

Não sei se algum dia cheguei a abrir um sorriso tão largo.

— Não acredito nisso. Muito obrigada.

— Sim, bem, seu casamento deveria ser o dia mais feliz da sua vida — diz ele. — Se você não tem o pretendente que merece, pelo menos pode ter o traje.

— Você está querendo mais elogios e não vou cair nessa. Você sabe que acho sua companhia bastante tolerável — brinco e Hades finge uma expressão magoada.

— Tem uma coisa. Ciané exigiu que, assim que puder, você vá visitá-las.

— Perfeito. É esse mesmo o plano.

Hades faz que sim.

280

— Melhor eu ir me arrumar. Os convidados já devem estar cruzando o Aqueronte.

— Ok — digo. — Acho que te vejo no altar.

Hades sorri, radiante.

— Até logo, minha futura rainha.

O véu está pesado com as flores, mas me sinto envolvida pelo amor que as trançou. Ciané está aqui comigo e sei que em algum ponto da margem do seu rio, ela está pensando em mim. As ninfas provavelmente estão conversando sobre mim neste exato momento, especulando e rindo com a minha felicidade.

Isso é quase o bastante para me fazer ir em frente, mas consigo sentir a presença dos deuses atrás das portas, e um formigamento no pescoço me diz para dar o fora dali.

Então surge algo novo, como uma sensação de calma.

Eu estou bem. Estou segura.

Mas Hades não está. Ele está naquele pátio, assim como o meu pai.

E se eu não me casar com Hades, meu pai fará coisas indescritíveis com ele. As ameaças que fez, de lhe arrancar membro a membro não são exagero. Ele já fez muito pior. Não me surpreenderia em saber que já existem buracos preparados nos quatro cantos do mundo para papai espalhar os pedaços de Hades.

Cravo as unhas no buquê e avanço com fúria correndo pelas veias.

Isso deveria ter a ver com desejo. Com amor. Deveria ser uma questão de escolha.

Mas os casamentos são transações comerciais. Têm a ver com controle. Não é possível que eu seja a única para quem esse pensamento sempre foi um pesadelo.

Então vou me casar com esse homem.

Eu o desejo. Eu o amo. Eu o escolho.

Eu amo este reino. E escolho essas pessoas.

Mas isso não importa.

Porque o que mais desejo é poder.

Então dou um passo à frente.

Vou me casar com Hades e reivindicar o que é meu. Vou recompensar e punir os mortos, porém, mais do que isso, vou inspirar e causar medo até os mortais lá em cima prestarem atenção em mim. Pode levar gerações, mas os humanos não mais amarão ou temerão meu pai — pelo contrário, irão rir dele, desprezá-lo por sua falta de autocontrole. Eles se afastarão dos deuses e traçarão seus próprios caminhos.

E será por *minha* causa.

Dou outro passo à frente.

Com o tempo, meu nome será mais reverenciado que o do meu pai, e os mortais colocarão a liberdade acima de tudo.

E talvez sempre haja alguém que torne a vida dos outros pior.

Mas eu sempre estarei aqui para dar refúgio a essas pessoas e me desculpar por não ter conseguido fazer isso antes.

Mais um passo à frente.

Estalo os dedos e as portas se abrem.

O pátio foi transformado num paraíso. Sinto vontade de fazer anotações para a vida após a morte que estou criando para os humanos. Minhas flores brilham como tochas, seu poder pulsando, cercando os convidados para lembrá-los de quem sou eu. E logo eles descobrirão que sou muito mais que isso.

Consigo enxergar perfeitamente, apesar das flores no véu. Mas a multidão não consegue me ver.

Então olho fixamente e sem remorso enquanto caminho pelo corredor, cercada por deuses que não vejo há anos. Os membros da minha corte são muito fáceis de identificar entre os deuses do Olimpo: sorriem orgulhosos, desfrutando da posição vantajosa que ocupam e observando os Olimpianos, que permanecem hesitantes e com sorrisos irônicos estampados no rosto.

Passo por Afrodite, que olha meu vestido de cima a baixo com fúria. Sussurra algo para Hefesto, sem dúvida exigindo que encontre a fonte do material.

Ares está carrancudo e amuado – exatamente o tipo de marido que eu tentava evitar. Se eu precisasse de mais um sinal de que estou fazendo a escolha certa, o deus da guerra o está oferecendo.

Héstia e Hermes sorriem lado a lado, Héstia calorosamente e Hermes com aquele prazer travesso de quem está por dentro da piada.

Dionísio segura os óculos *lorgnon* diante dos olhos como se estivesse no teatro. Eu me pergunto se o deus do teatro consegue sentir todas as encenações que fiz até agora — e se está julgando a mais grandiosa que estou fazendo na vida.

Apolo olha para os convidados ao redor, provavelmente procurando por ninfas no papel de damas de honra. Ártemis está ao seu lado, brincando desajeitadamente com uma presilha de cabelo em formato de folha prateada, que seria mais sofisticada se não houvesse uma folha de verdade presa ao lado.

O olhar de Atena é tão frio quanto o escudo ao seu lado.

Agora meus passos se tornam mais resolutos.

Porque ali está Poseidon, seus olhos um oceano revolto e totalmente indecifrável. Será que está com raiva porque Hades ficou com o que ele não conseguiu? Ou feliz por Zeus ter perdido o controle?

Hera sorri serenamente, personificando a harmonia graciosa que se espera de um casamento.

E papai...

Zeus está fingindo muito bem estar satisfeito. Suas mãos descansam às costas enquanto presta atenção na cena à sua frente. Mas está com o maxilar extremamente tenso, os músculos dos braços contraídos.

Sorrio, sem nem mesmo tentar reprimir o gesto, porque o véu por si só faz um trabalho brilhante.

Só por ter a chance de irritar Zeus, toda essa coisa de casamento já valeria a pena.

Ao lado dele há somente um espaço vazio. Meu coração acelera. Onde ela está? Preciso recorrer a todo o meu autocontrole para não sair procurando em meio à multidão. Entro em pânico como se voltasse a ser uma criança, perdida na floresta e gritando pela minha mãe.

Porque ela não está aqui.

Ela não veio.

Imaginei tantas coisas, tantos confrontos horríveis — ela gritando com Hades ou me arrastando dali sem se dar ao trabalho de ouvir meus protestos. Mas confronto nenhum é muito pior. Como ela pode não ter vindo? Quero contar a verdade a ela, mostrar o que fiz com este mundo, apresentá-la a Hades e dizer todas as coisas que ele fez por mim. Mas ela não veio. Minha mãe não veio ao meu casamento.

Continuo avançando. O último que vejo é Hades.

Quase tropeço.

Não por ele estar lindo, porque lógico que está, com sua pele negra radiante, os olhos cintilando, as maçãs do rosto e o queixo esculpidos em algo mais rígido que mármore. Não é pelo corte perfeito de sua túnica branca, que realça nele tudo que mais admiro: os ombros fortes, as coxas musculosas e os quadris estreitos. Não é pela coroa em sua cabeça, captando a luz e me atraindo a ele, nem pela fumaça emanando em ondas de sua pele ou pela escuridão grudada nele, exagerada como nunca vi antes, fazendo-o parecer uma criatura saída de um pesadelo.

É o jeito como ele me olha, aquele sorriso escondido que ainda assim brinca em seu rosto. É o jeito como ele parece quase enfeitiçado. O jeito como me sinto presa em seu olhar.

Meu coração bate forte. Pelo canto do olho vejo Afrodite, a deusa do amor, erguer subitamente a cabeça, os olhos arregalados, e me pergunto se ela consegue pressentir cada emoção vibrando dentro de mim.

Três mulheres surgem atrás de Hades, todas de aparência despretensiosa, diferentes apenas na idade. As Moiras. A mais jovem tem o cabelo longo e sem corte e, apesar de mal ter saído da adolescência, algo nela parece antigo. A do meio me lembra minha mãe, embora não sejam nada parecidas. Ela me faz lembrar que minha mãe não está aqui para ver isso. A última Moira faz até Hécate parecer jovem, e seus olhos, brancos em razão da catarata, me encaram fixamente.

Consigo sentir o poder que emanam. Todos os olhares se voltam para elas. Hades e eu curvamos a cabeça e os presentes fazem uma mesura, apoiando-se em um joelho.

Zeus faz uma reverência — um movimento rígido e brusco.

Até mesmo os reis precisam se curvar às Moiras, que representam o Destino, mas mesmo assim é uma visão maravilhosa.

Tomo meu lugar ao lado de Hades e os deuses ao meu redor desaparecem. Agora não são mais indivíduos, não passam de uma plateia distante. Tudo que consigo ver é ele.

O desejo de que esse casamento seja real me atinge com tanta força que parece mais uma dor do que um anseio. O pensamento não me choca como deveria; é só mais uma onda de tristeza que sinto lá no fundo. Eu sabia que gostava dele, e sabia que queria algo além. Mas é a minha cara não perceber o quanto até o momento em que me vejo ao seu lado, prestes a me casar com ele.

Hades dá um sorrisinho breve, o aceno discreto de um monarca satisfeito. Mas seus olhos? Ah, seus olhos estão irradiando felicidade. Todo mundo consegue ver o quanto ele está verdadeiramente feliz.

Preciso admitir a derrota. Minha habilidade em fingir é muito inferior à dele. Sua performance está realmente em outro patamar.

Clotó, a Moira mais jovem, dá um passo à frente. Está usando um vestido branco que de agora em diante não será mais considerado adequado para mim.

Não ligo muito para isso. Eu vivia os sujando mesmo.

— Lorde Hades. — A voz dela ressoa em alto e bom som pelo cômodo, como um sino tilintando. — Pode erguer o véu da noiva.

Fico sem ar, e é isso. Achei que haveria um preâmbulo, uma cerimônia mais extensa.

Hades segura a borda rendada do véu. Seus dedos encostam nos meus e fico toda arrepiada. Tem alguma coisa em estar cercada por todas essas pessoas que faz com que cada olhar e cada movimento tenham um significado enorme.

As mãos dele tremem ao erguer o véu.

Estampo um olhar cheio de admiração no rosto, determinada a não demonstrar a ansiedade nem a mágoa que estou sentindo.

O véu cai e arquejos ecoam ao redor.

— *Ela é linda...*

— *Pelas Moiras...*

— *Mas o cabelo... não está cortado...*

Chego a ouvir alguns sussurros, mas os ignoro. Meu olhar encontra o de Hades antes de eu me inclinar para ele e ele para mim, exatamente do jeito que planejamos — o instante perfeito de hesitação, a energia no ar, e então o momento em que nossos lábios se tocam. Tudo isso milimetricamente cronometrado para provocar as exclamações ao redor.

Movo meus lábios de encontro aos dele de uma maneira metódica. Sim, seus lábios são macios e tudo que quero é me entregar ao que estamos fazendo. Mas não posso.

Não posso fazer isso com ele — me aproveitar do beijo exigido pela cerimônia para imaginar um beijo com algum significado. Penso no beijo no lago e em como me entreguei àquele momento. Agora foco nessa farsa, nos deuses que murmuram e no melhor ângulo para inclinar a cabeça e todos poderem enxergar. É um gesto completamente vazio.

Até que a respiração dele enche meus pulmões e dou um passo atrás, a intimidade inesperada ficando presa na grade de ferro em que eu havia envolvido meus sentimentos.

Hades pisca, confuso, e forço um sorriso, abaixando a cabeça como se estivesse envergonhada enquanto a multidão comemora.

Não imaginei que fingir seria tão difícil assim. Com certeza deve ser fácil quando não se está realmente fingindo, não é? Mas me escondi atrás de tantas fachadas que qualquer coisa verdadeira acabou sendo estrangulada.

A Moira do meio, Láquesis, dá um passo à frente enquanto Clotó desaparece no fundo. Láquesis segura uma maçã com as mãos estendidas, e tem algo de perverso no brilho vermelho da fruta em sua palma. Algo que me faz relutar em pegá-la. Trata-se de algo que o homem normalmente faria primeiro — Hades e eu concordamos que seria um simples ato de rebeldia.

Pego a maçã antes que possa mudar de ideia, e meus dentes partem a casca crocante, seu sabor cobrindo minha língua antes dos primeiros cochichos.

Estendo a maçã para Hades, que abre aquele seu típico sorrisinho animado e provocador e então morde não o outro lado, como manda a tradição, mas bem próximo à minha mordida. Seus lábios tocam a casca onde os meus estiveram.

Fico com as pernas bambas.

Não sei por que esse pequeno ato me deixa com um nó no estômago, até porque o beijo em si não me fez sentir nada — bem, não exatamente nada, mas perto disso. Porém, aqui estamos.

E não sou a única. As Musas estão se abanando no meio da multidão.

Suponho que, se é para eu ter um marido falso, ele ser tão atraente com certeza é uma vantagem.

A coroa também não é nada mal.

Ele devolve a maçã a Láquesis, que a enfia no bolso. Fico em pânico só de pensar nos feitiços em que aquela maçã será usada.

Então a terceira Moira, Átropos, dá um passo à frente segurando um lutróforo nas mãos enrugadas. A água se agita no vaso a cada passo.

Hades pega minha mão e nos ajoelhamos diante dela. A pedra fria pressiona meus joelhos através das finas camadas do meu vestido, causando dor.

Levo um susto quando a água cai em mim. Meu véu umedece e a água gruda no meu cabelo, mas logo depois o vaso vai em direção a Hades. Sua túnica branca fica transparente onde a água cai — a clavícula se destaca, assim como os gomos nos músculos do abdome que tanto desejo contornar com os dedos.

De repente a água para e nos levantamos.

Átropos recua para se juntar às irmãs.

Meu coração bate forte e olho para Hades, nossas mãos ainda entrelaçadas, minha outra mão segurando o buquê como se fosse a única coisa fazendo sentido no meio de tudo isso.

Acabou. Estamos casados.

Rapidamente recupero o fôlego.

— Marido. — Sorrio, sem conseguir tirar os olhos das gotas pendendo de seus cílios.

Hades me abraça.

— Esposa. — Ele pronuncia essa palavra com tanta alegria que de repente não consigo imaginá-la sendo dita de outra forma.

Ao nosso redor, irrompe uma salva de palmas.

288

Capítulo trinta

Os gritos de comemoração são avassaladores e após um momento esmagados pelo barulho, as pessoas se aproximam de nós, nos cercando como um enxame. Elas nos conduzem em direção ao palácio em meio ao caos, mas Hades segura com firmeza a minha mão e fico chocada ao me pegar não apenas sorrindo, mas rindo, em êxtase. Durante todo o nosso planejamento, não me preparei para que esse fosse um evento tão feliz assim. Estava tão focada em convencer a todos que nos amamos que não pensei em como um casamento pode ser alegre se você acredita nesse amor.

Quando finalmente cruzamos a soleira, os gritos animados ficam ainda mais altos.

Ares dá um tapinha nas costas de Hades.

— Muito bem — diz ele.

— Diga que a comida no Submundo é razoável — resmunga Dionísio. — Estou morrendo de fome.

Corro os olhos pelo salão em busca dos meus pais — como se eu estivesse enganada e mamãe, afinal de contas, esteja aqui, ou meu pai pudesse estar atravessando a multidão, segurando um raio entre o punho cerrado. Mas tem gente demais. As mulheres já estão formando grupos, esperando que eu as leve para o nosso banquete reservado.

— Te vejo em breve? — pergunta Hades enquanto os homens se reúnem ao seu lado. Sua túnica ainda está salpicada com a água que nos uniu, a mesma que escorre nas pétalas do meu véu. Não quero me separar dele; quero ficar a sós com Hades, tirar essas roupas úmidas e vestir trajes mais confortáveis, tomar chá perto da lareira e passar horas a fio conversando.

Mas o casamento vai muito além da cerimônia, e há outras tradições a cumprir.

— Com certeza — digo alegremente, na esperança de que, se fingir animação, eu consiga realmente me sentir assim. — Você não vai se livrar de mim assim tão rápido.

As pessoas ao nosso redor riem pensando que Hades, que idealizou meu sequestro, já esteja entediado comigo.

Talvez não acreditem no nosso amor, afinal de contas. Talvez só estejam entusiasmadas por Hades ter vencido dessa forma. Ou talvez acreditem que fui sequestrada e mantida prisioneira até acabar me apaixonando por ele.

Lembro a mim mesma que, para poder dar asas ao meu eu verdadeiro, preciso estar segura e, para chegar a esse estágio, devo obedecer às tradições até o fim da cerimônia. Até o momento em que a coroa for colocada na minha cabeça. Então sorrio, os lábios numa linha reta como a lâmina de uma faca, e digo a mim mesma que tudo o que deixa meu estômago embrulhado e minha cabeça a mil por hora serve de munição. Será um prazer levar esses seres cruéis à ruína.

— Senhoras. — Aceno para as deusas. — Vamos?

Quando começamos a andar, Héstia vem para o meu lado e passa o braço pelos meus ombros.

— Você está linda — diz ela, entusiasmada.

— Você também. — É verdade. Héstia não precisa de toda a extravagância que quis estampar no meu traje: ela tem um jeito único de fazer com que itens comuns chamem a atenção. Está maravilhosa com seu vestido simples cor de âmbar, preso no pescoço por uma corrente de miçangas de madeira um pouco mais clara que sua pele, e tranças elaboradas amarradas num nó torcido. Então ela sorri. O sorriso de Héstia é tão caloroso quanto uma dúzia de lareiras, e estou muito feliz por ela estar aqui.

Ela pergunta, baixando o tom de voz:

— Você está bem?

Não estou pronta para a enxurrada de lágrimas. Ela é a primeira a me fazer essa pergunta.

— Sim — digo com firmeza, abrindo um sorriso. — Obrigada. — Agradeço com tanta sinceridade que Héstia faz que sim, aparentemente convencida.

— A xênia anda sendo muito utilizada — comenta ela. — Não consigo acompanhar tudo... mas você a usou, não foi? E ele não a violou?

— Héstia, eu... — Realmente não quero conversar sobre isso aqui, mesmo com as outras deusas conversando entre si. Alguém pode acabar ouvindo.

— Eu só ia dizer — continua ela — que, como deusa do lar, consigo sentir que este é o seu. E estou feliz que você o tenha encontrado.

Ela me solta com um último aperto nos ombros e se mistura novamente na multidão de deusas. Pisco, sentindo um quentinho no coração.

Levo todas para a ala leste. No Olimpo, há rumores de que essa é a ala favorita de Zeus, onde ele pode observar o sol nascer e ver seu mundo em glorioso esplendor. Mas aqui embaixo, essa ala é minha. As enormes janelas em arco dão para campos floridos, os limites das terras humanas visíveis no horizonte. Buquês pendem das tochas do corredor, guiando-nos até o salão na extremidade oposta. O mármore branco não transmite mais a sensação de um mausoléu, não agora que as paredes estão repletas de tantas tapeçarias e obras de arte.

Quando chegamos ao salão, uma longa mesa dourada ocupa todo o espaço. Lustres brilham com luzes cintilantes, o teto tão alto que é possível piscar e acabar achando que as luzes são as estrelas.

— Vamos comer? — pergunta Héstia alegremente ao ver o banquete à sua frente.

Passei dias a fio trabalhando com as ninfas e os mortais nos preparativos. Com acesso a uma infinidade de ingredientes, eles criaram pratos dos quais eu nunca tinha ouvido falar. A mesa comprida range sob o peso de pratos cheios de suculentas carnes cozidas com alho e salsa, tranças de pão salpicadas de azeitonas, legumes assados no azeite e cobertos de flocos de sal, arroz perfumado com jasmim, pratos de curry com aromas que ficam no ar e outros pratos com nomes em idiomas que ainda não aprendi.

— Sim — confirmo, indo para meu lugar na cabeceira da mesa.

— Agora? — pergunta Hera, incisiva.

Concordo com a cabeça, fingindo inocência.

— Sim, estou morrendo de fome. Vocês não estão? Ultimamente fiquei tão agitada que há dias não consigo comer.

Espíritos do vento entram em rajadas e os cálices de vinho parecem se encher sozinhos.

— O costume é que...

— Ah, a espera? — pergunto. — Eu sei, mas Hades e eu achamos que não teríamos como deixar mulheres tão importantes quanto vocês esperando.

Hera fica imóvel, a mandíbula tensa.

Mal consigo respirar enquanto aguardo-a responder.

Tecnicamente, as mulheres só devem comer depois que os homens terminam. Hades e eu decidimos que isso era um absurdo completamente sexista, mas foi Hera quem ditou esses costumes — sem dúvida numa tentativa de apaziguar o marido.

Provavelmente Hera é a deusa que me deixa mais nervosa. Não quero insultá-la subvertendo suas tradições. Ela é poderosa — é a rainha dos deuses e esposa do meu pai — e contam muitas histórias sobre seu espírito cruel e vingativo. Foi forçada a se casar com meu pai e uma vez até tentou derrotá-lo. Zeus a pendurou no céu acorrentada até que Hera, de tanta dor, acabou jurando pelo Estige nunca mais tentar nada contra ele. Mas isso não significa que não haja brechas. Se eu conseguir trazê-la para o meu lado, ela poderá ser uma aliada inestimável.

É lógico que, por enquanto, estou focada em sobreviver ao meu pai, mas tenho uma eternidade pela frente, então estou despretensiosamente pensando a longo prazo.

— Maravilhoso — diz Atena, sentando-se ao meu lado, e é como se ela tivesse dado permissão às outras para fazerem o mesmo. Hera hesita apenas mais um instante antes de se juntar a nós à mesa, escondendo sua expressão atrás da taça de vinho.

Não tem lugar marcado, mas as divindades se organizam de acordo com uma ordem determinada. Sou cercada pelos membros do conselho: Atena à minha esquerda, Ártemis à direita, e Hera, Afrodite e Héstia — que, pelo que dizem, pode entrar a qualquer momento para o conselho — ao lado delas. Outras Olimpianas ocupam as mesas ao lado, das Musas a deusas menores: Melpômene, a musa da tragédia, ao lado de Selene, deusa da Lua. As três Graças vêm depois de Tique, deusa da fortuna. O grupo se estende até as divindades do reino de Poseidon, o Oceano, sua esposa, Anfitrite, e Tetis, a deusa de algum mar que eu nunca vi. As deusas do meu reino se reúnem na outra extremidade, Mania conversando amigavelmente com Enió e as Moiras juntas no ponto mais distante.

— A esta união — diz Hera, a voz ecoando pelo salão e interrompendo as conversas.

Todas erguem suas taças, até mesmo Atena e Cibele, que logo as pousam de volta na mesa, sem beber. Pelo visto, algumas divindades são leais à minha mãe, e não sei dizer se isso é um alívio ou não. Pelo menos ninguém deixou um lugar para ela. Eu não conseguiria lidar com um assento vazio esperando por ela.

Quando coloco meu buquê de flores em um jarro vazio na mesa, Ártemis presta atenção.

— O que é isso? — Ela balança a cabeça. — É... estranho.

— Ah. — Sorrio. — Bem, eu queria fazer uma oferenda, mas sou apegada demais ao meu cabelo.

— Sim, percebi — diz Ártemis, com súbita frieza.

— Então, no lugar do cabelo, pensei em homenageá-la de um jeito que só eu posso. — Indico com a cabeça a flor que chamou sua atenção, grupos de pétalas brancas ao redor de um miolo tão amarelo que faz o sol parecer pálido. — Dei o nome de camomila. — O nome parece uma piada secreta: *maçã da terra*. É a primeira coisa que criei neste reino destinada ao consumo. — Ela foi projetada para sobreviver a muitos climas, tem várias qualidades medicinais e produz um chá delicioso. Achei que seria útil para você e suas caçadoras quando estiverem em busca de alimento.

Ártemis — ou melhor, a mesa inteira — está quieta, olhando para mim.

Atena é a primeira a romper o silêncio e bate distraidamente com a unha comprida numa taça de vinho.

— Você com certeza soube aproveitar bem o seu dom — diz ela, o olhar ainda mais intenso graças ao contraste entre seus olhos cinza-ardósia e a pele de porcelana.

Meu sorriso é perfeito: recatado, tímido e satisfeito, tudo de uma só vez.

— É maravilhoso trazer beleza ao mundo... mas dar utilidade a ela também é um tipo de magia que me sinto honrada em ter. — Meus olhos encontram os de Hécate e espero que ela retribua a centelha de alegria. Ela me disse que eu era mais do que flores. Não é a isso que ela se referia: o modo como as transformo em algo mais do que apenas flores?

No entanto, ela não está feliz. Seus olhos escuros queimam como fogo.

— Obrigada... *Perséfone*. — Ártemis se atrapalha com meu nome, mas fico corada só pelo fato de ela o utilizar. Até agora, nenhum outro Olimpiano reconheceu que recusei o nome dado por Zeus, um fato do qual todos eles foram testemunhas. Não sei se por lealdade à minha mãe ou a ele. — Não esperava por esse presente... é muito superior a uma mecha de cabelo.

— É, bem — digo —, um agradecimento por proteger meninas. — Ergo minha taça em direção a ela, mordendo a língua.

Fico me perguntando se ela percebe o desafio, se consegue enxergar o brilho de raiva nos meus olhos.

Porque *ela* não *me* protegeu. Eu quem protegi a mim mesma. Onde ela estava enquanto minha mãe tentava me arranjar um casamento? Fazendo tudo o que nosso pai mandava. Todas neste salão pensam que fui sequestrada, forçada a me casar e sabem lá os deuses o que mais, e, no entanto, ninguém fez nada para impedir.

E pode não ter sido o que realmente aconteceu, mas já passei tempo suficiente com os mortais para saber que essas histórias estão longe de ser raras.

Todas aquelas meninas forçadas a cortar o cabelo em homenagem a uma deusa que não pode protegê-las porque está ocupada demais andando de um lado para o outro na cela em que o pai lhe colocou. Ele a deixa correr pela selva, mas a impede de interferir em qualquer coisa que não seja a periferia deste mundo. E ela aceita isso; se agarra à sua liberdade limitada, apavorada em ultrapassar o limite estabelecido por ele.

Ela sabe disso.

Como se ouvisse meus pensamentos, Ártemis cora, mas assente.

Ela não é protetora coisa nenhuma. Ainda não.

Mas talvez seja necessário que pelo menos uma de nós tenha êxito desafiando meu pai para que as outras façam o mesmo. O brilho gelado nos olhos de Ártemis, voltados para a mesa, passam a impressão de que ela adoraria enfrentar qualquer um que coloque uma garota em perigo, de preferência atravessando o olho da criatura com uma flecha.

— Por favor, comam — insisto. Com certeza os homens não pensariam duas vezes. As mulheres da minha corte já fizeram montanhas de comida nos pratos.

— Nenhum desses alimentos foi cultivado aqui? — pergunta Hera.

Asseguro a ela que não, tremendo só de pensar em algum Olimpiano passando o resto da eternidade por aqui.

Passo a hora seguinte representando meu papel, brilhando como um enfeite de cristal para elas admirarem. Finjo interesse nas fofocas que compartilham, rio de suas piadas cansativas e baixo a cabeça, tímida, diante de qualquer questionamento sobre Hades. Elas não vão conseguir tirar nada de mim.

Presto atenção aos rostos ao meu redor, me perguntando quem mais está interpretando um personagem. Fico meio preocupada — embora talvez não surpresa — ao me dar conta de que, na minha opinião, estão todas fazendo isso.

As ninfas voltam carregando bolos que cintilam com açúcar, creme e cascatas de mel, e as frutas nos cestos em suas mãos estão empilhadas tão alto que fazem o Monte Olimpo parecer pequeno. Antes que Tempestade se retire, a puxo de lado e peço, num sussurro, que ela encha novamente a taça das deusas.

Fico me perguntando se a festa de Hades está tão entediante quanto esta. Talvez todos eles também estejam interpretando personagens — homens obscenos que celebram como arruaceiros e não param de fazer perguntas nojentas. Enquanto pego minha taça, me questiono se Hades as responde. No dia em que anunciamos o noivado, ele mal conseguia lidar com Hermes. Como vai lidar com uma sala abarrotada de deuses querendo detalhes lascivos sobre nosso relacionamento inexistente?

Assim que recolhem os bolos, o bate-papo chega ao pico, graças, sem dúvida, às taças rapidamente enchidas. Duas das divindades menores oceânicas têm uma discussão acalorada, e as que estão por perto viram a cabeça de um lado para o outro, como se assistissem a um pentatlo.

Astreia, outra filha bastarda do meu pai e, tecnicamente, suponho, minha irmã, inclina-se na direção de Peitó, deusa da sedução. Peitó toca na coxa de Astreia, que cora num tom de vermelho que até hoje só vi em flores.

As pessoas afastam os pratos e começam a se deslocar para conversar com quem está sentado mais distante, formando pequenos grupos de deusas fofocando. Quando estou prestes a entrar em um deles, a mão de Hera me detém.

— Sua mãe está desesperada, sabe — diz ela, com os olhos mais alertas do que sugerem seus gestos atrapalhados. Então não está bêbada demais; isso é o tipo de coisa que ela diria insensivelmente estando sóbria.

— Você falou com ela? — pergunto. — Ela está bem?

— Como poderia estar bem? — rebate Hera, mas seu tom não é gentil. Na verdade, soa cruel, com uma pitada de deboche na voz. — Ela acha que ele está te obrigando a fingir felicidade, mas você está contente mesmo, não é? Como pôde fazer uma coisa dessas com a coitada da sua mãe?

Bem, se ela estivesse aqui, se eu pudesse falar com ela, talvez ela entendesse.

— Eu amo Hades — confirmo. — E espero que, com o tempo, minha mãe perceba isso. Vai ficar satisfeita ao ver o quanto estou feliz com meu marido.

Hera bufa com desprezo.

— Não faz nem um dia que está casada e já está esperando felicidade? É mesmo ingênua.

— Estou exigindo felicidade — corrijo, soltando meu braço de sua mão com um movimento tão brusco que ela se sobressalta. Fico de pé da mesma forma abrupta. — Com licença.

Acho que qualquer plano para me juntar a Hera vai ter de esperar. Antes que eu possa escolher um grupo para conversar, Hécate surge ao meu lado.

— Posso falar com você em particular? — pergunta ela.

Reprimo um suspiro. Tenho a sensação de que reclamar não seria uma boa estratégia.

Então a levo para uma salinha perto do salão de banquete, de onde ainda consigo ouvir as deusas conversando.

— O que isto significa? — pergunta ela, gesticulando a mão enrugada na minha direção.

— Pode explicar melhor?

— Esse seu mar de mentiras é uma vergonha.

Cruzo os braços.

— Lamento que pense assim.

Eu me viro para ir embora, mas ela fica na minha frente, obstruindo o caminho.

— O que você está fazendo, brincando de noiva emocionada quando poderia estar realizando muito mais?

Engulo em seco.

— Se eu quiser ajudar os mortais, preciso...

Hécate se encolhe.

— Você ainda está pensando muito pequeno.

— Então pare com esses enigmas. Se acha que sou muito mais do que isso, me diga. Fale o que você pensa que eu sou.

Ela dá uma risada.

— Mas assim não tem graça. Nem um pouco.

— Não tenho tempo para ficar achando graça. Sou uma garota fazendo o melhor possível para sobreviver neste mundo. Este casamento é o caminho.

— Você não deveria estar tentando sobreviver neste mundo; deveria estar tentando destruí-lo.

— Não é o tipo de coisa que eu possa fazer numa tarde — digo secamente, esperando que a indiferença disfarce meu pânico. Não preciso que Hécate descubra que é exatamente isso que estou tentando fazer: derrubar os Olimpianos e o mundo que eles forjaram. Se eu realmente conseguir fazer isso, então a vida após a morte que quero criar vai alterar as bases da moralidade mortal de um jeito que o mundo nunca mais será o mesmo... nem os deuses. Mas não sei o que Hécate faria com essa informação. A única pessoa em quem confio qualquer segredo neste momento é Hades. — Agora, se me der licença...

Ela sibila.

— Esse garoto é uma distração.

— Hades... — começo.

— Não é importante.

— Ele é meu marido.

— É um complemento. — Ela rosna. — Você o ama? É sortuda. Mas esconde seu poder atrás do dele, como se só pudesse ser rainha deste reino com a ajuda de Hades, como se o poder que corre em suas veias não significasse que você pode simplesmente tomá-lo dele. Como se desde sempre não estivesse destinado a você.

Suas palavras me pegam desprevenida.

— Este reino? Você acha que meu poder tem alguma relação com este reino?

— Se gosta tanto assim do seu marido, pergunte a ele. Ele sabe.

Ela se afasta e fico olhando para a parede. Hades está guardando segredos *de mim*? Segredos sobre mim e este reino? Não fiz nada que outra pessoa não pudesse fazer — um toque de energia divina para restaurar algumas simples almas mortais e uma fenda na terra que consegui conectar ao poder com as flores concedido pelo meu pai.

Mas... e se não foi isso?

E se ela tiver razão? E se houver outro motivo?

Talvez Hécate só tenha dito todas essas coisas para me confundir. Ela não gosta de Hades, e não deixou nenhuma dúvida quanto a isso. Ou melhor, ela acha que não preciso dele. Talvez ela esteja tentando desviar meu foco. Talvez não passe de outro jogo. De qualquer forma, não posso me dar ao luxo de ficar pensando nisso no meio do meu casamento.

Estou voltando para a festa quando ouço vozes no corredor.

— Acha que só porque estou aqui você está perdoado? — pergunta meu pai.

— Lógico que não — diz Hades, a voz apaziguadora que me faz lembrar muito de quando ele me implorou para não odiá-lo.

— Experimente sair um milímetro da linha que você...

— Eu sei que você não está me ameaçando no meu próprio reino, Zeus — diz Hades. — Não quando você é um convidado da minha hospitalidade.

— Se acha que Héstia e sua maldita xênia me colocam medo depois de tudo isso, então você...

— Pai? — chamo assim que chego ao corredor. Pisco, confusa, arregalando os olhos levemente na esperança de transmitir alguma inocência. Fica na cara que Hades reprime uma risada. — Está tudo bem?

Meu pai se afasta de Hades, imprensado contra a parede à base de rosnados e punhos cerrados.

— Claro, Coré — diz ele.

— É Perséfone agora — corrijo e me apresso antes que ele possa rebater. — Estava mesmo querendo falar com você para agradecer por ter me arranjado um casamento tão bom.

Hades, por sua vez, substitui o terror pela admiração, embora eu não acredite na autenticidade de nenhuma das duas emoções.

— Bem — começa meu pai, ajeitando a túnica torta nos ombros. Não foi projetada para confrontos com deuses. — É o que qualquer pai faria pela filha.

— De fato — digo, em vez do discurso que tenho vontade de fazer sobre ele me tratar como sua propriedade.

— Estou muito feliz em ver você finalmente aceitando seu papel, Coré — diz ele, a raiva que sentia de Hades transformando-se numa satisfação sombria, como imaginei que fosse acontecer. É possível que até o fim da noite ele esteja tão satisfeito com minha submissão que acreditará que ele realmente quis isso. — Você me surpreendeu com tudo o que fez para deixar seu marido feliz.

— Bem, eu sabia que não havia como Hades ter me levado se você não quisesse — digo, parando ao lado de Hades e passando o braço pela cintura dele. — E se essa união é seu desejo, então também é o meu.

— Espero que algumas das outras deusas da corte aprendam com você, Coré — diz papai.

Pela primeira vez vejo que isso nunca teve nada a ver comigo. Eu poderia rir, gritar ou correr em direção ao meu pai, com as mãos esticadas, pronta para arranhá-lo. Ele passou a vida toda arruinando minha felicidade porque eu queria demais, publicamente demais. Se não tivesse prestado atenção em mim, eu poderia ter inspirado outras garotas a fazer o mesmo.

Hera recebeu poder e ficou presa a ele, seu marido. Mamãe, um assento no conselho e uma filha para proteger. Ártemis, liberdade, desde que permaneça excluída da sociedade. Afrodite, algo imenso como o amor e um casamento forçado com um homem que odeia. Atena, seu ouvido, contanto que sempre concorde com meu pai. Héstia, virgindade eterna, contanto que permaneça dentro de casa. Sempre com condições, exigências para controlar o que poderíamos fazer, as mulheres que poderíamos ser.

Hades fica tenso ao meu lado, a mão nas minhas costas desenhando círculos reconfortantes, como se estivesse sentindo minha raiva e soubesse que seria perigoso não contê-la.

— Eu também espero — sibilo. — Os grupos se reuniram? — pergunto a Hades antes de dizer qualquer coisa da qual possa me arrepender.

— Acredito que sim.

— Então é hora de dançar.

Apesar de tudo, embora seu talento para fingir seja muito superior ao meu, a irritação fica estampada em seus olhos.

Abro um sorriso maior ainda.

Experimente só dizer não agora, Hades.

— Muito bem — concorda Hades, as palavras escapando por entre os dentes cerrados.

— Continuamos esta conversa mais tarde — promete Zeus, olhando para Hades com um ódio que duvido que ele tenha demonstrado desde que amarrou Prometeu ao rochedo.

— Ah, não é preciso. — A felicidade de Hades é do mesmo tipo travesso que o levou a sugerir a Hermes que apresentasse o casamento como ideia de Zeus. — Acredito que nós dois sabemos exatamente onde isso ia dar.

Divindades bêbadas comemoram assim que retornamos e, embora não seja possível eu ter ficado fora por mais de quinze minutos, fica evidente que o vinho agiu rápido sobre eles. Vejo Dionísio no meio da multidão, erguendo a taça com um sorriso não muito diferente daquele que Hades estava exibindo agora há pouco. Eu me pergunto se é ele o responsável pelos deuses trôpegos e pelas deusas que não param de soluçar.

— Eu te odeio — sussurra Hades no meu ouvido.

— Bem, não demorou muito — digo. — A festa ainda nem acabou.

Com uma mão ele agarra minha cintura, me puxando para ele, e com a outra segura minha mão.

— Mais um item na minha lista de arrependimentos.

— Talvez as Musas o inspirem — proponho. — Na verdade, elas estavam agora mesmo na minha mesa.

Seus olhos estão particularmente cativantes hoje.

— É improvável — diz Hades. — Não sou uma pessoa criativa. — Seus dedos tocam o vestido que ele fez.

— E, pelo que ouvi dizer, também é um péssimo dançarino — observo.

Hades abre um sorriso feroz.

— Ah, com certeza não.

A música começa e ele me ergue do chão.

Já dancei muitas vezes, mas a música das ninfas é mais selvagem, menos rítmica e mais intuitiva. Eu costumava mover o corpo até meus movimentos parecerem uma extensão natural das notas.

Mas, com essa música, nada é fácil.

Me movo agilmente e rodopio, guiada por Hades, e enquanto cambaleio tentando acompanhá-lo, ele se movimenta como se fosse o próprio criador da dança.

Não, ele definitivamente não é um péssimo dançarino.

Passa o tempo inteiro sorrindo para mim, sem nunca desviar o olhar, e sua mão forte segurando a minha é a única coisa me mantendo de pé.

— Você é péssima nisso — sussurra ele em meu ouvido.

— Onde você aprendeu a dançar desse jeito? — pergunto.

— Isso ajuda nos movimentos da guerra, sabe. Conduza uma mulher numa pista de dança e você será capaz de brandir uma espada num campo de batalha. Aqui. — Sua mão pressiona minha lombar, me aproximando dele, e não consigo evitar o arrepio ao sentir seu hálito quente na minha bochecha. — Eu te ajudo.

Num piscar de olhos, ele é a única coisa que me mantém em movimento, me segurando colada ao seu corpo e me levantando, com uma das mãos nas minhas costas e a outra entrelaçada com força à minha.

Eu me sinto tonta enquanto giramos pelo salão. Fico feliz que ele esteja me segurando; se não fosse por isso, eu desabaria.

— Olhe para mim — diz ele, então desvio o olhar do salão desfocado para seus olhos firmes, inabaláveis, um castanho tão escuro que quase parece preto. Não acho que ele esteja fazendo isso de propósito: esse joguinho em que o objetivo é tentarmos inflamar o desejo do outro. Não acho que ele esteja *tentando* me fazer perder o controle. Mas também não acho que só esteja tonta por girar na pista de dança.

De repente ele me solta, mas só para aproveitar o impulso para rodopiar ao meu redor e me pegar novamente. Eu giro e ele me abaixa tanto que seu braço se torna realmente a única coisa me sustentando. Estou sem fôlego enquanto o encaro fixamente, e, quando ele volta a me levantar, desabo contra seu corpo com uma risada satisfeita.

— Ora, ora… você realmente é uma caixinha de surpresas — arquejo.

Hades arqueia uma sobrancelha.

— Eu procuro agradar.

É o que parece. Os deuses irrompem em estrondosos aplausos antes de se juntarem a nós na pista de dança. Agora danço, com muito menos vigor, com outras divindades.

Hades retorna com minha taça de vinho e outros deuses me puxam para conversas que alternam entre fascinantes e tediosas. As ninfas aparecem com mais comida ainda e, à medida que a noite avança, Apolo, Hemera e Hélios vão perdendo o brilho até parecerem meros imortais, e, no lugar deles, Selene, Nix e Ártemis começam a resplandecer. Quando os deuses das estrelas também começam a cintilar, Ares sobe em uma mesa e dá uma batidinha com sua adaga na taça.

— Venham agora, já deve estar na hora! — ruge ele.

As divindades reunidas dão gritos retumbantes de aprovação.

— Peguem eles!

Eu estava conversando com Éter, Pã e Eros, mas eles me seguram e riem da minha expressão perplexa.

Esta é a parte do casamento sobre a qual mamãe sempre evitava responder: o momento em que os noivos são conduzidos ao quarto.

Outros deuses correm, juntando-se a nós. Anteia agarra meu braço esquerdo enquanto Morfeu segura o direito. Do outro lado do salão vejo Hades precisando lidar com um tumulto semelhante: Ponto puxando seus braços para trás enquanto outros agarram sua túnica para impulsioná-lo para a frente, e, no meio de tudo, Fama e Peitó rindo quando a manga rasga e vai parar em suas mãos.

Não tenho certeza de como eles sabem para onde estão indo, mas ainda assim nos arrastam — não que estejamos resistindo — para o quarto de Hades e nos enfiam ali dentro. Batem a porta com força, mas não é grossa o suficiente para nos impedir de ouvir as risadas espalhafatosas dos deuses.

Então finalmente me viro para encarar meu marido.

A sós.

Capítulo trinta e um

A aura de Hades desaparece no segundo em que a porta se fecha. Quando abro a boca para falar, ele leva o dedo aos meus lábios, aproximando-se de mim, e a sensação é de que esses instantes levam uma eternidade.

Eu me encosto em Hades, sentindo o efeito do vinho.

— Eles ainda estão lá fora — sussurra ele, o hálito quente na minha pele.

— Por quê? — pergunto.

— Porque não têm nada melhor pra fazer — diz, baixinho. — E para terem certeza de que o casamento seja consumado.

Pisco várias vezes, me perguntando se ele vai dizer que é uma piada. Não diz.

— Ah — murmuro.

Então, sem nem avisar, solto um gemido de encontro ao dedo pressionando meus lábios, sem desviar o olhar de Hades, me deliciando com a expressão de choque e desespero que cruza seu rosto.

O som fraco de deuses abafando o riso passa por baixo da porta e abro meu sorriso mais inocente.

— O que você está fazendo? — sibila Hades.

— Lembra daquela sua reputação?

— Estou familiarizado com ela.

— Ela acaba de ficar *muito* melhor — digo antes de gemer tão alto que nem consigo ouvir os deuses.

— Onde foi que você aprendeu isso? Quando te conheci, seu nome significava pureza — sussurra Hades, me puxando para longe da porta e mais para o meio do quarto.

— Quantas vezes vou ter que te dizer que a única companhia que tive a vida toda foram ninfas? — pergunto, embora, sendo bem honesta, eu também esteja bem surpreendida comigo.

Vivo cercado de ninfas e nunca coloquei muita fé nessa coisa toda de "ninfomania"...

— É bem improvável que elas conversassem com você sobre isso.

Dou um chute em sua canela, fazendo-o soltar um grunhido.

— Por que você fez isso? — pergunta ele.

Dou de ombros.

— Também tenho uma reputação a zelar.

— Não tem, não — rebate ele.

— Bom, agora eu tenho.

— E se eu tivesse dito "ai"?

— Então eu zoaria o todo-poderoso rei do Submundo por ter dito "ai".

— *Perséfone.*

— Eu daria um jeito. Eles são deuses... com certeza já ouviram coisas mais estranhas que "ai" durante o sexo.

— E agora fazemos o quê? Ficamos pulando na cama? — pergunta ele.

— Ah, boa ideia — digo. — Mas vamos esperar um pouco... não queremos que eles pensem que você pula as preliminares.

Hades resmunga algo que não entendo, mas não acho que seja um elogio.

Então finalmente olho para o quarto em que estamos, e fico surpresa ao vê-lo cheio de cor e, inacreditavelmente, flores. As minhas flores.

Não que seja uma surpresa que sejam minhas. Todas as flores são minhas.

Mas estas aqui são as que cultivei neste reino, secas em quadros e florescendo em vasos.

Mais pergaminhos cobrem as paredes, o que parece um exagero para um deus com tantas bibliotecas. Os tecidos foram tingidos para formar complexos desenhos marmorizados, suavizando as cruas paredes de pedra. Não há nenhum quadro, mas ele pintou os móveis, pequenos detalhes que eu nunca teria percebido antes de conhecê-lo: espirais, relevos e padrões que só vi antes na natureza.

Parece que este quarto é a única parte do palácio que ele decorou de acordo com seu gosto. Ninguém mais deve vir aqui.

Ele não é virgem, mas me pergunto há quanto tempo.

Sirvo uma bebida a Hades enquanto solto um gemido imprevisível, até que ele finalmente começa a rir, ainda que esteja balançando a cabeça em desespero. Finalmente ele entra no clima e temos de enfiar o rosto no ombro um do outro para não ouvirem nossas risadas. Hades pulando na cama com seus trajes formais de casamento é um momento que espero que nunca termine. Quando acho que não tenho como estar me divertindo mais, ele começa a chacoalhar a cabeceira e preciso tapar a boca com as mãos para abafar o riso.

Dou um jeito de ignorar o fato de que o que estamos fingindo estaria realmente acontecendo caso os planos do meu pai tivessem se concretizado. Sempre achei o sexo engraçado de um jeito abstrato, aterrorizante se aplicado à realidade. Mas isso não parece diferente de rir da palavra "pênis" junto com as ninfas.

Olho de relance para Hades. Os deuses acham que estou transando com ele. O que imaginam que está acontecendo? Será que acham que ele está passando as mãos no meu corpo? Ou...

Não consigo. Não consigo mesmo imaginar. É como se houvesse um bloqueio na minha mente. Eu o quero — de um jeito que parece quase verdadeiro, de um jeito que nunca imaginei que poderia. Todas aquelas histórias sobre esperar pelo casamento e, até lá, só realmente dormir com seu marido... nunca me pareceu algo difícil de se fazer. Acho que eu nunca realmente entendi o desejo. Até agora.

Mas ainda é demais imaginar algo além dos seus lábios tocando os meus, suas mãos na minha cintura, talvez em outros lugares... nada de ficar sem roupa, nada de sentir pele na pele.

Até que finalmente desabamos na cama de Hades, os rostos corados de tanto pular no colchão. Eu me deito virada para ele, sem fôlego, nossas cabeças apoiadas nos travesseiros. É desse jeito que olharíamos um para o outro logo depois?

Não consigo imaginar, mas talvez eu gostasse. Talvez gostasse de descobrir isso com ele.

Suponho que, de qualquer maneira, isso não tenha a menor importância, nao quando é algo que nunca vai acontecer.

Ficamos deitados em silêncio até que os deuses mais desconfiados provavelmente tenham retornado para a festa ou então entrado numa suíte — muito provavelmente com outros.

— Então estamos casados — digo depois do que parece uma eternidade.

— Eu diria que o casamento transcorreu maravilhosamente bem — observa Hades. O teto do quarto é pintado com suaves redemoinhos coloridos, e ficamos olhando como se fossem as estrelas no céu. — Um salão cheio de deuses gregos e ninguém matou ninguém? Ninguém começou uma orgia? Ninguém foi acusado de crimes ou traições? Foi quase entediante.

— Ah, acho que sabiam que nada do que fizessem poderia ser tão dramático quanto o casamento em si.

— Mas ainda temos amanhã — lembra Hades.

Amanhã, o último dia do casamento. E minha coroação.

— Ninguém vai me ofuscar no meu dia especial — brinco. Parece ridículo eu ser o centro das atenções de uma cerimônia, recebendo uma coroa. O único jeito de passar por essa experiência é fingir que sou uma vilã cruel e que tudo isso faz parte da minha trama maligna para roubar o trono.

Hades sorri enquanto vira na minha direção.

— Ninguém poderia te ofuscar, por mais que tentasse.

— Cuidado, marido, isso foi quase gentil — digo.

— Eu quis dizer que você é bem mais dramática do que eles poderiam sonhar em ser.

— Exatamente.

— "Dramática" não é o elogio que você parece pensar que é.

— Então sinta-se à vontade para me oferecer outros. Afinal, hoje é minha noite de núpcias.

O sorriso preguiçoso de Hades desaparece.

— Sinto muito que seu casamento tenha se tornado isso: uma armação visando sua segurança.

— Você sabe que isso é melhor do que qualquer outra coisa que eu possa ter esperado.

— Eu sei. Mas você não deveria esperar só isso. Deveria ser uma celebração feliz. Deveria envolver amor e...

— Passou muito tempo esta noite com Afrodite, querido? — pergunto. Não suporto como ele ecoa meus pensamentos e os devolve para mim.

— Você está soando horrivelmente sentimental e isso é preocupante.

— Me permita um momento de sentimentalismo numa noite como esta — diz Hades. Seu olhar encontra o meu, mais caloroso e feliz do que o olhar de qualquer outra pessoa para mim. — Por favor.

— A festa também é sua — digo baixinho. — É o seu casamento. Você também merece mais do que uma encenação.

— Perséfone, eu estou feliz — diz ele. — De verdade. Seria uma honra passar a eternidade com você. O que também é mais do que eu já esperei de um casamento.

Engulo em seco, resistindo cada impulso de me aproximar dele.

Será que é desse jeito que viverei a eternidade? Inutilmente desejando um marido que deixou claro várias vezes que tudo que existe entre nós é apenas amizade?

— Sabe, você é mais do que um dia eu imaginei e mais do que qualquer esperança que já tive — digo, em vez disso. — Obrigada, por tudo. Foi o dia perfeito com a pessoa perfeita. O início de uma eternidade perfeita.

Hades franze o nariz.

— Ok, agora você está tirando sarro de mim, certo?

— Sim... mas também meio que estou falando sério. — Sorrio. — É só que não tenho muito costume de fazer isso. Eu te amo, Hades. Não... não aquele tipo de amor que se espera num casamento — conto essa meia mentira porque *eros*, aquele amor sensual que minha mãe disse que só deveria ser encontrado no casamento, é tudo em que consigo pensar. — Mas mesmo assim eu te amo. E isso nunca foi uma coisa fácil para mim.

Seja o que for que ele esteja sentindo, consegue disfarçar bem.

— Eu também te amo — rebate ele, mas com os olhos fixos no teto. — E isso não é algo que eu... bem, você sabe.

É lógico que não sei. Mas, na verdade, meio que sei, sim. E, ah, deuses, às vezes tenho vontade de beber as águas do Lete, que te fazem esquecer as coisas, só para não ficar pensando em momentos como este.

— Você está...

— Pode ficar com a cama esta noite — diz Hades abruptamente, interrompendo qualquer clima que pudesse estar se formando entre nós. — Eu durmo no chão.

— Não seja ridículo — digo. — Esta cama é quase tão grande quanto a Sicília.

Hades ri, deixando escapar um suspiro breve e agudo que sugere ter sido pego de surpresa.

— Acho que você está exagerando.

— Você é meu marido e meu amigo — digo. — Vai dormir comigo na cama.

— Não me importo em dormir no chão, de verdade. É bem melhor do que a maioria dos lugares onde dormi na época da guerra — diz ele.

— "Melhor do que a guerra" não é algo que a maioria das garotas gostaria de ouvir no dia do casamento, querido — digo. — Fique na cama, por favor.

Ele hesita por um instante antes de finalmente concordar.

— Tudo bem, mas vire-se enquanto troco de roupa.

— É sério?

— Sim — responde, e quase consigo sentir o calor que invade suas bochechas.

Faço o que ele pede e, enquanto espero, vou tirando as flores do cabelo, deixando-as cair numa pilha organizada em cima de uma mesa próxima. Até que ele avisa que terminou.

— Não pude pedir às ninfas que trouxessem nada para você — diz Hades. — Poderia acabar sugerindo que não planejávamos... você sabe. A maioria dos recém-casados não dorme vestido na noite de núpcias. Mas, se quiser, pode pegar algo meu emprestado...

Faço que sim e ele me passa um roupão de seda macio. Gesticulo para que ele se vire e, embora tenha completa certeza de que ele não olhará, ainda fico arrepiada enquanto tiro a roupa. Quase quebro alguma coisa tentando desabotoar o vestido sozinha, mas acho que, se pedisse sua ajuda, acabaria não conseguindo me controlar. Senti-lo abrindo os botões um por um, seus dedos tocando minha pele...

Tiro o vestido, que parece destruído: todo o tule e a renda confeccionados com tanto cuidado formando uma pilha no chão. Então o recolho e dobro antes mesmo de pegar o roupão para me cobrir.

— Terminei — digo e, quando ele se vira, está com uma expressão indiferente no rosto, olhando muito determinado para as ondas pintadas no guarda-roupa. Meu coração bate de um jeito irregular, como se eu estivesse esperando que ele não conseguisse tirar os olhos de mim, como aconteceu antes, no altar.

Se o fingimento dele é capaz de pregar uma peça nos meus sentimentos, talvez o meu também seja. Então faço o que sei fazer de melhor, o que ando fazendo há anos diante da minha mãe: finjo um sorriso.

— Ótimo, então — digo, indo para a cama e puxando os cobertores, até que um arrepio percorre minha pele. — Me conta tudo.

— Como assim? — pergunta ele, imóvel na beira da cama.

— Como os deuses reagiram quando você estava sozinho com eles? Acha que ficaram convencidos?

— Lógico que sim — diz ele. — Nossa mentira funciona bem assim justamente porque ninguém está procurando por ela.

— Todo mundo estava procurando por ela — digo, diminuindo o tom de voz. — Estava todo mundo atrás de uma pista de que eu não estava tão feliz quanto aparentava. Todos em busca de uma tragédia.

— E encontraram?

— Óbvio que não. — Fico ofendida por sua falta de confiança.

— Zeus estava fora de si, como era de se esperar e como você escutou — diz Hades. — E Ares não ficou feliz por ter sido... como foi mesmo que ele disse... "usurpado por uma trapaça". Foi basicamente isso. Dionísio ficou tão encantado quanto Hermes... pelo visto, nenhum dos dois é particularmente fã do seu pai. Poseidon estava tão animado que quase ofuscou a minha própria empolgação com o casamento.

— E conseguiu ofuscar?

— Não — responde sem nem pensar duas vezes. — Mas entre os convidados da minha corte e os da dele, era nítido que os Olimpianos insatisfeitos estavam em menor número. No fim das contas, tenho certeza de que provavelmente não conseguiam lembrar por que chegaram aqui tão hesitantes.

— Então tudo correu melhor impossível?

Hades faz uma pausa e me pergunto se aconteceu mais alguma coisa que ele não está dizendo. Mas ele só fica me olhando.

— Foi perfeito.

Ele pega um travesseiro da cama e coloca no chão.

— O que você está fazendo? Te disse pra ficar na cama — insisto.

Hades sorri, mas tenho a impressão de ver algo mais triste em seu semblante.

— Odeio desobedecer à minha rainha — rebate ele. — Mas infelizmente serei obrigado... só desta vez.

Ele pega um lençol da beira da cama e se deita no chão.

— Durma bem, esposa.

Não entendi o que exatamente acabou de acontecer ou o que dizer, mas finalmente respondo:

— Boa noite, marido.

As luzes se apagam e fico deitada de olhos abertos, encarando a escuridão enquanto os barulhos dos deuses ainda festejando ressoam do corredor.

Uma hora depois, a respiração profunda de Hades preenche o quarto, mas ainda não consigo pegar no sono.

Isto é ridículo.

Depois de mais algumas horas sem dormir, puxo os outros cobertores para o chão e me junto a ele. Não consigo relaxar sabendo que ele está aqui no chão só para eu poder ficar na cama.

E parece que é só me deitar ao seu lado no tapete que adormeço.

Capítulo trinta e dois

Acordo numa confusão de braços e me esquivo, quase tendo um piripaque.

Hades ainda está dormindo, graças aos deuses.

Não sei quem estava abraçando quem, e meu coração dispara só de pensar que bastaria Hades ter acordado primeiro e... e então o quê? Ele saberia como me sinto? Pior ainda, ele teria suspeitado. E eu passaria o resto da eternidade pisando em ovos.

Saio do quarto na ponta dos pés antes de sequer olhar para ele dormindo. Tudo que sinto é seu cheiro, o peso de sua perna na minha, seus dedos na minha cintura... Olhar para ele é um risco que não posso correr se quiser pôr um ponto final nesses sentimentos ridículos.

Volto para o meu quarto e, no caminho, encontro apenas um deus, Apolo, que rapidamente percebe que estou vestida com o manto de Hades e faz um sinal de joinha. Ele está vestido com uma túnica forrada de conchas bordadas, nitidamente um presente de um membro da corte de Poseidon.

Levo horas até ficar pronta. Desta vez nenhuma mortal está me fazendo companhia, mas estou determinada a eu mesma conseguir me arrumar e ficar deslumbrante. Quero parecer poderosa, assustadora e meio etérea. Preciso me vestir de acordo com o papel, afinal de contas.

A beleza pertence ao dia de ontem. Hoje é o dia da coroação, um momento mais severo, mais ameaçador.

Passo sombra nas maçãs do rosto e nas pálpebras. Exagero o que dá para ser exagerado. Faço cachos no cabelo para que fique o mais volumoso possível, afastando-o do rosto de um jeito quase severo. Fica bonito. Com uma coroa, ficará incrível.

Coloco luvas e peço a Tempestade que me ajude amarrando as costas do vestido. Não pareço a rainha do Inferno; pareço a própria morte.

Posso até não merecer esta coroa, mas se é dela que preciso para continuar aqui, então vou arrancá-la de quem quer que seja. Vou tomá-la do mesmo jeito como assumi o controle deste reino, como aproveitei uma brecha para escapar daquela ilha. Não se trata de Hades. Trata-se de mim e deste mundo. Penso nas flores que plantei aqui, nos rios e no lago, penso nos mortais, nas criaturas e no quanto adoro este lugar. Não fiz tudo isso e não vou ficar só por Hades ou Estige ou pelos mortais, mas por mim mesma.

Quando me olho no espelho, percebo algo quase insubstancial em mim, como se eu tivesse puxado a aura deste mundo e colocado-a ao meu redor, como uma capa. Isso me faz lembrar do tecido preto transparente que preciso unir à renda em meus ombros — um véu nada parecido com o que usei ontem.

Penso no que Hécate disse sobre mim e este reino. Sobre o poder que posso ter nas mãos.

Se estivesse com essa aparência ontem, ficaria mais inclinada a acreditar em suas palavras.

Alguém bate à minha porta e mando entrar, sabendo que ninguém que não deveria estar ali se atreveria.

É Hades, lógico.

Está usando vestes incrustadas de pedras preciosas, todas tão trituradas que é como se tivessem sido costuradas no próprio tecido. Suponho que seja algo cerimonial. Mas ele parece rico, luxuoso — a personificação de tudo o que este mundo tem a oferecer. É o homem mais bonito que já vi, e em trajes tão formais parece um pouco mais alto, as pedras brilhando tanto que chamará a atenção de todos no salão.

— Você parece fatal — diz ele.

— Obrigada.

— E voltamos à sua estranha noção do que é um elogio.

— Você teve a intenção de me elogiar?

— Bem, sim, mas só porque eu te conheço.

— Então meu agradecimento permanece.

— Está pronta? — pergunta ele.

— Um momento — digo, prendendo um raminho de asfódelo atrás da orelha.

Hades sorri.

— Bem, isso não é simplesmente esfregar na cara deles?

— Lógico — digo. — Mas eles não têm ideia de que estou fazendo isso.

Foi exatamente o que me trouxe aqui. Isso aqui é minha forma de gritar que quem tomou a decisão fui eu.

Enquanto seguimos em direção ao mégaro, penso nas outras decisões que já tomei — a vida após a morte dos humanos e tudo que ela será. Penso em Zeus em seu trono, nos outros deuses do Olimpo, nas guerras que eles causam e nas pessoas que ferem. Digo a mim mesma que ainda que leve gerações de humanos, um dia os deuses terão sorte caso sequer sejam lembrados. E talvez eu até caia junto, mas cairei com um sorriso estampado no rosto.

Talvez eu tenha mesmo poder, simplesmente por escolher agir quando os outros não fazem nada.

Hades entra primeiro, e aguardo o momento da minha entrada.

Com esses pensamentos a mil por hora na minha cabeça, nem preciso fingir desdém quando empurro as portas e caminho pelo corredor.

As Musas e seus filhos cantam e divindades menores tocam instrumentos, tudo envolto numa atmosfera misteriosa, ecoando de um jeito que só pode ocorrer com a música no Submundo. Sinto arrepios percorrendo minha espinha e minha pele. Hades manipula ilusões sem nem pestanejar: os sussurros subliminares nas canções, as sombras rastejando sobre sua pele e revestindo cada lacuna e fenda do salão. Ele faz até com que me contornem, como tentáculos sob meus pés enquanto caminho, estendendo-se nos reflexos do piso dourado.

Hades espera no fim do corredor, mas não ao lado de um altar; trata-se, na verdade, de dois tronos. Um dossel de tecido transparente pende do alto, flutuando numa brisa inexistente e inquietante.

Ignoro os deuses, completamente focada no trono que logo será meu. Quando alcanço Hades, ele se vira segurando uma almofada sobre a qual está a coroa com o desenho mais complexo que já vi — não que eu já tenha visto muitas. O metal se contorce como um ramo de hera, frágil e ao mesmo tempo perigoso, como espinhos numa rosa. As pedras preciosas estão profundamente cravadas, a maioria preta, mas as vermelho-escuras e as roxas cintilam da mesma forma.

Ao pressentir ali uma marca registrada de Hades, me dou conta de que ele deve ter produzido a coroa. Consigo reconhecer, assim como a entonação de suas palavras ou o ritmo de seus passos.

A ponta de cada espinho se curva como fumaça saindo de uma chama, as ilusões de Hades transformadas em metal.

Retiro as luvas delicada e lentamente, jogando-as de lado sem aparente reverência, mas com muita calma. Minhas unhas estão longas, vermelho-sangue e pontiagudas, e anéis de ferro escuro se retorcem nos meus dedos.

A tradição manda que o rei coroe a sua rainha. No entanto, eu mesma pego a coroa e a ergo até a cabeça. Ouço arquejos dos deuses reunidos, mas ninguém ousa pronunciar uma só palavra enquanto estampo um cauteloso sorriso nos lábios.

Ninguém nem respira quando seguro a gola do traje cerimonial de Hades, que deve custar mais do que todas as riquezas do reino mortal.

Quando o puxo para perto de mim, ele não perde tempo em agarrar minha cintura, aproximando-me dele, e nossos lábios se tocam como um choque.

Sendo bem honesta, é um beijo confuso e desajeitado: os dois tentando se mover para o mesmo lado ao mesmo tempo e os dentes se chocando. Ainda é uma performance, apesar de mais desastrada que a de ontem.

Mas ninguém percebe e, quando nos afastamos, os cochichos já tomaram conta do salão. Estou prestando atenção na minha cintura, na ponta dos dedos de Hades, quentes como ferro, atravessando o tecido — como se meu corpo se lembrasse do jeito que ele me agarrou na noite passada, como se nunca quisesse se esquecer.

Somos jovens. Somos poderosos. Somos bonitos. E só as Moiras sabem o que poderíamos fazer juntos.

Zeus pode ser o deus dos raios, mas parece sombrio como um trovão.

E é entao que começa.

Capítulo trinta e três

Os deuses partem bem depressa, com sorrisos no rosto e cochichos no ar. Vão embora pouco menos de uma hora antes de Hermes convidar Hades para tomar um drinque. Mais tarde Hades me conta que os boatos já estão circulando. Que Afrodite nunca pressentiu um amor poderoso e sedutor como o nosso. Que algo entre nós parecia mais concreto. Que Hades me enganou para me fazer amá-lo. Que eu o enganei. Que alguma coisa é diferente, mais forte, mais...

— Pare — o interrompo. — Preciso falar sobre outro assunto com você.

— Já está pensando em divórcio? — Ele sorri. Passou o dia todo com um sorriso de orelha a orelha, nitidamente satisfeito consigo mesmo. Agora estamos sentados diante da lareira no escritório, uma salinha confortável com cadeiras acolchoadas e suave luz de velas, supostamente brindando ao nosso sucesso, e só consigo escutar a voz de Hécate, como se, onde quer que esteja, estivesse sussurrando bem no meu ouvido.

Ignorei as palavras dela ontem e desde então mal pensei nisso, mas agora conseguem abafar todo o restante.

— Eu não queria estragar o casamento — digo. — Nem a coroação.

— Mas agora que tem sua coroa, você...

— Hécate não gosta muito de você.

Ele arqueia a sobrancelha parecendo interessado, mas me encara de um jeito intenso e perspicaz.

— É mesmo?

— Ela me acha poderosa. Mais poderosa do que a deusa das flores deveria ser. E ela acha que você sabe disso.

É quase imperceptível o jeito como ele fica tenso, a mandíbula cerrada, os dedos apertam a taça. Mas percebo todos esses gestos como se tivesse passado as últimas semanas treinando exclusivamente para interpretá-lo.

O que, lógico, é a verdade.

— Ela está certa? — pergunto, já que ele não responde.

Ele desvia o olhar para as chamas e bebe o que resta na taça.

— Sim.

Já esperava por isso, mas mesmo assim dói. Seu "sim" me fere profundamente.

— Certo... então você ia me contar isso... quando?

— Quando eu tivesse certeza.

Estou com frio, apesar do fogo na lareira. Sinto os fios de tudo que tecemos se soltando. Tento me lembrar do instante em que ele me viu, ou pelo menos enxergou em mim o potencial para ser tão poderosa quanto Hécate afirmou. Quanto tempo levou desse momento até o dia em que me pediu para casar com ele?

— Ou quando tivesse uma noção melhor do que já sabia — acrescenta ele.

— Então você não se casou comigo, por exemplo, porque estava com medo de que eu acabasse exercendo algum poder sobre este reino. E casando comigo você poderia controlá-lo.

Hades se encolhe.

— Pelas Moiras, não. É isso que você está pensando?

— Na verdade, não — respondo, com uma frieza na voz. — Estava tentando não pensar no que ela disse. Mas agora só consigo pensar nisso... Ela disse que eu poderia governar este lugar sem você.

Ele reflete sobre o que eu digo, aquela marca de expressão marcando sua testa.

— Bem, é lógico que você poderia governar este lugar sem mim. Você tem ideias muito melhores do que qualquer uma que já tive ao longo de todos estes anos em que o reino é meu.

— Não se deprecie para elevar minha moral, especialmente quando estou irritada com você — o repreendo. — Além do mais, acho que ela não estava falando das minhas habilidades diplomáticas.

— Perséfone — diz ele, colocando no nome um peso que faz com que aquilo me magoe tanto quanto aquele *"sim"*.

Você mentiu para mim, Hades. Não pode dizer meu nome como se ele tivesse algum significado para você.

— Você é uma das deusas mais poderosas que já conheci. Você criou uma fenda no Inferno.

— *Eu* não fiz isso. *Nós* fizemos.

— Não, você rasgou o chão e usou meu poder e o de Estige para fazer isso.

— Vocês me deram seu poder.

— Não, não demos. Eu não sabia direito o que estava acontecendo, mas com certeza não foi uma escolha consciente minha. Não conversei com ela a respeito, mas também não me parece que tenha sido assim para Estige. E depois ficamos exaustos, prestes a desabar. Mas você simplesmente ajeitou a postura e dividiu as almas em cada porção da fenda. Além disso, mesmo que sua teoria esteja correta e você tenha conseguido esse feito incrível com nada mais do que seu poder com as flores e a conexão delas com a terra, ainda há o fato de que você anda restaurando almas e impedindo que pereçam.

— Qualquer deus poderia fazer isso.

— Não acho — diz ele. — Eu não conseguiria.

— Lógico que conseguiria, se chegasse perto deles! Eu não fiz nada para suas almas começarem a se regenerar. Simplesmente caminhei entre eles ou me mantive próxima, e eles passaram a sugar minha energia divina.

— Para mim, esse é um sinal do incrível poder que você tem. Você nem precisou pensar para fazer seu poder agir. Ninguém esperaria que você fosse capaz de fazer essas coisas.

Olho para as chamas. Não sei se consigo encará-lo agora.

— Então, se eu tivesse que supor... e antes da confirmação de Hécate isso tudo que eu estava fazendo... eu diria que algo aqui está te reivindicando, da mesma forma que as ilusões fizeram comigo. Como os domínios escolheram os deuses antes que Zeus os designasse.

Isso explicaria muita coisa: por que me sinto tão em casa aqui, por que o Inferno nunca me assustou da maneira que parecia horrorizar a todos, por que a terra tão prontamente cedeu sob meu toque.

Você ainda domina as flores. Zeus as deu a você — continua Hades. — Mas esse poder é primordial... Não se trata de algo que você *tem*, mas de algo que você *é*.

Deixo minha taça na mesa e me levanto.

— Então deixa eu entender uma coisa. Eu tenho um poder mágico que você conhece há semanas, um poder que provavelmente me daria o direito de reivindicar parte deste reino *sem* precisar me casar com você, e você não me disse nada.

— Eu não tinha certeza do que sabia — diz Hades. — Depois da fenda, suspeitei que estava acontecendo alguma coisa, que você tinha um poder diferente do que Zeus lhe deu. Mas eu não sabia que ele estava conectado a este mundo. Na verdade, ainda não temos certeza disso, tudo que temos é o argumento de Hécate. Mas... sim, suspeitei que você fosse mais poderosa do que acreditava ser.

— E mesmo assim você se casou comigo. E não porque esse poder poderia me tornar uma ameaça e, sendo sua esposa, você poderia controlar isso?

— Perséfone. — Ele tenta pegar minha mão, mas me esquivo, e a mágoa fica nítida em seu rosto. *Maravilha.* — Por favor, estou sendo completamente honesto ao dizer que isso nunca passou pela minha cabeça.

Eu tinha minhas suspeitas sobre o seu poder, sim, mas tínhamos coisas mais importantes e urgentes para considerar. Me casei com você por você, para ajudá-la a se afastar de seus pais, para acabar com o controle que eles têm sobre sua vida.

— Não — digo. — Você é inteligente demais para não ter pensado nisso.

— Sim, eu acharia o mesmo. Mas isso realmente, *de verdade*, não passou pela minha cabeça.

Não consigo acreditar. Pelas Moiras, como eu sou idiota. Por um instante acreditei mesmo que estávamos nessa juntos, enganando a todos juntos, mas não, eu é quem estava sendo enganada. E agora estou presa. De alguma forma, apesar de ter passado tanto tempo lutando contra isso, estou casada.

Sinto muita raiva, uma raiva tão intensa que, se eu fosse meus pais, o chão tremeria e os raios atravessariam o ar, e fico desejando alguma manifestação visível da minha fúria, porque minha mandíbula cerrada e meus punhos fechados não significam nada. Pior ainda: por mais irritada que eu esteja, uma grande parte de mim está cedendo. Não consigo nem respirar direito, estou a um passo de cair no choro, e não suporto isso.

— Mesmo que eu acreditasse que nosso casamento não teve nada a ver com isso, ainda assim você escondeu essa informação de mim. — Odeio como minha voz soa trêmula.

— Eu... eu não sou o tipo de pessoa que pensa em voz alta. Você sabe disso. Eu só queria descobrir o que era antes de te dizer qualquer coisa. Você já estava sob pressão e estresse suficientes...

— Bem, das duas, uma: ou você escondeu isso de mim porque não sabia do poder que eu tinha ou porque eu era frágil demais para lidar com mais uma preocupação.

Ele tenta encontrar palavras.

— A primeira alternativa, eu juro. Desculpa, nem sei por que disse isso. Não é verdade.

Balanço a cabeça, agarrando as costas da cadeira para me manter de pé.

Eu tenho poder.

E, ao se casar comigo, Hades reivindicou esse poder para si.

— Me desculpa — diz ele em voz baixa.

— Lá vem — sibilo. — Quanto tempo demorou até chegar nesse ponto?

— Eu devia ter te contado assim que percebi, mas simplesmente não sabia... e ainda não sei... com o que exatamente estamos lidando.

Olho para ele com raiva, esperando que continue.

— Me desculpa — repete.

— Desta vez não tem "mas"?

— Perséfone... — Pelo visto desta vez ele não tem nada a acrescentar.

— Vou pra cama. No meu próprio quarto.

— Mas a corte está de volta. Eles vão...

— Bem, se perguntarem, diga que você mentiu pra mim e que estou tentando encontrar uma maneira de perdoá-lo.

Ele faz menção de dizer algo, mas acaba se detendo e apenas assente. Parece mesmo chateado por ter me causado todo esse sofrimento. Mas, neste momento, não me importo. Só me casei às pressas para me proteger. Agora acho que teria sido capaz de me proteger sozinha desde o início.

No dia seguinte encontro um bilhete junto do meu café da manhã.

> *Sei que você precisa de tempo. E espaço. Estou fazendo o possível*
> *para dar isso a você, mas se precisar de mim, se houver qualquer*
> *coisa que eu possa fazer, por favor, me avise. Hades.*

Amasso o bilhete e o atiro no fogo.

Faz dias que não vejo Hades.

A corte está novamente a todo vapor, e, embora eu esteja morrendo de vontade de participar das atividades, sei que é onde Hades está. Sei também que ele odeia essas coisas; preferiria estar estudando os mortais, assim como eu. Em vez disso, está presidindo reuniões, debatendo com outros deuses e mediando disputas.

Enquanto isso, eu me divido entre passar o tempo na biblioteca e conversando com os mortais. É como se eu estivesse precisando dessa pausa para decidir exatamente o que queria fazer — mesmo que o casamento tenha sido tudo, menos relaxante — porque, quando volto ao trabalho, tudo parece muito definido. Em apenas alguns dias concluo meu conceito de vida após a morte. Não apenas a ideia geral, mas todos os detalhes, as coisinhas em que pensei no meio da noite, soluções para problemas que me deixaram bloqueada por semanas.

A pesquisa dele foi fundamental. Suas pinturas do paraíso são inspiradoras.

Tudo que eu mais quero é compartilhar isso com ele.

E, deuses, esta é a última coisa que quero admitir, mas estou com saudade de Hades.

Várias vezes começo uma carta para minha mãe, mas acabo amassando o papel e jogando-o na lareira. Achei que não seria nada de mais procurá-la depois do casamento e implorar que viesse até aqui para eu me explicar.

Mas o que vou dizer?

Mãe, eu quis isso. Sei que fiz você sofrer bastante e sinto muito por isso. Mas eu te amo e sinto sua falta, e acho que há um jeito de sermos todos felizes.

Por favor, venha conhecer Hades. Acho que você vai gostar dele. Na verdade, não estamos nos falando no momento, mas tenho certeza de que ficará tudo bem. Sabe, nosso casamento é uma encenação... mas talvez não seja. Porque acontece que eu tenho poder — um poder imenso, aparentemente capaz de transformar vidas — e existe uma pequena chance de Hades só ter se casado comigo por causa desse poder.

Não acho que ele tenha feito isso. Mas é possível.

E a única razão pela qual acho que ele não fez é porque isso iria contra tudo que sei sobre ele. Mas talvez eu esteja enganada. Talvez você tenha razão — talvez eu realmente não conheça muito este mundo e devesse ter te escutado em vez de me deixar ser manipulada desse jeito, e eu...

A pior parte é que, se ele se casou mesmo comigo por causa do poder, então usou meu maior medo para me aprisionar.

Desculpe, eu sei que um casamento motivado pelo meu poder não é tão diferente assim de um casamento motivado pelas minhas habilidades em tecelagem ou costura — mas tentei te dizer muitas vezes que eu não poderia fazer uma coisa dessas. Eu nunca quis fugir, mas senti que a outra opção — o casamento — não devia nem mesmo ser considerada.

Eu gostaria que você tivesse enfrentado o meu pai. Sei que não é uma expectativa justa — como você poderia enfrentar o rei dos deuses? Mas acho que estou com raiva por você não ter feito isso. Se eu encontrei outra opção, por que você também não encontraria? Eu passaria a eternidade com você naquela ilha, embora tudo o que eu mais quisesse fosse conhecer o mundo. Eu suportaria abrir mão desse sonho, mas não conseguiria suportar o casamento com um Olimpiano. Apesar de tudo, eu nunca quis te magoar, e lamento muito. Por favor, me perdoe. Espero que você encontre uma maneira de amar a pessoa que me tornei. Meus amigos aqui me fazem sentir que isso é possível: Estige, as mortais que você adoraria e Hades...

Talvez eu só queira acreditar nele porque gosto dele. Gosto de verdade, mãe, e estou preocupada com isso. Eu o amo — e não sei de que maneira. Eros? Bem, mãe, não vou falar com você sobre esse tipo de amor. Philia? Aquele amor de alma? Como eu saberia identificar algo assim? Ludus? Sim, acho que sim — o que nós temos é aquele amor brincalhão. A menos que ele tenha mentido para mim.

E o que importa a maneira como o amo, quando ele não deixou dúvidas de que só me ama como amiga? Uma amiga para quem ele mentiu...

É, não vou contar nada à minha mãe até resolver isso.

Estige não ajuda em nada. Mas, pensando bem, não sei por que pensei que ajudaria, afinal seu único conselho sobre qualquer coisa relacionada a Hades é que devíamos parar de enrolar e nos beijar de uma vez.

Finalmente me aventuro até o local onde vivem os outros deuses, um amontoado de casas feitas de pedra vermelho-escura com telhados de ardósia preta. O rio de fogo crepita às margens da cidade e minhas flores se agrupam em canteiros irregulares. Em um campo do outro lado do rio, vejo Cérbero correndo atrás de uma Erínia alada. O lugar é aconchegante, quente e divertido, cheio de tavernas e parques, imensos jardins inclinados junto às casas, embora eu não faça ideia de como eram antes de eu trazer as flores. Em um jardim parece ter uma piscina de lava, como se o Flegetonte não estivesse bem ali oferecendo suas chamas.

Estige caminha ao meu lado, apontando quem mora onde, até que anuncio que Hades e eu não estamos nos falando.

— Já? Vocês não deveriam estar na fase da lua de mel?

Explico o motivo e ela franze o cenho.

— Aquele idiota... — Ela cruza os braços e olha com raiva para o palácio, enfatizando sua insatisfação de um jeito meio excessivo.

— Mas...?

— Mas...?

— Imagino que tenha um "mas".

— Bem... — Ela faz uma pausa. — Ok, ele deveria ter te contado. Mas pensei que você soubesse.

— E como eu ia saber?

— Você *estava* lá quando fez tudo aquilo, não foi? E sabia que deveria ser uma deusa das flores e da beleza natural. O que você acha que curar almas tem a ver com flores?

— Achei que todo deus podia fazer essas coisas!

— Bem, Hades não tem culpa disso — diz Estige. — E, assim como ele, eu tive minhas suspeitas, então pode ficar com raiva de mim também.

Olho feio para ela.

— Ok, na verdade, não fique com raiva de mim. Sou muito fofa pra isso. — Fofa não é a palavra que eu usaria para uma mulher que parece estar a uma linha genética de uma *banshee*. — Só estou dizendo que... eu meio que entendo o argumento dele.

— Bem, mas não me casei com você.

— Uma pena. Só estou dizendo que ele...

— Não acredito que você está do lado dele.

— O quê? Eu te amo, querida, mas amo Hades também. — Ela abre um sorriso sereno. — Sou a parte calma da história, e me recuso a tomar partido de alguém.

— Você é literalmente uma torrente violenta de puro ódio. Escolha um lado — resmungo.

Ela faz uma careta.

— Eu sei que não deve ser divertido ser abordada daquele jeito no próprio casamento. E mesmo que você realmente tivesse suspeitado de alguma coisa, é nítido que Hades pensava saber de algo que você não sabia, o que, como eu disse, é uma atitude egoísta. Mas não acredito que ele tenha pensado que se casar com você seria uma forma de controlar seu poder. Primeiro porque seria estupidez, afinal ele nem sabe que poder é esse. Segundo porque ele mesmo já tem poder suficiente. Para que precisaria do seu? E, finalmente, acho que lá no fundo você sabe que ele não fez isso, porque sabe que ele nunca faria algo assim.

Dou de ombros.

— Apesar de tudo, não consigo ser imparcial. Eu gosto dele.

— Bem, então aí está sua resposta. Supere.

— O fato de gostar dele não lhe dá passe livre para fazer merda.

— Não, mas não parece que ele está pedindo passe livre... Ele está pedindo perdão. Já te pediu desculpas, você está com saudade dele, se beijem logo e façam as pazes.

Lá vem ela.

— Vou te matar.

— Não vejo a hora de morrer e ir para o Inferno! — Ela me abraça, me apertando com mais força ainda quando tento me esquivar.

Eu entendo o que ela está dizendo, entendo mesmo. Mas toda vez que penso que ele pode ter tido um motivo secreto para se casar comigo, não importa o quanto seja improvável, não importa que noventa por cento de mim acredite que ele não fez isso, meu coração dispara, sinto um nó na garganta e fico tão tonta que acho que posso desmaiar.

E não sei como podemos superar isso.

Capítulo
trinta e quatro

Eu me jogo nos projetos de criação da vida após a morte, aperfeiçoando meu plano, conversando com os mortais, debatendo-o com os deuses que farão parte dele e fazendo tudo ao meu alcance para viabilizá-lo. A única coisa que não estou fazendo, lógico, é planejar *como* tornar isso possível. Não tem nada nos livros, nenhum conhecimento adquirido por outras divindades e nenhuma ideia genial passa pela minha cabeça quando menos espero.

Não quero admitir que sei exatamente quem devo procurar em busca de respostas, mas estou apavorada demais para falar com ela. Só de pensar em Hécate já fico nervosa. Algo nela me faz lembrar minha mãe, embora não tenha como as duas serem mais diferentes. Qualquer temor que eu sinta em relação à mamãe, encontro uma sombra disso em Hécate.

Quero desesperadamente conversar com Hades sobre isso. Preciso de mais tempo, mas estou com muita saudade dele. Bem na hora em que sinto que vou acabar cedendo — quando estou a um passo de dizer que o perdoo, embora saiba que não seja a verdade —, solicito uma reunião com Hécate.

— Acredita em mim agora, então? — pergunta ela, ainda no corpo de uma velhinha enrugada. Estamos numa sala de recepção com vista para o pátio no centro do palácio, onde Hades e eu nos casamos. Na mesinha lateral há uma tigela de maçãs, frutos das árvores que plantei finalmente crescidas, e Hécate vai até ela. Pega uma fruta, a examina e joga de volta na tigela antes que eu possa adverti-la para não comer. Foi cultivada aqui, ela acabaria aprisionada.

— Tenho algumas perguntas — anuncio.

— Tenho certeza que sim.

— Quais são os meus poderes?

Ela dá uma gargalhada.

— Se nem isso você sabe, não tenho como te ajudar em nada.

— Então como eu descubro?

— Descobrindo.

Penso um pouco.

— Quero criar uma vida após a morte de verdade para as almas aqui. Acha que consigo?

— Se você não consegue, não sei quem mais conseguiria.

— Por quê? — pergunto. — Por que eu? Por que esse poder?

— Por que não você? Nesse aspecto, você não tem nada de especial. Por acaso Apolo foi especial quando tocou uma lira e a música percorreu sua alma? Dionísio foi especial quando aquela primeira taça de vinho tocou seus lábios e permaneceu ali muito depois de as gotas já terem sido enxugadas? Os domínios escolhem deuses o tempo todo.

— Bem, se não tem nada de especial no meu poder, então por que você está tão obcecada por ele?

Hécate se vira, caminha até o outro lado da sala e para diante da janela quando algo lhe chama a atenção. Ao falar, sua voz soa distante, como se não estivesse completamente aqui.

— Eles nunca lhe fizeram a pergunta importante, garota. Você queria o mundo... mas o que você daria em troca dele?

Fico em silêncio, até que um sorriso selvagem surge em seu rosto.

— Exatamente. Por que você sacrificaria algo em troca de poder quando poderia simplesmente tomá-lo?

— Não é o que está acontecendo aqui.

— Ah, não? — O sorriso dela é um ranger de dentes. Ela caminha em minha direção até estar tão perto que fico com vontade de dar um passo atrás. Mas me recuso a recuar.

— Este poder *me* reivindicou. Não o contrário. Foi o que você mesma acabou de dizer.

— Depois que você saltou para dentro dele. Se nunca tivesse pisado no Submundo, como eles jamais tiveram a intenção que fizesse, esse poder não te encontraria. É isso que faz de você alguém especial. O poder te escolheu e você o escolheu de volta. Vocês correram um em direção ao outro. E, francamente, minha querida, isso me fascina. — Ela estende a mão enrugada para fazer um carinho no meu rosto. — Por que você nega a verdade?

Solto um suspiro trêmulo.

— Talvez isso tudo fosse mais fácil se eu soubesse exatamente qual é o meu poder.

— Bem, garota, e o que você está fazendo aqui falando comigo? Vá e descubra.

— Você vai me ajudar?

— Você não precisa de ajuda.

— Mas eu gostaria.

Ela presta atenção em mim, então solta outra risada.

— Você tem outros deuses para pedir ajuda, não tem? Ou ele não passa de uma fachada para camuflar o seu poder?

— Hades é mais do que isso.

— Mas você reconhece que ele é uma fachada.

— Eu nunca soube que tinha um poder a ser escondido.

— E agora?

— Talvez um dia eu nunca mais o esconda — digo. — Mas se o que você está dizendo é verdade, então...

Dou asas à minha imaginação. E se eu não só conseguir criar a vida após a morte que desejo, mas realmente receber o crédito por isso? Meu pai ficaria sabendo do meu poder, mas, com a coroa do Inferno na cabeça, o que ele poderia fazer? Estarei segura, a menos que eu ameace diretamente seu poder... e pretendo fazer isso tão sutilmente que ele nem vai perceber que sou eu a responsável.

— Não. Não preciso mais ficar me escondendo atrás de Hades.

— Então você admite que não precisa dele.

— Eu o quero — digo, perdendo a paciência. Talvez eu já o tenha perdoado mais do que pensava se fico tão incomodada ouvindo Hécate falar mal dele. — E se eu realmente tiver esse poder, então nunca mais vou abrir mão do que quero. Se Hades, como você afirma, tem tão pouca importância, por que continua tocando no nome dele? Isso não tem nada a ver com ele. Você pode, por favor, me dizer o que supostamente sou capaz de fazer?

Ela me olha com o pé atrás, como se isso fosse uma armadilha.

— Muito bem. Estou cansada dessas conversas que não levam a lugar nenhum. Se conseguirmos mudar o disco, nós duas poderemos alcançar coisas enormes. Três luas no céu e o controle do mundo inteiro.

— O quê?

Ela solta um suspiro relutante e decepcionado.

— Você ainda é uma criança aprendendo a andar, minha querida. Não vamos fazer você correr até o Olimpo antes da hora.

— Venha — digo antes que ela invente outra charada. — Vou te levar até os mortais.

Conduzo Hécate até a mesma beira do precipício onde estive com Estige e Hades. Nenhuma flor cresceu junto aos asfódelos: eles reivindicaram o campo e não deixaram espaço nenhum para o crescimento de outras raízes. A terra é um mar de pétalas cor de marfim. Algumas almas estão inteiras agora, um pouco mais sólidas, formando uma névoa cinzenta contra as flores brancas e o céu preto. Hades está determinado a encher a vida após a morte de cor — todos os quadros que ele pintou do paraíso praticamente explodem com tantas cores —, e contemplar esta paisagem agora me faz sentir mais falta ainda dele. Isso será nosso. Quero criá-lo junto com ele.

As almas curadas estão sentadas em grupos, conversando. Não posso mantê-las assim por muito mais tempo... acabarão ficando inquietas e entediadas. Mas se meu plano funcionar, não vou ter de me preocupar com isso. Do outro lado do Estige há um segundo campo, cheio de almas desfocadas e insubstanciais. Não vou curar mais alma nenhuma até que algo possa ser feito a respeito delas.

À distância vejo Caronte num barco lotado de novas almas no Aquaronte. Juro que todos os dias surgem mais.

— Este é um uso insignificante do seu poder — diz Hécate. — Classificar um punhado de almas.

Ela tem razão. Almas desfocadas, que vão desvanecendo, superam em quantidade as almas curadas, mesmo no lado do Estige que estou priorizando. Eu poderia passar o dia todo curando-as e ainda assim não conseguiria ser tão rápida a ponto de dar conta das novas almas que chegam.

— Não quero que seja apenas um punhado. Quero que sejam todas elas.

— Então será assim.

— Não é tão simples.

— Não é? — Ela se vira para mim, seus olhos brilhando com uma expressão desafiadora.

— Eu tentei... quando dividi este lugar. E não deu certo.

— Você acreditou que conseguiria fazer isso?

Reviro os olhos.

— Acredite em si mesma? Sério? É esse seu grande conselho?

— Cure-as se quiser. Ou não. Eu não ligo.

Se tentar e falhar é o que vai convencê-la de que não consigo fazer isso, então muito bem. Penso em como restaurei as almas antes. Imagino que eu realmente não tenha enxergado esse gesto como uma prática ativa — as almas vão se curando ao meu redor, então me concentro nisso e tento acelerar o processo. Não parece muita coisa, mas se Hades e Hécate tiverem razão, então o que venho fazendo é enorme.

Tenho curado uma alma de cada vez. Será que conseguiria mesmo curar milhares em uma tacada só?

Fecho os olhos e, como ele está na minha cabeça, acabo pensando em Hades. Ele disse que transpus as almas para cada lado da divisão com a maior facilidade. E foi isso mesmo, não foi? Algo instintivo. Só estendi a mão... e lá estavam elas.

Muito bem então.

Eu não *busco* conexão com o reino, como uma garota hesitante desesperada para fazer isso dar certo, com o ouvido atento a passos distantes. Pelo contrário, eu o invoco a mim, o chamo até aqui, exijo sua atenção como se soubesse que ele vai me responder, como se esse poder e eu fôssemos um só.

Vocês correram um em direção ao outro.

Ele estica e estala como uma faixa de borracha, pulsando sob meu toque. Me sinto revigorada, vibrando de energia, e me pergunto se serei capaz de conter um poder tão grandioso ou se ele vai se manifestar a partir de mim, mais quente e intenso do que o raio do meu pai.

As almas cintilam à minha frente, como velas no escuro. Ouço sussurros de memórias e sinto suas emoções tentando me alcançar, desesperadas por alguma conexão. Reúno a energia que espirala dentro de mim e puxo seu centro como um novelo de lã, separando os fios. Quando estou prestes a envolver as almas no casulo que elas formaram, sinto outra coisa pulsando no limite da minha visão: um pequeno feixe de luz dourada, mais próximo que os humanos, e familiar.

Hécate.

Eu posso senti-la da mesma forma que senti Hades e Estige. Achei que os estava sentindo se conectarem com o mundo, mas não era o caso. Trata-se de uma ampliação do que sinto com os humanos, porque, como deuses, eles realmente *são* uma ampliação dos humanos — de suas almas, de suas auras, de suas próprias vidas.

Deusa da vida.

À medida que o pensamento tremula, também se consolida, se solidificando e declarando-se verdadeiro.

Pego essas almas humanas, torço a energia vibrando através de mim e a lanço em direção a elas, fazendo-as brilhar ainda mais, como se estivessem quase vivas. Até estarem inteiras de novo.

De repente meus olhos se abrem.

— Não vejo o porquê do drama — comenta Hécate, como se algo incrível não tivesse acabado de acontecer. — Mas se fechar os olhos ajuda, então tudo bem.

Estou com o coração acelerado, mas me sinto... como uma flor com raízes profundas e pétalas abertas em direção ao céu. Eu me sinto centrada, pela primeira vez na vida segura de quem eu sou.

— Eu sou a deusa da vida.

— Sim.

— E sou a rainha do Inferno.

— Sim.

Faço que sim lentamente, porque não consigo pensar em mais nada para dizer, e respirar já está difícil o bastante. Eu fiz isso. Curei todas as almas. E foi tão fácil. Passei esse tempo todo tentando dar um jeito de tornar isso possível, tantas noites debruçada sobre textos à luz de velas ao lado de Hades, e o tempo inteiro eu simplesmente poderia ter feito isso.

— Eu quero criar uma vida após a morte — digo. — Tenho planos, projetos e mais um monte de coisa.

— Faça isso. Depois sonhe ainda mais alto.

Estou cansada de suas lições de moral. Cansada de ouvir que poderia ser mais — acabei de restaurar milhares de almas. Já provei que sou suficiente.

— O que você quer?

Ela respira fundo.

— Quero poder.

— Poder? Você não precisa de mim para isso.

— Sim, preciso. E da sua mãe também.

— O quê?

— Existe um poder em três deusas reunidas... um poder ancestral. As três Moiras. As três Graças. As três Graias. Somos mais poderosas juntas, e isso eles não suportam. Por isso tentam nos separar. Você é poderosa, mas é fraca... se distrai com coisas como mortais, amizades e esse seu garoto. Há um lugar chamado Elêusis que me chama. Levará séculos, talvez eras, mas poderemos criar algo lindo. Nos afastar, crescer mais que os Olimpianos, nos tornar diferentes.

— Não — digo na mesma hora. — Essas coisas não são distrações, são *tudo*.

Ela arreganha os dentes e fecha os olhos, balançando a cabeça.

— Pequenos passos. Temos todo o tempo do mundo. Mas, quando você estiver pronta para conquistar tudo o que pode vir a ser, para descobrir quem você é sem todas essas distrações, me procure.

Ela desaparece e fico olhando para os mortais. Está errada. Isto aqui é importante. É essencial.

Por que você não deveria tentar minimizar a dor neste mundo?

Mamãe me disse para focar nas pequenas coisas, aquelas que eu teria chance de controlar. Já Hécate quer que eu foque em coisas tão grandes que me ofuscam.

Mas tudo é importante. Tudo vale a pena.

O poder vibrando dentro de mim, a segurança de, pela primeira vez na vida, saber quem eu sou — nunca antes tive tanta certeza de algo. Sei que estou fazendo a coisa certa.

Posso realizar o que me propus a fazer. Poderia fazer isso agora mesmo.

Mas, em vez disso, eu me viro e corro de volta para o palácio.

Hades está em uma de suas bibliotecas, encarando fixamente um documento.

— Ah, oi. — Ele se levanta da cadeira quando me vê, meio atrapalhado. Parece cansado, com linhas de expressão sob os olhos, e endireita os ombros como se fosse a primeira vez que arruma a postura em dias. Ele pisca, nervoso, enquanto brinca com a pena em sua mão, manchando os dedos de tinta.

— Oi. — Fecho a porta ao passar.

— Está tudo bem? Você está bem?

Meu coração fica apertado. Droga, esses sentimentos idiotas não deveriam me fazer desejá-lo mesmo em meio à minha raiva. Eu tinha razão em ficar aborrecida. Eu ainda deveria estar aborrecida. As ninfas tinham a mania de fazer piadinhas sobre quanto tempo eu conseguia guardar rancor de alguém.

E no entanto...

— Eu sou a deusa da vida — digo. Sem o poder vibrando dentro de mim, fica um pouco mais difícil fazer essa afirmação com alguma autoridade.

Ele arregala os olhos e fica me encarando.

— Como é que é?

— Sente-se — digo. — Tempestade!

Hades me olha com cautela, mas volta a se sentar, e Tempestade surge diante de nós.

Ela cruza os braços, apoiando o peso numa só perna, e me fuzila com os olhos. Ela é tão nebulosa, mais sólida que os humanos, mas consegue ser ainda mais cinzenta.

— Tocou a campainha, minha senhora? — zomba ela.

— Acho que consigo mandar você de volta ao mundo mortal — digo, antes de me questionar se isso é algo que realmente posso fazer. Preciso sentir aquela adrenalina novamente e preciso que Hades testemunhe isso. Ele me viu de jeitos que ninguém mais viu, mais profundamente até do que Estige, as ninfas ou meus amigos mortais. Se também me vir assim, talvez isso pareça mesmo realidade.

— O quê? — murmura ela, olhando para Hades. — É verdade?

Hades balança a cabeça como se não soubesse como responder.

— Não tenho certeza, mas, pelo visto, sim.

Dou de ombros.

— Não garanto nada, mas vale a pena tentar.

Ela assente, ansiosa. Já está parecendo mais viva do que antes.

Estendo minha mão e ela a segura. Tudo o que sinto é uma queda brusca de temperatura, talvez o eco distante do vento, como se estivesse com uma concha encostada no ouvido.

Eu me concentro. Deveria ser fácil, considerando tudo o que fiz. Hades diz que leva anos, mas não acho que seja verdade — a questão é que leva anos para *ele*.

Desta vez não fecho os olhos, mas encaro fixamente os de Tempestade até sentir uma energia dentro de mim. Então puxo esse fio até ele ficar bem esticado. *Vida*, penso. Uma palavra tão gloriosa, tão impossível de ser comparada.

Tempestade arqueja à medida que a cor a invade.

— Você conseguiu...

E então desaparece.

Olho para o espaço vazio onde ela estava antes.

— Pelo Estige, eu nem pensei. — Levo a mão trêmula à boca. — Eu devia ter me despedido, devia ter lhe dado um abraço à força, eu só... Pelas Moiras, funcionou.

Hades assente lentamente.

— Hum, sim. Parece ter funcionado. — Ele fita, sem piscar, o espaço onde Tempestade estava, e a impressão é de que as palavras escaparam de seus lábios sem ele nem pensar.

— Ei. — Agito as mãos para chamar sua atenção. — Você está bem?

Ele se assusta.

— Eu levaria anos até conseguir canalizar esse poder.

— Você não é a deusa da vida.

Ele se levanta e caminha, hesitante, até a frente da mesa, recostando-se nela.

— E isso... você disse que isso é algo que pode fazer mais vezes?

— Eu curei todas as almas humanas — informo a ele.

— *Todas*?

Adoraria contar os detalhes, mas estou agitada demais para me aprofundar nos aspectos dramáticos.

— Sim. E acho que posso criar a vida após a morte. É fácil, Hades. Eu me conectei a ela ou talvez a tenha abraçado, e Hécate acha que posso fazer coisas enormes.

— Espera — diz ele. — Deixa eu entender isso. — Dou a ele um momento para se perder em pensamentos e, quando ergue o olhar, é como se estivesse me vendo pela primeira vez. — Eu sabia que você era poderosa. Mas isto aqui é um outro patamar.

— Eu sei.

— E você pode criar a vida após a morte? Você sabe como fazer isso?

— Sim — digo, a voz um pouco mais baixa, um pouco menos confiante. — Mas não queria fazer isso sem você.

— Ah — murmura ele.

Achei que seria mais fácil. Eu estava me sentindo tão segura, tão certa do que queria, mas diante de Hades percebo que ainda me sinto perdida. Mas quero que ele faça parte da minha vida novamente. Disso tenho certeza.

— Não esconda as coisas de mim — digo. — Nunca mais. Principalmente coisas que me dizem respeito.

— Não vou fazer isso — diz ele. — Você precisa que eu jure?

— Você não precisa jurar tudo, Hades. Gostaria de poder confiar em você sem precisar te obrigar a dar a sua palavra. — Suspiro. — Você precisa entender como foi difícil para mim concordar com o casamento... tudo o que precisei superar para pedir que se casasse comigo. Se você tivesse um motivo oculto para isso, então eu não estaria de forma nenhuma recuperando o controle: o casamento seria exatamente a armadilha da qual sempre tive tanto medo. Eu tinha razão em ficar com raiva, mas acho que foi justamente por isso que fiquei tão abalada.

— Sinto muito, Perséfone. Eu nunca quis fazer você se sentir assim, mas entendo perfeitamente como acabei fazendo isso. Peço desculpas. Eu deveria ter te contado minhas suspeitas logo no início.

— Obrigada. — Faço que sim. — E obrigada pelo tempo que me deu para superar essa situação. Acredito que mesmo se você tivesse me contado, não mudaria nada. Mesmo que eu soubesse que era capaz disso, ainda assim me casaria com você. Nenhum poder me permitiria ficar se Zeus decidisse que eu precisava partir. Ele arrancou os domínios dos Titãs e os distribuiu entre os deuses. Talvez não conseguisse tomar meu poder, mas, se quisesse, ainda poderia ter me tirado à força do Inferno e me casado com alguém de outro lugar.

E também poderia ter machucado Hades, e eu faria qualquer coisa para evitar isso. Deusa da vida ou não, eu teria ido com Zeus de bom grado se prometesse deixar Hades em paz — o casamento é algo bem fácil comparado à alternativa.

— Sendo bem honesta — digo, suspirando —, provavelmente o casamento é a resposta perfeita.

Ele arqueia as sobrancelhas.

— É mesmo?

— Sim — digo, me atrapalhando com palavras que parecem pesadas, carregadas com todas as confissões que eu gostaria de fazer, todo o cuidado e amor, qualquer que seja o tipo. — Se eu soubesse que eu tinha esse poder me conectando a este reino? Eu... eu não quero o *seu* poder, Hades. Eu não quero a *sua* coroa ou o *seu* trono. Quero encontrar meu próprio poder, que me permita me sentar ao seu lado. Quero governar este reino *com* você. Sinceramente, acho que somos melhores juntos. Nós equilibramos um ao outro. Então, sim, o casamento me parece ser a resposta, seja qual for a maneira como encaremos essa questão.

— Bem, fico feliz em saber que não a prendi em um casamento que você não deseja — diz ele, e, pela expressão em seu rosto, é isso que o vem preocupando há dias. — Eu não queria ser o motivo da sua infelicidade.

— Você não é. Eu... Olha, este casamento pode até ser uma farsa, mas é uma farsa bem divertida.

Ele sorri, não aquele sorrisinho zombeteiro de sempre, mas algo mais leve, mais íntimo, como se reagisse a uma piada que só ele entende.

— Chega de brigas idiotas, tá? — digo.

— Briga idiota? Então você reconhece? — O sorriso zombeteiro está de volta.

— Cale a boca.

— Resposta inteligente. Você deveria desafiar Tália pelo título de Musa da comédia.

— Mais uma palavra e desafiarei Melpômene pelo título de Musa da tragédia.

— Ah, esposa, senti tanta saudade de você.

Começo a sentir que estou corando. Ah, pelas Moiras, isso de novo não.

— Não minta para mim de novo e você não precisará sentir saudade.

— Eu nem sonharia com isso. — Ele ergue as mãos em falsa rendição.

— Ótimo. Venha comigo. Temos trabalho a fazer.

Quando voltamos à beira do precipício com vista para a região ocupada pelos humanos, conto meus planos a Hades. Damos uma olhada nas planícies e realmente não consigo acreditar no que vejo: tantas almas e nenhuma perambulando enquanto suas memórias se decompõem.

— Então, estou pensando em dividir a vida após a morte em três partes diferentes — digo. — Temos uma parte que é o paraíso. Vou criar todas as coisas que você pintou e torná-las realidade, e podemos seguir construindo enquanto pensamos em mais coisas, um mundo de promessa e esperança que sempre se expandirá. Algo que motive um humano a fazer escolhas morais, diferentemente do que é encorajado pelos deuses do Olimpo. O paraíso pode ter partes diferentes para pessoas diferentes, de modo que quem anseia por montanhas possa encontrá-las e aqueles que sentem vontade de jogar *petteia* o dia todo possam fazer isso.

— E se quiserem jogar *petteia* nas montanhas?

Belisco a ponte do meu nariz.

— Talvez eu não tenha te perdoado por mentir pra mim. Na verdade, tinha partes bem legais em você não estar falando comigo.

— Sinto muitíssimo. Continue.

Vejo pelo seu sorriso que ele não sente coisa nenhuma. E me irrito mais ainda ao perceber que, de alguma forma, durante esta conversa me aproximei mais ainda dele. As mangas de nossas vestes estão se encostando. Agora que estou ciente disso, é a única coisa em que consigo pensar.

— E então... você sabe, hum... a maioria dos humanos não é totalmente boa ou totalmente má, então podemos criar um lugar que não seja terrível, mas também não seja exatamente maravilhoso. É como... Não sei, apenas ficar bem para todo o sempre. Como isto aqui, na verdade. Estou pensando que poderia ser, por exemplo, este campo de asfódelo... pacífico, mas nada de mais. E então haveria um lugar para os seres humanos piores.

Ele não se afasta. Será que se deu conta do quão perto estamos?

— Depois de conversar com alguns humanos — prossigo —, cheguei à conclusão de que você está certo.

— Assim como estou certo sobre tantas coisas, sim.

— Minhas experiências são limitadas e não sei o suficiente para poder julgá-los. A vida humana é difícil e a minha é fácil.

— Acho que não fui tão longe.

Eu o ignoro e continuo.

— Decidi criar um conselho de humanos para eles mesmos poderem julgar uns aos outros. Foram todos selecionados a dedo, em quantidade suficiente, e todos aprovaram a ideia. Eles decidirão quem vai para onde.

— É uma boa ideia. — Ele assente. — Mas não é perfeita... o conselho pode ser facilmente corrompido.

Eu concordo.

— Sim, vamos ter que regulamentar o processo... talvez conversar com alguns deuses e deusas da justiça e coisas assim.

Não proponho minha mãe. Seu domínio principal pode até ser a agricultura, mas ela também é a deusa da lei sagrada. Supervisiona os ciclos do mundo. Talvez, quando tudo estiver resolvido, ela possa me visitar e eu escute sua opinião. Assim eu poderia ter uma partezinha dela aqui comigo para sempre.

— Ótimo. — Ele torna a assentir. — E as punições? Eles também decidirão isso?

— Acho que sim, embora eu tenha algumas ideias próprias. Eu, hum, conversei com Tártaro e ele concordou em colocarmos os piores humanos no poço que ele vigia. Não numa posição tão profunda quanto os Titãs, obviamente, mas num nível acima.

Ele recua levemente, e não sei dizer se é uma reação ao meu plano para os humanos ou a menção aos Titãs.

— Parece cruel.

— Esses humanos fizeram coisas tão ruins quanto os Titãs — digo e prossigo antes que nos demoremos ainda mais no assunto. — E nenhuma punição é eterna. Todas se encerrarão assim que eles se arrependerem verdadeiramente do que fizeram. Podemos reavaliar se não der certo, mas, se quisermos assustar os humanos e impedi-los de imitar o comportamento horrível dos deuses, vamos precisar de algo para ameaçá-los. Paraíso e punição: recompensa e castigo.

— Ok, sim, tem razão. E você consegue criar isso?

— Acredito que sim.

Trouxemos as pinturas de Hades e as dispomos no chão. Será que é possível traduzir algo tão bonito em realidade?

— Nenhum momento é melhor que o presente — diz ele, observando seus quadros.

— Eu esperava mais formalidade.

— Ó, grande deusa Perséfone — entoa ele, cruzando o braço numa reverência dramática. — Hoje anunciamos uma nova era para o reino dos mortos, uma era de julgamento e recompensa. Haverá justiça para os pecadores e para aqueles contra os quais cometeram-se pecados. Alegremo-nos à medida que o reino é dividido e os espíritos dos mortos retornam à fruição.

— Muito bem — digo, a essa altura do campeonato conhecendo-o o suficiente para interrompê-lo antes que não pare mais de falar.

— Ora, obrigado. — Ele se recompõe e, quando volta a falar, suas palavras soam repentinamente pesadas, como se fosse proposital, como se ele precisasse que eu acreditasse nelas. — Você consegue fazer isso.

Parece extraordinário que apenas algumas semanas atrás qualquer crença em mim mesma soasse como uma firme ilusão, apesar das realidades do mundo.

Mas agora essa crença parece irrefutável — e o mundo vai notar.

Isso é o que eu nasci para fazer. É quem eu sou.

É lógico que eu consigo.

Olho para as pinturas e depois para a terra à minha frente. Desta vez, não me agacho para tocar a terra. Não preciso de muito para conseguir alcançar e sentir a pulsação do Submundo: é estática, é calor, é o coração que bate furioso bem no meio deste reino, chamando por mim. A energia percorre minha coluna e começa a brilhar na ponta dos meus dedos.

Não me surpreenderia se meus olhos também estivessem brilhando — a verdadeira forma imortal de um deus abaixo da superfície e a apenas um toque do nosso poder. Todo o resto desaparece: o sussurro silencioso de dúvida no cantinho da minha mente, a pressa urgente dos meus pensamentos, até mesmo Hades parado ao meu lado. Não sinto nem as roupas na minha pele — nada além desse poder e desse mundo.

E mesmo nesse estado fico com vontade de rir, porque lembro da minha mãe.

Seus dedos delicados puxando os fios de um tear.

É o jeito mais próximo de descrever o que preciso fazer, e agora entendo por que Atena, deusa da guerra e do conhecimento, é também a deusa da tecelagem.

É o que estou fazendo agora. Minhas mãos se estendem em direção a fios que só eu enxergo, os fios dourados que compõem este reino. Eles flexionam sob meu toque enquanto os reorganizo, fazendo alterações em tecidos inteiros deste mundo.

Ergo montanhas e esculpo vales.

Crio florestas e abro oceanos.

Construo cidades de mármore colorido em todos os tons que Hades já pintou.

Penso nas pessoas, nas vidas sobre as quais tenho jurisdição… este mundo sempre foi destinado a elas. Imagino-as ocupando esses espaços com sua alegria, seu riso e seu amor, e os fios queimam sob a ponta dos meus dedos. O mundo também quer isso, consigo sentir, mas tudo isso me sobrecarrega. Cada coisinha que crio me puxa, me arrasta para baixo e suplica que eu descanse.

Eu me sinto incrível. E exausta.

Cerro os dentes, algum instinto me diz que, se eu não terminar agora, enquanto os fios estão maleáveis, eles acabarão se consolidando em seus novos formatos. Ou faço tudo de uma vez ou não faço nada.

Dou forma a grãos de areia até praias se estenderem por quilômetros, com ondas lambendo a areia e algas marinhas agarrando-se às margens. Faço as mesmas pegadas que Hades pintou e me certifico de que tudo flua exatamente como deve: partículas de areia se movendo sob os pés, moldando-se juntas, indo e vindo com a brisa.

Cambaleio.

Desenho pássaros nas árvores, abro seus bicos e os encho de música, até que tudo que consigo ouvir é seu canto, um grito cacofônico de euforia.

Meus joelhos batem no chão.

Faço um rastro de nuvens no céu, todas as formas que vi enquanto sonhava com uma vida melhor, todos os tons entre o branco casca de ovo e o cinza ferro. Deixo-as flutuando em um sussurro suave pelo céu.

Não consigo respirar.

A neve flutua no topo das montanhas, flocos grandes e fofos que se juntam e começam a grudar nas encostas geladas e eu...

Estou com tanto frio.

Uma explosão de calor — a pressão de uma mão na minha. Um farol resplandecente e pulsante, ouro derretido implorando para ser derramado.

Hades está me dando sua força, me permitindo acesso ao poder que antes acabei tomando acidentalmente.

Aceito seu poder e então sou atravessada por uma onda elétrica. Eu me levanto e faço surgir no céu um sol redondo, deixo seu calor me revigorar para conseguir concluir a criação desta terra: conchas, arco-íris, orvalho, recifes de coral, borboletas. *Flores.*

Solto a mão de Hades e me livro do poder antes que acabe me dominando. O fogo é substituído por uma quentura que me inunda — um conforto, um músculo que gostou de ser alongado. Pisco, afastando a luz dourada dos olhos, e, embora eu tenha acabado de criar este lugar, arquejo quando vejo o paraíso à minha frente.

O céu é azul — o tipo de azul que eu só via na Sicília se acordasse bem cedinho e observasse as luzes do nascer do sol desaparecendo. Um oásis brilha ao longe. Há árvores espalhadas por toda parte e as flores estendem-se livremente pelos prados, pelos edifícios e pelas ruas, seu perfume misturando-se à brisa salgada do mar. Flores preenchem todos os espaços. E tudo que vejo é cor.

Hades para ao meu lado, esticando os braços, e me pergunto se ele se sente tão empolgado quanto eu ou se apenas sente o cansaço que dá a impressão de que até mesmo os meus ossos estão pesados.

Do outro lado do Estige, o campo de asfódelos permanece intocado. É onde as almas aguardam o julgamento que vai determinar se os asfódelos são tudo o que vão receber ou se o futuro lhes promete algo mais brilhante... ou mais sombrio.

— Pelas Moiras — murmura Hades, os olhos arregalados. Essa é uma criação tanto minha quanto dele. São as coisas que ele pintou: a cidade indo em direção ao oceano, as ondas lambendo a praia, os barcos flutuando no horizonte. Ele criou cada ponta dessas cadeias de montanhas. Fez aquela floresta com seus lagos e campinas escondidos, os cervos movimentando a vegetação. Foi ele quem pintou tudo. E eu trouxe à vida.

A visão do paraíso não é nada comparada ao som da alegria. As almas estão gritando, aplaudindo e correndo para ver seu novo mundo. Em instantes, a música enche as ruas à medida que os instrumentos são trazidos. O fogo arde e o cheiro de alho assado exala enquanto travessas são carregadas, levando pilhas brilhantes de frutas e bolos de mel. Os aplausos e a alegria se intensificam. As almas estão cantando. E dançando. Estão muito felizes.

Viro-me para Hades, o cansaço desaparecendo por conta da minha empolgação.

— Funcionou! — grito, estendendo os braços para ele e o abraçando.

— Sim — confirma Hades. Foi ele quem projetou esse paraíso, mas nem o olha mais. Em vez disso, me encara fixamente, o olhar cansado iluminado pela admiração. Ele passa os braços sob os meus, põe as mãos na minha cintura e começo a pular sem parar, até que ele me gira enquanto o seguro com firmeza. Ele cheira a agulhas de pinheiro e tinta.

— Ainda vai precisar de trabalho, alguns aprimoramentos conforme os problemas forem surgindo, mas... Hades, funcionou!

Ele me coloca no chão, mas não o solto. Depois põe meu cabelo atrás das orelhas. Acho que nem percebe o que está fazendo, mas não consigo me mexer, o coração disparado. Então toca a mão, quente e pesada, no meu ombro, e não consigo parar de encará-lo, de observar cada linha de seu rosto, cada cílio, cada pequeno movimento. Acabei de criar algo incrível, mas, neste momento, ficar neste barranco com ele é o que parece o verdadeiro paraíso.

— Sim — confirma ele. — E toda a corte ficará sabendo disso, saberá que você foi a responsável. Chega de se esconder.

Como ele faz isso? Sempre sabe as coisas que quero sem eu nem precisar dizer.

Ele aperta meu ombro.

— Um tempo atrás, Perséfone, você pediu o mundo. Parabéns, você acaba de criar um.

Quando voltamos ao palácio, imagino que vamos comemorar, só nós dois.

Mas Hades me deixa no pátio e desaparece por alguns minutos, e, quando retorna, toda a corte o acompanha. A distância é possível ver os humanos... é possível ver o paraíso.

— Sua rainha tem um anúncio a fazer — avisa ele.

Não chego nem a ficar nervosa ao falar na frente de todos, revelando-me a eles. Como não sei por onde começar, digo apenas o necessário. Olho para a multidão de rostos — Estige sorrindo, Caronte confuso, Hermes intrigado e mais deuses que ainda não conheço lançando olhares confusos uns aos outros — e anuncio:

— Eu sou a deusa da vida, e acabo de moldar a vida após a morte. Criei o paraíso para os mortais.

O instante de silêncio é interrompido por Estige, que grita:

— Rios do Inferno, você conseguiu!

Em seguida, todos correm em direção aos pórticos e ouço uma dúzia de exclamações diferentes.

Estremeço quando Hades se aproxima de mim por trás, passando os braços ao redor da minha cintura. Ele inclina a cabeça até meu ouvido e sussurra:

— Imagino que a corte inteira esteja se perguntando como pude ser tão sortudo.

Eu me apoio nele quase instintivamente, seu corpo firme contra o meu, e estou inclinando a cabeça em sua direção quando de repente me lembro de nosso teatro, o romance diante da corte. Isto é uma encenação. Ele nunca me abraçaria assim se não tivessem pessoas olhando.

Na correria, quase esqueci do nosso fingimento.

Não quero sentir o peso da minha decepção. Não quero pensar em todos esses sentimentos agora, não quando deveria estar animada.

— Ah — digo, numa tentativa desesperada de desviar minha atenção de Hades. — Além disso, Hades nunca me sequestrou. Eu quem fugi para cá. Havia um poder me chamando nesta terra, e estou muito feliz por tê-lo encontrado.

Chega de me esconder.

Mas não vou destruir a ilusão do nosso amor; isso acabaria chegando aos ouvidos do meu pai. Mas podemos continuar com essa insinuação da verdade. Então aperto minhas mãos sobre as de Hades e mantenho seu abraço na tentativa de dizer a ele para não revelar todo o jogo.

A corte fica em silêncio enquanto reflete sobre essa nova informação.

— Ah, isso faz muito mais sentido. — Tânatos balança a cabeça.

— À rainha Perséfone! — brinda Estige, erguendo uma garrafa de vinho.

Hades solta um palavrão ao meu lado.

— Eu sabia que nunca deveria ter mostrado a ela onde guardava essas coisas — murmura ele, mas sua voz logo é abafada pelos aplausos.

É como se eu estivesse observando os humanos novamente: os deuses pegam instrumentos, comida e bebida. Alguns correm para ver o paraíso e voltam tão empolgados que outros também correm para lá. Passo a noite inteira dançando, conversando com súditos que parecem genuinamente felizes por eu estar aqui. Eu me sinto mais em casa depois de derrubar uma fachada. Meu amor por este reino nunca foi tão forte.

Puxo Hades para o lado.

— Obrigada por me proporcionar uma maneira de ficar aqui.

Ele não consegue parar de sorrir, está o tempo todo perambulando e conversando pela festa, sem perder o sorriso nem sequer por um instante, mesmo enquanto cambaleia com os pés exaustos, com seu poder drenado. Ele rejeitou todas as sugestões para ir descansar: estava ocupado demais festejando, sempre radiante de alegria. Mas agora seu sorriso desaparece e ele olha para mim com uma expressão séria e sincera. Quando fala, é com uma gravidade que vai além de meras palavras.

— Obrigado por ficar.

Sinto os joelhos fraquejarem e fico com vontade de agarrar sua roupa e puxá-lo para perto de mim. Eu poderia beijá-lo — afinal, estamos em público —, e ele me beijaria de volta. Mas não quero que isso também seja falso. Então me contento em abraçá-lo. Com a cabeça pressionada em seu peito, quase consigo me convencer de que seu coração está mais acelerado.

Com certeza boatos sobre meu poder recém-descoberto irão se espalhar, e penso no que meu pai fará quando descobrir. Alguns dias atrás isso me deixaria em pânico. Se antes ele pensava que eu não passava de uma coisa a ser administrada, o fato de eu ser realmente poderosa pode acabar só piorando as coisas. Mas agora que sou rainha de um reino inteiro? Não há nada que ele possa fazer a respeito, o que já é bastante agradável por si só, mas nunca imaginei nada fora da alçada do meu pai, o todo-poderoso. E, no entanto, aqui estou eu, perfeitamente segura em um lar que construí para mim com pessoas que estou aprendendo a amar.

O poder de Zeus tem algumas brechas.

E eu sou uma delas.

Capítulo trinta e cinco

Eu estava preparada para enganar todo mundo com a cerimônia de casamento, mas não com a vida de casada.

Agora que a corte está oficialmente em plena atividade, não há nenhum lugar onde Hades e eu possamos ir sem precisar fingir, exceto os andares mais altos do palácio. Enquanto estamos cercados pela corte, seguro sua mão e ele me beija no rosto. Com tantos olhares despreocupados, parece que requer mais esforço ainda não fingir quando entramos em nossos quartos. Tudo não passa de fingimento. E machuca. Mas soltar sua mão quando subimos as escadas dói mais do que eu imaginava.

Faz apenas algumas semanas e a solidão que toda essa distância dele me causa é dolorosa. Não tenho ideia de como vou sobreviver a uma vida inteira assim.

Não posso nem desabafar com Estige ou com os mortais, nem mesmo enfim visitar minha mãe, porque as exigências da nova vida após a morte e da corte são urgentes demais. Há tantas disputas, tanto a ser resolvido, e, embora eu esteja confiante de que as coisas vão acabar se acertando, neste momento está tudo um caos.

— Então, quando for transportar as almas mortas, devo levá-las para os Campos Elísios, o Asfódelo ou o Tártaro? Campos Elísios *é* o que estamos chamando de paraíso, certo? E, espere, decidimos apenas chamar de Tártaro ou optamos por Masmorras dos Condenados? — pergunta Caronte. — Meu voto ainda é na última opção.

— É meio injusto os mortais terem todo esse paraíso. Não merecemos um também? — Protestam as Fúrias, e prometo que, assim que a vida após a morte dos humanos estiver em pleno funcionamento, criarei mais beleza neste reino para eles também poderem desfrutar.

— Mais pessoas estão morrendo ultimamente — afirma Tânatos. Quando o encaro em choque, ele prossegue, balançando a cabeça. — Não sei por que, mas com certeza há mais do que o normal. Estou dando conta por enquanto, mas em breve não poderei afirmar se conseguirei buscar todas as almas. Podemos nos preparar para algum tipo de imprevisto?

— Qual deus está tendo um acesso de raiva desta vez? — pergunta Hermes. — Acham que é uma peste ou uma guerra? Querem fazer uma aposta?

— Uma aposta? — pergunto. — Não devíamos investigar? Se as pessoas estão morrendo de causas não naturais, devíamos...

— Ah, acontece — interrompe Tânatos, com desdém. — As vidas humanas estão sujeitas aos caprichos dos deuses e tudo o que fazemos é arrumar a bagunça... Espere algumas semanas e tudo vai se resolver. Mas se a quantidade continuar aumentando, talvez eu acabe precisando de ajuda. Eu apostaria meu dinheiro em desastres naturais... Esses deuses adoram um terremoto.

Não estou exatamente tranquila, mas a corte tem mais experiência do que eu, e já até mudaram de assunto. Vou precisar acreditar na palavra deles.

Em meio à corte, Hades é incrível. É capaz de resolver disputas em segundos, realizar mil tarefas, acalmar nervosismos antes mesmo de serem expressos. Mas, quando todos vão embora, ele resmunga, enfia a cabeça entre as mãos e pergunta quanto tempo ainda precisamos ficar aqui. Ele é um rei brilhante — embora esteja na cara que odeia a função. Eu posso estar cansada por conta das longas horas de trabalho, mas não detesto o ofício de governar como ele. Quando nossos olhares se encontram, ele força um sorriso, beija minha mão e finge um amor que não sente. Mas até isso parece cansá-lo. Pela manhã, tomamos o café em um silêncio confortável enquanto ele lê e eu planejo o dia que só está começando. À noite, conversamos até as últimas estrelas aparecerem num céu que não conseguimos enxergar. É cansativo, complicado e estressante, mas na maior parte do tempo estou feliz.

O único problema é que ele nitidamente não está.

Uma coisa seria se Hades só parecesse melancólico durante o dia, quando estamos diante de todos; acontece que, quando estamos sozinhos, sua postura se mantém igual. Nas primeiras semanas depois de fazermos as pazes, foi uma felicidade. Conversávamos, brincávamos e passávamos todo o tempo juntos. Voltamos a usar o mesmo quarto para a corte não acabar fazendo perguntas, e mal dormíamos, porque não conseguíamos parar de falar.

Mas agora que mais tempo se passou, ele solta minha mão, como se o toque o queimasse, assim que cruzamos a soleira de nossos aposentos particulares. Ele mal me olha. Quando fala, soa como se estivesse falando apenas por educação. Demorou uma semana até ele finalmente ceder e dormir na mesma cama que eu, e mesmo assim mantendo-se o mais próximo possível da beirada. Agora, no instante em que começo a conversa habitual que nos deixaria acordados até altas horas da madrugada, ele se vira para o outro lado.

— Hoje, não — diz.

— Tem alguma coisa errada? — Pareço ofendida, mas não é a intenção. Estou mais preocupada do que magoada.

— Isso está me afetando, só isso — responde ele. — Todo esse fingimento... Eu não sou... não sou como você. Não gosto que cada expressão minha seja uma mentira e não vejo graça em manipular as pessoas a cada palavra. É exaustivo.

O silêncio paira entre nós no quarto escuro como breu. Não consigo vê-lo, mas sei que está de olhos abertos, distraidamente fixos em qualquer direção, menos na minha. Sua respiração prolonga os segundos até que eu finalmente me manifesto.

— Você acha que é fácil pra mim? — pergunto. Minha voz é afiada, mas de alguma forma o tom permanece calmo. — Fingir que te amo?

— Não é?

Será? É gratificante, sim, ver os deuses não nos questionarem, as deusas nos olhando com inveja, e saber que está dando certo. Todos estão convencidos. Mas perder os sorrisos íntimos e os toques espontâneos assim que uma porta se fecha? Ter de pensar duas vezes antes de falar qualquer coisa... é difícil.

Não consigo dizer a ele que pela primeira vez na vida estou sendo eu mesma. Sem me preocupar em me encaixar no molde de uma filha perfeita ou de uma boa menina. Agora, sou eu quem manda. Digo o que me dá na telha. Não preciso pedir desculpas por fazer uso do meu poder. Estou tão tentadoramente perto de desfrutar dessa liberdade, e já estaria desfrutando-a se não estivesse fingindo não desejar a pessoa que estou fingindo desejar. Isso está me destruindo, um gesto mínimo de cada vez. E estou fingindo de conta que não percebo o quanto isso me machuca, por conta das tantas outras coisas que tenho para fazer, todo um reino turbulento para administrar. Não tenho tempo para pensar no quanto esses sentimentos não correspondidos estão me prejudicando. E pensei que não teria como piorar, mas é insuportável saber que essa situação o está machucando tanto quanto a mim.

Mas não tenho como dizer isso a ele.

— Achei que não fosse — diz ele em resposta ao meu silêncio.

Enquanto me reviro na cama nessa noite, sei que ele também está acordado. Mas não consigo pensar em nada para dizer, então finjo que ele dorme. Quando se trata de Hades, parece que fingir é tudo que está ao meu alcance.

Alguns dias depois, o acordo mais cedo do que o normal.

— O que você está...

— Vem comigo — digo, amarrando a faixa do meu roupão verde, o tecido transparente agora opaco com as várias camadas que farfalham como folhas esmagadas ao me movimentar.

— Você tem alguma ideia...

— Confie em mim, querido marido — insisto.

Ele murmura alguma coisa, mas acaba concordando.

Então se veste e, minutos depois, estamos caminhando pelo nosso mundo. No horizonte é possível ver as terras humanas, e o céu azul acima se mistura com o preto pairando sobre nós como tinta derramada. Atravessamos o jardim que plantei há apenas alguns meses, com árvores altas cheias de frutas que não podemos comer se quisermos a liberdade de deixar o Submundo como e quando desejarmos. As folhas esvoaçam no alto, a grama macia estala sob os pés e o cheiro doce de maçãs, romãs e nectarinas continua nos perseguindo muito depois de já termos saído do jardim e começado a andar pelos prados.

— Por que estamos fazendo isso? — pergunta ele. — Poderíamos pegar um atalho com uma das portas de Hermes.

— O simples fato de podermos fazer isso não quer dizer que devemos — digo, surpresa. Como ele pode não amar todas essas coisas? Cada passo que dou parece vibrar dentro de mim. — Alguma vez você simplesmente parou para olhar ao redor e apreciar este mundo?

Hades olha à sua volta e dá de ombros.

— Com certeza está melhor do que antes — diz ele. — Mas ainda não passa de terra e ar.

Ele está falando sério? Só consigo pensar em poucas coisas mais maravilhosas do que a terra e o ar.

— Quero que você ame este reino tanto quanto eu. Onde você preferiria estar? Imagino que não na corte.

Hades balança a cabeça.

— Não há nenhum outro lugar onde eu preferisse estar... essa é a ironia.

— Eu sempre tive vontade de conhecer Chipre — confesso.

Hades faz um muxoxo.

— Afrodite? Que clichê.

— Tem motivo para ser clichê — replico. — Ela é a deusa da beleza e Chipre é a sua ilha. Imagino que seja tão impressionante quanto ela. Sempre imaginei que a vida que floresce lá devia ser algo etéreo. Às vezes eu a sinto me chamando... todas aquelas flores. Mas também quero explorar locais mais distantes, visitar ilhas como a minha e ilhas completamente opostas, ver flores desabrochando na neve e no deserto, ver a vida acontecendo nos litorais e nas montanhas.

Hades fica observando o horizonte.

— Você está bem? — pergunto.

— Sua mãe mantê-la presa naquela ilha foi um ato de muita crueldade.

Mordo o lábio.

— Talvez. Mas... mamãe é muitas coisas, mas... os perigos de que ela tanto falava? Eles são muito reais.

Ele assente.

— Sim, é verdade.

Preciso escrever para ela, mas, a cada segundo que passa, a ideia de fazer isso fica mais difícil e as consequências, maiores. Não sei como dizer tudo o que preciso. Fico pensando nas muitas maneiras como ela pode reagir — e acabo focando na rejeição.

— Desculpe — diz Hades. — Eu não devia ter mencionado sua mãe.

— Eu só... — Balanço a cabeça. Não posso nem dizer a Hades como estou me sentindo, porque não tenho certeza se realmente sei. E, se não posso dizer a ele, como vou dizer a ela? — Eu amo muito minha mãe — finalmente consigo dizer. — Mas às vezes acho que também a odeio. Acho que a culpo por coisas que nem são culpa dela e não sei como lidar com isso. Você tem razão... Tenho raiva por ela ter me mantido presa naquela ilha. Mas o que mais ela poderia fazer? É tudo tão confuso.

— Eu imagino.

— Você acha que ela é uma mãe ruim? Sou uma pessoa má por pensar todas essas coisas?

— Você não é uma pessoa má, Perséfone — diz ele sem nem pensar duas vezes, mas leva um momento para refletir sobre o restante. Ele para de andar e se vira para mim. — Pelo que você me contou, acho que sua mãe criou uma filha apta a sobreviver a este mundo. Acho que ela tentou te forçar a caber numa caixa à qual você não pertencia, e fez isso com broncas e elogios suficientes para te convencer de que o amor dela estava condicionado ao seu comportamento. Acho que sua autoestima está muito ligada à aprovação da sua mãe. E acho que você pode sentir o que quiser em relação a tudo isso.

Ele tem razão. Aqui estou eu: me rebelei contra ela e agora estou apavorada com a possibilidade de que ela nunca me perdoe, que nunca mais volte a me amar.

E ainda não consigo pensar em nada concreto que gostaria que ela tivesse feito.

— Acho que talvez seja impossível ser uma boa mãe no mundo que meu pai criou — digo. Minha voz falha diante do quanto essa verdade é devastadoramente triste. Será que eu estaria destinada a sentir essa dor? Apesar de tudo o que minha mãe fez, de todas as decisões difíceis que tomou, de um jeito ou de outro ela sempre acabaria falhando, porque neste mundo é impossível ter sucesso em algo como criar uma filha.

— Provavelmente é verdade — diz Hades. — Mas podemos ter boas intenções e ainda assim magoar outras pessoas, e você não precisa se sentir culpada por ficar chateada com isso.

— Não acho que estou chateada. Quer dizer, não estou *apenas* chateada... também estou com raiva, e não consigo distinguir a linha que separa essas duas coisas. Eu só... fico pensando em todas as coisas das quais ela tentou me proteger. Até de você. Todas aquelas barreiras ao redor da ilha, e percebi que ela nunca ergueu nenhuma proteção contra o Submundo. Se você fosse uma pessoa diferente, um homem que se aproveitaria disso, então ela teria feito tudo certo e mesmo assim teria perdido.

— Eu sei — diz ele. — Penso muito sobre isso. E, apesar de tudo, de qualquer maneira você escolheu vir para cá. Às vezes eu fico... furioso de saber que você correu esse risco, colocou a si mesma num perigo tão grande. Eu poderia ser qualquer pessoa.

— Não parecia um risco tão grande quanto os planos dos meus pais. Nas únicas histórias que ouvi a seu respeito, você não se dignava a empunhar uma espada, e eu meio que... bem, fiquei obcecada pela ideia de que em algum lugar lá fora havia alguém, algum garoto, que não gostava de violência. Então ouvi falar do exército de mortos-vivos. Não entrava na minha cabeça como um homem podia ser tão poderoso e mamãe não ter uma história sequer sobre ele abusando desse poder. Isso era tudo que eu sabia, e, no desespero, era um risco que eu estava disposta a correr. Talvez você me machucasse, mas pelo menos estaria infringindo a xênia e haveria consequências... mas, por outro lado, quem quer que minha mãe escolhesse para casar comigo estaria no direito de fazer o que bem entendesse.

O rosto dele está completamente sem expressão, mas percebo a tensão em seus ombros.

— Ora, vamos lá — digo. — Sabemos que o mundo é terrível. Por isso estamos fazendo todas essas mudanças na vida após a morte. Não quero que mais meninas sejam criadas em ilhas e ensinadas a se vestir de determinada maneira, agir de certa forma e tomar o cuidado de não "provocar" os homens e levá-los a cometer alguma violência. Estamos criando nossas próprias consequências. Estamos mudando tudo.

— Com punho de ferro — diz ele, severo.

— A gentileza não vai levar a lugar nenhum em um mundo onde meu pai ocupa um trono — digo com firmeza, como se o desafiasse a discordar. — Meus métodos te incomodam?

— Eu não conseguiria. Não sou... implacável como você. — Acho que ele está me ofendendo, mas, quando o encaro, ele quase parece admirado, seus olhos brilhando quando se voltam para mim. — Mas não acho ruim você ser assim... por isso é melhor governando este reino do que eu.

Não sei se é bom ou ruim ser tão implacável. Minha única forma de sobreviver, de evitar cair num lugar horrível, é com alguém tão pacífico quanto Hades ao meu lado.

Por outro lado, a única maneira de enfrentar meu pai é assumindo meu lado mais sombrio. E talvez eu não queira me desculpar por esse lado existir.

— Eu sempre imaginei... — começa Hades, antes de olhar ao redor. — Desculpe, mas o que estamos fazendo aqui?

— Vamos tomar o café da manhã — digo. — Aqui pode ser um lugar tão bom quanto qualquer outro.

Desdobro uma manta e começo a tirar as coisas da bolsa que estava carregando nas costas.

— Vai sentar no chão de novo? — pergunta ele. — Por que você odeia tanto os móveis?

— Pare de choramingar e sente-se — digo, sentando na manta. — O que você estava dizendo mesmo? Com aquela sua voz profunda e melancólica.

Ele balança a cabeça.

— Não importa.

— Importa, sim — insisto. — Ultimamente você anda tão... pra baixo.

— Não tenho, não.

— Tem, sim... e eu sei por quê.

De repente ele ergue a cabeça, as costas tensas.

— Se você odeia tanto a corte, por que continua entre eles?

Seus ombros relaxam um pouco, mas ele me olha com uma careta.

— Porque sou o rei do Inferno e preciso fazer isso?

— Você é o rei do Inferno. Pode fazer o que te der na telha. Mas...

— Mas...?

— Você vive dizendo que sou melhor do que você governando este reino. Não é verdade. Você é brilhante. Mas é óbvio que não gosta muito das atividades da corte. Então por que não se ocupa das tarefas do governo que te interessam e deixa comigo a parte da corte? — pergunto, empilhando os doces em um prato.

— Não posso te pedir para fazer isso — diz ele. — É entediante e...

— É maravilhoso.

358

Ele debocha.

— Ah, lógico.

— Estou falando sério.

Ele estreita os olhos.

— Você está *mesmo* falando sério. Como consegue achar tudo isso interessante?

— Porque é. Tudo que tem a ver com o governo do reino, as disputas entre os deuses, tudo isso. É fascinante.

— Você é muito estranha, Perséfone.

— Eu diria que sou política — rebato. — E você, um artista. E um intelectual. Nós dois não precisamos fazer tudo, precisamos? Por que não dividimos as tarefas e facilitamos a nossa vida?

— Como? Você media as questões dos deuses e cuida da administração das cortes humanas enquanto eu fico com os pergaminhos e resolvo os problemas de sua vida após a morte?

— Se você quiser.

— De fato, eu adoro pesquisar.

— Eu sei.

— Não será a mesma coisa sem você entediada alguns instantes depois, tentando me distrair com uma dúzia de perguntas — diz ele, sorrindo. Mas seus olhos estão vidrados, alheios, como se estivesse realmente se lembrando do tempo em que nos trancávamos na biblioteca. Seu sorriso suaviza, carinhoso.

— E a corte não será a mesma sem você carrancudo do meu lado — brinco.

— Não quero deixar tudo nas suas costas — diz ele, já entusiasmado com a ideia. — Mas posso trabalhar em tratados, fazer contato com o Olimpo e o Oceano, resolver a papelada...

— Você não precisa ficar com toda a parte ruim.

Ele pisca.

— Estou praticamente deixando pra *você* toda a parte ruim.

Dou uma risada.

— Uau, talvez nosso casamento tenha sido uma decisão mais sábia do que eu tinha imaginado. Então vou efetivamente cuidar das pessoas e você de qualquer coisa que envolva pena e tinta?

— Com certeza funciona para mim.

— Não quero te empurrar para os bastidores.

— Por favor, será o nome de ambos que assinarei no final desses documentos. E no fim de cada semana ainda poderemos nos sentar cada um em seu respectivo trono... Duvido que alguém veja um como mais poderoso que o outro.

— Ok... se você está feliz, então eu estou feliz. Amanhã avisaremos a corte a qual de nós devem recorrer para cada assunto. Assim, terá mais tempo para si mesmo. Poderá voltar a criar.

— Realmente... ando com saudade de passar mais tempo nos meus estúdios — confessa ele.

— Então vamos botar isso para funcionar — replico. — Você também pode tirar alguma coisa boa deste casamento.

Ao dizer isso, ele arqueia a sobrancelha.

— O que foi?

— Nada — responde.

Fico tentada a jogar alguma coisa nele.

— Pare de dizer isso.

— Eu me importo com este reino — diz ele. — Me importo de verdade. Passei muito tempo sem me importar, mas... Eu não podia fazer nada e isso acabava me desgastando. O motivo de eu não gostar dos humanos... da corte... é que é coisa demais. As pessoas, o barulho, os assuntos sobre o que conversam. O máximo que posso fazer é me afastar, para não acabar causando nenhum constrangimento. Desculpe.

— Hades, você não precisa se desculpar — digo. — Você não pediu por todas essas coisas. — *Mas eu, sim.*

— Perséfone — começa ele. — Eu... Deuses, nem sei por que vou te contar isso. Nunca contei a ninguém.

— É porque você nunca teve ninguém tão maravilhoso quanto eu em sua vida — brinco, ficando desconfortável com sua repentina seriedade.

Ele se recusa a morder a isca e continua.

— Cronos matou o próprio pai por sua crueldade. Nós o aprisionamos pela dele. Sempre imaginei que nossos filhos fossem chegar e acabar arruinando também a nossa geração. E, de fato, aqui está você, filha de Zeus, planejando a eventual queda da reputação dele, ainda que não sua morte.

— Ahh, sim, bem, a *minha geração* está muito mais interessada em...
— Eu me detenho porque ele não está rindo, não está fazendo piada nem me interrompendo como de costume. *Não fode, temos praticamente a mesma idade.* — Você não é como Zeus — acabo dizendo.

— Talvez. Mas também fiz coisas cruéis, Perséfone. Inquestionavelmente cruéis. — Hades engole em seco. — A verdade é que não consigo chegar perto dos humanos porque estou tentando esquecê-los.

— Eu sei. A guerra foi difícil para...

— Fui capturado na guerra — prossegue Hades, sem conseguir me olhar nos olhos. — Quando já estava chegando ao fim. Você disse que ouviu histórias, certo? Sobre como eu me recusava a pegar a espada e, deixe-me adivinhar, a ferir as pessoas contra quem lutava? Sobre como eu era um covarde que não se dedicava à guerra?

Sim, realmente, foram essas foram as histórias que ouvi.

— Todos que lutaram naquela coisa ficaram traumatizados. Mas, para mim, não é só isso. Durante os treinos, era obrigado a dar voltas correndo por ter desenhado na areia, a fazer vigília noturna por chorar só de pensar em matar alguém. Eu... não fui feito para aquilo. E não acho que era o único... Outros simplesmente conseguiam disfarçar melhor. Eles gritavam mandando eu "virar homem", como se as mulheres não estivessem lutando desde o início da guerra, como os outros... meninos, porra, todos nós não passávamos de *crianças*. — Ele se interrompe e o que quer que pretendesse dizer acaba ficando no ar, enquanto permanece olhando o horizonte. Ele parece estar até hoje tentando lidar com tudo isso. É para o vazio que ele fala quando diz: — Não passávamos de crianças acordando de madrugada hiperventilando e gritando por pais que nem chegamos a conhecer.

Ele se vira na minha direção, finalmente me olhando nos olhos com uma intensidade surpreendente.

— Eu não tinha estrutura emocional para lutar e tinha o elmo da invisibilidade, então sempre me mandavam espionar. Um dia, fui apanhado. Os Titãs sabiam que haviam perdido e o último prazer deles foi terem me capturado... um dos escolhidos de Cronos, ainda por cima. Eles aproveitaram ao máximo. Eu teria feito qualquer coisa para interromper aquela dor, e até que fiz bastante: implorei, barganhei, fiz tudo que mandaram de mais humilhante. Então foi como se uma chave tivesse virado. Eu sabia que ou tinha que matar para conseguir escapar ou acabaria morrendo lá dentro.

Ele está chorando. As lágrimas não param de rolar e escorrer pelo rosto, e ele não as enxuga.

— Quando me encontrei com os Olimpianos, eles tinham ouvido falar do massacre: como eu havia encontrado a base dos Titãs e destruído tudo... De repente começaram a correr todos aqueles boatos sobre eu realmente ser o rei do Submundo e sobre eu ter a própria morte como dom. Eles nem sabiam que eu tinha sido capturado, então me colocaram à frente do batalhão. Eu não conseguia suportar a ideia de cravar a espada em outra pessoa... e quero dizer literalmente. Não conseguia nem pegar naquela merda. Só de pensar já começava a tremer, não conseguia respirar e... e aí conjurei a ilusão do exército dos mortos-vivos. Os Titãs viram um exército vinte vezes maior que o deles. E fugiram.

"Todos disseram que tinha acabado, mas para mim, não. Cheguei a pensar: *Tudo bem, finalmente posso descer para cá e só beber e esquecer tudo.* Mas cheguei aqui e elas tinham... Pelas Moiras, as Musas haviam construído este palácio exatamente como a acrópole do Olimpo e espetado as espadas dos mortos por todo o palácio como uma homenagem ao meu legado. Toda vez que olho para essas espadas me sinto mal. E então tinha todas as almas mortais... Fiz tantas coisas horríveis, mas todos os meus pesadelos dizem respeito a mim e ao que passei. Consigo atravessar as memórias de mortais que massacraram e mataram, mas os que foram feridos me fazem cair de joelhos. Como é possível? Como posso ser mais assombrado pelo que aconteceu comigo do que pelas minhas próprias ações terríveis? Sou tão mau quanto Zeus, Perséfone. Sou tão egoísta e cruel quanto ele.

Não sei o que dizer, não sei nem se consigo dizer algo que seja suficiente, e antes mesmo de chegar a uma decisão estou apertando as mãos dele entre as minhas.

Não tenho nem certeza do que está passando pela minha cabeça.

Se eles o feriram e ele os feriu de volta, então a guerra que é má, não ele. Mas quão escorregadio é o caminho até chegarmos aos tipos de atos repugnantes dos quais os humanos são capazes? E tudo justificado pela guerra. Quantos desses atos são cometidos por quem pensa que estar armado é uma justificativa?

— Foi uma guerra — digo, finalmente. Conheço o homem diante de mim e preciso acreditar que existem alguns limites que ele nunca ultrapassaria. — Uma guerra na qual você foi forçado a lutar, e eles eram seus algozes. Você foi criado em meio à violência e agora olha só para si mesmo: tudo que você quer é pintar e... e você é tão gentil, Hades. E isso é maravilhoso. Incrivelmente maravilhoso, e sinto muito por ninguém jamais ter lhe dito que dar vida à beleza é mais nobre do que qualquer guerra. A guerra já acabou há anos e veja o que os outros deuses fizeram durante esse tempo... você não tem *nada* a ver com eles.

Hades balança a cabeça, ainda sem conseguir relaxar.

— Você deveria destruir todos nós — diz ele.

— E depois meus filhos me destroem? Não. Estou colocando um ponto final nesse ciclo de violência. E é ótimo você ter matado aqueles que te machucaram, porque eu não teria tanta misericórdia.

Apesar das minhas ressalvas, é verdade. Fico feliz por minha mãe ter me mantido afastada da guerra, pois fico apavorada só de pensar no que teria feito durante o conflito. Quero os nomes dos Titãs que o aprisionaram. Quero encontrar seus átomos espalhados pelo universo e destruí-los.

— Eu matei meus sequestradores — concorda ele. — De um jeito bem doloroso. Achei que isso poderia colocar um fim em tudo. Os que se renderam estão presos no Tártaro e também não tenho certeza se isso está certo.

— Bem, podemos conversar sobre isso mais tarde. Obrigada por me contar — digo. — Isso não muda nada. Você continua sendo minha pessoa favorita.

Hades olha bem nos meus olhos.

— Você é a pessoa mais inteligente que conheço. Como pode...

— Exatamente, sou a pessoa mais inteligente que você conhece. E se te considero uma boa pessoa, talvez devesse confiar no meu julgamento.

Ele parece tão confuso que me machuca. Não consigo encontrar as palavras certas, não consigo criar a flor certa para consertar isso, e me sinto perdida. Não sei o que fazer. Suas lágrimas estão secando em seu rosto. Quero consolá-lo, mas só consigo pensar em fazer isso tocando-o, e não acho que ele queira meus abraços e carinho.

Palavras: algo em que sempre me considerei boa e agora não consigo encontrar nenhuma.

— Olha, foi moralmente correto matar pessoas? Talvez não. Foi uma morte justificada? É, acho que sim. Foi legítima defesa, certo? O fato de você discordar só mostra que você é uma pessoa melhor do que eu — afirmo. — No mínimo, o fato de você ter ficado atormentado pela culpa demonstra que você é uma boa pessoa. E acho que chegou a hora de deixar para trás o que aconteceu. Aprenda com o que passou, arrependa-se e siga em frente. Uma das minhas amigas mortais, Larissa, criou alguns grupos para as pessoas poderem apoiar umas às outras... você sabe, aquelas que sofrem com memórias horríveis. Você poderia dar uma passada, o que acha? Ou, se isso for demais, estou aqui sempre que quiser conversar. De uma forma ou de outra, acho que conversar pode ser uma boa ideia.

Ele hesita.

— Talvez você esteja certa. Mas... razão e emoção são coisas que nem sempre combinam.

— Eu sei — digo. — Mas sempre que precisar de alguém para te lembrar dessas coisas, estou aqui.

Ele aperta minha mão e consegue abrir um sorrisinho.

— Mal me lembro de como era a vida antes de você.

— Bom, porque pelo visto era realmente uma droga.

Ele ri e tenho certeza de que vai ficar tudo bem.

Quanto às espadas cobrindo o palácio, é uma tarefa fácil de resolver. Umas heras aqui, umas vinhas ali e estarão escondidas.

Hades começa a pintar um quadro maravilhoso desse cenário.

Capítulo trinta e seis

O tempo que passamos no piquenique tem um preço. De volta à corte, encontro Caronte, Hermes e Tânatos discutindo sobre o fluxo de almas.

— Hermes, você não pode pelo menos esperar eu atravessar com o barco antes de trazer mais?

— Sem problemas, posso deixar as almas flutuando depois que Tânatos as separar. Tenho certeza de que não se perderão.

— E eu não tenho como adiar a separação das almas dos corpos em decomposição. Portanto faça o favor de encher mais o seu barco, Caronte. São almas... não pesam o suficiente para fazê-lo afundar.

Mas consigo recorrer ao poder que tenho em mãos para empurrar ainda mais as terras nas margens do Aqueronte, dando mais espaço para as almas aguardarem a passagem e fazendo com que a discussão seja interrompida, pelo menos por enquanto.

— Obrigado — diz Caronte, já conduzindo mais espíritos para seu barco. — Não se preocupe. O que quer que esteja causando isso não durará para sempre... Guerras e doenças mortais nunca duram.

Então corro para o estresse seguinte. Pelo visto, agora que as almas mortais têm livre-arbítrio, não são muitas as que escolhem cultivar a terra como suas almas decadentes faziam antes. E como o Submundo está produzindo menos alimento, os deuses estão preocupados com o aumento da fome... mas pelo menos consigo resolver facilmente este problema com a ajuda dos meus poderes da natureza. Nem preciso enviar ninfas à superfície para conseguir mais alimento; eu mesma posso cultivar o suficiente e, ao contrário de mim, os deuses do Submundo não têm escrúpulos em comê-lo.

Corro de uma disputa a outra, mas é prazeroso e gratificante, e aproveito cada minuto.

Algumas semanas depois, posso admitir: sou uma boa rainha. Na verdade, uma rainha *muito* boa. É como se cada uma das opiniões que silenciei ao longo dos anos de repente se tornasse importante.

Não sou só eu, ou Estige, ou Hades, dizendo isso. De acordo com as ninfas esvoaçando de um lado para o outro, sem sombra nem fôlego, coletando fofocas e segredos da corte, os deuses do Submundo entraram num consenso de que estou fazendo um ótimo trabalho. Também estou reparando isso: a lista de problemas a serem resolvidos está diminuindo, todos estão com um sorriso estampado no rosto e as risadas ecoam nos corredores. Problemas mais persistentes, como o atraso nos julgamentos ou o fluxo de almas, parecem administráveis.

Certa manhã, Hades está reclinado em sua cadeira, lendo um pergaminho, enquanto reúno minhas coisas para encontrar a corte.

— Divirta-se, se é que isso é possível naquele lugar — diz ele com um sorriso provocador. Está muito mais feliz desde que dividimos as tarefas.

— Então, falando nisso...

— Não.

— Só preciso que você me substitua por um ou dois dias — continuo.

— Tenho que ver como estão os humanos. Pode ser que a vida após a morte precise de ajustes.

— Entendo.

— Hades.

Ele ergue os olhos do pergaminho com um sorriso divertido que faz meu coração disparar.

— Ah, sem problemas. Só tinha esperança de que você fosse oferecer algo em troca.

— Já não te ofereci o suficiente?

— Mais do que o suficiente. Por isso estava tão esperançoso — responde ele. — Da última vez você tirou a responsabilidade com a maldita corte das minhas costas. O que você poderia me oferecer para eu pegá-la de volta?

— Minha gratidão?

Ele abre um sorrisinho e, pelas Moiras, esse sorrisinho poderia acabar comigo.

— E por isso, Perséfone, eu faria tudo o que você pedisse.

Reviro os olhos.

— Pare de querer aparecer e vá logo para a corte.

Mas também reprimo um sorriso, me perguntando como ele sempre consegue arrancar um desses de mim — não importa quão ocupada ou cansada eu esteja, perto dele sempre acabo encontrando a felicidade.

Na mesma noite, quando vou à sala de artes de Hades para vê-lo, encontro Estige com ele. Os dois param de falar assim que entro no cômodo.

Ela parece descontraída demais, mas ao mesmo tempo muito atenta, e reconheço isso como seu jeitinho peculiar de usar a magia, conectando segredos a ela e ela a eles.

— Oi. — Ela me cumprimenta. — Desculpe, mas não posso ficar. Tenho um encontro.

— Palas ou Tártaro?

— Menetes — responde. — Só para deixá-los com ciúmes.

— Qual deles?

— Qualquer um que não tenha me convidado para sair depois de me beijar.

— Você está muito confusa, Estige.

— Sim, mas não tem problema. Eu sou gostosa, então posso me dar o luxo ser confusa. — Ela passa por mim e sai como se quisesse ir embora dali o mais rápido possível.

Viro para Hades.

— Obrigada por ter me substituído hoje na corte. Foi maravilhoso visitar o paraíso novamente. Eu poderia ter passado sem levar bronca dos meus amigos com "não te vemos há tanto tempo", mas pelo menos comecei a trabalhar em um ciclo climático mais refinado.

— Posso comparecer à corte mais vezes se você precisar de mais tempo com eles — diz ele, deixando os pincéis de lado.

— Não, está tudo bem, mas obrigada — digo. — Na verdade, estou trabalhando em outra coisa que também quero te mostrar.

— Outra coisa? Como você arranja tempo para isso?

— Diz o homem que tem mil hobbies.

— A corte consume um tempo consideravelmente maior do que as coisas que faço.

— Mas as coisas que você faz não são nem de longe tão divertidas. — Sorrio. — Além do mais, essa outra coisa foi fácil de fazer. Me inspirei em Apolo, acredite se quiser.

Hades para de sorrir, uma pitada de preocupação brilhando em seus olhos.

— Essas palavras nunca deveriam ser pronunciadas desse jeito tão descuidado. Agora você precisa me mostrar.

— Ótimo, venha. — Corro até ele, me preparando para puxá-lo à força em direção à porta, até que reparo em sua pintura. — Pelo Estige, Hades. Isto é incrível!

— Você diz o mesmo sobre todas elas.

— Exato.

Ele pintou galáxias, estrelas, constelações que se deslocam na tela e nebulosas brilhantes. Não consigo nem acreditar que realmente seja tinta. E as camadas — as manchas espessas de tinta adicionam tanta profundidade que sinto que poderia entrar ali dentro.

— Bem, por mais que eu adore seus elogios, estou muito preocupado com o que quer que Apolo tenha te inspirado a fazer. Não me deixe na expectativa.

Eu o levo para o lado de fora do palácio. Andei pensando na maneira como Apolo dedilhou sua lira e desapareceu: ele associou o transporte ao seu domínio. Agora, influenciando levemente a minha vontade, flores brotam sob meus pés. E, com seu toque, usam a força de suas raízes para me puxar e me levar a outro canteiro de flores, logo atrás de Hades. Dou um tapinha em seu ombro e ele dá um grito.

Caímos na gargalhada até perder o fôlego. Ele pressiona o peito e me diz para não fazer isso de novo sem avisar, o que, lógico, só me leva a repetir o feito várias vezes quando ele está menos esperando.

Apareço e desapareço à vontade até ele conseguir adivinhar para onde irei em seguida. Quando apareço, percebo seu braço vindo até mim, pronto para agarrar minha mão estendida, e não sei direito o que acontece depois. Perco o equilíbrio e ele me segura, com o braço ao redor da minha cintura, e, quando estou prestes a cair, ele se retrai, me puxando para perto dele. De repente estamos um de frente para o outro, sua mão ainda na minha cintura, nossas risadas se transformando em falta de ar por estarmos tão próximos, a centímetros de distância.

— Obrigada — digo. Eu me lembro de nossa dança no casamento, em como ele era a única coisa me mantendo de pé.

Hades parece estar sem palavras, então só fica me encarando com uma expressão estranha no rosto. Sinto aquela emoção, o desejo que se acendeu nas primeiras vezes que aparecemos juntos diante da corte, aquela coisa que nos separa assim que nos despedimos da multidão, receosos de que persista. Será possível que ele também sinta isso?

Um segundo antes de me soltar, tenho certeza de que vai me beijar.

Então, quando afasta os dedos de mim, nem penso em me controlar... até tropeçar e precisar me esforçar para continuar de pé.

— Sem problemas — diz ele, ainda com a mesma expressão no rosto. Estou errada, só posso estar errada, porque, para mim, parece uma expressão de desejo. — Só espero estar sempre por perto para te segurar quando você cair.

Ele parece prestes a dizer mais alguma coisa. As palavras estão ali, quase tangíveis... e então ele balança a cabeça.

— Se me der licença, preciso trocar uma palavrinha com Estige.

É mentira, porque Estige está em um encontro.

O que significa que ele só quer se livrar de mim.

Na corte, na semana seguinte, estou sentada em meu trono conversando sobre as mudanças que os deuses do Submundo querem que sejam feitas no reino, transformações que o tornariam um paraíso não só para eles, mas também para os humanos.

O dia foi estressante com os incêndios de sempre para apagar — incluindo um incêndio real numa parte em que o Flegetonte chegou muito perto de um canteiro de flores. Tenho a sensação de que esse é um jeito de todos relaxarem com fantasias fúteis sobre o que lhes daria prazer.

— Gosto da aparência daquele oceano dos mortais — diz Aqueronte.

— Poderíamos fazer isso funcionar com meu rio, se nós... Meu rei.

Ele corre para se curvar quando Hades entra, todo envolto em fumaça escura e trajes esvoaçantes e emoldurado pelo brilho da lareira. A dúzia de outros deuses no salão também se levanta e acena com a cabeça à medida que ele passa.

— Perdoem-me pela interrupção — diz ele, com a voz suave que sempre dirige à corte. Ele é excessivamente formal, então endireito a postura, sentindo minha coluna formigar. — Mas infelizmente precisarei roubar a rainha por um instante.

Eu o encaro apavorada, mas Hades me dirige um sorriso leve e tranquilizador, e então está à minha frente, na base do trono. Depois ergue o olhar para mim e pega minha mão, encostando os lábios na pele como uma promessa do que está por vir.

— Meu amor — cumprimenta ele. — Se eu puder ter um momento do seu tempo.

— Sim, com certeza — digo, deixando o salão antes que ele possa fazer algo além de dizer algumas palavras e beijar minha mão. Pelo visto, é o suficiente para fazer meu coração disparar.

Quando saímos, os outros deuses começam a cochichar, e consigo reparar em Hermes dizendo que poderíamos considerar a possibilidade de ir para um quarto.

— O que foi? — pergunto assim que saímos. Não aconteceu nada diferente do que viemos fazendo nas últimas semanas, mas meu desejo chegou a um nível tão desesperador que volta e meia passo metade da noite acordada, me perguntando se as atitudes dele têm mesmo algum significado e esperando que não se tratem apenas de encenação.

Ele sorri maliciosamente.

— Faz tempo que não te vejo.

— Nos vimos hoje pela manhã.

— Você entendeu. Faz um bom tempo que não passamos um momento juntos. Hoje tive um dia excelente: encontrei um pedaço de tecido no exato tom de azul que estava procurando. Então decidi que, se fosse preciso roubar minha esposa da corte para podermos passar um tempo juntos, eu roubaria.

— Pelas Moiras, Hades, era só você ter pedido — digo, mas não consigo tirar o sorriso do rosto. — Certo, na verdade eu também tinha uma coisinha que queria arranjar tempo para fazer. Vem comigo.

Eu o levo até o telhado do palácio, e não é uma tarefa fácil, porque lá em cima não há nenhuma superfície plana, nenhuma janela dá acesso ao local e Hades simplesmente se recusa a escalar as espadas, escondidas sob a hera. Faço com que os caules fiquem mais grossos e só então, depois de muito resmungar, conseguimos subir.

— Isso é excêntrico até para você — diz ele.

— Obrigada.

— Nunca vou conseguir insultá-la sem você receber como elogio, não é?

— Então pare de me insultar — retruco. — Vamos, vai valer a pena.

Dias atrás mudei a pintura de lugar e a coloquei em um canteiro de flores. Com meus novos poderes de transporte, consigo trazê-la direto para a hera ao meu lado.

— Minha pintura não é a surpresa que você parece pensar que é.

— E isto aqui? — pergunto, dando uma olhada de relance, mas já decorei tudo, então olho para o céu.

Então conjuro uma explosão de estrelas.

Hades arqueja. Enquanto segura meu braço com força, encara o céu, os desenhos que criou dançando lá no alto. Não são as constelações que meu pai colocou no céu da Terra, todas contando a história de cada uma das conquistas dele. Estas aqui pertencem inteiramente a nós e brilham no céu escuro como breu.

Ouço aplausos distantes, não sei dizer se de mortais ou deuses, mas é bom criar algo que todos possam desfrutar.

No entanto, estou concentrada em Hades. Aqui em cima, no telhado, ele está emoldurado pelas galáxias e fica lindo demais à luz das estrelas. Seus olhos as espelham e, pelas Moiras, a maneira como ele olha assombrado para o mundo e depois, lentamente, para mim.

Ele abre a boca como se fosse dizer alguma coisa, mas não diz, e justamente quando estou prestes a provocá-lo por estar finalmente sem palavras, ele se inclina e me beija.

Meu cérebro entra em curto-circuito. Preciso segurar nele para me equilibrar, preciso encontrar algo para me agarrar, porque tudo está girando e seus lábios nos meus são tudo o que eu esperava, e é real, sem público, sem multidão, só nós dois sob o testemunho das estrelas. Cerro os punhos com tanta força em sua túnica que consigo sentir minhas unhas na palma da mão. Quando retribuo o beijo, ele arqueja novamente, e me derreto inteira só de escutar.

Ele segura meu cabelo, morde meu lábio e acabo soltando um gemido, fazendo com que me puxe para ainda mais perto dele. Começo a passar as mãos pelo seu corpo, até finalmente alcançar seu pescoço, e meus dedos fazem cócegas em sua nuca, e agora não são mais apenas os lábios, mas seu corpo inteiro pressionado contra o meu... Como alguém consegue fazer isso sem se esquecer de continuar respirando?

É tão fácil o jeito como nossos lábios se mexem. Já demos mil beijos falsos na frente da corte inteira e nenhum foi como este — não um beijo que parece tudo, um beijo que me faz sentir que estou pegando fogo.

A mão dele desliza para minha cintura e agora é minha vez de morder seu lábio. Hades agarra a lateral do meu corpo, me mantendo colada a ele, como se houvesse alguma maneira de nos aproximarmos ainda mais.

Interrompo o beijo e começo a passar os lábios pelo seu pescoço. Não tenho ideia do que estou fazendo, mas alguma coisa assume o controle. Tudo que sei é que quero beijá-lo ali, morder o ponto em que seu sangue pulsa ou deixar uma trilha de beijos ao longo de sua clavícula.

Mas então...

— Pare — diz ele bruscamente, sem fôlego. — *Pare.*

Eu me afasto na mesma hora, mas ele continua me segurando, como se não quisesse que eu me afastasse.

Passo os dedos pela ponta do seu cabelo, os cachos curtos me fazendo cócegas, e isso é o máximo que posso fazer para não acabar agarrando-o pela nuca e puxá-lo de volta para mim.

— Qual o problema?

— Não devíamos fazer isso.

— Por que não? É divertido. — Ah, é muito mais do que isso.

Hades ri, mas é uma risada breve. Ele está tão sem fôlego quanto eu.

— Não vou fingir que não pensei nesse beijo um monte de vezes. — Ele pega minha mão e beija meu pulso, o que, de alguma forma, é mil vezes mais íntimo do que beijar a mão propriamente, mas então ele a solta, observando-a como se não tivesse pensado antes de fazer isso. Então se afasta de mim, como se não soubesse o que seria capaz de acontecer caso não se distancie. — Não posso fazer isso, Perséfone. É o que eu mais quero, acredite. Mas não posso te beijar desse jeito e depois voltar para nossos beijos castos e encenados para a corte.

Espera, por que precisamos voltar a esse assunto? Passo os dedos pelo meu cabelo, pelos emaranhados que ele fez. Por que precisamos parar?

— Eu não posso... eu... acho que ambos estamos cientes desse... desejo entre nós — prossegue ele e, pelas Moiras, suas pupilas estão dilatadas, mesmo quando ele desvia o olhar de mim. — Isso tem sido um problema desde o momento que começamos com esta encenação pública. Mas, recentemente, ficou pior. Tem sido um sofrimento te tocar em público e depois me obrigar a não querer tocá-la quando estamos a sós. Não posso beijar você das duas maneiras: com amor fingido e por puro desejo. É demais para mim.

Amor fingido.

Meu coração quase para. Certo, isso não é... não é uma declaração de amor, mas de desejo. *Eros*, não *philia*.

Faço que sim.

— Você tem razão. É complicado demais.

Porque acho que não posso beijá-lo assim novamente sabendo que ele não me ama do jeito que eu o amo.

Porque eu o amo.

É lógico que sim.

E, neste momento, esse amor é uma faca que não para de me cortar... por dentro, estou desmoronando.

Hades dá um sorriso triste.

— Com certeza já complicamos tudo.

— Já lidamos com confusões piores. — Sinto um nó na garganta. Preciso sair daqui. Não posso... ficar perto dele agora.

— Parece que está tendo uma festa lá embaixo. Talvez suas estrelas acabem se tornando um novo festival anual. Vamos?

— Na verdade, hum, as estrelas meio que me deixaram exausto. Vou descansar, mas pode ir.

A hera me engole antes que ele possa dizer mais alguma coisa, antes que veja minhas lágrimas e perceba o constrangimento se unindo à dor.

Eu sabia que não deveria me apaixonar por ele e, mesmo assim, me apaixonei.

Não posso culpar ninguém além de mim mesma.

Capítulo trinta e sete

Minha corte está exausta na manhã seguinte, depois da impressionante festa de comemoração das estrelas, o que é uma pena, porque tudo o que eu mais desejo é me jogar no drama de seus conflitos. Com certeza não quero pensar na noite de ontem.

— Como Hades está hoje? — pergunta Caronte sorridente, e me assusto.

— O quê? Bem. Por quê? — Não o vi esta manhã, embora, sendo bem honesta, eu esteja efetivamente evitando qualquer lugar onde ele possa estar.

— A última vez que o vi ele estava vomitando no rio Estige.

— Isso explica por que Estige estava gritando com ele enquanto praticamente o carregava de volta para o palácio — acrescenta Nix.

— Certamente ele não era o único da corte naquele estado.

— Sim, mas é sempre uma visão rara e encantadora ver o rei assim — diz Hipnos.

— Bem, acho que devemos encerrar por hoje, já que estamos todos preocupados com outras questões — declaro.

— Provavelmente é melhor mesmo. — Caronte faz uma careta. — Quando cheguei à praia ontem, depois da reunião, havia quatrocentas almas à espera. Eu não podia ter me ausentado por uma hora.

Os outros deuses começam a resmungar com as próprias queixas.

— E isso é normal? — pergunto.

— Bem — responde Tânatos, correndo o olhar pelo salão —, é uma quantidade de mortes consistentemente mais alta do que costumo ver.

Há acenos de cabeça e cochichos de concordância.

— Certo, obrigada — digo, dispensando-os. Não podemos continuar assim... o que significa que preciso falar com meu marido e, depois da noite de ontem, essa é a última coisa que quero fazer.

Encontro Hades com uma aparência péssima na biblioteca, segurando com firmeza uma xícara de néctar. Está com os olhos avermelhados, a túnica torta e curvado sobre um pergaminho, como se estivesse usando o próprio corpo para protegê-lo da luz.

— Bem, espero que não tenha sido meu beijo que te fez vomitar ontem à noite.

Ele ri, mas de um jeito tenso.

— Você ficou sabendo?

— Ah, sim, você divertiu bastante todos os deuses do reino.

Ele solta um grunhido.

Isso é bom. Essa provocação é um terreno familiar. Se a repetirmos o suficiente, talvez deixemos a noite de ontem para trás.

— Normalmente não bebo tanto assim, posso te garantir.

— Sei disso — digo. — Você está... bem?

— Perséfone... — Ele não termina a frase, só balança a cabeça. — Sinto muito por ontem à noite — finalmente consegue dizer.

Sinto um nó na garganta.

— Não precisa. Seu beijo é perfeitamente satisfatório.

Por um momento ele parece ofendido, mas depois dá risada.

— Então presumo que você não me odeie.

— Não, já superei isso há muito tempo.

— Então não me aproveitei de você?

— Eu retribuí o beijo, está lembrado?

— Não me lembro muito da noite passada, mas disso eu me lembro, sim. — Ele massageia as têmporas. — Fico feliz que esteja tudo bem entre nós.

— É, tudo bem. — Talvez esteja tudo meio tenso, mas posso fingir. É a única coisa com que posso contar invariavelmente. — Mas não posso dizer o mesmo sobre a corte. Seja lá o que esteja matando humanos aos montes não está diminuindo.

Seu constrangimento dá lugar a uma curiosidade acadêmica, e me lembro de como achava esse olhar cativante, como me sentia fascinada por seu fascínio, quando começamos a passar muito tempo juntos na biblioteca.

— É mesmo? Temos alguma ideia do que possa estar causando isso?

— Nenhuma. O que devemos fazer? — pergunto, nada constrangida em admitir que aquilo está além da minha capacidade. Meus poderes recém-descobertos não me dão o conhecimento sobre este reino que Hades acumulou ao longo do tempo e por meio de estudo.

— Bem. — Ele reflete por um momento. — Se quisermos pressionar as outras cortes a tomar uma atitude, precisamos descobrir o que está acontecendo e por quê. Imagino que Hermes esteja ocupado demais para investigar, com o caos do fluxo de almas.

Concordo com a cabeça.

Ele respira fundo e depois olha para mim com uma expressão que diz que não vou gostar do que ele está prestes a sugerir.

— Você se lembra da minha história da guerra?

Fico surpresa.

— Sim, lógico.

— O elmo da invisibilidade, eu sendo enviado como espião...

— Não — apresso-me em dizer. — Você não pode ir para a superfície.

— Por quê?

E por que não? Será que não quero que ele me deixe sozinha aqui? Ou será que quero estar ao lado dele onde quer que ele esteja, embora eu não possa, pela mesma razão de Hermes. Deixar a corte agora só pioraria a situação.

Mas, estando fora deste reino, pode acontecer algo com ele.

E talvez ele perceba que essa é minha maior preocupação, porque abre um sorriso tranquilizador.

— Perséfone significa causadora do caos — diz ele. — Sabe o que Hades significa?

— Não, não tenho certeza.

— O invisível — diz ele, enrolando uma fumaça ilusória na mão até tudo, mão e fumaça, desaparecer. — Vou ficar bem. Não se preocupe.

— Vou sentir saudade — admito, e ele me encara por um momento, sua postura mudando. Endireita o corpo, como se tentasse resistir ao que quer que esteja sentindo, depois relaxa os ombros, como se estivesse baixando a guarda.

— Perséfone, tenho certeza de que você vai ficar perfeitamente bem sem mim.

Capítulo trinta e oito

Estou tão ocupada administrando a corte e acrescentando as tarefas de Hades às minhas que nem tenho tempo para sentir sua ausência. É só uma coisa lá no fundo da minha mente, algo que dói se presto atenção e, quando não presto, parece uma sombra me seguindo.

Alguns dias depois, uma ninfa surge ao meu lado — Hades me convenceu de que enviar todas as ninfas do temporal de volta à Terra de uma vez só não seria bom para os mortais vivos. Mas estou empenhada em encontrar alguns autômatos do Olimpo para as ninfas não precisarem continuar agindo como criadas.

— Hades está aqui — anuncia ela.

Quase a derrubo ao sair correndo em direção às portas da frente do palácio.

Hades deve ter acabado de entrar. Parece cansado, o elmo debaixo do braço, as roupas empoeiradas. Estou tão, mas tão feliz que praticamente me jogo em cima dele, passando os braços em volta do seu pescoço com tanto ímpeto que acabo tirando os pés do chão.

Ele ri, nitidamente encantado.

— Também estava com saudade — diz ele.

— Parem de nos lembrar o quanto somos solteiros! — grita Estige de uma porta de onde nos observa um grupo de membros da corte.

— Não por falta de tentativa, pelo visto — diz Hades de modo sugestivo, causando um efeito em Estige que eu considerava impossível: um rubor arroxeado se espalha por suas bochechas.

Num tom de voz mais baixo, para os outros não escutarem, ele diz:

— Precisamos conversar em algum lugar reservado.

Sinto um aperto no peito.

Seguimos para nossa biblioteca favorita, onde a lareira já está crepitando.

Ele se joga pesadamente na cadeira.

— Você está bem? — pergunto, resistindo à vontade de me sentar no braço de sua poltrona e fazer uma massagem em seus ombros cansados. — Parece exausto.

— Estou mesmo — admite. — Atravessei grande parte da Ásia Menor. Nunca vi nada assim. As guerras acontecem em ilhas individuais. As pragas se espalham pelas cidades. Isso em toda parte. — Ele olha para mim, os lábios apertados com firmeza em sua relutante expressão de mau humor. — Perséfone, não existe um jeito fácil de dizer isso. Em todas as terras, em todas as nações que visitei, há fome. É a sua...

— Mãe — dizemos ao mesmo tempo. Para ele é um fato; para mim, um sussurro apreensivo.

Praticamente desabo na poltrona à sua frente.

Estou dividida — perversamente comovida por ela ter chegado a esse extremo, mas apavorada pensando em qual pode ser seu próximo movimento e preocupada com o que ela deve estar sentindo para fazer tudo isso. Acima de tudo, começo a me dar conta de que preciso fazer o que venho adiando há tanto tempo: conversar com a minha mãe.

Cruzo os braços com força, como se assim eu fosse capaz de me manter firme.

— Perséfone... — A voz de Hades se apaga, e passa pela minha cabeça que talvez eu não seja a única tentando adivinhar como consolá-lo sem ser invasiva.

Amor fingido...

— Do que você precisa?

— Não sei — admito. Parte de mim tem certeza de que acabei piorando as coisas na minha cabeça ao deixar passar tanto tempo e permitir que se transformassem em algo que não é real. Outra parte está convencida de que será ainda pior do que imagino.

— Posso falar com ela no seu lugar?

Balanço a cabeça.

— Não. Preciso que ela venha aqui pra mostrar a ela o quanto estou feliz. Acho que preciso fazer isso sozinha. E estou com saudade dela.

— Eu entendo.

Tenho que trazê-la ao Submundo, convidá-la para a nossa casa, mostrar a ela... tudo. E espero que ela me perdoe.

— Tem mais uma coisa — diz Hades, já que fiquei em silêncio. — A notícia das mudanças na vida após a morte chegou aos mortais. Já há indícios de que o senso de moralidade deles está se alterando. Alguns ainda chamam você de Coré. Só que parece ser mais por medo, como se pronunciar seu nome pudesse invocá-la ou como se simbolizasse um mau presságio.

— O quê? — pergunto, sem saber como reagir. Dei a eles o paraíso, mas eles se preocupam mais com o castigo?

— Você é a rainha do Submundo... não leve para o lado pessoal. É o mesmo motivo pelo qual me chamam de *Plutão*. São supersticiosos com relação a qualquer coisa ligada à morte. Mas... como eu disse, são apenas alguns. Os demais não te chamam de Coré; na verdade, acrescentaram um epíteto ao seu nome: você é a *Temível* Perséfone.

Rio antes de perceber que ele não está brincando. E depois reflito sobre o medo, o *poder*.

— Até que gosto desse epíteto.

Ele sorri.

— Achei mesmo que fosse gostar.

Minha risada desaparece.

— Não acho que ser a Temível Perséfone vai facilitar o confronto com minha mãe.

— Não tenho tanta certeza — rebate ele, depois se levanta, vem até mim e se senta no braço da minha poltrona. Então cobre minha mão com a sua, aperta-a, e, pelas Moiras, como estou feliz por tê-lo comigo, mesmo que não do jeito que quero. — Isso não vai tornar as coisas mais fáceis, mas certamente deve lembrá-la de tudo que você já conquistou.

Seu toque me conforta.

— Preciso enfrentá-la sozinha — digo. — Mas neste momento... preciso não *me sentir* sozinha. Preciso ter a certeza de que se ela... se acontecer o pior e ela me renegar... saber que não estou só.

Hades assente.

— Posso ajudar... quer que eu chame Estige? Seus amigos mortais? Você poderia convidá-los para vir aqui...

— Não — digo com firmeza. — Só você. Eles não entendem, mas você, sim. Eu te contei tudo. E, bem, o mais importante para mim é que você esteja ao meu lado.

Hades olha para as próprias mãos, seu polegar acariciando minha pele em pequenos e reconfortantes círculos.

Ele engole em seco.

— Sem dúvidas, Perséfone. Estarei ao seu lado sempre que precisar de mim. É só dizer.

Capítulo trinta e nove

Passamos a noite tomando chá diante da lareira, contando histórias divertidas e rindo até esquecer o medo. Mas isso não me tranquiliza tanto a ponto de ignorar totalmente a tensão do dia.

Agora, enquanto me arrumo, questiono cada mínima escolha. Nem no dia da coroação passei tanto tempo refletindo sobre a minha aparência ou escolhendo minha roupa.

Levo duas horas para prender cada mecha de cabelo no lugar. Dou uma olhada em cada coroa que ganhei e nenhuma me parece adequada.

Estou em pânico. Eufórica. Não vou conseguir fazer isso.

Meus dedos hesitam diante de uma simples tiara preta. Será que escolho outra coisa? Quero parecer que pertenço a este lugar, mas também que continuo sendo a filha de que ela se lembra e ama. Ou talvez o que eu queira é ser quem sou agora, e espero que ela também ame essa nova versão.

Ponho a tiara na cabeça e analiso minha aparência no espelho. Vestir preto dos pés à cabeça me pareceu ir longe demais; em vez disso, uso um vestido cinza-esfumaçado, como a névoa matinal que cobre as praias da minha ilha natal.

Deuses, como sinto falta da Sicília.

Imagino que, quando não estiver mais evitando minha mãe e agarrando-me à desculpa do quanto estou ocupada, poderei ir até lá. Rever minhas amigas. Talvez possa até me aventurar para além da ilha, ver um pouco do mundo...

Afasto esses pensamentos. Primeiro vou ver como será essa conversa.

Quando estou pronta, sigo para o mégaro. Quero que mamãe veja tudo o que tenho aqui e o motivo de eu não querer ir embora.

Mandei Hermes levar um convite a ela, dizendo que, se quisesse vir, fosse à mesma campina onde desapareci.

Agora evoco aquelas flores e vejo-as murchas e enfraquecidas. Nem mesmo minhas lindas flores estão imunes à ruína que minha mãe anda espalhando pela terra. Mas, quando me concentro nelas, revivem. Além das flores, percebo uma outra presença, uma vida lenta e pulsante — cansada, devastada e só um pouquinho esperançosa.

Eu a puxo por entre as flores até o buquê no salão. Minha mãe.

Não me dou conta do quanto estava com saudades até vê-la diante de mim, e sinto um aperto no peito.

Ela não está mais com a aparência de que me lembro — penteada e elegante, pronta para negociar a minha mão em casamento com os Olimpianos. Usa um vestido com a bainha rasgada. Sapatos com solas gastas. O cabelo escuro escapa da trança como se estivesse há dias com o mesmo penteado. Olheiras marcam os olhos avermelhados e ela me olha como se, por um momento, não tivesse certeza se pode ousar ter a esperança de que sou realmente eu.

Saio correndo tão rápido do trono que acabo tropeçando no degrau do pedestal e, ao ser arremessada para a frente, ralo o joelho. Mas nem sequer paro para endireitar a postura. Continuo correndo até envolver minha mãe em meus braços.

Ela me abraça com força, os dedos ossudos como agulhas, suas lágrimas encharcando meu ombro — mas talvez sejam minhas, talvez eu também esteja chorando.

— Coré. — Ela me aperta, me examinando com os olhos selvagens.
— Minha filha.

— Eu estou bem, estou bem, estou bem — entoo. Meus esforços para tranquilizá-la desmoronam quando percebo que palavras não são suficientes para reparar o que causei a ela.

— Venha, rápido — diz ela, afastando-se do meu abraço e apertando minha mão com tanta força que parece que os ossos estão sendo esmagados. — Podemos fugir antes que ele volte, te esconder em algum lugar. Ele não vai conseguir te encontrar... Você não comeu nada aqui, não é?

— Mãe, eu... — Balanço a cabeça, me perguntando por onde devo começar. — Não é o que você está pensando. Eu gosto do Submundo Eu governo este reino e tenho poder aqui. Eu não vou embora.

— Poder? Coré, isto aqui são os corredores sombrios dos mortos com um pirralho rabugento no comando.

— Eu amo Hades, mãe. Tanto o reino quanto o homem.

É a primeira vez que digo isso em voz alta? Para minha mãe, cujo rosto se contorce e a raiva crescente fica nítida no jeito como franze as sobrancelhas?

— Coré, ouça o que está dizendo. Você ama seu sequestrador? Isso não é amor, é sua forma de tentar sobreviver. Estou muito orgulhosa de você por isso, por sobreviver, meu amor, mas não precisa continuar. Eu estou aqui agora. Vai ficar tudo bem.

As lágrimas ardem ao se acumular nos meus olhos, minha boca fica seca. Eu preciso fazer isso... preciso abrir o jogo. É o momento pelo qual tanto temi. Mas, rios do Inferno, como a deixei acreditando nisso por tanto tempo? Como pude pensar que meu medo valia o sofrimento dela?

— Ele não me sequestrou — conto, e mesmo agora sou uma covarde, porque não consigo nem olhá-la nos olhos. — Eu implorei a ele por uma audiência e, assim que a consegui, o obriguei a me acolher por meio da xênia. Ele não queria. Mas, com o tempo, acabamos nos tornando amigos. E eu... encontrei poder aqui. Um domínio me escolheu e este mundo me conectou a ele. Hades só se ofereceu para se casar comigo para que eu pudesse permanecer aqui. Eu neguei... — Arrisco um olhar em sua direção e ela está pálida, inexpressiva, inescrutável até mesmo para mim — ... porque não queria me casar, não suportava essa ideia. Foi justamente por isso que fugi para cá. Até que me dei conta do que meu pai faria com Hades se pensasse que eu tinha sido levada à força. Por isso pedi que se casasse comigo. Porque me preocupo com ele e queria protegê-lo. Ele aceitou e... aqui estamos.

Minha mãe parece se desequilibrar e por um momento temo que acabe desmaiando. Ela parece mais magra do que me recordo. É difícil imaginá-la, mais frágil do que nunca, condenando as colheitas ao fracasso e os mortais à fome.

— Não sei o que te dizer, Coré — responde ela, por fim. — Você tem ideia de como eu estava desesperada? Pensando em você, tentando te encontrar... Vasculhei o planeta inteiro à sua procura. Nem conseguia dormir. À noite, viajava apenas com a luz das tochas.

— Eu sei, eu sei — digo. — Me desculpa. Eu só... eu não podia me casar.

— É lógico que podia. Você se casou.

— Mãe...

— Mãe o quê? — rebate ela. — O que você vai dizer? Que sente muito por ter me feito sofrer, mas não se arrepende? Então meu sofrimento valeu a pena, porque, afinal, eu ia te sujeitar a algo tão terrível que justifica tudo isso?

Não respondo. Minha culpa abre um buraco tão grande dentro de mim que eu poderia cair dentro dele, talvez até me esconder ali.

Ela enterra a cabeça entre as mãos.

— Estou tão, *tão* contente que você esteja feliz. Fico aliviada por você não ter sido forçada a se casar com um monstro.

É mesmo? Que irônico...

— Mas não acredito que fez isso comigo de propósito. Eu... Você é muitas coisas, Coré, mas não pensei que fosse tão cruel.

— Bem... eu sou — digo, por fim, me recompondo. — Meu nome agora é Perséfone, mãe, e dizem os boatos que lá em cima andam me chamando de Temível Perséfone. Acho que existe uma parte de mim que é cruel. É lógico que espero ser bondosa na maior parte do tempo, mas, pelas Moiras, é impossível viver neste mundo implacável sem acabar tendo nossas gentilezas desgastadas até se tornarem afiadas. Então, sim, mãe, sinto muito por ter feito você sofrer, e sim, mãe, sinto muito que se tivesse de escolher novamente, faria tudo de novo. Gostaria de ter te contado antes, mas de jeito nenhum me arrependo da atitude que tomei. Foi uma escolha difícil... e é ingenuidade fingir que havia uma opção em que ninguém sofreria. Tudo o que fiz foi decidir que essa pessoa não seria eu.

Bem, pelo menos que eu não seria a pessoa que mais sofreria.

Ela balança a cabeça devagar, com tristeza. Nunca a vi em nenhuma situação sem ter uma enxurrada de palavras para vociferar, mas agora, pelo visto, ela não consegue encontrar nada para dizer.

— Não foi de você que eu fugi — acrescento. — Foi do meu pai e do casamento ao qual ele estava me forçando.

— Você devia ter confiado em mim — insiste ela. — Eu tinha tantos bons partidos disponíveis, Coré.

— Perséfone — corrijo.

— Você ficaria feliz lá em cima, comigo.

— Estou feliz aqui embaixo — afirmo. — Por favor, me deixe te mostrar este lugar.

Mamãe abre as mãos, as palmas voltadas para cima, num gesto de concordância.

— Por que não? Me mostre que coisa é essa que te fez chegar à conclusão de que é muito melhor do que o que eu poderia arranjar para você.

Preciso de um momento para me recompor. Eu consigo dar conta: consigo mostrar a ela tudo que sou, tudo que, apesar de todos os seus esforços, eu sempre fui.

Conduzo minha mãe pelos corredores, seus olhos arregalados enquanto observa as pinturas nas paredes, as esculturas organizadas em nichos, as flores subindo nas colunas de mármore, a hera pendendo do teto.

— Você não fez tudo isso — diz ela, olhando para uma tapeçaria.

— O Submundo é um lugar inspirador — digo, torcendo para a frase ser vaga o suficiente para inferir que posso ter descoberto talentos ocultos aqui embaixo ou que os deuses do Submundo são talentosos... qualquer coisa para que ela não suspeite de Hades.

Então a levo até as grandes portas da frente e, quando se abrem, até eu fico de queixo caído... ultimamente ando correndo tanto no Submundo: de um lado para o outro, de flor em flor. Mas o jardim que plantei cresceu rápido. Não é mais só um pomar — agora, as plantas se espalham por toda parte, cada canteiro uma explosão vívida de cor.

Mamãe para de andar. Seus olhos disparam de um canto a outro como se ela não conseguisse absorver tudo rápido o suficiente.

— Não é isso que eu esperava da terra dos mortos — diz ela.

— Não era assim quando cheguei aqui.

— Foi você quem fez isso? Só faz alguns meses que está aqui.

— Eu sei — digo, abrindo um sorriso. Na verdade, é uma sensação muito boa mostrar à minha mãe do que sou capaz. Ainda consigo ouvir sua voz na minha cabeça: *Eu te amo, meu amor, mas você não é poderosa.* Provar que ela estava errada parece minha libertação final da "Coré".

Eu a levo para além do jardim, em direção às terras mortais, caminhando em meio a flores que fazem cócegas nos meus tornozelos expostos.

Minha mãe olha para baixo ao sentir o toque delas.

— São novas.

Ela percebeu. Ela conhece minhas flores — as conhece tão bem que consegue reconhecer uma nova criação.

Vai dar tudo certo. Agora, fico empolgada, então pego sua mão e a puxo para que ande mais rápido.

— Sim. Eu as criei quando cheguei aqui. Não são lindas? Tive que pensar num jeito de conseguirem sobreviver. Não tinha sol no céu quando cheguei.

— Como é?

Aponto para o horizonte, onde o céu azul das terras humanas se estende a perder de vista e o sol aparece como uma mancha distante e ardente.

— É para lá que estamos indo. Eu construí tudo aquilo.

— Não seja boba.

— Não estou sendo. — Faço uma careta. — Eu te disse, mãe: eu tenho poder. Quando cheguei aqui, tive a sensação de que a terra me implorava para dar vida a ela. Foi o que fiz pouco a pouco, primeiro com as flores, depois restaurando as almas mortais em estado de degradação e depois... construí aquilo. Fui direto aos fios que tecem este mundo e transformei o reino em si. Eu sou a deusa da vida, mãe. Sou capaz de fazer coisas incríveis.

Ela não responde.

Só fica me encarando.

Depois olha para o chão e, enfim, para o horizonte.

Após um tempo, rompo o silêncio.

— E então?

— O que vai acontecer — pergunta ela — quando você deixar de amar seu marido?

— O quê?

— Não seja ingênua, Perséfone. Achei que você tivesse descartado esse nome. Qual é o seu plano B? Quando deixar de amar seu marido ou quando ele encontrar outra garota precisando ser salva, o que você vai fazer?

— Ele não iria...

— Diga o nome de um único homem que não faria isso.

Eu hesito. Porque ele é o único homem que não faria isso. E talvez também alguns outros deuses do Mundo Inferior, mas por eles não tenho como pôr a mão no fogo.

— Eu confio nele.

— Ah, é? — debocha ela. — Você acredita mesmo no amor dele o suficiente para achar que vai durar para sempre?

Começo a dizer que sim, mas me detenho. Porque Hades não me ama, não da maneira como ela está se referindo — não do jeito que poderia durar.

Chegamos à beira do precipício com vista para os humanos e seu oásis deslumbrante — um mundo inteiro que eu criei. Essa não me parece mais a conversa decisiva que pensei que seria.

Dito e feito: minha mãe só fica observando aquele mundo por tempo suficiente para que uma expressão de choque cruze seu rosto antes de se virar na minha direção.

— Muito bem — diz ela. — Vamos falar hipoteticamente. Se ele encontrasse outra pessoa, o que aconteceria com você?

— Eu... — Eu obrigo a realmente considerar essa possibilidade... hipoteticamente. E percebo que ficaria bem. Talvez deixasse o palácio e encontrasse um novo lar no Submundo. Porque, com ou sem ele, esta terra é minha. Eu ficaria de coração partido, mas seguiria em frente. Reuniria meus amigos. Eu me sentiria amada, mesmo sem ele.

Agora, se eu *precisasse* dele, se a vida que eu amo realmente dependesse dele, então eu não seria capaz de amá-lo sem ficar com o pé atrás, sem pensar muito no assunto — com a liberdade de que *finalmente* desfruto.

— Eu tenho poder e sou respeitada pelos deuses deste mundo — afirmo. — Eu ficaria arrasada, mas sobreviveria.

— Qualquer partido que eu encontrasse para você teria como base algo mais sólido. Você teria mais segurança. Mais estabilidade.

— O meu lugar é aqui. — Faço um gesto indicando o mundo ao nosso redor. — Como você não vê isso?

— Seu lugar é ao meu lado — rebate ela. — Porque eu, sim, vou te amar *de verdade* para sempre. E você vai voltar comigo.

Dou risada.

— Não vou, não.

— Você tem que vir — diz ela. — Ou as pessoas vão continuar morrendo.

Dou um passo para trás, desconcertada.

— Você vai continuar matando os humanos se eu não voltar com você? O que isso quer dizer?

Mamãe olha ao redor de um jeito apressado.

— Aqui não é lugar para isso. Conversaremos em casa.

— Não vou a lugar nenhum com você.

— Não precisa ser para sempre — diz ela e ignoro, porque conheço essa atitude. *"Toque só uma música para nós"*, e de repente me vejo participando de um recital completo para as deusas que voltarão correndo para o Olimpo contando histórias sobre meus dons musicais. Ela adora me atrair com um acordo que vai acabar distorcendo. — Conversaremos sobre isso lá em cima, não nesta terra. Não onde qualquer um pode ouvir.

— Eu confio em todos deste mundo.

— Uma rainha nunca deveria ser tão tola. Vamos voltar à superfície. Vai ficar tudo bem, Coré. — Ela dá um passo à frente e toca meu rosto. — Venha comigo e tudo ficará bem. Por favor, confie em mim. Confie no meu amor.

Dou um passo atrás, afastando sua mão.

— Eu confio no seu amor, mãe. Só queria que você parasse de me manipular com ele.

E, antes que eu faça qualquer coisa de que possa me arrepender, recorro às flores sobre as quais ela se encontra e a mando de volta à superfície.

Muito bem. Posso resolver esse problema da fome de outra maneira. A vida é o meu domínio — e ninguém, nem mesmo minha própria mãe, vai conseguir acabar com ela assim.

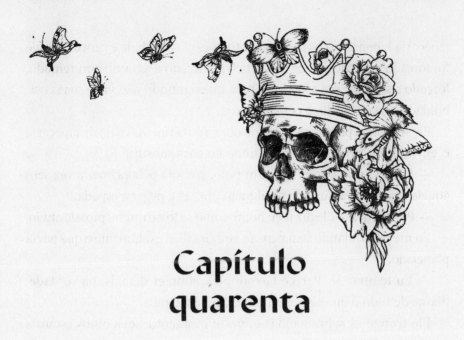

Capítulo quarenta

Começo a longa caminhada de volta ao palácio para ter tempo de pensar. Só que minha mente continua oscilando entre a crueldade da minha mãe com os humanos e sua maldade ao falar sobre meu amor por Hades.

E talvez ela tenha razão — talvez esse amor acabe. Talvez ele realmente não dure para sempre. Mas, pelas Moiras, para terminar, antes ele precisa começar, certo? E se existir um meio, entre o começo e o fim, no qual eu possa amar cada segundo?

Antes que eu perca a coragem, avanço em meio às minhas flores e vou atrás de Hades.

Quando o encontro, ele está tecendo. Não faz muito tempo que começou esse trabalho, mas já dá para ver flores e as margens de uma cachoeira dos Campos Elísios, uma das que ele projetou e eu criei.

Como sempre, está tão imerso em seus pensamentos que não me ouve abrir a porta. Fico impressionada com esse desejo que a cada dia que passa se torna mais frequente. Observo seus dedos movendo-se sobre a tapeçaria e penso no homem, com toda essa suavidade e gentileza, que foi forçado a participar de uma guerra, forçado a assumir um reinado, forçado a se trancar e a se isolar para que o mundo não visse sua sensibilidade e a confundisse com fraqueza.

Ele se inclina para mais perto da obra, retira um único fio da tapeçaria e, em seguida, posiciona um segundo fio para substituí-lo.

— Hades — chamo. Ele dá um pulo, embora pela primeira vez sem aquela expressão assustada de alguém prestes a pegar a espada.

— Perséfone. — Ele diz meu nome como se fosse um suspiro de alívio.

Eu me pego falando sem pensar, embora diga exatamente o que havia planejado.

— Eu te amo. — Parece tão simples, simples demais, na verdade, diante de tudo o que somos e tudo o que já fizemos.

Ele franze as sobrancelhas e, neste momento, seus olhos escuros parecem... perdidos. Imaginei muitas respostas a essa declaração — que nunca achei ser capaz de fazer —, mas nunca pensei que ele ficaria confuso.

— Eu também te amo. Você sabe disso. — Ele me observa quase com cautela.

— Não se trata apenas de *ludus*, Hades. — Aquele amor brincalhão. Esse é fácil de admitir. Mesmo no início já estávamos prestes a cair nesse tipo de amor, mesmo quando eu ainda o odiava. Tenho medo de que isso dê errado, que as afirmações que dirigi com tanta coragem para minha mãe morrem na minha língua porque não consigo falar. — *Pragma* — digo, por fim, engolindo em seco. É possível que eu desmaie até chegar ao fim desta frase.

— Cedo demais, eu... — Ele se interrompe e eu sei. Sei que é ridículo. *Pragma* é aquele vínculo criado ao longo dos anos. Mas em quem mais eu poderia confiar? Quem mais esteve comigo em meio a um caos tão intenso que poderia se estender por décadas?

Mas ainda não terminei.

— *Eros*. — Tento dar uma risada. — Embora depois daquela noite você saiba disso. — Desejo. O ímpeto que várias vezes ao dia me deixa frustrada... de ficar perto dele, de eliminar toda e qualquer distância entre nós. — Até *philia*. — Pronto: a verdadeira confissão. Amor no nível da alma. — Todo tipo de amor que alguém pode sentir por alguém, eu sinto por você.

Por um momento, Hades permanece imóvel. Antes que eu possa tentar fazê-lo reagir, seu olhar adota uma expressão cortante, e vejo nele uma fúria que até então nunca tinha visto.

— Por que está dizendo tudo isso? — sibila ele. — O que sua mãe te falou?

— Isso não tem nada a ver com minha mãe — respondo bruscamente. Deuses, será que ela já não fez o suficiente? Será que este momento não pode existir sem a presença dela?

— Perséfone — diz ele, o tom de voz suave, e odeio isso. Quero que ele me agarre e me beije. Ou que grite para eu ir embora deste reino e não volte nunca mais. Não o quero falando comigo assim, com compaixão, pronunciando meu nome como se estivesse de coração partido.

— Não estou te pedindo para sentir o mesmo — apresso-me a dizer. — Só queria que você soubesse. Sinto que estou mentindo para você ao não dizer nada.

— Você não pode estar falando sério — rebate ele, levantando-se e vindo na minha direção.

— Vá em frente e tente me dizer o que eu sinto mais uma vez.

— Não é justo — diz ele. — Você sabe que é isso o que sinto por você e...

— O quê? — pergunto. O máximo que ousei ter esperanças foi que ele pudesse retribuir algum desses tipos de amor. O que ele está dizendo?

— Você sabe muito bem — responde ele. — Deixei meu afeto bem óbvio...

— Quando? — pergunto, em tom urgente. Eu deveria estar explodindo de alegria. Mas não vou permitir isso, não vou permitir que ele afirme que deixou esses sentimentos evidentes antes de mim. Não que seja uma competição, mas... não, não vou permitir.

— Mil vezes.

— Diga uma.

— Quando projetei seu mundo, quando criei todo o seu guarda-roupa, quando me casei com você — lista ele.

— Porque você gosta de mim, não porque me ama!

— Há quatro noites, beijei você e disse que não suportava continuar fingindo e lidando com todas as emoções envolvidas. O que mais isso significa senão amor?

— Que esta situação é confusa pra você! E que você é um péssimo ator. Você *literalmente* me disse que estava fingindo me amar, que tudo o que sentia era desejo.

— Quer saber? Isso não importa agora — diz ele. — Me conte o que sua mãe disse.

Balanço a cabeça.

— Não quero falar sobre ela. Agora que sei que você sente o mesmo por mim, gostaria muito de subir e ir para aquela sua cama enorme.

Estou brincando… pelo menos em partes.

— Não vamos fazer nada disso.

— Está vendo? Foi desse jeito que você não deixou nada óbvio. Eu te beijei, depois você gritou comigo...

— Achei que estivesse fazendo isso porque achava que precisava fazer!

— Pelas Moiras, por que você pensaria algo assim? Por acaso fiz qualquer coisa porque me senti obrigada, desde o momento que cheguei aqui?

— Você só se casou comigo por necessidade! É lógico que em seguida você poderia acreditar que *me devia* essas coisas... e te disse que foi por isso que parei no dia seguinte. Você não me corrigiu!

— Ah, é? Então eu deveria dizer: "Não, babaca, eu acho mesmo você atraente pra cacete e adoraria beijar essa sua cara idiota!"?

— Sim, é exatamente o que você devia ter dito! Bem, não *exatamente*, mas...

Murmuro algo que Hades não acha particularmente agradável enquanto ele tenta de novo inventar desculpas.

— Sem contar que você estava bêbada naquela ocasião — protesta ele.

— E você também.

— Exatamente. Uma decisão muito pouco racional para nós dois.

— Quer saber, já que estamos confessando tudo, você provavelmente sabia que te pedi para se casar comigo porque estava com medo de te machucarem se pensassem que você tinha acabado com minhas chances de conseguir um casamento.

— O quê?

— Eu estava te protegendo.

— É um péssimo raciocínio.

— Não é nada diferente de você se casar comigo para me proteger.

— Como conseguimos transformar isso numa discussão? — Hades se irrita.

E ele está certo, então faço a única coisa em que consigo pensar, e de repente estou beijando sua cara idiota.

Todo e qualquer pensamento racional é completamente apagado. Neste momento somos só nós dois, e toda aquela simplicidade voltou à tona. Ele está me beijando. Suas mãos, na altura da minha lombar, me puxam para mais perto, e as minhas, em seu pescoço, sentem seus batimentos acelerarem. Ele pressiona os lábios nos meus com urgência, com fome, e vai muito além de tudo o que sonhei. Desta vez, diferentemente das outras, sinto tudo o que ele está dizendo sem usar palavras, todo aquele amor.

Quando finalmente nos separamos, ofegantes, continuamos segurando um ao outro, e de repente voltamos a nos beijar, até eu ter a sensação de que os Céus estão girando.

Puxo a manga da sua túnica e ele me solta, cambaleando para trás e arfando, como se ele precisasse colocar uma distância física suficiente entre nós para eu não agarrá-lo novamente.

E eu poderia mesmo. Minha necessidade de ver — de *sentir* — sua pele, meu desejo de ficar grudada em cada centímetro dele, é como uma sede.

— Me conte o que sua mãe disse.

Fico tão chocada que esqueço como usar as palavras.

— Essa é a sua ideia de preliminares? — finalmente consigo dizer.

— Gosto demais de você para... me aproveitar do seu estado emocional se ela tiver dito...

— Por que você não deixa que eu mesma me preocupe com meu estado emocional? — pergunto, mas... isso só me faz ter ainda mais vontade de correr para ele. Nem acredito que sempre tive pânico da ideia de alguém me conhecer, quando o que isso significa é saber que, se eu cair, essa pessoa vai me segurar.

— *Perséfone.*

— Ela disse que vai continuar matando os humanos, a menos que eu volte a ficar com ela — respondo. — Podemos nos beijar de novo?

— Perséfone!

— O que quer que eu diga, Hades? — pergunto. — Ela falou que é a única que vai me amar para sempre e que, se eu quiser que as colheitas floresçam, terei que voltar. Eu teria dito a ela pra ir pro Inferno se isso não fosse o oposto do que eu quero.

— Você vai voltar? — pergunta ele. — Isso tudo é um jeito elaborado de se despedir antes de você se sacrificar por ela?

— Você é inteligente demais pra ficar fazendo essas perguntas, Hades — digo.

Por que seus lábios ainda não estão colados nos meus? Não quero mais falar. Já processei essas emoções, já as tranquei a sete chaves. Tudo bem saudável.

— Perséfone, eu *conheço* você. Sei que se preocupa muito com esses humanos — diz ele. Sua voz é estável demais, segura demais, já eu tenho a sensação de que mal conseguiria formar duas palavras.

— Eu me preocupo, sim, e o que estamos fazendo é muito importante. E... também me preocupo comigo mesma. Além do mais, os deuses não vão deixá-la impune por muito tempo. Todos eles gostam demais de obrigar os humanos a engolir a vontade deles para deixá-la continuar matando-os de fome.

— Então... está tudo bem pra você?

— *Lógico* que não está tudo bem pra mim. Ela só fez o que sempre faz: me sufoca de amor enquanto me repreende e me manipula a fazer o que ela quer. E não tenho ideia de como fazê-la parar de prejudicar os humanos. É uma jogada muito certeira da parte dela, já que amo aqueles mortais. É como se ela soubesse o meu ponto fraco.

— Vamos dar um jeito — diz ele.

Concordo com a cabeça.

— Sim, sei que vamos, e é por isso que estou bem e gostaria muito de voltar a te beijar.

— Tem certeza de que está bem? — pergunta ele.

— Tenho!

E finalmente, depois do que parece uma eternidade, ele volta a me beijar.

Capítulo quarenta e um

Nos beijamos até ficarmos com os lábios inchados, as mãos buscando o outro, a respiração entrecortada — e não sei como depois disso alguém ainda consegue fazer qualquer outra coisa. Seus lábios são macios como manteiga e deslizam sobre os meus, enchem meus pulmões com seu ar, e sinto a urgência de puxá-lo para mais perto ainda de mim. Ansiei tanto por isso que cheguei a pensar que o desejo poderia me destruir, mas nunca imaginei essa necessidade urgente de nos tornamos um só, de sentir seu coração batendo no meu peito e o meu próprio coração pulsando ao seu lado.

Começo a despi-lo das camadas de roupa e deslizo as mãos por seu peito nu, então percorro com a ponta dos dedos os ossos salientes de seus quadris. Eu poderia abaixar mais um pouco o tecido nesse ponto; hesito apenas por medo de fazer errado, de não ser assim que é para acontecer. Antes que eu consiga me decidir, ele agarra minhas mãos, entrelaçando nossos dedos, e me beija como se eu fosse uma obra de arte. Depois se afasta e percorre meu pescoço com os lábios. Meu corpo se arqueia como se soubesse o que fazer, ainda que eu mesma não saiba.

Ele passa um dedo sobre a alça do meu vestido e sua respiração quente faz cócegas na minha pele.

— Posso tirar isso? — sussurra. Meu coração está batendo tão rápido que não consigo acreditar que ele não o esteja ouvindo, assim tão de perto.

— Eu... hum... — Por que estou hesitando? Eu quero que ele tire. Quero ficar sem nada. Mas... mas...

Eu me sinto segura com ele.

Não tenho nenhum motivo para hesitar.

Mas isso não muda o fato de que estou hesitando. Algum instinto me diz *não* enquanto todas as outras partes de mim gritam *sim*!

Ele tira a mão da alça, faz um carinho no meu cabelo e me dá outro beijo.

— Me desculpa — digo. — Preciso de um tempo.

— Não precisa se desculpar. — Ele morde o lábio como se precisasse usar toda sua concentração para não acabar me beijando de novo.

— É só...

— Não precisa justificar o seu *não*, Perséfone.

— Obrigada por esperar.

Então ele me solta e dá um passo atrás.

— Eu não estou esperando. Não estamos indo devagar ou qualquer outro clichê desses. Não existe nenhum ponto final aqui, nenhuma expectativa. Podemos fazer o que os dois quiserem, se e quando quisermos.

— E se eu finalmente quiser e fizermos e eu odiar, aí...

— Aí nós paramos. E nunca mais fazemos novamente.

— Eu te amo.

Ele sorri.

— Bem, não acho que minha afirmação justifique essa resposta, mas com certeza nunca vou me cansar de ouvi-la.

— Então você pode voltar aqui e me beijar de novo, por favor?

— Gosto de ficar assim — diz ele na manhã seguinte, com o braço ao meu redor, a cabeça aninhada no espaço entre meu ombro e a minha cabeça.

Seus braços envolvem minha cintura e minhas mãos descansam sobre as dele. Acho que eu teria uma vida muito feliz se nunca puséssemos o pé para fora desta cama.

— Eu sei — digo. — Você me abraça enquanto dorme.

— Como?

— Sim, na verdade é bem engraçado. Você deixa escapar uns suspirinhos de satisfação.

— E mesmo assim você tem coragem de dizer que revelou seus sentimentos antes de mim.

— Revelações inconscientes não contam. Você poderia estar sonhando com qualquer coisa.

— Ah, isso de novo não.

— Afinal, o boato mais recente nos tribunais é que Zeus transformou a amante numa vaca.

— Zeus e eu temos pouquíssimo em comum.

— Graças aos céus!

— Espero que você não esteja planejando ir à corte hoje.

— Eles podem sobreviver a um dia sem mim.

— Duvido, mas vamos ver.

— Todos eles são deuses muito competentes. Agora vire. Quero te abraçar.

Ele suspira, mas consigo ouvir seu sorriso enquanto se vira.

— Se você insiste...

Eu me agarro a ele, curvando meu corpo em torno do seu, e penso que nunca mais vou soltá-lo.

Enquanto penso nisso, escuto as palavras da minha mãe: *"O que vai acontecer quando você deixar de amar seu marido? Você acredita mesmo no amor dele o suficiente para achar que vai durar para sempre?"*

Mantenho o que disse a ela. Eu sobreviveria. Mas se apaixonar-se é complicado, quão mais complicado seria deixar de amar? Entraríamos numa disputa pelo reino? Magoaríamos um ao outro a cada reunião? Um dia minha mãe chegou a acreditar que amava meu pai...

— Hades, hum... o que vai acontecer se isso não funcionar?

— Bem, suas emoções são definitivamente instáveis.

— *Hades.*

Ele aperta minha mão.

— Não somos pessoas horríveis, Perséfone. Tenho certeza de que encontraríamos uma solução amigável, uma coexistência pacífica.

— Ok.

— Às vezes eu odeio de verdade ser um deus jovem. Toda essa eternidade e nenhuma experiência. Mas, de qualquer maneira, apesar de toda a criatividade que tenho, não consigo imaginar um futuro em que não esteja apaixonado por você.

Meu pânico desaparece. Vou amar esse homem para sempre... como não amaria?

— Hum.

— Hum? É isso que ganho com essa declaração?

— Bem, estou dividida entre "Fico feliz por ter sido imprudente e pulado no Inferno" e "Pelas Moiras, qual o seu problema? Por que está sendo tão piegas? Que esquisito".

— Tenho o direito de ser piegas às vezes.

— Eu sei. — Aperto sua mão com um pouco mais de força. — E é muito fofo, mas me sinto bem mais confortável quando demonstramos afeto com insultos.

— Isso é porque você não tem ideia do que fazer com o afeto.

— E você tem?

— Não, de jeito nenhum. Você desdenha do meu afeto, começa a rir, eu nego e assim estamos deliciosa e disfuncionalmente apaixonados.

Não sei bem como responder, até porque "Argh, odeio a gente" é o que fica na ponta da língua e acho que dizer isso só provaria o ponto de vista dele. Então me limito a fechar os olhos e ficar sentindo o cheiro de coco de seu cabelo, abraçando-o apertado e torcendo para que, se não souber expressar meu afeto, que eu saiba pelo menos demonstrá-lo.

Aparecer na corte parece uma revelação, mas é lógico que ninguém dá bola para isso. Pensam que já estamos apaixonados há meses. Tecnicamente, suponho que tinham razão e que eu e Hades só estávamos blefando, mas ainda assim quero suspiros e aplausos, que as pessoas à minha volta estejam tão empolgadas com isso quanto eu.

Até mesmo Estige me decepciona.

Nós dois queríamos estar por perto quando ela descobrisse, então a convidamos para o almoço, e agora ela está pulando de um lado para o outro na sala de jantar, entoando:

— Eu sabia, eu sabia, eu sabia.

— Sim, sim, você quer um prêmio? — resmunga Hades diante de sua salada.

— Ah, é uma oferta? Porque você sabe que eu nunca diria não.

— E quanto à sua vida amorosa? Como foi seu encontro? — pergunto, na esperança de conter um pouco sua presunção.

Seu sorriso desaparece.

— Ah, foi péssimo.

Hades bufa.

— Lógico que foi péssimo. Você saiu com um criador de gado. Tinha tantos deuses para escolher...

— Eu estava desesperada.

— Bem, disso nós dois sabíamos — brinco e Estige olha para Hades quando ele dá risada.

— Nem todas encontramos o amor no primeiro homem que conhecemos.

— Eu tive que fugir de casa! Já passei por coisa suficiente.

— Quer tentar isso? — Hades se anima.

— Mal não vai fazer — acrescento.

— Posso pedir para Hermes te dar uma carona.

— Eu ajudo a fazer as malas.

Estige aponta para nós dois, nos fulminando com os olhos.

— Agora é assim? Agora que vocês estão repulsivamente apaixonados, vão se unir contra mim? Não tem a menor graça.

— Tem graça para a gente — diz Hades, sorrindo.

— Perséfone, qual é, é bem mais divertido quando zoamos Hades juntas. Não me abandone assim.

— Não se preocupe, consigo fazer as duas coisas.

Hades assente com tristeza.

— Infelizmente posso confirmar que é verdade. A dona do meu coração é cruel.

Engasgo com a água que estou bebendo.

— Dona do seu coração? É sério isso?

Estige finge ânsia de vômito.

— É, Estige, estou do seu lado de novo. Me ajude a zoar Hades.

— Ah, com isso você nem precisa de ajuda... "Dona do meu coração" é uma expressão que consegue zoar a si mesma.

— Podemos fazer outras coisas, certo? Coisas que não envolvam sexo? — pergunto mais tarde, quando estamos novamente a sós. Estou sentada em seu colo, de frente para ele, com os lábios inchados e faminta por mais.

— Se você quiser, sim — responde Hades, passando o polegar no meu seio. Estamos totalmente vestidos, mas e se não estivéssemos? — Só se você quiser.

Engulo em seco, tensa em confessar que sim, como se admitir isso fosse sujo, um pecado... digno de vergonha.

— Eu quero — sussurro e, na verdade, admitir o desejo é libertador, até natural.

— Então me diz. — Ele beija meu pescoço. — Quero te ouvir gritando isso. — Depois passa os dentes na minha pele. — Se quiser que eu continue, é só pedir. — Ele corre os lábios pela minha clavícula. — Quero ouvir o que você está sentindo. — Então encosta novamente os lábios nos meus e sussurra: — E, se quiser que eu continue, grite bem alto, até as paredes balançarem, me mandando não parar.

Fico toda arrepiada, suas palavras ressoando nos meus ossos. Eu o puxo para mais perto de mim, pressiono meus lábios nos dele e me perco nas sensações que ele provoca.

Achei que poderíamos conter esse desejo e afeto recém-descobertos, trancá-los da mesma forma que fazemos com todo o resto, mantê-los da porta para dentro. Mas essa necessidade acaba transbordando, e mesmo quando estamos em público é preciso muito autocontrole para resistir ao impulso de nos atracarmos.

Hades me acompanha na reunião seguinte da corte e mal conseguimos manter as mãos longe um do outro. E o pior é me lembrar das memórias que esses toques guardam, dos arrepios de prazer que aquelas mãos correndo livremente causaram em mim. Não que eu esteja subindo no colo dele no meio de uma reunião, mas ele não consegue passar por mim sem roçar meu braço e eu não consigo me sentar ao seu lado sem acabar pegando sua mão, e aquela sensação permanece na minha pele. Quando se trata de Hades, tenho um sexto sentido: sei onde ele está e, quando ele fala, minha audição se apura. É como se uma corda nos ligasse, enrolando-se lentamente e nos unindo.

Isso me anima, porque o trabalho na corte é difícil. Todos estão estressados, assustados e exaustos.

— Está havendo uma onda de fome no plano mortal — informa Hades a todos.

— Você foi até lá em cima? — pergunta Tânatos.

Hades assente.

— Então era lá que você estava! — exclama Estige. — Pelas Moiras, Hades... pelo menos chegou a pensar no risco que correu? E se tivesse sido capturado? Um rei invadindo outra corte? Se Zeus tivesse descoberto...

— Compartilhamos a jurisdição sobre a Terra — diz ele, apertando minha mão como se quisesse me assegurar desse fato.

— Oficialmente. — Estige lhe dirige um olhar furioso. — Mas você sabe tão bem quanto eu que Zeus não ficaria feliz com isso. Ele não engole nem Hermes ficar se dividindo entre as cortes.

— Verdade — concorda Hermes. — Quer dizer então que está havendo uma onda de fome? É um deus do sol ou uma deusa da fertilidade?

— É minha mãe — digo sombriamente.

— Sua mãe? — pergunta Nêmesis. — Por quê?

— Ela não é exatamente fã dessa história. — Gesticulo com a cabeça para Hades e eu de mãos dadas. — Quer que eu volte a morar com ela. —

Eu me pergunto se eles vão gritar para que eu volte. Não me surpreenderia. Mas não posso mentir para eles, e todos têm direito a dar sua opinião. Se acharem que devo ir, preciso pelo menos levar isso em consideração.

— Bem, que estupidez — diz Nêmesis. Como deusa da vingança, não parece particularmente impressionada com os métodos da minha mãe.

— Será que é estupidez mesmo? Com todo o respeito a vocês dois — diz Caronte, inclinando a cabeça em nossa direção —, mas eu ficaria muito chateado se minha filha fosse sequestrada e se casasse com o sequestrador.

— Você conhece nossa posição oficial sobre isso... e a verdade. Eu mesma quis fugir para o Inferno.

— E Deméter não acredita nisso. Também não vejo por que deveríamos acreditar.

— Está duvidando do seu rei, Caronte? — pergunta Hades, fazendo pulsar a fumaça que o envolve. Tem um sorriso divertido estampado no rosto, como se seu poder não passasse de uma piada muito engraçada. — Está duvidando da sua rainha?

— Não, lógico que não. — Caronte responde rápido demais para conseguir soar convincente, e pelo visto ele percebe, porque ergue as mãos para o alto. — Olha, esse é o tipo de coisa que você faria, meu senhor? É lógico que não. Mas, minha rainha, de tantos lugares, por que fugiu justamente para cá?

— Talvez porque certos poderes a atraíram para este lugar? — intervém Estige antes que eu consiga responder. — Todos nós vimos o que ela é capaz de fazer. O lugar de Perséfone é aqui, casada com Hades ou não... digo, Lorde Hades... além do mais, ela é um membro da nossa corte. E nenhum deus do Submundo será chantageado por um Olimpiano.

Os deuses reunidos soltam rugidos de aprovação. Se ainda duvidassem de nós, sua rivalidade com as outras cortes deve ser suficiente para convencê-los.

— Então, me desculpem — digo. — Isso significa muito trabalho para todos, mas vamos superar. Ela não pode continuar matando todos os humanos de fome... Os deuses de todas as cortes vão acabar se revoltando.

— Conversei com alguns membros da corte de Poseidon no dia do casamento. — Estige assente. — São todos obcecados pelos humanos.

— Humm, os Olimpianos também — concorda Caronte.

— Exatamente. Não vão deixá-la continuar com isso por muito tempo. Embora seja uma questão de quem vencerá, todos os deuses do planeta ou minha mãe, não tenho certeza se estou muito confiante na resposta.

Hades aparece na porta do meu escritório com um sorriso travesso no rosto e uma cesta nas mãos.

— Decidi retribuir o favor — diz ele. — E gostaria finalmente de dar uma olhada naquele paraíso que você criou.

— Que *nós* criamos — corrijo. Olho para os pergaminhos à minha frente. É o tipo de trabalho que não tenho interesse em fazer, mas que preciso me envolver caso queira que os julgamentos dos humanos funcionem. — Acho que estou sem tempo. Preciso terminar isto.

— Pensei que eu quem cuidasse desse tipo de coisa...

— Sim, mas isto está tão conectado ao que aconteceu ontem nos julgamentos das almas mortais que, até eu terminar de te explicar tudo, é melhor eu fazer de uma vez. Nós dois estamos tão ocupados que não queria desperdiçar mais seu tempo.

— Bem, acho ótima sua produtividade. Mas gostaria muito de passar um tempo com a mulher que amo. Se eu te ajudar com isso quando voltarmos, podemos arranjar um tempinho para o paraíso?

Folheio os maços de pergaminho, tentando avaliar se, com a ajuda de Hades, é possível verificar tudo. Ele não tem ideia da quantidade de coisas para fazer, do tamanho da desordem que minha mãe está causando no Submundo. É coisa demais para cuidar — até mesmo com a ajuda dele. Mas não estou conseguindo me concentrar. Preciso de um descanso.

E, por mais que eu ame tudo o que andamos fazendo juntos, sinto falta mesmo de passar um tempo com ele — tempo de verdade, rindo e conversando, contando histórias e fazendo piadinhas idiotas.

— Muito bem — concordo.

Eu me permito algumas horas. Caminhamos pelo mundo dos humanos e vejo os olhos de Hades se iluminarem com tudo que veem, captando todos os detalhes que ele mesmo criou. Nos sentamos à beira de um lago e comemos até ficarmos sonolentos e saciados, então me deito com a cabeça em sua barriga, nossos dedos entrelaçados.

— Eu te amo tanto — sussurra ele, dando um beijo na minha testa.

É um lembrete do que me espera do outro lado de todas as responsabilidades administrativas. Se eu conseguir dar a volta por cima dessa confusão causada pela minha mãe, tenho pela frente uma vida no paraíso, deitada nos braços do meu marido.

Em pouco tempo vira um desafio conseguirmos encontrar tempo para nós, embora, quando a oportunidade surge, aproveitemos ao máximo.

— Tem certeza de que precisa ir? — sussurra Hades entre os beijos que me dá ao longo do braço.

— Sim — digo, embora o que mais queira seja passar os braços pelo pescoço dele e beijá-lo até ficar tonta. Mas não tenho como esperar que todos trabalhem duro se eu mesma não dou o exemplo. — E o mais importante: você também precisa.

Hades voltou a trabalhar na corte — proferindo o que nunca pensei que fosse ouvir da boca dele: "os pergaminhos podem esperar" — para eu conseguir focar totalmente nos julgamentos humanos, altamente sobrecarregados, tanto pela quantidade crescente de almas quanto por todo o resto.

— Achei que estaríamos vivendo no paraíso agora.

— Os mortais vivem no paraíso. Nós vivemos em constante estado de estresse.

— Bem, acho que posso te oferecer um pouco de alívio. — Ele pega minha mão, me puxando para perto de si, e acabo caindo em cima dele. Suas pupilas ainda estão dilatadas, a pele quente e salgada de suor. Sei bem como é o gosto dessa pele.

— Sabe o que aliviaria meu estresse? — sussurro, passando um dedo por seu peito, notando o jeito como a respiração dele fica entrecortada.

— Você fazer o seu trabalho e me deixar fazer o meu.

— Acredito que acabei de fazer meu trabalho muito bem.

Fico corada com a lembrança: suas mãos movendo-se livremente, a maneira como ele grunhiu *"quer que eu continue?"* quando alcançou a barra da minha saia enquanto eu sussurrava freneticamente *"Deuses, sim"* ao mesmo tempo que seus dedos subiam por baixo do tecido.

— Pareceu que você estava se divertindo — continua ele. — E muito mais diversão nos aguarda.

O jeito como fiquei sem fôlego, pressionando os lábios em seu ombro nu e gemendo com a boca colada na pele dele enquanto seus dedos percorriam lugares que até então só eu havia explorado, o calor aumentando cada vez mais dentro de mim até, quando achei que não fosse mais aguentar, vir aquela sensação explosiva, me fazendo tremer, me consumindo, me deixando em êxtase...

Agora passo as mãos nos pelos macios de seu peito até chegar ao tecido embolado na cintura. Quero desesperadamente fazê-lo sentir o mesmo. Ele arqueia o corpo para trás e me olha de cara feia quando puxo sua túnica para cima e não para baixo.

— Depois — insisto, pronunciando a palavra quase como se fosse um gemido, porque eu quero, quero muito, mas já fiquei tempo demais aqui e tenho confusão o suficiente para administrar.

Hades me olha nos olhos, com um sorriso diabólico estampado no rosto.

— Ah, pode apostar que sim.

O problema não é só a quantidade de trabalho, mas o fato de que a cada dia surge ainda mais. Estou saindo mais cedo e voltando mais tarde, e, no fim do dia, desabo exausta na cama. A única coisa que conseguimos fazer é nos abraçar enquanto pegamos no sono. Nosso relacionamento inteiro acabou se transformando em raros momentos em que conseguimos dar uma escapada.

Como uma noite em que voltamos cedo e fomos até o telhado para observar as estrelas porque estávamos distraídos demais naquela primeira vez. Agora, como estamos esgotados, quase cansados demais para nos mexer, só deitamos um em cima do outro e ficamos inventando histórias sobre os desenhos que encontramos nas estrelas.

Ou quando demos uns amassos num corredor vazio, trocando beijos rápidos até nos afastarmos e voltarmos ao trabalho, distraídos, sem foco e cheios de vontade de continuar.

Ou quando nós dois trazemos trabalho para casa porque precisamos concluí-lo e não aguentamos ficar separados por mais tempo do que o necessário. Ficamos completamente em silêncio, mas só de sentar um ao lado do outro, lendo documentos, escrevendo nossas respostas e respirando um pouco o mesmo ar já basta.

Até que uma noite, já deitados, quando sinto o gosto do chá de menta em seus lábios, ele me abraça apertado e tenho a sensação de que não vou conseguir respirar até tocar cada centímetro de seu corpo. Então decido:

— Hades, eu quero transar.

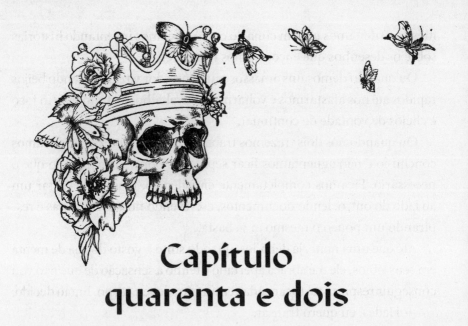

Capítulo quarenta e dois

— Tem certeza?
— Está tudo bem, querido, somos casados.
— Não estou perguntando se estamos em dia com os procedimentos formais. Estou perguntando se você tem certeza de que deseja fazer isso.

Reflito sobre a pergunta por um momento. Passei a vida considerando o sexo essa coisa enorme e assustadora. Mamãe me mantinha presa numa ilha para evitá-lo. As ninfas o classificavam como "transformador", "transcendental", "tudo o que você sempre esperou". Já minha mãe o chamava de "repugnante", "pecaminoso", "algo que você só faz para agradar seu marido". Na verdade, acho que o sexo não deve ser nem uma coisa nem outra. Tudo o que Hades e eu já fizemos juntos foi divertido — talvez meio estranho —, mas nada me fez sentir uma pessoa diferente. Acredito que, com Hades, o sexo pode ser algo bonito e gostoso. Acho que pode significar algo, nem tão bom nem tão ruim quanto pintaram, mas ainda assim algo maravilhoso.

— Sim, tenho certeza. Eu quero — digo, sentando na cama e puxando-o para que também se sente. Tomo suas mãos entre as minhas e me viro para encará-lo. — E você? Passamos tanto tempo falando sobre o que eu quero, mas você quer transar? Está tudo bem, de verdade, se não quiser.

Ele engole em seco e presto atenção ao movimento, querendo beijar cada centímetro daquele pescoço, querendo que ele o curve para trás em sinal de rendição.

— Sim — afirma ele. — Eu gostaria.

— Eu quero... — hesito. Mas ando melhorando bastante minha capacidade de expressar meus desejos. — Quero que você me diga do que gosta, me mostre como fazer as coisas e me ajude a saber do que eu também gosto.

— Claro. E você tomou...

— Sílfio? Sim. — Comecei a consumir as folhas no momento em que isso passou pela minha cabeça. — A questão da contracepção está resolvida... não se preocupe.

Hades estende a mão para mim e faz carinho na minha bochecha. Penso naquelas mãos percorrendo todo meu corpo.

E praticamente me jogo em cima dele. Subo em seu colo e começamos a nos beijar como se nossa vida dependesse disso, como se agarrar um ao outro fosse a única coisa da qual precisamos. Ele segura minha cintura e me puxa para ainda mais perto, os lábios firmes e desesperados agarrando o lóbulo da minha orelha, descendo pelo pescoço, então mordo seu ombro, lambo sua pele, beijo-o em todos os lugares que alcanço.

Nunca imaginei que fosse possível sentir um desejo assim — com cada centímetro do seu próprio corpo.

Tiramos a roupa um do outro, encostamos nossos corpos nus e nos abraçamos como se nossa vida dependesse disso.

Nossas mãos se estendem, os lábios deslizam, explorando um ao outro como se fôssemos capazes de memorizar nossos corpos com a língua.

Deixamos escapar risadas: ele me vira e quase me joga para fora da cama à medida que o prazer vai se desdobrando dentro de mim, e estremeço com tanta violência que quase colidimos. Enquanto isso, ele começa a passar óleo entre minhas coxas e os estranhos ruídos do líquido nos fazem reprimir o riso até o desejo se libertar, nos envolvendo e nos conduzindo de volta aos beijos e sussurros.

Aquela necessidade... de agarrar, morder, apertar, as palavras murmuradas e suspiros ofegantes.

E, enquanto nos movemos um contra o outro, arranho suas costas e ele geme tão profundamente que sinto dentro de mim, onde aquele fogo voltou a se acumular.

Agora, não passo de um fio que se desenrola, começa a puir e, por fim, se desfaz.

Quando terminamos, desabamos num emaranhado de suor, sussurrando nosso amor e rindo em êxtase.

— Como foi? — pergunta ele.

Eletrizante, estranho, divertido, diferente, hilário e maravilhoso.

— Incrível — digo, beijando sua pele nua. — Não vejo a hora de fazer de novo.

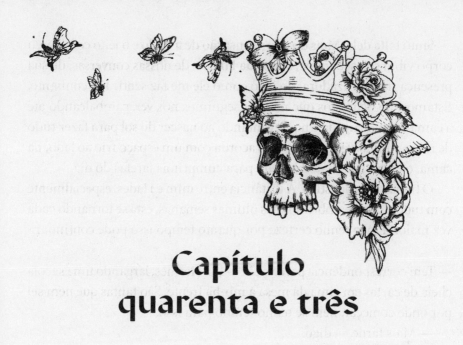

Capítulo quarenta e três

A contece que a cada dia que passa conseguimos cada vez menos tempo para ficar juntos.

A cada segundo o Submundo se afunda em mais confusão. Há tantas almas se dirigindo à margem mais distante do rio Aqueronte que Tártaro acaba precisando ajudar Caronte a transportá-las. Todos os cinco deuses dos rios se unem para supervisionar as águas, o que torna a jornada mais fácil. E Hermes, que normalmente só acompanha as almas até o Submundo, agora também está se oferecendo para ajudar Tânatos no próprio ato da morte, colocando um ponto final no sofrimento daqueles cujos corpos não conseguem mais sustentá-los.

Dezenas de julgamentos acontecem ao mesmo tempo e passo dias inteiros correndo de uma emergência para outra. Hades comenta sobre a quietude da corte, agora que a maior parte dos deuses estão preocupados demais para comparecer — os que comparecem trazem reclamações e inquietações genuínas que levam horas para ser analisadas. Faz semanas que ele não toca em um cavalete, e, ainda que não diga, isso o está afetando.

Sinto falta dele. Mais do que a sensação de tocá-lo e o jeito como meu corpo vibra sob seu toque, sinto sua falta — de nossas conversas, de sua presença tranquilizadora, do jeito como ele me faz sentir tão confiante. Estamos tão ocupados que mal conseguimos nos ver, cambaleando até a cama de madrugada e nos levantando ao nascer do sol para fazer tudo de novo. Muitas vezes um de nós acorda com um espaço frio ao lado, na cama, o outro já fora do cômodo para cumprir as tarefas do dia.

O trabalho é exaustivo. A distância entre mim e Hades, especialmente com tudo o que descobrimos nas últimas semanas, está se tornando cada vez maior. E não tenho certeza por quanto tempo isso pode continuar.

— Tem correspondência para vocês — diz Hermes, largando uma sacola cheia de cartas em cima da mesa à minha frente. São tantas que nem sei por onde começar, nem se tenho tempo para isso.

— Mais tarde — digo.

— Os deuses não gostam de ficar esperando — retruca ele.

— Sei disso. — Pego o bilhete mais próximo e o abro com a unha.

Hades,

Pelos Céus, o que está acontecendo aí embaixo? Amarre Tânatos a uma pedra, se for preciso. Quero que essa matança acabe! Achei que você estaria ocupado demais com essa sua esposa nova para fazer uma birra dessas, mas, pelo bem de Gaia, seja lá o que estiver acontecendo, não desconte no restante de nós.

Poseidon

— Que maravilha — digo, virando a carta para Hades ler.

— Não é nada típico dele desperdiçar tempo escrevendo — diz Hades. — Normalmente ele provoca um terremoto e chama minha atenção com o fluxo de almas que chegam. Suponho que ele já sabia que isso seria contraproducente.

— Recomendo não ler a carta de Apolo — observa Hermes. — Ele escreveu na minha frente e, no trecho em que pede que pare de matar os humanos, é bem explícito sobre o que gostaria de fazer com eles.

Distraidamente, pego outra.

Estou em Elêusis. Se una à sua mãe e vamos em frente. O mundo mortal está morrendo de qualquer maneira. É hora de seguir adiante e se tornar algo maior.

Hécate

Eu jogaria a carta no fogo se isso não fosse suscitar perguntas de Hades e Hermes. Em vez disso, me contento em guardá-la no bolso do vestido.

— Eles não sabem que isso é obra de Deméter — diz Hades. — Confio em você para acelerar a divulgação dessa notícia.

Hermes finge um olhar inocente, que simplesmente não funciona em seu rosto. Seus olhos têm aquele brilho permanente de uma criança que está com os bolsos cheios de doces roubados.

— Eu? Com certeza, posso tentar.

Pego outra carta, cuja escrita é ridiculamente extravagante. Ao contrário da maioria, é endereçada a mim. As outras nem sequer têm destinatário, tamanha a suposição do remetente de achar que apenas Hades está no controle do reino.

Perséfone,

Arrasou, garota. Vejo que finalmente consumaram o casamento. Não sei como você aguentou — eu o teria agarrado em questão de segundos, mesmo se houvesse apenas uma fração da tensão entre vocês dois. Na verdade, essa teimosia mútua já estava me causando dor física. Enfim, mandou bem. Quando vem me visitar para me contar os detalhes??

Beijos,

Afrodite

P.S.: Pode convencer sua mãe a parar de matar os humanos de fome? Estou com saudade das curvas e carnes deles. Esses quadris ossudos e seios murchos são brochantes.

Sinto minhas bochechas corarem mais uma vez e enfio a carta no bolso antes que os outros vejam.

— Afrodite já sabe que é a minha mãe — digo. — A notícia deve se espalhar bem rápido.

— Imagino que não foi só isso que ela disse. — Hermes abre um sorrisinho perspicaz.

— Não, não foi — confirmo.

Ah, pelas Moiras, pior ainda é o sorrisinho cheio de malícia também no rosto de Hades. Fico irritada e com vontade de dizer a ele para ir embora, mas ao mesmo tempo sinto vontade de prensá-lo contra uma parede e...

Hermes pigarreia.

— Se me permitem uma sugestão, talvez seja uma boa ideia considerar a possibilidade de fazer uma apelação direta a Zeus. Uma condenação oficial da corte do Inferno pode ter alguma influência no caso.

— Não quando ele acredita que roubei a filha dele — diz Hades, sombrio.

— E não roubou? — pergunta Hermes.

— Hermes, será que a ideia de eu ter fugido para evitar um casamento com um Olimpiano, possivelmente *você*, é rejeição demais para lidar? — rebato, amenizando as palavras duras com um sorriso meigo.

Hermes dá uma risadinha.

— Um tempo atrás eu poderia ter descartado essa ideia, mas, agora que te conheço, não ficaria surpreso se você tivesse vindo até o Inferno e chantageado Hades a aceitar seu pedido de casamento.

— Não sei do que você está falando. Está na cara que estou apaixonado — diz Hades.

— Está mais para enfeitiçado — murmura Hermes.

— Hermes — digo, em tom de advertência. Ele adora ver até onde pode ir.

— Sim, sim, eu sei. Vocês estão tão apaixonados que chega a ser enjoativo. Não precisam mais ficar provando. Já é o suficiente para deixar a gente sem apetite pelo resto da vida.

— Eu escrevo a carta — digo, antes que os dois comecem uma briga.
— Meu pai acha que sou inocente.

Espero que Hermes faça algum deboche, mas, em vez disso, me olha como se eu estivesse armando algum golpe que ele não consegue deixar de admirar.

Passo muito tempo elaborando a carta para o meu pai.

Quando a entrego a Hermes, ele me passa outra — uma que estava perdida, embora eu tenha certeza de que ele simplesmente a guardou para alguma espécie de momento dramático.

> *Perséfone,*
> *Por favor, venha para a superfície. Se quer que tudo isso acabe, precisamos conversar.*
> *Venha para casa. Eu te amo.*
> *Beijos,*
> *Sua mãe*

— Obrigada, Hermes. Com licença.

Deixo o salão em busca de um lugar mais reservado. Encontro uma das bibliotecas de Hades e me encosto nas prateleiras empoeiradas. Será que devo ir? Implorar a ela mais uma vez? Deixar a dignidade de lado e dizer que faço o que ela quiser, mas que não volto para casa, que agora esta é a minha casa?

Será que considero a possibilidade de concordar, se for para acabar de vez com todo esse sofrimento?

Não. Que besteira. Não vou negociar nada. Os outros deuses a estão pressionando. Só precisamos esperar. Tenho de ignorá-la até ela ceder e só então, quando os humanos não estiverem mais morrendo como flores na seca, podemos conversar.

Mas só de pensar em retornar aos humanos e precisar ler mais nomes daqueles que estão se juntando a nós e então organizar outro julgamento, acabo caindo no choro. Só admito que ultrapassei meus limites quando chego ao ponto de não conseguir respirar direito. Não me lembro da última vez que dormi por mais de duas horas seguidas ou da última vez que comi algo sem ter que sair correndo para outro lugar.

Todas as dúvidas que tive no início, na época em que assumi o trono, retornam e de repente me pergunto se realmente consigo dar conta de tudo. Ainda sinto que estou fingindo, usando uma fantasia, desempenhando um papel que nem de longe me cabe.

Antes de me colocar em posição fetal, tomo uma decisão mais inteligente, que nunca teria tomado antes, nem mesmo com Ciané.

Chamo Hades.

Quando ele entra na biblioteca, as palavras escapam antes que eu consiga pensar em como elas me fazem parecer fraca.

— Estou muito triste e estressada e gostaria muito de não ficar sozinha agora.

— Ah — diz ele, como se estivesse confuso, e de repente me lembro de que em algum momento cheguei a pensar que ele fosse perigoso. Como ele conseguia causar essa impressão com esse rostinho tão lindo? — Do que você precisa? Posso te distrair ou podemos conversar ou...

— Me distrair? Te digo que estou triste e é isso que você responde? Controle essa sua mente depravada.

Ele arregala os olhos.

— Eu quis dizer com arte... conversa ou...

Rio, mas a risada fica presa na garganta e de repente Hades está me abraçando. Não tenho certeza do que vai acontecer, se minha mãe algum dia vai parar, mas neste momento sinto que, de alguma forma, vamos sobreviver.

— Minha mãe quer que eu vá conversar com ela — digo, entregando o bilhete a ele.

Ele balança a cabeça enquanto lê.

— Não vejo como outra conversa poderia resolver. Ela está matando pessoas. Sua mãe não vai usar isso para te obrigar a fazer nada, seja retornar à Sicília ou até mesmo conversar. Se realmente se importasse, pararia e conversaria com você em pé de igualdade.

Faço que sim. Eu cheguei à mesma conclusão.

Passamos a noite contando histórias um ao outro até minhas risadas serem genuínas. Ele brinca distraidamente com meu cabelo e, enquanto isso, passo o dedo sobre a tinta seca salpicada em suas roupas. Eu me inclino em direção a ele, mas Hades se afasta, dizendo que não vai tirar vantagem do meu sofrimento. Rebato dizendo que, na verdade, eu quem me aproveitaria dele como uma forma de me distrair, e que também não vou fazer isso, então ficamos ali, determinados a não tirar vantagem do outro até pegarmos no sono. Meu último pensamento antes de adormecer é que isso, só isso, é tudo o que eu quero pelo resto da eternidade.

Capítulo quarenta e quatro

— Não podemos continuar desse jeito — digo na manhã seguinte, com a cabeça apoiada no peito dele.

— Eu sei.

— Vamos precisar ir até o Olimpo e exigir que tomem uma atitude?

— Isso pode ser interpretado como um sinal de agressividade, mas, sim, talvez seja nossa única opção. Primeiro vamos dar a Zeus uma semana para responder à sua carta.

— Tudo bem, mas você precisa pintar, tecer ou fazer *alguma outra coisa*. Está tenso demais.

— Consigo pensar em outras maneiras de extravasar. — Ele enrola no dedo um cacho do meu cabelo.

Fico arrepiada, mas me recuso a deixá-lo me distrair.

— Por mais divertido que seja, não dá para substituir uma coisa com a outra. Você precisa criar, mesmo que só uma hora por dia.

— Eu reservo uma hora para criar quando você reservar uma hora para cuidar do jardim.

— Não é a mesma coisa. Sou a deusa da vida... as flores não são mais tudo o que tenho.

— E eu sou o deus das ilusões, não dos pincéis. Você tem o direito de ter hobbies, querida.

— Não durante uma crise.

— Então meus ateliês permanecem trancados.

— Hades — imploro, mas na verdade não sei como argumentar que ele deveria fazer algo que eu mesma não vou me permitir fazer. — Estou cansada e sobrecarregada, só isso. Você está se privando de algo essencial para você.

— Uma hora — diz ele. — É tudo que peço, e também devíamos dar esse tempo aos outros deuses. Já estão passando a nossa frente... não vai fazer muita diferença.

— Certo, tudo bem. Mas voltando àquelas outras maneiras de extravasar... — Enlaço minha perna ao redor de Hades, pressionando meu corpo no dele e afastando sua túnica para passar o dedo sobre uma marca que deixei há uns dias, o chupão desbotado, quase imperceptível. Esfrego o corpo no ossinho do seu quadril.

— Péssima tática de negociação. Você já concordou.

— Muito bem. Devo ir para o jardim, então? — Finjo me afastar.

Ele agarra meu pulso e me puxa de volta. Caio sobre ele, cada parte do seu corpo colada no meu. Ele agarra meus quadris, para que eu não tente sair novamente da cama.

— Não se atreva.

E não demoramos muito até começar a liberar o que sobrou de tensão.

Mais tarde, um tanto desgrenhada e com meu próprio chupão escondido sob a gola alta de renda do vestido, estou no jardim, não criando flores, mas colhendo frutas. O desenvolvimento acelerado das árvores não é nenhuma surpresa, mas o fato de eu estar aqui, sim. Apesar da sobreposição entre meus poderes e os da minha mãe, a colheita continua sendo domínio dela.

A cada fruta que colho, escuto as palavras da minha mãe numa cacofonia barulhenta. Quando pego uma maçã: "*Você é muitas coisas, Coré, mas não pensei que fosse tão cruel.*" Uma manga: "*Acha mesmo que, se eu tivesse o poder de te manter em segurança, não escolheria te ter para sempre ao meu lado?*" Ou uma romã: "*Eu te amo, meu amor, mas você não é poderosa.*"

Passei a vida inteira com minha mãe agindo como se fosse muito superior a mim, mas nunca estive tão confusa — ocupada demais, distraída demais com as consequências para realmente levar em conta que ela está deixando as pessoas morrerem desse jeito. Para me afastar de Hades? Sim, acredito que ela faria isso. Mas me forçar a deixar um mundo que é meu, um mundo onde tenho poder e onde realizei coisas impossíveis? Achava que minha mãe fosse capaz de sacrificar sua felicidade mil vezes pela minha   então por que ela está fazendo isso?

Tento voltar a atenção para o jardim, o pomar tão abundante que dá para se perder dentro, com árvores carregadas de frutas. Mais além estão as cintilantes planícies dos mortais, estendendo-se até o céu salpicado de estrelas que criei.

Eu fiz isso.

Eu construí um lar. E *não vou* deixá-lo para trás.

As folhas farfalham e por entre elas chega Hermes voando, com o cabelo num tom de vermelho queimado todo bagunçado e a pele marrom--clara ressecada pelo vento. As sandálias aladas batem freneticamente enquanto ele pousa diante de mim. Pela pressa e a expressão séria no rosto, não traz boas notícias.

— Minha mãe ou meu pai? — pergunto.

— Os dois.

Suspiro e as flores nos engolem. De uma hora para a outra estamos no pátio e vou em direção à biblioteca enquanto Hermes resmunga:

— Odeio quando você faz isso.

— Você é o deus dos transportes.

— Flores nunca fizeram parte do trabalho.

Hades está analisando um documento. Quando entramos, ele ergue os olhos e deixa o documento de lado — na verdade, joga-o sobre a escrivaninha —, o que deve significar que está prevendo notícias perturbadoras. Se qualquer outra pessoa fizesse isso, passaria muito tempo levando bronca por ter tratado o pergaminho daquela maneira.

— Então? — pergunto.

Hermes tira um pergaminho enrolado da bolsa, com uma águia impressa bem no meio do lacre de cera.

— Sua presença está sendo oficialmente solicitada.

Pego o pergaminho com dedos trêmulos.

— Não sei dizer qual foi a última vez que solicitaram minha presença no Olimpo. — Hades analisa o selo, a águia dourada de Zeus.

— Ainda não solicitaram sua presença, meu senhor — diz Hermes, ácido na dose certa para não acabar sendo demitido. — Zeus quer falar apenas com a rainha.

> *Perséfone,*
> *Venha ao Olimpo.*

— Ele não perde tempo com palavras, hein? — comento. Não chegou nem a assinar o bilhete. Mas usou meu nome. Meu nome de verdade, não o que ele me deu.

— Você não precisa ir sozinha — diz Hades, e o fato de ele dizer isso, e não "Você não precisa ir", faz a terrível realidade bater com força. Zeus é o rei dos deuses. Não dá para ignorá-lo.

Coisas horríveis acontecem com garotas que dizem não ao meu pai.

Até hoje isso continua sendo a mais pura verdade. Meu grande plano de pôr mudanças em prática não é nada. Não passa de uma ideia de longo prazo. Não oferece proteção, apenas penitência. Meu pai nunca vai entrar nos salões do meu reino. O rei dos deuses nunca vai ter seu dia de julgamento.

— O que ele quer? — pergunto a Hermes.

Ele balança a cabeça.

— Não tenho certeza. Convocou uma audiência com sua mãe e logo depois também exigiu sua presença.

Se fosse uma conferência das cortes, Hades também seria convidado.

— Não existe a menor chance... — digo, porque é lógico que não existe. Com certeza minha mãe não tem esse nível de influência. — Não seria capaz de ter dado a ele um ultimato: ou eu ou os humanos. Ele a despojaria de seus poderes e a mandaria para a Terra por ter se negado a obedecer.

— A menos — diz Hades — que ele queira se vingar de mim por ter te levado. Seria uma maneira conveniente de conseguir isso.

— E a morte de milhares de pessoas é conveniente?

— Para o rei dos deuses? Ele mal leva isso em consideração.

Olho para a carta.

— Não vou sair daqui. Não vou te deixar.

Hades também encara o papel nas minhas mãos, o olhar distante.

— Sim, mas o que me preocupa é o que podemos fazer para evitar isso.

— Hermes, diga ao meu pai que iremos em breve.

O mensageiro parece a um passo de discutir, mas acaba assentindo e vai embora. Então Hades e eu ficamos a sós.

— Acho que preferia quando eu estava tecnicamente desaparecida — digo, me aproximando dele.

— Ninguém vai te forçar a fazer nada — afirma Hades. — Não se preocupe... A corte do Inferno ainda não está pronta para renunciar à sua rainha.

Faço uma pausa, percebendo algo implacável em sua expressão, algo que não tenho certeza se já vi antes.

— O que você quer dizer? — pergunto.

— Exatamente isso — diz Hades. — Ele pode tentar o quanto quiser, mas não vai tirar você deste reino se você não quiser ir.

— Mas se ele ordenar...

— Então ele vai começar uma guerra — diz Hades.

Eu o fuzilo com os olhos.

— Você não vai entrar numa guerra por minha causa. Vamos dar um jeito sem que seja preciso tirar a poeira de um monte de espadas velhas.

Deve existir *alguma solução*. Somos mais poderosos do que minha mãe, e Zeus provavelmente sabe disso.

— É uma opção — diz ele. — Só estou dizendo isso.

— Não é uma opção merda nenhuma. — Começo a confrontá-lo, porque agora ele está me assustando. — Outra guerra? Como é que você pode sugerir uma coisa dessa?

— Achei que isso fosse te deixar mais tranquila — responde Hades, encostando-se na borda da mesa.

— Mais tranquila? — repito. Ele só pode estar brincando. — Você ainda tem traumas da última guerra, acha mesmo que a ideia de vivermos outra me tranquilizaria?

— Não fico feliz com a ideia, mas se a alternativa é permitir que Zeus te obrigue a deixar sua casa, é nossa única opção.

— Entrar em guerra não é uma opção.

— Às vezes, lutar contra nossos opressores é a única escolha que resta — rebate ele, sombrio. — Posso viver atormentado pela guerra, posso admitir que poderíamos ter feito algumas coisas de outro jeito, mas a guerra em si? Havia outra opção?

Balanço a cabeça.

— Se... *se*... meu pai exigir que eu retorne, dificilmente isso estaria à altura de um monstro comedor de crianças no trono.

— Não estou tentando ser leviano, meu amor — afirma ele. — Por você eu lutaria mil batalhas. Mas declararmos toda a corte em guerra? Teria que ser algo monumental, como uma ameaça à rainha. Além dos nossos próprios sentimentos sobre o assunto, simbolicamente agora você é muito mais do que apenas filha de Zeus. Você é a rainha do Submundo. Zeus estaria exigindo que a rainha de uma corte vivesse em outra... entende o que isso significaria? Seria o primeiro passo para desmantelar a paz, que já é frágil, entre as duas cortes.

Eu entendo o que ele está dizendo... de verdade. Sempre suspeitei que meu pai quisesse governar tudo. Se não o enfrentarmos ao primeiro sinal de que ele está tentando tomar o poder do Mundo Inferior, por que ele não se esforçaria mais? Por que não se colocaria contra o Oceano, também? Mas a guerra é tão radical, tão avassaladora.

— E exatamente por esse motivo, se ele tentasse isso, imagino que Poseidon também não ficaria feliz — continua Hades.

— Já está pensando em aliados?

— É lógico... São duas cortes contra uma.

— E essa "uma" é o Olimpo, que é muito mais poderoso!

— Não é tão impossível quanto você pensa. Reis já foram depostos antes. Duas vezes, na verdade. — Hades se aproxima de mim e dou um passo para trás.

— Não — respondo, ríspida. — Quantos morreram para que fosse possível depor esses reis? Quantas pessoas como você acabaram sofrendo?

— É você quem quer desafiar Zeus.

— Não com violência!

— Quando um lado é todo-poderoso, as coisas já começam violentas.

— E aqueles com menos poder, os humanos, vão ficar no fogo cruzado. Não sei se você está familiarizado com a geografia daqui, mas o ponto exato entre o Céu e o Inferno fica em algum lugar na Terra.

— Se fosse eu... — diz ele. — Se, não sei, Deméter mudasse suas exigências e dissesse que pararia de matar os humanos de fome caso eu fosse até ela, caso eu fosse punido por ter te sequestrado, você deixaria isso acontecer? Se Zeus ordenasse que eu fosse torturado, assim como Prometeu, ou mesmo preso numa ilha, como Calipso, você deixaria? Ou revidaria?

— Eu... — Não sei o que dizer, fico enfurecida só de pensar nisso. Eu poderia facilmente me imaginar berrando com as tropas no campo de batalha, manipulando meus poderes, fazendo *qualquer coisa* para trazer Hades de volta. Então estou me opondo à guerra ou à guerra *por minha causa*? — Não sei — digo, finalmente.

— Sabe, sim — insiste ele.

— Tudo bem — digo, bruscamente. — Se ele te levasse, eu colocaria fogo no mundo inteiro. Ficaria tão fora de mim que acho que não conseguiria fazer nada além disso. Mas eu te amo porque *você* não tomaria essa atitude. Porque você é ridiculamente poderoso, mas também é bom e gentil e capaz de fazer escolhas difíceis demais para o restante de nós.

— Não ouse… — sibila Hades. — Você não me ama mais do que eu te amo, e pode ter certeza de que não vai transformar isso numa questão moral quando o problema vai bem além de Zeus manipulando a filha… e, para não restar dúvidas, isso seria algo contra o que eu também lutaria. A questão aqui é que ele está indo em direção a um poder total e implacável.

Eu me dou por vencida.

— Você está certo, mas, Hades, por favor. Se existisse uma maneira de combatê-los sem pôr os humanos em risco, tudo bem, talvez, mas…

— Odeio te lembrar disso, mas, com a vida após a morte que você criou, a morte dos humanos não é mais o empecilho que era antes.

— Vida após a morte não é vida, Hades. Você sabe disso tanto quanto eu.

Não é mesmo. Como deusa da vida, sei que há uma enorme diferença: a vida após a morte é uma vela bruxuleante, não a chama da vida em si, que queima com toda aquela força.

— Então você espera que eu fique de braços cruzados se ele decidir te arrancar deste reino?

— Sim.

— Perséfone. — Ele dá outro passo à frente e mal consigo olhar para ele; não consigo lidar com aquela expressão em seu rosto, como se ele já estivesse de luto por mim. — Por favor, não me peça pra fazer isso.

— A questão não somos nós. Mas as pessoas com quem os deuses não se importam.

— Você faz parte da questão, sim, se estiver disposta a fazer isso por elas.

— Eu não posso ser a deusa da vida e causar tantas mortes, Hades. Você sabe o quanto isso me faria sofrer.

Foi a única coisa que eu disse que o fez hesitar, porque ele sabe tão bem quanto eu que isso seria uma corrupção de mim mesma. Então ele me encara como se suplicasse e fico com vontade de ceder, de dizer a ele para fazer o necessário para ficarmos juntos, porque a ideia de me separar de Hades é quase tão insuportável quanto a ideia de causar tantas mortes.

Quase.

— Vamos recusar — digo. — Vamos usar nosso poder, discutir, lutar contra nós mesmos se necessário, e se conseguirmos dar um jeito de lutar sem a presença de mortais, então sim, talvez.

Hades se aproxima de mim, segura meu rosto com delicadeza entre as mãos e me beija com desespero.

Eu me agarro ao gosto dele, enrolando as mãos em sua túnica como se, ao segurá-lo forte o suficiente, nem mesmo meu pai tivesse o poder de me separar de Hades. Não consigo acreditar que minha mãe também tenha tirado isso de mim. Devíamos ter passado as últimas semanas exatamente assim: dando amassos, nos beijando até ficarmos tontos, respirando um ao outro. Em vez disso, ficamos correndo pelo Submundo tentando consertar o estrago que ela causou.

Sinto um gosto salgado e, quando ele se afasta, vejo duas lágrimas correndo pelo seu rosto.

— Eu te amo. Existe uma pequena chance de estarmos sendo dramáticos novamente, de estarmos nos antecipando. — Ele dá um sorriso fraco. — Mas eu te amo.

— Nunca duvidei disso. — Enxugo uma das lágrimas. — Mas esse realmente não é o acordo que quero fazer.

— Estou falando sério, Perséfone. Se você fizer isso, se tiver o confronto que acho que está prestes a ter, então preciso que saiba que, apesar do que talvez já tenham te dito, na verdade você é uma pessoa muito fácil de amar. — Ele pega minhas mãos e meu coração bate tão forte que quase abafa o que ele está dizendo; até agora, eu não fazia ideia de que estava tão desesperada em ouvir essas palavras. — Amo todas as suas versões, sem nenhuma exceção. E fazer isso é a coisa mais fácil do mundo.

Eu o beijo novamente e sussurro declarações de amor enquanto pressiono meus lábios nos dele. Dessa vez sinto que isso realmente pode ser um adeus. É um momento tão cheio de tristeza, de amor, envolto por uma saudade que parece uma perda, e não é só das lágrimas dele que sinto o gosto.

Ele me abraça e enterra a cabeça no meu cabelo, apoiando-a no meu ombro. Eu o abraço com força e fico ali, aproveitando seu calor e tentando memorizá-lo completamente.

— Me prometa, Hades — digo baixinho, apertando-o com força. — Os humanos já sofreram o suficiente. Nada de guerra.

— Prometo que não haverá campos de batalha — diz ele, afastando-se apenas para me encarar com toda aquela seriedade. — Mas existem outros jeitos de se travar uma guerra, e me recuso a prometer que vou parar de lutar por você.

Eu me inclino para beijá-lo de novo, tentando não pensar que cada beijo pode ser o último.

— Tudo bem por mim — digo. — Porque pretendo confrontar meu pai e lutar por você, por este lar e por mim mesma com todas as minhas forças.

Capítulo quarenta e cinco

Não temos como deixá-los esperando; isso só vai piorar as coisas. Corro de um lado para o outro no palácio e me pego dando ordens que só serão necessárias caso eu não retorne. Não consigo me obrigar a dizer adeus, mas e se for mesmo uma despedida e eu não tiver outra oportunidade? Mas nesse caso será que eu não teria problemas mais sérios do que não ver pela última vez a terra que criei ou os amigos por quem me apeguei tanto?

Encontro o colar que Hades fez semanas atrás e o coloco no pescoço, tentando fingir que não estou pensando *"algo para me lembrar dele"*.

Para não acabar perdendo a cabeça, foco no que é urgente. Corro para o pátio com tudo que Hades e eu vamos precisar, ajeitando apressadamente a coroa no cabelo.

— Esse é o seu plano? — pergunta Hades, incrédulo. — Uma cesta de frutas para salvar o mundo?

— Tudo para causar uma boa impressão — digo. Além do mais, simboliza um dedo do meio para minha mãe da maneira mais educada que consigo.

— Está pronta? — pergunta ele.

— O mais pronta possível — digo, tomando seu braço.

Esse retorno à superfície deveria ser cheio de pompa. Em vez disso, não passa de um pensamento para que as flores sob nossos pés nos levem até o Monte Olimpo.

Meus pés esmagam a grama morta que imediatamente se torna verde, com flores desabrochando onde estou. A cor não para por aí; pelo contrário, surge por toda parte, o musgo tomando as rochas e a grama rastejando montanha abaixo. O mundo está em sofrimento. E sinto uma comichão familiar, que levo um segundo até reconhecer: o Submundo. Ou, mais especificamente, a sensação que tive lá no momento em que cheguei, como se um reino implorasse para ser preenchido de vida.

— A primavera chegou — comenta Hades enquanto a terra floresce cheia de cores, e percebo algo em seu tom de voz que não consigo identificar.

— É uma pena os humanos não poderem comer grama — digo. Não costumava ser fácil assim: eu precisava no mínimo pensar para que acontecesse. Mas agora é como passar perto das almas, a energia se esvaindo de mim.

Estamos nas encostas do Monte Olimpo, que agora brilha com flores desabrochando num vibrante estado de graça, o radiante céu azul e as nuvens pairando logo abaixo. Não consigo ver muito além, mas só de voltar a este mundo sinto algo acendendo dentro de mim — uma necessidade desesperada de ver o que está por trás dessas nuvens.

— Você está bem? — pergunta Hades.

— Sim. É só que eu nunca vi nada assim. As montanhas da Sicília não são tão irregulares.

— Claro — diz ele. — Estou tão acostumado a pensar que você é deste mundo que esqueço que nunca nem o viu.

Fico com vontade de jogar essa cesta idiota no chão e ir embora, ignorar o chamado do meu pai e sair andando por essas montanhas e pelo mundo afora. Acontece que os humanos morreriam de fome... e Hades pode até ser capaz de governar o Inferno sem mim, mas se sairia bem mal na administração.

Então, em vez disso, passo meu braço no dele.

A fumaça nos envolve, aquela sua aura escura retornando para se enrolar em mim também, como uma barreira protetora.

— Ah, sim, isso vai funcionar. — Dou risada, fechando e abrindo a mão, hipnotizada pela forma como a escuridão se agarra a ela.

— Não subestime o poder de uma boa aparição. Talvez não resolva nada, mas pode ter certeza de que dá mais ênfase.

— Sim, me lembro bem — digo e começamos nossa subida.

São apenas alguns minutos de caminhada, mas minhas coxas queimam com a encosta íngreme antes de chegarmos aos portões do Olimpo. Eles formam um arco retorcido num tom tão brilhante de dourado que, lado a lado, o próprio sol pareceria fraco. As *horai* que vigiam a entrada trocam cochichos quando nos aproximamos e então, sem nos dizer uma só palavra, as três mulheres abrem os portões.

Além deles, o Olimpo se estende até o topo da montanha. Tudo é feito de rochas acinzentadas, mármore branco e fundações de bronze. Ruas passam entre os edifícios, dando a impressão de que ouro derreteu montanha abaixo. Eu me lembro da arte e da natureza do Submundo e fico me perguntando como os Olimpianos conseguiram fazer algo ao mesmo tempo tão brilhante e tão monótono.

Hades me dá a mão e andamos pela cidade, a fumaça preta contrastando com todo esse branco. Deuses param para nos observar passar e seus cochichos nos acompanham. Aqui é bem menor que o Submundo. O Inferno é uma terra extensa, e só explorei uma pequena fração dela. Não vi por onde vagam os monstros, nem o abismo do Tártaro, nem mesmo toda a dimensão dos rios. No Olimpo, as construções são agrupadas; a caminhada dos portões da cidade até o palácio de Zeus não leva mais do que alguns minutos. Esta é uma terra feita de mármore — palácios, fontes, anfiteatros, casas de banho, tavernas. Tudo com um cheiro tão forte de ambrósia que chega a ser inebriante. O máximo de natureza que se vê no reino é uma oliveira aqui, outra acolá.

Subimos ainda mais até não estarmos mais caminhando sobre o chão, mas sobre as estrelas. O palácio de Zeus surge à frente, e, à medida que nos aproximamos, fica cada vez maior, então Hades tosse e diz:

— Para equilibrar as coisas.

Engasgo rindo antes de fazer uma careta.

— Ele é meu pai, Hades. Mas se as histórias estiverem corretas, sim.

As portas se abrem e o interior é de tirar o fôlego. É parecido com o palácio de Hades quando cheguei ao Submundo, antes ser decorado com móveis estofados e artes floridas por todos os cantos. Na época em que era frio, cruel e impossivelmente claustrofóbico para um lugar tão imenso.

Passamos pelas Musas cantoras e pelos deuses menores descansando e rindo uns com os outros. Mal nos dirigem o olhar. Não há nada daquele estresse que paira nos meus salões, nenhuma preocupação desesperada com o que está acontecendo abaixo deles.

Encontramos Hermes, que nos informa que meus pais estão esperando no mégaro.

Diante das enormes portas encontram-se posicionados dois guardas do meu pai que lutaram ao lado dele na guerra. São hecatônquiros, cada um com cem braços e cinquenta cabeças.

Eles abrem as portas. O salão enorme pode até ser idêntico ao do Submundo, mas está cheio de lembranças que o nosso não tem. Olho em direção aos pórticos de onde, na minha anfidromia, os deuses observavam. Neste momento o salão está praticamente vazio, mas bem no meio, além da lareira, vejo minha mãe e sinto um aperto no peito. Quero correr até ela, abraçá-la e sacudi-la, exigir que explique por que está fazendo isso e o que espera conseguir.

E, lógico, lá no alto está meu pai sentado em seu monstruoso trono de pedra.

Desvio o olhar novamente para minha mãe, tentando entender o que está acontecendo. Se ela tivesse um ar triunfante ou presunçoso, imagino que eu estaria fazendo as malas, mas parece nervosa, até chateada, o que me deixa confusa. Se ela não conseguiu o que queria, o que estou fazendo aqui?

— Meu rei — cumprimenta Hades, e nos curvamos o mais superficialmente possível, sem que pareça desrespeito.

Minha mãe olha para Hades com incerteza, raiva misturada com curiosidade, talvez até uma pitada de alívio. Deve ter sido difícil conciliar o que ela pensava saber sobre ele com o que eu contei.

— Perséfone — anuncia Zeus. — Hades, sua presença não foi solicitada. Você está dispensado.

— Com todo o respeito, meu rei — diz Hades em um tom que implica respeito nenhum —, mas não vou abandonar minha esposa neste momento.

Minha mãe franze a testa.

Zeus fica tenso e percebo que está avaliando suas opções. Ele poderia obrigar Hades a sair, lógico, mas a frágil aliança entre Zeus, Hades e Poseidon é quase inteiramente baseada nos dois últimos fingindo que são obedientes e Zeus fingindo que não precisam ser.

— Muito bem — diz ele. — Suponho que era de se esperar.

— Não é comum um cidadao do meu reino ser convocado por você, muito menos a rainha — diz Hades. — Então estou bem curioso para saber do que se trata.

— Zeus — minha mãe implora. — Isso é mesmo necessário? Somos uma família. Podemos tratar do assunto de maneira menos formal, menos...

— Você já fez o suficiente — rosna ele, com relâmpagos brilhando nos olhos. — E não é necessária aqui.

— Ela é minha filha.

— Ela não é nada *sua* — diz Zeus. — Você perdeu, Deméter. Ela pertence a Hades agora.

Reajo ao comentário com um gesto de desdém e meus pais se viram para mim.

— Ah, pertenço? Ao homem ou ao reino? Tenho dúvidas, qualquer que seja a resposta. — Levanto a cesta que trouxe. — Para você, por falar nisso. Ouvi dizer que seus fornecedores habituais estão tendo problemas.

Eles olham para a cesta e, logo depois, Zeus assente.

— Coloque ali. — Demoro para fazer isso e, quando me viro, vejo Hades e mamãe observando meu pai com um olhar quase idêntico de desprezo.

— Vamos ao que interessa, então — digo. — Por que estou aqui?

Meu pai pigarreia.

— Bem, tenho certeza de que você notou que os humanos estão morrendo...

— Sim, mandamos uma carta a você exigindo que tomasse uma atitude — diz Hades, mal disfarçando o olhar furioso que lança para minha mãe.

— Ah, sim.

Não é exatamente a primeira vez que considero meu pai um idiota, mas é a primeira vez que vejo sua estupidez em ação. Está na cara que o restante dos deuses só o deixa no poder porque não o querem para si próprios, ou talvez temam que alguém pior acabe ficando com a coroa, ou talvez apenas tenham pavor de outra guerra. Não seria nada difícil agir com mais esperteza do que ele.

Talvez possa ser algo a considerar.

Acho que entendo agora de onde vem meu talento com mentiras — há anos meu próprio pai finge ser competente.

— Isso tem que parar — diz ele.

Eu me viro para minha mãe e falo com uma fúria gelada na voz:

— Então pare.

Ela parece prestes a irromper em lágrimas. Começa a vir na minha direção, mas a interrompo com um olhar cheio de raiva. Hades aproxima a fumaça de nós, como se ela pudesse nos proteger. Então minha mãe para, cambaleando, e balança a cabeça.

— Não sou eu.

Olho para Hades, esperando ver minha confusão refletida nele, mas, quando a ficha cai, seus olhos se arregalam.

— Como assim? — pergunto a ela. — Você disse que as pessoas continuariam a morrer contanto que eu viesse para a superfície.

— Por que você simplesmente não veio? — pergunta ela baixinho. — Por que não me escutou?

— Porque você estava matando pessoas.

— Perséfone — diz Hades, o tom de voz calmo. — A grama...

— Não, na verdade ela não estava matando pessoas — ressoa meu pai, vangloriando-se de entender algo que outra pessoa não entende. — Por que você não conta a ela o que realmente estava fazendo, Deméter?

Minha mãe encara o chão, depois endireita a postura e vira para meu pai.

— Eu estava protegendo minha filha, porque você se recusou a fazer isso.

— Você tem coragem...

— Já estou banida mesmo, certo? — replica ela. — Me diga, Zeus, o que tenho a perder aqui? — Meu pai hesita e, enquanto isso, mamãe se vira para mim. — Eu estava te resguardando — diz ela. — Eu... Quando você foi levada, tudo começou a morrer. Como todo mundo, pensei que fosse *minha* culpa... não de propósito, entenda, mas pensei que meu sofrimento estava tendo consequências. Não é incomum: Poseidon causa terremotos, Zeus, tempestades, talvez meu mau humor pudesse causar fome. Até que visitei o Submundo.

— Todos nós vimos como estava o Inferno no seu casamento — diz Zeus, sarcástico.

— Nem todos — rebate minha mãe, mas depois continua, num tom de voz mais gentil: — Você mesma disse, meu amor: você tem poder. Poder sobre a vida. Quando a visitei, de repente passou pela minha cabeça: e se for você? E se você for a razão pela qual tudo está morrendo?

Agora tudo faz sentido.

A deusa da vida começou a viver no Submundo. E o mundo na superfície começou a morrer.

— Mas por que você não disse nada? — pergunto, indignada.

A grama ganhou vida no momento em que pisei nela, como se o próprio mundo estivesse recorrendo a mim, me implorando... Eu mesma sou a culpada de tudo isso. Ah, pelas Moiras, sou a razão de todas aquelas pessoas estarem sofrendo... a razão pela qual tantos *morreram*. Sou a responsável pelo caos no Submundo... pelos deuses passando noites em claro, pela exaustão, pelo estresse... Sou eu.

— Eu não sabia quem estava ouvindo, então eu... — Ela olha para meu pai e para de falar. — Fingi que era eu, porque pensei que conseguiria te fazer vir à superfície sem explicar por quê. Eu não queria que você se sentisse culpada pelo que estava acontecendo. Se você achasse que era eu, poderia jogar a culpa das mortes em mim.

Hades toca no meu braço, mas a sensação de conforto jamais compensaria o que minha mãe está me dizendo. Sou a culpada por todas aquelas mortes.

— Não queria que eu me sentisse culpada? — rebato furiosa. — Então para eu não me sentir culpada pela morte de pessoas, você achou válido deixar ainda mais pessoas morrerem?

— Nada disso importa — interrompe meu pai. — Sua ausência está nitidamente afetando a Terra. Confesso que também pensei que fosse Deméter... a ausência da deusa das flores não foi o primeiro lugar onde alguém pensou em buscar uma explicação. Mas Pã também viu as plantas dele morrerem e Deméter não tem jurisdição na natureza selvagem. Até Poseidon relatou problemas de taxas de mortalidade de populações. Ártemis comentou sobre presas mais escassas. A vida, em toda parte, está desaparecendo.

Estava tudo bem com o mundo antes de eu nascer, talvez até mesmo antes de eu reivindicar meu poder no Submundo. A vida não estava ligada a nenhuma divindade; pelo contrário, fluía livre e caoticamente. Mas, agora, de repente está ligada a mim, e minha ausência é catastrófica. Existem outros deuses com esse nível de importância — a vida também morreria sem o sol, o ar ou a própria Terra. Mas, mesmo assim, isso parece pesado demais.

— Também ficamos sabendo, hum, de certos boatos sobre o Submundo — diz meu pai. — Sobre você se autodenominar a deusa da vida. Parece que exagerei quando lhe dei o dom das flores. Te dei mais poder do que você pretendia. — É lógico que ele tentaria reivindicar isso. É lógico que ser poderosa sem ele seria demais. — Então, olhe, preciso que você volte a viver sobre a Terra, não abaixo dela.

De repente, estou apertando a mão de Hades sem nem me lembrar de tê-la segurado. Encaro os meus pais. Eu estava preparada para a possibilidade de exigirem meu retorno. Achei que fosse lutar contra isso. Mas não me dei conta de que voltar seria a salvação das pessoas.

— Tenho certeza de que podemos chegar a uma solução que satisfaça a todos — diz Hades ferozmente, segurando minha mão com força.

— Esta é a solução — rebate meu pai. — Perséfone retornará à Terra. Você pode anular o casamento... Não se preocupe, vou pressionar Hera. Ou... — Ele sorri, malicioso. — Se sua esposa significa tanto assim para você, Hades, você pode abdicar do trono e vir para a Terra com ela.

Isso não pode estar acontecendo, mas é lógico que está. É óbvio que esta é uma oportunidade para Zeus tomar todo o poder que conquistamos juntos. Isso não pode acontecer — o Submundo é muito importante para mim para eu permitir que Hades o abandone, para permitir que seja lá quem meu pai coloque no trono o tome de vez.

— Não seja ridículo — rebato. — Por que eu precisaria deixar permanentemente o Submundo? Posso passar o dia na superfície, se for necessário, e voltar para casa à noite.

— Não temos evidências suficientes de que isso bastaria para resolver o problema — diz Zeus.

— Não temos provas do contrário — argumenta Hades.

— A vida não pertence ao Submundo.

— A vida é um ciclo — respondo. — Posso viver em ambos. A Terra precisa de mim, mas o Submundo precisa tanto quanto.

Meu pai faz cara de deboche, como se a ideia de algum lugar precisar de mim fosse absurda, embora seja exatamente esse o motivo de eu estar aqui.

— Isto não é uma negociação — rosna ele, batendo seu raio no chão. Em algum lugar da Terra um trovão acaba de ecoar.

— Então o que é isto? — pergunto.

— É uma ordem do seu rei.

— É um ultimato sobre um problema que não existe — rosna Hades. — Um esforço para tirar de nós o reino que amamos. Essa é realmente a jogada que você está disposto a fazer? Só sugerir isso já é uma afronta. Imagino que o Oceano também não receberia tal notícia tranquilamente.

Meu pai vocifera ao se voltar para Hades. Imaginei que ele fosse entender que isso significasse guerra, mas a mera insinuação já deixou Zeus em choque. Ele achava que Hades e eu simplesmente nos separaríamos, nos curvaríamos à sua vontade e anularíamos o casamento porque Hades nunca sequer pensaria em abrir mão do reino. Papai devia ter tanta certeza da concordância imediata de Hades que nem chegou a pensar no que aconteceria caso a sugestão fosse levada a sério. Só agora se deu conta de que fez uma ameaça — uma ameaça que poderia levar à guerra —, então faz o de sempre: redobra os esforços.

— Tentei ser civilizado... — começa meu pai, furioso.

— Roubando minha esposa?

— Você a roubou primeiro.

— Pare — digo. — Vocês dois. Vamos conversar sobre o problema que temos na mesa. Eu poderia passar metade da semana na superfície ou até metade do ano...

— Isso não está em discussão! — rosna meu pai.

— O Inferno não vai tolerar... — começa Hades.

— Sem colheitas, não haverá pessoas para morrer. Seu reino vai começar a sumir, depois estagnar e morrer junto — diz Zeus. — Você pode até não admitir, mas muitos em sua corte irão.

— É um risco que você está disposto a correr? — pergunta Hades, mas percebo sua confiança vacilando.

— Vou te dar seis meses — digo. — Metade do ano na superfície e a outra metade no Mundo Inferior.

— Dê, receba, o que quiser — rebate Zeus. — Ou você concorda e vive livremente dentro dos limites da Terra ou discorda e eu a prendo aqui. A sua escolha é entre viver em liberdade ou acorrentada, não quanto tempo pode me dar.

Ele se vira para mim com tanto ódio nos olhos que percebo que isso não tem nada a ver com a suposta afronta do meu casamento. Arrancar Hades do Submundo nunca esteve realmente em questão — trata-se apenas de um bônus para nos lembrar de tudo que ele é capaz de fazer.

A questão aqui sou eu. Sempre foi, desde o momento em que minha ambição ofuscou a dele. É melhor silenciar uma garota do que deixá-la se transformar numa mulher que pode representar uma ameaça. Por mais poderosa que eu seja, não sou alguém com quem se possa negociar — não passo de uma coisinha que pode ser esmagada com facilidade.

— Você acha que é assim que funciona? — sibilo, tão furiosa que mal consigo pronunciar as palavras. — Que você pode simplesmente me acorrentar a um lugar e a vida continuar a fluir? É algo consciente, pai. Eu tenho controle sobre isso. — Trata-se de um blefe... Na verdade, ainda estou descobrindo meu poder, mas por que não poderia ser verdade? Por que ele não acreditaria nisso? — Me prenda à Terra e te garanto que nada viverá novamente.

Zeus estreita os olhos. O nó de seus dedos fica pálido ao redor do raio que segura.

— Acorrentar você será melhor do que nada.

Mamãe me olha, agora assustada, vendo em mim o temperamento que ela tanto se esforçou para controlar. Mal sabe ela que o que está vendo não é nem uma fração dele.

Eu os encaro fixamente.

— Quer correr esse risco?

— Vou interpretar isso como uma recusa em atender às minhas exigências — diz ele, logo depois vira para a porta e grita, chamando seus guardas.

Hades tenta se colocar na frente do meu corpo, gritando as coisas que o Inferno fará em retaliação. Movo o braço para pegar minha foice antes de lembrar que não a uso há semanas e não a trouxe por medo de acabar aumentando a tensão.

Bem, não haverá aumento nenhum da tensão se eu estiver acorrentada à Terra.

Hécate disse que eu me regozijava com esse jogo, e estava certa.

Mas não suporto perder.

E o que mais que ela disse? "Um poder como o seu atravessa o próprio tecido da magia do mundo."

De que serve esse poder agora?

Então me vem um pensamento: *eu poderia matá-lo.*

Poderia? Será que nos segundos anteriores aos guardas me alcançarem e suas cem mãos me conterem com firmeza, antes de me arrastarem para a Terra e me acorrentarem a uma montanha em algum lugar, consigo recorrer ao poder que tenho dentro de mim, sentir o brilho pulsante da vida no peito do meu pai e extingui-lo? Será que eu, deusa da vida e rainha dos mortos, posso continuar o ciclo e aniquilar meu pai como ele aniquilou o dele?

Na prática? Talvez. Não sei se sou capaz de fazer isso. Na tentativa, posso acabar destruindo a vida de todos no salão.

Moralmente? Não sei. Quem sabe. Já matei centenas de inocentes, por acidente ou não. Será que consigo matar um homem que com certeza não é inocente? Talvez não consiga sair viva do Olimpo. Os deuses podem se revoltar, o Oceano pode se juntar a eles, posso acabar provocando outra guerra. Talvez valha a pena.

Ou...

Os guardas entram intempestivamente no salão.

— Agarrem-na.

Em vez de confiar no poder que descobri há pouco tempo, poderia confiar naquele que sempre tive. Antes de ter poder, eu tinha coragem. Eu era criativa. Eu me preparava. E fazia coisas crescerem.

Desvio para o lado, em direção à mesa onde coloquei a cesta com frutas brilhantes. Eu estava pronta para isso. Existe um risco, lógico, mas também foi arriscado quando saltei para o Inferno pela primeira vez. Agora recorro aos seus frutos.

São frutas cultivadas no Submundo. Frutas que eu nunca conseguiria comer sem acabar ficando presa lá.

Papai deve ter percebido o que está prestes a acontecer, porque grita:

— Não! Detenham-na!

Cerro o punho sobre a primeira fruta que encontro: uma romã. Não penso duas vezes antes de dar uma mordida enquanto mãos me agarram.

O suco vermelho-sangue escorre pelo meu queixo, manchando tudo que toca.

Cuspo a casca e arrancam a fruta da minha mão, mas consigo engolir algumas sementes.

Seis.

Sinto cada uma delas ao mesmo tempo em que puxam meus braços para trás.

Dou uma olhada rápida na direção do meu pai, mas é minha mãe quem encaro diretamente. Enquanto acorrentam meus pulsos fico me perguntando se algum dia deixarei de me ver através dos olhos dela. Será que algum dia vou me olhar no espelho e me ver antes dela? Neste momento me vejo com a coroa torta na cabeça, coberta de suco cor de sangue, acorrentada como um animal selvagem, e penso que, se ela não pode me amar agora, deste jeito, então eu não quero seu amor de jeito nenhum.

Eu me viro para Zeus e me pergunto se ele sabe que deve sua vida a mim, que só está vivo porque escolhi não acabar com ele. Eu me pergunto também se ele sabe que posso mudar de ideia a qualquer momento. Ele pode até usar a coroa dos deuses, mas sou eu quem detém o poder do caos que abracei.

— Seis sementes. — Sorrio, o suco vermelho-vivo manchando meus dentes. — Seis meses. Exatamente como ofereci.

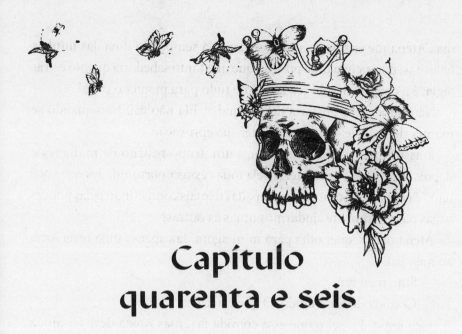

Capítulo quarenta e seis

— Solte minha esposa agora ou você vai precisar enfrentar todo o Inferno — rosna Hades, os olhos completamente pretos, a fumaça saindo dele formando pontas afiadas.

Mamãe se vira, tremendo.

— Zeus, por favor, esta não é a solução. Ela pode vir visitar. Vai dar certo.

Olho para meu pai, que me encara com um ódio tão profundo que imagino que não sinta nem pelos Titãs.

— Atena! — grita ele e a deusa entra correndo.

Ela devia estar por perto assistindo a tudo, só esperando ser chamada. Lembro dela no dia do meu casamento, de como elogiou minha decisão de comer no mesmo horário que os homens e o fato de eu ter decidido não cortar o cabelo. Também me lembro dela na ilha da minha mãe. Atena sempre tentava me ensinar coisas que mamãe dizia não serem importantes. *"As meninas também deviam ter permissão para ser inteligentes"*, dizia ela. A maioria das mulheres me ensinava como evitar os homens, mas Atena me ensinava como revidar. Ela sempre foi uma das minhas favoritas, mas ocupa uma posição que une tanto sabedoria quanto estratégia: é a conselheira do rei. E fará de tudo para manter o cargo.

Não importa se gostaria de me ajudar. Ela não vai. Não quando se manter do lado de Zeus significa ter sua aprovação.

É assim que ele faz? Dá poder a um grupo restrito de mulheres e depois diz: "Sim, com certeza, veja todas essas oportunidades que você tem." Será que estamos todas ocupadas demais competindo pelas poucas vagas para realmente ajudarmos umas às outras?

Atena nem sequer olha para mim agora, faz apenas uma reverência ao meu pai.

— Sim, meu rei?

— Comida do Submundo. O que ela faz?

Fico tensa. Eu sei o que essa comida faz, mas Atena deve ter ainda mais informações. E se houver alguma brecha?

Os guardas relaxam um pouco a força nas mãos quando não restam mais dúvidas de que não estou tentando escapar.

— Prende você ao Submundo — diz Atena. — Almas mortais não poderiam sair fisicamente de lá.

— E as nossas almas?

— Sentiríamos uma atração impossível de resistir. Uma pessoa poderia ser impedida à força, suponho, mas é magia antiga, parte da trama à qual todos os nossos poderes estão ligados. Se você puxasse esse fio, a própria substância que nos mantém de pé começaria a se desfazer. Nenhum de nós permaneceria como deus por muito tempo... Tanto nossos poderes quanto nossa imortalidade desapareceriam. Nem tenho certeza se sobreviveríamos como frágeis mortais. Acho que se esse tipo de poder for arrancado de nós, é possível que sejamos destruídos.

Meu pai dispara seu raio contra mim e levo um susto tão grande que nem consigo gritar. O raio passa assoviando a um milímetro do meu ouvido, queimando meu cabelo e chocando-se contra a parede, onde escuto o mármore desmoronar e cair.

— Muito bem — diz ele, mostrando os dentes. — Soltem-na.

Fico esperando alguma grande declaração final: uma ameaça para que eu ande na linha, para que não volte a testá-lo novamente. Mas ele simplesmente deixa o salão, derrotado e relutante demais para admitir.

Atena abaixa a cabeça, me dirigindo um brevíssimo sorriso antes de também sair.

Se existe uma maneira de reverter essa situação, de desfazer o que fiz, ela guardou para si mesma. Ela me ajudou.

É desse jeito que começa? Com pequenas ações nos locais onde podemos realizá-las?

Os hecatônquiros recolhem suas correntes e saem apressados assim que Hades os encara. Esfrego os pulsos, pensando que talvez haja alguma esperança mesmo dentro da corte do Olimpo, quando dou de cara com minha mãe bem na minha frente.

Encaramos uma à outra.

— Acho que precisamos conversar — diz ela.

Hades faz um carinho no meu braço e aperto sua mão. Agradeço pelo apoio, mas preciso fazer isso sozinha.

— Te encontro aqui depois — digo a ele.

Mamãe me leva para o pátio, que se encontra na mesma posição que no meu palácio e de Hades. Mas este aqui não é tão agradável. Como o chão é feito de nuvens em espiral, não tem como haver flores; em vez delas, há bancos de mármore e musas cantoras.

Escolhemos um banco e, quando nos sentamos, ela se vira para mim.

— Não quero que você me odeie — diz ela.

— Você permitiu que tantas pessoas morressem — digo, até agora sem conseguir acreditar. — Tudo isso porque não queria que eu soubesse que a culpa era minha? Vamos lá, mãe, você sabe que isso não é...

— Não foi só isso — diz ela, olhando ao redor do pátio antes de balançar a cabeça. — Imagino que os guardas me escoltarão para fora daqui assim que Zeus se lembrar que me baniu.

— Sinto muito por isso — afirmo. Ele poderia tê-la banido por ela ter mentido sobre de quem era a culpa pela fome, mas o vi perdendo a paciência enquanto mamãe procurava por mim.

— Não sinta — rebate ela. — Vai ser só por alguns anos, no máximo. Ele não pode me expulsar do conselho sem confessar que você foi mais esperta que todos eles. Provavelmente vai dizer a todos que Hades te enganou, fazendo com que comesse aquelas sementes. Que os céus nos livrem se alguém pensar que você toma suas próprias decisões.

Engulo em seco.

— Como fugir para o Inferno.

Mamãe assente.

— Ele também proibiu Héstia de se juntar ao conselho e tirou a xênia dela. Você provou o quanto esse recurso era poderoso, e ele não suporta que outro deus tenha algo assim. Quando os mortais começaram a chamá-lo de Zeus Xênio, Héstia disse que não importava a quem pertencia o poder, desde que mantivesse as pessoas seguras. Mas acho que ela só disse isso para evitar o constrangimento. — Mamãe respira fundo e me olha com uma expressão tão grave que me sinto imobilizada. — Se todos acreditarem em seu poder, ele vai se esforçar ainda mais para dar um jeito de tirá-lo de você. Então talvez o melhor seja deixá-lo espalhar suas mentiras sobre como tudo isso aconteceu.

Cerro os dentes. Eu queria parar de me esconder atrás de mentiras.

Mas tudo bem, não preciso discutir com meu pai — não quando já estou o enfrentando de maneiras mais capciosas.

Minha mãe suspira.

— Perséfone, preciso confessar mais uma coisa. Não escondi de você o fato de que era o seu poder que estava causando a fome só para te deixar de consciência limpa. Seu pai sempre tentou tirar o poder de você... na verdade, de qualquer um que ele considere uma ameaça em potencial, como o que aconteceu com Héstia. Os que se destacam só conseguem isso porque buscam satisfazê-lo, mas tudo que você sempre quis foi o poder para si mesma. Ele tem pavor disso. Sendo bem honesta, acho que ele vê uma parte de si mesmo nessa história toda e sabe o que fez para conseguir se tornar rei. Se ele pensasse que eu era a responsável por todas aquelas mortes, não perceberia que era você. Tudo o que você fez no Submundo já seria demais para ele. Eu não conseguia imaginar o que ele seria capaz de fazer se soubesse que você também estava impactando a Terra. E se *você mesma* não percebia a verdadeira extensão do seu poder, pensei que talvez ele também não descobrisse.

Levo um momento para absorver suas palavras. Lógico que ela faria isso... é tudo o que ela sempre fez: tentar me proteger.

Desvio o olhar.

— Você precisa parar com isso — digo. — Eu te amo, de verdade, mas, por favor, pare de tentar me proteger.

— Não posso fazer isso, minha filha.

— Você não enxerga? Não é só o meu pai que está esmagando qualquer faísca minha de poder. Minha vida toda você tentou me fazer caber nesta caixa e... Sinto que, se eu te decepcionar, o mundo inteiro vai desmoronar. Me sinto culpada só de pensar em algo que você não aprovaria, como se você não fosse mais me amar se eu...

— Eu sempre vou te amar — responde ela ferozmente.

— Racionalmente, eu sei disso... mas como me *sinto*? Como você *me fez* sentir? — Balanço a cabeça. — Tenho toda a eternidade pela frente e não sei dizer se algum dia vou conseguir entender completamente o que sinto por você. Mas suas expectativas me machucaram.

Ela pega minha mão e eu permito, só porque mesmo agora fico me sentindo culpada por ter dito tudo isso, e ela parece muito triste.

— Você não se lembra muito da sua infância, não é?

Não é o que eu estava esperando ouvir.

— Como assim? Que importância tem isso?

— Sua primeira lembrança, Perséfone. Qual é?

Reflito um pouco.

— Minha anfidromia.

Ela assente, enxugando uma lágrima do olho.

— Foi o que imaginei. Suponho que isso tudo seja obra minha. — Ela respira fundo. — Antes disso, quando éramos só nós duas na ilha, eu... Não queria te enquadrar numa caixa. Eu costumava dizer que você poderia fazer qualquer coisa, ser quem quisesse, encontrar seu próprio lugar no mundo. Mas depois da sua anfidromia percebi que estava criando uma menina cujo pai nunca lhe permitiria ter a vida que queria. Achei que, se conseguisse fazer você querer a única vida disponível para você, tudo seria mais fácil. Eu te amo incondicionalmente, mas eu... eu sinto muito por ter te feito deixar de sentir isso. Essa nunca foi a minha intenção. Eu só... Perséfone, antes da sua anfidromia, eu costumava te dizer que, se quisesse, você poderia ter o mundo inteiro.

Meus olhos se arregalam.

— Foi exatamente o que pedi.

E meu pai me silenciou. Fez questão de me fazer entender que as palavras da minha mãe eram uma mentira, que ele nunca me deixaria ter algo assim.

Mas talvez o estrago já estivesse feito. Eu nunca abandonaria meu desejo.

Puxo minha mãe para um abraço apertado. Ainda temos muitas coisas a serem resolvidas, mas acho que ficaremos bem.

— Vou passar seis meses na Terra — digo. — Vamos poder conversar melhor. Acho que talvez você também devesse conversar com Hécate. — Dou uma risada. — Vocês têm mais em comum do que eu imaginava. Ela me disse para encontrá-la em Elêusis.

— Por quê?

Um plano de longo prazo, talvez. Não como Hécate quer, mas tenho certeza de que posso convencê-la a outra coisa — um poder em conjunto, que quem sabe um dia possa ser suficiente para desfazer o mundo do meu pai sem precisar recorrer à guerra.

Mas não passa de uma vaga fantasia.

— Vamos ver — digo. — Mas te vejo lá?

Ela assente. E então, acho que por força do hábito, diz:

— Você deixou cair suco de romã no vestido. Isso mancha, sabia?

Depois de me despedir da minha mãe, volto para o mégaro e Hades nem espera que eu chegue até ele. É só eu passar pela porta que ele corre na minha direção, agarra minhas mãos, dá uma olhada nos meus pulsos e tira meu cabelo do rosto para ver se há algum ferimento.

— Você está machucada? As correntes ou os relâmpagos, eles...

— Estou bem.

— Sua mãe?

— Ela também não me machucou. — Ele parece acreditar menos ainda nisso, e aperto sua mão. — Juro que estou bem. E acho que eu e minha mãe vamos conseguir nos entender.

Ele assente e olha ao redor com uma expressão cautelosa no rosto. Não há deuses aqui agora, mas pode surgir um a qualquer momento.

— Vamos sair do Olimpo.

— Vamos. Não suporto estas nuvens.

— Falta um pouco de terra?

— É, e sei exatamente aonde quero ir.

Preciso esperar até passarmos dos portões do Olimpo, quando enfim piso novamente na grama. Estamos cercados de flores, e, quando elas se abrem num círculo, percebemos que estamos numa campina, com caules secos de asfódelo bem à nossa frente.

— Aqui é...

— Onde te invoquei.

— Sicília?

— Sicília.

A campina ondula ao redor à medida que as flores voltam à vida. Consigo senti-la ecoando, fluindo de volta não apenas para esta ilha, mas por toda a Terra. Eu poderia só ficar aqui e o mundo se recuperaria, a vivacidade indo em direção ao oceano e às terras além. A vida está de volta.

As ninfas não devem estar felizes com suas plantas morrendo. Mas elas não estão aqui... a campina está vazia. Com certeza estão com as dríades das árvores nas margens da campina ou, agora que fui embora e a ilha está sem proteção, talvez tenham partido com os mortais por quem sempre foram interessadas. Espero que estejam felizes, onde quer que estejam.

Sento no chão que se abriu para mim, onde se formou o buraco em que pulei.

— Lógico, por que eu deveria esperar cadeiras? — Hades balança a cabeça enquanto se senta ao meu lado. A escuridão que o cerca encolhe até não passar de uma névoa fina sobre sua pele.

— Você vai sobreviver — digo, pegando sua mão. — E imagino que você prefira conversar a ver a ilha.

— Você se vinculou para sempre ao Submundo.

Dou de ombros.

— Apenas seis meses por ano.

— Então durante meio ano, todo ano, pelo resto da sua vida, você ficará presa no Submundo.

— Lógico, me casei jurando eternidade a você, mas me vincular ao Submundo é o que mostra compromisso.

— Perséfone — diz ele, a voz tremendo como se a qualquer momento pudesse falhar. — Isso é diferente. Até eu sou livre para deixar o Submundo se quiser, mas você ficará presa. Isso é... você sacrificou sua liberdade.

— O Submundo é a minha liberdade.

— Quero que você fique lá por escolha, não porque está presa.

— E eu escolhi ficar presa lá. Por favor, Hades, nós conseguimos. Podemos ser felizes agora.

— Podemos?

— Nós vencemos.

— Isso não parece uma vitória.

— Porque não temos bebidas para comemorar?

— Além de sacrificar sua liberdade, você está prestes a me deixar, agora mesmo, por meses. Você vai passar metade do ano fora pelo resto da nossa vida.

Suas palavras me atingem em cheio. Mas se eu não enxergar isso como uma vitória, se não olhar pelo lado positivo, vou acabar desmoronando. Quando falo, não é só para convencer a ele, mas a mim também.

— Somos deuses. O que são seis meses em um ano? Temos a eternidade.

— Temos *meia* eternidade.

Passo os dedos pelo seu rosto, querendo confortá-lo, querendo tocá-lo enquanto ainda posso. Ele envolve minha mão com a sua e aperta com força.

— Hades, eu te amo. — Minha voz falha. — E também amo o Inferno. E as flores. E esta ilha. E as ninfas.

— Imagino que a lista seja longa.

— Sim.

— Ótimo, porque Estige ficaria furiosa se não aparecesse nela.

Caio na gargalhada e de repente tenho certeza de que vai ficar tudo bem.

Até porque teria como não ficar? Esse nosso ritmo — uma declaração sem jeito seguida de uma péssima tentativa de fazer uma piadinha, a maneira como sabemos o que o outro está precisando ouvir, como apoiamos um ao outro apenas o suficiente para sentir que não estamos sozinhos — ninguém pode tirar de nós. Tenho certeza de que o tempo que vamos ficar separados também não vai conseguir tirar.

— Mais furiosa do que vai ficar quando descobrir que não me despedi dela?

— Pelas Moiras, preciso contar à corte o que aconteceu.

— Você vai ficar bem, Hades.

— Sem você? Duvido muito.

— Já enfrentamos problemas maiores do que seis meses separados.

— Eu sei. Mas mesmo assim...

— Tudo o que eu sempre quis foi conhecer o mundo — digo. Ainda não consigo abraçar essa sensação... o que mais quero agora é ser consolada. Mas sei que amanhã, quando o sol nascer, vou me perguntar o que há além do horizonte. E, dessa vez, vou ter a chance de descobrir.

— Eu sei. — Ele suspira. — Sei que é uma coisa boa. Você vai poder explorar o mundo como sempre quis e ainda governar o Inferno. Mas vou permanecer no Submundo. Não vou ter a oportunidade de andar por este mundo com você... seria invasão de território.

— Eu não te deixaria fazer isso, mesmo que pudesse. Você detestaria. E quem governaria nossa casa?

— Não sei dizer se ficar no Inferno sem você é melhor do que viver neste mundo ao seu lado.

— Eu vou andar por aí explorando, você vai criar e o tempo vai passar num piscar de olhos.

— Você está lidando tão bem com isso...

— Estou lidando da única maneira que posso. Estou ao mesmo tempo eufórica e de coração partido. Mas sabe o que não estou? Preocupada. Eu te amo. Isso é tudo. Seis meses longe um do outro não vão mudar esse sentimento.

— Seis meses, Perséfone. Você nem vai poder me visitar... e com certeza eu também não. Zeus pode realmente começar uma guerra geral se me vir na Terra.

Levo um susto; isso nem passou pela minha cabeça até ele tocar no assunto.

— Exatamente — digo, virando para ele. — Zeus não pode te *ver*.

Se estivesse falando com outra pessoa, talvez precisasse ser mais direta. Mas não é o caso com Hades — meu marido esperto e brilhante que não precisa me deixar por completo —, porque, ainda criança, ganhou de Zeus um presente: um elmo para espionar inimigos na guerra estando invisível. Agora ele pode usá-lo para o bem do amor, para visitar a Terra quando eu estiver aqui, para deslizar silenciosamente sua mão na minha e, mesmo que não possamos dizer nada — afinal, os Olimpianos poderiam acabar percebendo sua presença invisível —, *nós* saberemos que não estamos sozinhos. Não vamos poder conversar, nos abraçar, estar juntos como desejamos — mas ficaremos juntos pelo menos um pouco, e isso pode fazer com que tudo isso seja tolerável.

Hades arregala os olhos quando sua ficha cai e finalmente abre um sorriso pelo sucesso da nossa vitória.

Então arranca um galho próximo de asfódelo e o coloca no meu cabelo, prendendo-o atrás da orelha.

— Você é a melhor coisa que já me aconteceu.

— Não é justo com Cérbero.

Ele ri.

— Verdade. Além do meu cachorro.

— Bem, deixando os cachorros de lado, sou obrigada a dizer o mesmo. Eu nem sabia que poderia existir alguém como você. Fico tão feliz de ter fugido para o Inferno, de ter te conhecido... de você ter feito tudo o que fez por mim. Por favor, cuide da vida após a morte. Nós a criamos com muito carinho.

— Vou cuidar — promete ele. — Perséfone, eu... obrigado. Obrigado por se intrometer no Submundo e invocar a xênia e se recusar a ir embora...

— Você não parece muito agradecido, querido.

— Estou tentando me despedir de um jeito dramático e profundo aqui.

— Se despedir? — repito enquanto me levanto, puxando-o para que também fique de pé. — Hum, não. Acha mesmo que as ninfas não vão gritar comigo até te conhecerem? Você vem comigo.

Ele pensa um pouco.

— Zeus provavelmente vai passar o dia inteiro emburrado. Nem vai notar que estou aqui.

— Exatamente. Então você pode vir conhecer minha família.

Ele parece perceber o que isso realmente implica e arregala os olhos.

— Bem, na verdade, Zeus poderia me liquidar a qualquer momento.

— Hades...

— O quê? Isso é assustador.

— Você é o rei do Inferno e está com medo de algumas ninfas?

— Sim.

— Então, ótimo: você está preparado.

— Você sabe quantas idas e vindas foram necessárias para que as ninfas fizessem o seu véu de casamento? Vamos passar seis meses não exatamente juntos e você quer que eu sofra assim logo de cara?

— Pare de choramingar.

— Por que fui me apaixonar por você? Não podia ter ficado só às voltas com minhas pinturas e tapeçarias?

— Alguém me disse que é incrivelmente fácil me amar. — Eu me viro para encará-lo, passo os braços em volta de seu pescoço e o beijo. Imagino que beijar o ar possa ser algo que os Olimpianos perceberiam, mesmo que considerem algo bem tranquilo comparado a seus padrões. O elmo pode até oferecer segurança, mas não vai oferecer isso. Seis meses sem tocá-lo parece indiscutivelmente impossível.

Quando me afasto, ele dá um suspiro.

— Muito bem. Você me convenceu de que vale a encrenca.

Arqueio a sobrancelha.

— Tem certeza? Porque andam sendo muitas encrencas.

— Se quiser me convencer ainda mais, estou à disposição.

— Tenho certeza que sim, mas você não vai se safar dessa tão fácil.

— Seis meses separados — murmura ele. — Todo ano, pelo resto da eternidade, você vai embora.

— Sim, e todo ano voltarei.

Passo o braço pelo dele. Seus passos são pesados enquanto caminhamos em direção à minha antiga casa, e ele suspira, lentamente se dando conta da possibilidade de que isso não seja um fim, mas um começo. Enquanto observo cada flor desabrochando à medida que passo, não vejo como isso poderia ser diferente.

Da última vez que andei por este campo, estava correndo para salvar minha vida. Não sabia o que procurava e definitivamente não buscava o que encontrei: um lar, um propósito. Eu mesma.

Agora, com uma coroa na cabeça e Hades ao meu lado, o futuro é uma campina que farei florescer. Neste momento, o que tenho vai muito além do poder: dois reinos para desbravar, ainda mais poderes a serem descobertos e uma mensagem para espalhar: todas aquelas histórias de uma vida após a morte, todos aqueles sussurros contra o Olimpo.

É apenas o começo.

Tenho deuses para destronar.

Tenho caos para causar.

Agradecimentos

Este livro é o resultado de uma jornada longa, confusa e caótica (bem do meu jeitinho), e não existiria sem as muitas pessoas realmente brilhantes que formaram a Equipe ARS.

Em primeiro lugar, quero agradecer à minha agente, Hannah Schofield, que nunca deixou de acreditar neste livro, independente do quanto a minha própria crença diminuísse. Hannah foi a primeira pessoa que fez "meu livro" se tornar "nosso livro" — e isso nunca deixou de ser uma experiência deliciosa, emocionante e incrível. Hannah, você é incrivelmente maravilhosa e extremamente perseverante.

Obrigada à minha maravilhosa editora, Naomi Colthurst, cujo apoio, orientação e defesa são responsáveis por tornar *A rainha do submundo* o melhor possível. Obrigada também a Harriet Venn e Stevie Hopwood, que tornaram o processo de publicação deste livro divertido e empolgante em todas as oportunidades.

Para todos os outros colaboradores da Penguin, nem sei por onde começar. Os esforços que vocês dedicaram a este livro foram fenomenais, e preciso que saibam o quanto sou profundamente grata por tudo o que fizeram — se você preencheu um formulário, escreveu um texto de divulgação, promoveu o livro ou corrigiu meus constrangedores erros gramaticais, serei eternamente grata.

São necessárias muitas pessoas para que um livro seja publicado, por isso obrigada a todos cujo trabalho duro tornou este possível: Candy Ikwuwunna, Shreeta Shah, Laura Dean, Claire Davis, Helen Gould, Debbie Hatfield, Rebecca Hydon, Stella Newing, Alice Grigg, Maeve Banham, Clare Braganza, Beth Copeland, Stella Dodwell, Susanne Evans, Beth Fennell, Zosia Knopp, Magdalena Morris, Rosie Pinder, Chloe Traynor, Zoya Ali, Anda Podaru, Kat Baker, Brooke Briggs, Toni Budden, Ruth Burrow, Aimee Coghill, Nadine Cosgrove, Sophie Dwyer, Nekane Galdos, Michaela Locke, Eleanor Sherwood, Rozzie Todd, Becki Wells, Amy Wilkerson, Alicia Ingram, Sarah Doyle, Desiree Adams e Jenna Sandford. Obrigada a todos os meus editores internacionais por levarem meu livro a tanta gente, e obrigada a todas as outras pessoas cruciais que ajudaram os leitores a encontrar *A rainha do submundo* — desde diagramadores e entregadores a bibliotecários, livreiros e professores. Um agradecimento especial pela beleza deste livro — por dentro e por fora — ao meu designer, Jan Bielecki, e ao ilustrador Pablo Hurtado de Mendoza.

Sempre vi o mercado editorial como um setor cheio das melhores pessoas, as mais legais, e me sinto muito abençoada por poder trabalhar com todos vocês. Por falar nisso, obrigada a todos os autores com quem já trabalhei na minha carreira por me inspirarem, com seu talento e dedicação, a correr atrás deste sonho.

Este livro é dedicado aos membros do s1, do passado e do presente, que permaneceram ao meu lado durante os anos mais difíceis da minha vida. Mas gostaria de agradecer especialmente àqueles que não apenas me ajudaram no CCHS, como também em todo o longo e estressante processo de escrever um livro: Jessica Rome, Megan Salfairso, Eleanor Brown, Laura Ray, Dora Anderson-Taylor e Amanda Wood.

Para meus colegas que dividem a casa comigo e me aguentaram gritando "Preciso ser produtiva" em intervalos aleatórios, me obrigaram a fazer pausas para descanso (especialmente aquelas envolvendo *reality shows* inúteis) e suportaram a gama de emoções que envolve publicar um livro: Kristina Jones, Claire Kingue, Aoife Prendiville, Fraser Wing, Laura Grady e Saoirse McGlone. A vocês eu digo: existem navios [*SHIPS*] imponentes, modestos e aqueles que cruzam o mar, mas os melhores navios são as amizades [*friendSHIPS*], então um brinde a vocês e a mim.

Aos meus primeiros leitores, que, além dos mencionados acima, incluem Liberty Lees-Baker, Izzy Everington e Sara Adams. Obrigada pelas observações perspicazes, pelas dicas e pela torcida constante.

Também gostaria de agradecer a Isabel Lewis, Natalie Warner e Sophie Eminson por cada vez que levantaram minha moral, pelas doses comemorativas de *prosecco* e pelos aplausos a distância.

A Daniel Fenton, por lidar com todo esse caos de um jeito tranquilo, enfrentando minha ansiedade quase constante e preparando muitas, *muitas* xícaras de chá para mim. Obrigada por tornar tudo isso um pouco mais fácil.

Obrigada também à minha família pelo apoio e incentivo que vocês demonstraram ao longo dos anos — e por nunca terem tentado me casar com um Olimpiano aleatório. Minha gratidão a todos vocês, mas especialmente a Ben David Welsford e Amber Fitzgerald: em primeiro lugar, quero pedir desculpas por ter estabelecido um padrão tão alto como irmã mais velha, mas também gostaria de dizer que tive uma enorme fonte de inspiração para escrever este livro observando vocês dois crescerem neste mundo. Espero que saibam que vocês me inspiram muito mais do que imagino um dia inspirar vocês, e espero que consigam ser os causadores do caos que desejo ver no mundo.

Obrigada a Cher, por me ensinar a "Acreditar", através da canção.

E, por fim, obrigada a todos que conheci nas redes sociais — cada mensagem, cada curtida, cada palavra de incentivo. Nem sei dizer o quanto tudo isso significou — e o quanto continua a significar.

Este livro foi composto na tipografia
Minion Pro, em corpo 11,5/16, e impresso
em papel off-white no Sistema Cameron
da Divisão Gráfica da Distribuidora Record.